Knaur.

Im Knaur Taschenbuch Verlag sind bereits folgende Bücher der Autorin erschienen:
Wächter der Seelen 1: Gefährlich wie ein Engel
Wächter der Seelen 2: Verlockend wie ein Dämon

Über die Autorin:
Annette McCleave hat in unterschiedlichen Positionen im Finanz- und Marketingsektor gearbeitet, bevor sie ihren Traum verwirklichte, Schriftstellerin zu werden. Nachdem sie 2005 bereits zu den Finalisten gehörte, gewann sie drei Jahre später mit dem Manuskript von »Gefährlich wie ein Engel« den Golden Heart Award, einen der wichtigsten Nachwuchspreise der USA für unveröffentlichte Autoren. Nur sechs Tage nach der Preisverleihung unterschrieb sie einen Mehrbuchvertrag bei einem großen amerikanischen Verlag.
Mehr Informationen im Internet unter: www.annettemccleave.com

Annette McCleave

Zärtlich wie ein Krieger

WÄCHTER DER SEELEN

Roman

Aus dem Amerikanischen
von Barbara Imgrund

KNAUR TASCHENBUCH VERLAG

Die amerikanische Originalausgabe erschien 2011 unter dem Titel
»Surrender to Darkness« bei Signet Eclipse, New York.

Besuchen Sie uns im Internet:
www.knaur.de

FSC
www.fsc.org
MIX
Papier aus verantwortungsvollen Quellen
FSC® C083411

Deutsche Erstausgabe September 2011
Knaur Taschenbuch

Ein Unternehmen der Droemerschen Verlagsanstalt
Th. Knaur Nachf. GmbH & Co. KG, München
Published by arrangement with NAL Signet,
a member of Penguin Group (USA) Inc.

Redaktion: lüra – Klemt & Mues GbR
Umschlaggestaltung: ZERO Werbeagentur, München
Umschlagabbildung: FinePic®, München
Satz: Adobe InDesign im Verlag
Druck und Bindung: CPI – Clausen & Bosse, Leck
Printed in Germany
ISBN 978-3-426-50889-3

2 4 5 3 1

Für Lise, Andree und Mark, die mich auf vielfältigste Weise unterstützt haben

1

Im Kampf gegen die dunklen Reliquien machen wir endlich Fortschritte. São Paulo hat soeben gemeldet, dass die Zahl der Gottesdienstbesucher erstmals seit siebzehn Monaten wieder steigt, und die Überlebenden des Busunfalls in Lima berichten der Presse, sie seien von einem Engel gerettet worden.« Webster pflückte zwei rote Reißzwecken von der riesigen Weltkarte und ersetzte sie durch blaue. »Wenn du die Sache in Rom nicht versaut hättest, Murdoch, wäre es eine gute Woche geworden.«

Jamie Murdoch lehnte sich gegen den großen Einsatztisch und stellte sich eine Zielscheibe auf dem Rücken des anderen Seelenwächters vor. »Ich hab es nicht versaut. Ich hab dir doch schon gesagt, dass wir von einer Horde fleischfressender Gradiorendämonen angegriffen wurden.«

»Musste der *cardinale* aus dem Protektorat mit zahlreichen Fleischwunden und einer schweren Gehirnerschütterung ins Krankenhaus eingeliefert werden oder nicht?«

»Das weißt du doch.«

Webster drehte sich zu ihm um. »Dann hast du es versaut.«

Murdochs Hand ballte sich unwillkürlich zur Faust.

»Es sind immer noch viel zu viele rote Reißzwecken auf der

Karte«, ließ sich nun Stefan Wahlberg vernehmen. Der füllige Magier stieß sich vom Regal ab, um die Karte genauer zu studieren. »Vor allem in Europa. Obwohl jede Stadt nun unter dem Schutz eines Fürstengels steht, nehmen die Dämonenzellen stetig zu. Wir müssen unbedingt andere Möglichkeiten finden, die Horden zurückzudrängen.«

»Genau.« Lena mischte sich von der Couch her ein und setzte sich kerzengerade auf. »Außerdem müssen wir eine Möglichkeit finden, die Menschen zu retten, die von einem Chaosdämon gebissen wurden. Von immer mehr Fällen wird berichtet. Diese Bastarde saugen ihnen die Energie aus und lassen sie dann einfach sterben.«

»Es gibt schon eine Möglichkeit«, erwiderte Stefan. »Aber der Trank ist sehr schwer zu brauen, und eine der Zutaten ist so selten, dass er praktisch nicht hergestellt werden kann. Unsere beste Alternative bleibt damit, die Dämonenzellen zu zerstören.«

»Da stimme ich dir zu.« Webster richtete den Blick wieder auf die Weltkarte. »Das Problem ist nur, dass wir in der Unterzahl sind. Die Teams, die wir rund um den Globus platziert haben, sind alle im Einsatz.«

»Wir stocken doch schon das Training auf«, hielt Murdoch dagegen, ohne auf das rastlose Verlangen zu achten, das sich in seiner Brust rührte, wann immer die Sprache aufs Kämpfen kam. »MacGregor drillt im laufenden Lehrgang zweiunddreißig Schüler, und er rechnet fest damit, dass er diese Zahl das nächste Mal verdoppeln kann, wenn er das Programm ein wenig anpasst.«

»Trotzdem hinken wir immer noch hinterher. Wir brauchen etwas revolutionär Neues. Eine Waffe zum Beispiel.«

»Eine Waffe?«, fragte Lena. Sie zog das Gummiband aus ihrem Haar, raffte die Strähnen, die sich selbständig gemacht hatten, zusammen und band den Pferdeschwanz neu. »Was für eine Waffe?«

»Jede, die die Chancengleichheit wiederherstellt«, erwiderte Webster.

»Ich habe alle Zauberbücher gelesen, die wir besitzen, Zeile für Zeile«, sagte Stefan. »Eine solche Waffe gibt es nicht.«

»Sei dir da mal nicht so sicher«, gab Lena zurück.

Murdoch warf ihr einen Blick zu. Wunder und Kirchengänger konnten ihn nicht reizen. Wohl aber Waffen. »Hast du eine Idee?«

»Als ich mein Amulett noch hatte, bin ich auf einen Gegenstand gestoßen, von dem geballte dunkle Magie ausging. Er ist Teil einer Privatsammlung in Japan.«

»Warum glaubst du, dass es eine Waffe war?«, fragte Murdoch.

»Der Besitzer hat mir erzählt, dass man damit im Alleingang die Kräfte des Bösen hinwegspülen kann.«

Webster bedachte die Äußerung seiner hübschen Freundin mit einer angehobenen Augenbraue. »Und das hast du bis jetzt nicht für erwähnenswert gehalten?«

Lena zuckte die Achseln. »Ein paar Monate nachdem ich Verbindung zu diesem Gegenstand aufgenommen hatte, hörte er plötzlich auf, Schwingungen abzugeben. Der Besitzer ist mittlerweile tot, deshalb bin ich mir nicht sicher, ob das Ding überhaupt noch aufzuspüren ist.«

»Hat der Besitzer genau diese Worte benutzt?«, wollte Stefan mit gerunzelter Stirn wissen. *»Die Kräfte des Bösen hinwegspülen?«*

»Ich glaube schon«, antwortete Lena. »Warum?«

»Vor etwa hundert Jahren kursierten Gerüchte um eine sechste Schandreliquie. Ich habe ähnliche Formulierungen in den Pergamenten gelesen, die sie erwähnen.«

»Es gibt eine sechste dunkle Reliquie?«

Stefan machte eine wegwerfende Handbewegung. »Der Roma-Rat ist den Gerüchten auf den Grund gegangen. Und keines hat sich als wahr herausgestellt.«

»Ich glaube trotzdem, dass es sich lohnt, das nachzuprüfen«, sagte Webster. Er wandte sich Lena zu. »Hat der Besitzer Angehörige, zu denen du Kontakt aufnehmen könntest?«

»Eine Tochter. Kiyoko. Aber mach dir keine allzu großen Hoffnungen. Ich kenne sie seit Jahren, und sie hat nicht ein einziges Mal von der Reliquie gesprochen.«

»Wir schicken jemanden hin, der sich das näher ansehen soll. Jemanden, der stur ist, der nicht so einfach aufgeben wird.« Webster lächelte breit. »Das wärest dann du, Murdoch.«

»Ich?« Murdoch blinzelte. »Ich bin auf dem Sprung nach Johannesburg, schon vergessen? Wir waren uns doch alle einig, dass es für mich keinen besseren Platz als mitten im Getümmel gibt, jetzt, da wir in die Offensive gehen und die Dämonen aus ihren Löchern locken wollen.«

»Das war, bevor du den *cardinale* auf die Intensivstation geschickt hast.«

»Komm schon. Das Team braucht einen erfahrenen Anführer. Wer sonst wäre dafür qualifiziert?«

»Atheborne.«

»Auf gar keinen verfluchten Fall!« Murdoch richtete sich auf. Sein Gesicht glühte. Atheborne war ein höchst verdienter Krieger und hatte seit seiner verhängnisvollen Landung damals am Omaha Beach Dutzende Dämonen umgebracht, aber er besaß nicht Murdochs Erfahrung. »Ich bin schon viel länger Wächter als er. Das ist mein Auftrag.«

»Jetzt nicht mehr.« Die Übrigen im Raum scharrten peinlich berührt mit den Füßen. »Ihr könnt gehen«, sagte Webster zu ihnen. »Murdoch und ich führen diese Unterhaltung allein zu Ende.«

Nachdem sich die Tür der Bibliothek wieder geschlossen hatte, ergriff Murdoch mit ruhiger Stimme das Wort. »Du Scheißkerl! Das machst du doch nur, um mir eins auszuwischen.«

»Nein, das ist nicht wahr. Wenn es bei diesem Auftrag nur darum ginge, einem Dämon in den Hintern zu treten, würde ich vielleicht anders entscheiden. Aber wir müssen auch einen Protektor beschützen. Einen wie den *cardinale*. Sechs lange Monate. Und wenn diesem Protektor etwas passiert, verlieren wir auch die Reliquie, die sich in seiner Obhut befindet. Ich werde auf keinen Fall einen Burschen zu seiner Bewachung entsenden, der in einer so sensiblen Mission beim ersten Anzeichen von Gefahr wie eine Bombe explodiert. Das kann ich nicht riskieren.«

Obwohl es durchaus verlockend war, quer durch den Raum zu hechten und den Frust an Websters Nase auszulassen, widerstand Murdoch diesem Verlangen. Dies war Websters Haus, und hier war die Beachtung einiger Anstandsregeln erforderlich. »Ich bin nicht beim ersten Anzeichen von Gefahr explodiert. Ich bin erst dann zum Berserker geworden, als die Gradioren über uns herfielen, um uns in Stücke zu reißen. Und nur fürs Protokoll: Meine Mission war erfolgreich. Ich habe dem *cardinale* das Leben gerettet.«

Websters silberäugiger Blick hielt dem seinen einen langen Moment stand. »Alle Wunden an seinem Körper – alle siebzehn – wurden ihm durch dein Schwert zugefügt, nicht durch die Klauen eines Gradiors. Okay, ja, du hast ihm das Leben gerettet, aber dabei hast du ihn fast umgebracht.«

»Er ist am Leben«, hielt Murdoch dagegen.

»Er wird noch monatelang in Behandlung bleiben müssen.«

Das stimmte, und Murdoch schämte sich dafür. Aber vergangen war vergangen. Wenn es eine Lektion gab, die er über die Jahre gelernt hatte, dann die, dass das Wiederkäuen von Misserfolgen bis zum Erbrechen nichts an den Tatsachen änderte. »Ich bin nicht stolz darauf, wie es gelaufen ist, aber ich bereue auch nichts. Jeder andere Wächter, der es mit sechs Gegnern zu tun bekommen hätte, wäre sang- und klanglos untergegangen.«

»Vielleicht«, räumte Webster ein, während er die Holzverkleidung wieder über die Weltkarte schob, um sie vor neugierigen Blicken zu verbergen. »Aber es hätte leicht auch anders ausgehen können, und das weißt du. Wir könnten jetzt genauso gut am Grab des Mannes stehen und seine Witwe trösten müssen, anstatt das Geld für seine Krankenhausrechnung zu berappen. Ich habe Monate gebraucht, das Protektorat so weit zu bringen, uns die Bewachung der Schandreliquien zu übertragen, und dein kleiner Showdown in Rom hat uns immerhin fast das ganze Vertrauen wieder gekostet. Ich kann dir nicht die Verantwortung für eine so wichtige Mission überlassen, Murdoch. Nicht, wenn ich weiß, dass dein kleines Problem die Mission in null Komma nichts den Bach runtergehen lassen kann.«

»MacGregor vertraut mir«, warf Murdoch ein.

»Es ist nicht von Belang, was MacGregor denkt«, entgegnete Webster leise. »Er hat das Kommando nicht mehr. Ich habe es.«

Die Muskeln in Murdochs Magen verkrampften sich. MacGregors Entscheidung, Webster zu seinem Nachfolger zu machen, schmeckte noch immer nach Versagen, auch sechs Monate später.

»Ich stelle deinen Führungsanspruch nicht in Frage«, sagte er. Um der Wahrheit die Ehre zu geben, hatte Webster seine Sache bisher außerordentlich gut gemacht. Er besaß eine Tiefe, die Murdoch nicht bei ihm vermutet hatte, und hatte nicht nur wiederholt Klugheit bewiesen, sondern auch Mut und ein angeborenes strategisches Geschick. »Ich gebe dir mein Wort als Hochländer, dass ich das südafrikanische Team zum Erfolg führen werde.«

Webster starrte aus dem großen Panoramafenster. Wasser tropfte von den Stühlen und Sonnenschirmen auf die rötliche Zedernterrasse. Der erste Regentag in San José seit einem Monat.

»Tut mir leid, Murdoch«, erwiderte er. »Das kann ich nicht machen.«

Eine unsichtbare Hand drückte Murdochs Kehle zusammen. Der verfluchte Berserker in ihm ruinierte sein Leben. *Schon wieder*.

»Na gut«, entgegnete er giftig. In einer wohlkalkulierten Demonstration seiner eindrucksvollen Muskulatur verschränkte er die Arme vor der Brust. Der weiche Stoff des T-Shirts straffte sich über Schultern und Brustmuskeln. *Mach mir das erst mal nach, du kleine Ratte*. »Ich fliege nach Japan. Während überall auf dem Globus Aufstände toben und eine beispiellose Anzahl an dämonischen Attacken stattfindet, verdrücke ich mich also auf unbestimmte Zeit, um der vagen Möglichkeit nachzuspüren, dass es eine Waffe gegen die Dämonen geben könnte, über deren zweifelhafte Existenz wir nur vom Hörensagen wissen.«

»Ausgezeichnet.«

Murdoch konnte sich ein Schnauben kaum verkneifen. Der Mann war selbst gegen triefenden Sarkasmus immun. »Aber hör mir gut zu! Wenn ich dieses verdammte Teil finde, wirst du zu Kreuze kriechen und mir einen Auftrag geben, der mir gerecht wird.«

Der andere lächelte. »Klar. Mach deine Sache gut, schlachte keine Unschuldigen ab, und wir sind im Geschäft.«

»Leck mich, Webster!«

Voller Neugier betrachtete Kiyoko den Mann, der den Videomonitor ausfüllte. Er musste über 1,80 Meter groß sein – eine bemerkenswerte Größe für Sapporo. Er hatte braunes Haar, das wie bei einem Krieger aus den alten Tagen aus dem Gesicht zurückgestrichen war. »Sind Sie sicher, dass er gesagt hat, Lena Sharpe hätte ihn geschickt?«

»Ja.«

Sie lehnte sich im Chefsessel ihres Vaters zurück und rieb mit den Armen über die ledernen Armstützen. Selbst nach all der

Zeit haftete der leichte Zimtduft seines Parfums ihnen noch immer an. »Dann ist er ein Dummkopf. Lena und ich haben uns vor ein paar Monaten überworfen. Ich zähle sie nicht länger zu den Kollegen, denen ich vertraue.«

Die Assistentin verbeugte sich. »Soll ich ihm sagen, dass Sie nicht zu sprechen sind?«

Kiyokos Blick flatterte zurück zum Videomonitor und den markanten Gesichtszügen des Mannes, der den Empfang der Ashida Corporation beinahe zu erdrücken schien. »Glauben Sie, dass ihn das abschrecken wird?«

Die Frau schüttelte den Kopf. »Er wirkt sehr entschlossen.«

»Dann lassen wir ihn einfach warten. Seine Statur lässt vermuten, dass er ein Mann der Tat ist, und solche Männer haben naturgemäß wenig Geduld. In ein paar Stunden wird er es satthaben und freiwillig wieder gehen.«

Die Assistentin verbeugte sich erneut und verließ den Raum.

»Die Frage ist doch nicht, ob er gehen wird, sondern warum er hergeschickt wurde«, sagte Ryuji Watanabe, während er sich von seinem Stuhl an dem riesigen Panoramafenster erhob. Sein grauer Wollanzug war nicht zerknittert, obwohl ein langer Tag im Büro hinter ihm lag. »Sagten Sie nicht, dass diese Sharpe eine Diebin ist?«

»Ja.« Kiyoko hätte beinahe hinzugefügt: *»Aber sie bestiehlt nur Kriminelle.«* Allerdings hatte sich Lena als viel weniger ehrenhaft erwiesen, als Kiyoko ursprünglich gedacht hatte, da sie sich auf einen scheußlichen Deal mit dem Bösen eingelassen hatte. Das Wissen darum versetzte Kiyoko noch immer einen Stich.

»Dieser Murdoch-san sieht gar nicht wie ein Geschäftsmann aus.« Ryuji trat zu ihr an den Schreibtisch. »Eher wie ein Vollstrecker.«

Oder ein Samurai.

Seine Bewegungen waren geschmeidig und wirkten mühelos.

Er schien entspannt, doch seine Füße waren nicht geschlossen und seine Knie leicht gebeugt. Seine Miene verriet keine Regung, und sein Blick nahm alles um ihn herum auf. Kiyoko fiel es nicht schwer, sich den Mann mit einer Waffe in der Hand vorzustellen, während er Feind um Feind niedermetzelte.

»Was schlagen Sie vor?«, fragte sie Ryuji. Watanabe war seit weniger als drei Monaten Generaldirektor der Firma, und der Nachfolger ihres Vaters hatte nichts Zögerliches an sich. Es war hart mitanzusehen, wie jemand anders mit neuen Ideen am Stempel ihres Vaters radierte, doch Watanabes natürliche Autorität und seine profitorientierten Motive machten den Wandel erträglich.

»Erlauben Sie mir, ihn fortzuschicken. Ich habe Übung im Umgang mit Amerikanern und kann, wie sie es ausdrücken würden, recht unverblümt sein.«

Ryuji hatte in Harvard Wirtschaftswissenschaften studiert. Kiyoko zweifelte nicht daran, dass er die Amerikaner kannte. Aber es widerstrebte ihr, diesen Murdoch-san einfach abzuweisen, ohne dass sie allerdings hätte sagen können, warum. »Wenn sie in die Ecke gedrängt werden, gehen viele Amerikaner ihrerseits zum Angriff über.«

Ryuji pflichtete ihr bei: »Man muss schon ein Händchen haben, um mit ihnen fertig zu werden.«

Das hatte ihr Generaldirektor zweifellos. Kiyoko seufzte. Um ehrlich zu sein, verursachte ihr Murdochs Anwesenheit leichtes Unbehagen. »Wenn Sie ihn dazu überreden könnten zu gehen, wäre ich Ihnen sehr dankbar, Watanabe-san.«

Ryuji nickte und verließ den Raum.

Nur wenige Augenblicke später tauchte er vor der Kameralinse auf und steuerte mit großen Schritten durch die marmorne Lobby auf Murdoch zu. Die beiden Männer hätten unterschiedlicher nicht sein können – Murdoch war einen guten Kopf größer als Ryuji und um einige Kilos schwerer.

Kiyoko lächelte.

Das konnte noch interessant werden.

Murdoch hatte den Platz abgelehnt, den ihm die uniformierte Frau hinter der massiven Empfangstheke angeboten hatte. Er zog es vor zu stehen, auch wenn er darauf hingewiesen worden war, dass er vielleicht lange würde warten müssen. Alte Angewohnheiten wurde man so schnell nicht los. Auf den Füßen hatte er mehr Möglichkeiten. Er warf Blicke in die Glasvitrinen in der Mitte der Lobby, während er wartete, und merkte sich jede Person, die vorüberging.

Der japanische Geschäftsmann in dem grauen Anzug erregte in dem Moment seine Aufmerksamkeit, als er aus dem Aufzug trat. Seinen Schritten wohnte eine stahlharte Entschlossenheit und seiner Kopfhaltung eine Selbstsicherheit inne, die ihn sofort von den anderen Männern in der Lobby unterschieden. Der Kerl stank geradezu danach, wichtig zu sein.

Als der Bursche ihn anlächelte und seine Hand zu einer Begrüßung ausstreckte, wie man sie in Nordamerika pflegte, erwiderte Murdoch das Lächeln. Das Warten war vorüber.

»Mr Murdoch, welche Freude, Sie kennenzulernen«, sagte der Mann, als ihre Hände ineinandergriffen. Kein schlaffer Händedruck. »Ich bin Ryuji Watanabe, der Generaldirektor der Ashida Corporation.«

Murdoch runzelte die Stirn.

Generaldirektoren in Tausend-Dollar-Anzügen kamen normalerweise nicht in die Lobby, um Fremde zu begrüßen. Sie schickten ihre Sekretärinnen. Oder andere Lakaien. Es sei denn, sie hatten nicht die Absicht, besagten Fremden Zugang zum Allerheiligsten zu gewähren.

»Ich hatte um einen Termin mit Kiyoko Ashida gebeten«, erwiderte Murdoch.

Watanabe lächelte bedauernd. »Sie wurden sicherlich bereits davon in Kenntnis gesetzt, dass sie äußerst beschäftigt ist. Ich bin heruntergekommen, um Ihnen eine stundenlange Wartezeit zu ersparen. Sie wird Sie nicht empfangen.«

Er kam ohne Umschweife zur Sache, schien aber durchaus wohlwollend, was vermuten ließ, dass er freundlich sein wollte.

»Überhaupt nicht?«

»Daran sind Ihre Referenzen schuld, fürchte ich.«

Die einzige Referenz, auf die er sich berufen hatte, war seine Verbindung zu Lena Sharpe gewesen. Was den Schluss zuließ, dass Lena für Miss Ashida eine Persona non grata war – entgegen Lenas Behauptung, sie seien langjährige Freundinnen. »Ich verstehe.«

»Es wird wohl das Beste sein, wenn Sie gehen.«

Watanabes Lächeln wirkte ehrlich betrübt. Der Mann war nichts weiter als höflich. Aus irgendeinem Grund fühlte sich Murdoch ihm jedoch unterlegen. Vielleicht war daran der subtile Geruch des Geldes schuld, der ihn umwehte – und Murdoch nur zu sehr an Brian Webster erinnerte. Die Kleidung, der teure Duft, die perfekte Aufmachung. Es war schwer, keinen Vergleich mit seiner eigenen abgewetzten, ledernen Bomberjacke und der schwarzen Baumwollhose anzustellen. Die klobigen Absätze und silbernen Schnallen seiner Motorradstiefel erschienen unförmig und protzig neben dem fein genähten Leder von Watanabes italienischen Slippern.

Er griff sich ans Kinn. Wenigstens war der ungepflegte Bart ab. Nachdem er die Hälfte davon bei einer heftigen Explosion vor ein paar Monaten eingebüßt hatte, hatte er ihn komplett abgenommen. Er war nun vorzeigbarer. Jedenfalls versicherten ihm das die Frauen, mit denen er sich traf.

»Es ist aber von größter Wichtigkeit, dass ich mit Miss Ashida spreche«, unternahm Murdoch einen erneuten Vorstoß. »Mein

Anliegen hat nichts mit Lena Sharpe zu tun. Sie war nur eine Visitenkarte. Ich suche eigentlich nach einer seltenen Antiquität, die, wie ich glaube, Miss Ashida bekannt sein könnte.«

»Ich verstehe«, erwiderte Watanabe nickend. »Und ich kann Ihre Situation nachvollziehen. Aber leider ist Miss Ashida recht unnachgiebig. Sie wird ihre Meinung nicht ändern. Wenigstens nicht gleich. Sie könnten es in einigen Monaten nochmals versuchen – mit besseren Referenzen.«

In einigen *Monaten?*

Murdoch schnitt eine Grimasse. Man stelle sich Websters Reaktion vor, wenn er mit dieser Nachricht zurückkehrte.

»Das genügt mir nicht«, sagte er leise. »Ich muss Miss Ashidas Absage aus ihrem eigenen Mund hören.«

»Was Sie müssen, interessiert mich nicht.« Das Lächeln war noch immer freundlich, aber in Watanabes Blick war die Andeutung einer gewissen Härte getreten. Er hatte die Entschlossenheit in Murdochs Stimme ganz richtig als Problem interpretiert.

»Sicher kann selbst eine vielbeschäftigte Frau wie Miss Ashida ein paar Minuten erübrigen, um mir selbst abzusagen.«

Watanabe richtete sich kerzengerade auf. Er reichte Murdoch kaum bis zum Schlüsselbein. »Machen Sie keine Schwierigkeiten, Mr Murdoch. Ihre Hartnäckigkeit wird sie nur noch mehr verärgern. Sie dienen Ihrem Anliegen am besten, wenn Sie jetzt gehen, ohne Aufsehen zu erregen. Wenn Sie Miss Ashida wirklich beeindrucken wollen, kommen Sie morgen wieder und ersuchen Sie erneut um einen Termin.«

Der Rat war durchaus nützlich, ja, er gefiel ihm sogar, und so wippte Murdoch nach hinten auf die Fersen. Einen potenziellen Verbündeten wie Watanabe zu verlieren wäre ein Fehler gewesen.

»Einverstanden«, entgegnete er und deutete eine leichte Verbeugung an, ganz ähnlich derjenigen, die er viele japanische Männer seit seiner Ankunft vor sechs Stunden hatte machen sehen. »Ich komme morgen wieder. Bitte richten Sie Miss Ashida meine Empfehlungen aus.«

Dann drehte er sich auf dem Absatz um und verließ das Gebäude.

Kiyoko warf den goldenen Stift auf die Schreibtischplatte und stand auf.

Mr Murdoch hatte mehr Selbstbeherrschung gezeigt, als sie ihm zugetraut hätte. Sie hatte gesehen, dass er bei Ryujis Zurückweisung erstarrt war. Bedienten sich westliche Männer nicht üblicherweise des Mittels der Einschüchterung, um ans Ziel ihrer Wünsche zu kommen? Das aggressive Straffen seiner Schultern und sein emporgerecktes, kantiges Kinn sprachen dafür, dass er um seinen körperlichen Vorteil wusste und versucht war, seine Größe zu nutzen, um seinen Willen durchzusetzen. Stattdessen war er gegangen. *Warum?*

Es klopfte leise an die Tür, und sie wandte den Blick vom Videomonitor. In der Tür stand ein älterer Mann mit schneeweißem Haar in einer langen, fließenden Robe und wartete gleichmütig auf die Erlaubnis einzutreten. Sora Yamashita, ihr Mentor.

»Kommen Sie herein, Sora-sensei«, begrüßte sie ihn.

Er näherte sich ihr langsam, aber mit der geschmeidigen Leichtigkeit eines Mannes, der viele Jahre jünger schien. »Dieses Büro sieht noch genauso aus wie zu Zeiten Ihres Vaters. Hat Watanabe es nicht übernommen?«

Kiyokos Blick wanderte durch den Raum und verweilte kurz auf der imposanten Erstdrucksammlung von Papierwährungen an der gegenüberliegenden Wand. Ein bedeutender Teil von Tatsu Ashidas Leben wurde hier geehrt. Ein Teil, den sie nicht sehr gut kannte. »Er hat sich das Büro nebenan ausgesucht.«

»Hm.« Sora fuhr mit dem Zeigefinger über die dünne Staubschicht auf einem der Regale. »Die Assistentin deines Vaters hat mir berichtet, dass unten ein Amerikaner darum bittet, zu dir vorgelassen zu werden.«

Das Gesicht des Älteren war gelassen, aber Kiyoko spürte die Nachdenklichkeit hinter seinen dunkelbraunen Augen. Der Amerikaner hatte sein Interesse geweckt.

»Das ist ein Freund einer Person, die ich verachte«, erklärte sie. Sie wartete auf eine Reaktion. Es kam keine. »Was führt Sie in die Stadt, Sensei?«

»Heute war ein glückverheißender Tag für einen Besuch. Deshalb bin ich hier.«

Das war eine angemessene Antwort von einem weisen alten Onmyōji, der in der Kunst der Kalenderdeutung bewandert war. Doch bei Sora war nichts so einfach, wie es dem Anschein nach wirkte. Oder so einfach wie das ruhige Blau seiner Aura. Ihre angeborene Begabung, die farbenprächtigen Ausstrahlungen der menschlichen Lebenskraft zu lesen, verschaffte ihr bei ihrem Mentor keinen Vorteil. »Ist er etwa der *kraftvolle Mann*, der Ihren Prophezeiungen nach meine Zukunft beeinflussen wird, Sensei?«

»Möglicherweise«, erwiderte er. »Meine Deutung besagte, dass er ein Fremder ist.«

»Das wäre bedauerlich. Ich habe ihn weggeschickt.«

Der Sensei zuckte die Achseln. »Wenn es dir gelingt, ihn abzuweisen, ist er nicht der richtige Mann.«

Ihr Blick kehrte zu dem Videomonitor zurück, der nun eine leere Lobby zeigte. Wenn er nicht der Mann war, dessen Eintreffen Sora vorhergesagt hatte, warum spürte sie dann ein Gefühl des Verlusts, nun, da er fort war?

Asasel zerrte an dem beengenden Krawattenknoten, während er Watanabes Bürotür zuzog und versperrte. Welch ein erhellender

Händedruck das gewesen war! Er betätigte einen Knopf neben der zimmerhohen Fensterfront, und sie verdunkelte sich sofort.

Murdoch hatte keine Seele.

Sehr merkwürdig. Die einzigen seelenlosen Kreaturen, die sich auf der mittleren Ebene bewegten, waren die unsterblichen Krieger, die die Herrin des Todes damit betraut hatte, die Seelen der Toten zu holen. Vieles hatte sich in den zweitausend Jahren verändert, die er gefangen im Sumpf der Zwischenwelt verbracht hatte, aber das nicht. Darauf verwettete er die Federn seiner Schwingen. Aber zu seiner Zeit waren die Seelenwächter nicht auf der Suche nach dunklen Reliquien quer durch die Welt gereist.

Er murmelte eine kurze Zauberformel, und innerhalb eines Wimpernschlags, ohne einen einzigen verräterischen roten Funken, war er auf die schattenhafte Burg zurückgekehrt, die seine Speichellecker ihm errichtet hatten. Reisen aus der Zwischenwelt und wieder zurück unterlagen nicht denselben Beschränkungen wie Reisen aus der Hölle. Er wusste nicht genau warum, aber die Logik legte nahe, dass dies so war, weil die Zwischenwelt innerhalb der Schranken existierte. Nicht, dass es ihn gekümmert hätte. Es zählte allein, dass er, während seine Kraft wiederkehrte, die Fähigkeit erlangte, sein Gefängnis nach Belieben zu verlassen und die mittlere Ebene zu betreten.

»Schaff mir eine Seele herbei, die ich essen kann«, befahl er der nebelhaften schwarzen Gestalt, die im Schatten neben der Tür schwebte.

Sobald sie sich hastig davongemacht hatte, zauberte Asasel eine Flasche schweren Rotweins herbei. Er riss den Korken heraus und stürzte eine reichliche Menge hinunter, um den Geschmack des grünen Tees fortzuspülen.

Eines war gewiss: Murdoch war ebenso wie er auf der Suche nach dem Tempelschleier. Ohne ihn würde er nicht heimkehren.

Warum sonst sollte der Mann in Rom gewesen sein, als Asasels Gradioren auftauchten, um die Aufzeichnungen des Protektorats über den Schleier an sich zu bringen? Warum sonst sollte er nun hier sein? Obwohl es erfreulich gewesen wäre, wenn der Bursche den Wink mit dem Zaunpfahl verstanden hätte und dahin verschwunden wäre, woher er gekommen war, hatte das entschlossene Flackern in seinen Augen schon angedeutet, dass er wiederkommen würde. Die einzige offene Frage war gewesen, wann.

Es wurde Zeit, die Dinge etwas zu beschleunigen.

Kein freundliches Werben um Kiyoko mehr. Das Wissen um den Verbleib des Schleiers war in ihrem hübschen Kopf gespeichert, und er beabsichtigte, es aus ihr herauszupressen. Mit Gewalt, wenn nötig. Wenn er sich der arkanen Magie bediente, um ihre Gedanken zu öffnen, konnte das die Erzengel alarmieren, doch dieses Risiko musste er eingehen. Seinem neuen Rivalen einen Schritt voraus zu sein war von größter Wichtigkeit.

Die Tür öffnete sich, und ein frisch gemordeter Körper – mit noch unberührter Seele – wurde zu ihm hereingeworfen.

Asasel lächelte.

Nichts durfte seine triumphale Rückkehr von den Toten vereiteln.

2

Warten gehörte nicht zu Murdochs Stärken.

Und doch war er hier und drehte freiwillig Däumchen, bis Kiyoko Ashida ihren sehr langen Arbeitstag beendet haben würde. Denn die Alternative – bis morgen zu warten – war noch schlimmer.

Er stand auf der anderen Straßenseite, mit Blick auf das glänzende Glasgebäude der Ashida Corporation, und fasste jedes Auto ins Auge, das die Tiefgarage verließ. Leider war Sapporo nicht mit der quirligen Metropole Tokio zu vergleichen, und so erregte seine große Gestalt Aufmerksamkeit auf der ruhigen, von Bäumen gesäumten Straße. Aber er blieb trotz der neugierigen Blicke wachsam. Als die Stunden vergingen und die Dunkelheit hereinbrach, wurde er jedoch immer ungeduldiger. Der Flug von Los Angeles war lang gewesen, und er brauchte etwas zu essen und das eine oder andere Glas Bier.

Es war fast sieben Uhr, als das breite Garagentor endlich in die Höhe rasselte und eine schnittige, dunkle Limousine amerikanischen Fabrikats Richtung Norden auf die Straße glitt.

Ohne seine Seelenwächter-Nachtsichtigkeit wäre es unmöglich gewesen, die Insassen hinter den getönten Fenstern zu erkennen. Doch so konnte er drei Menschen im Inneren der Limousine ausmachen – Watanabe, die junge Frau, die, wie er von Lenas Foto wusste, Kiyoko Ashida war, und einen älteren Mann mit weißem Haar.

Das Warten war vorüber.

Murdoch stieg in den winzigen Wagen, den er am Flughafen gemietet hatte, und folgte ihnen. Er fühlte sich in dem Honda beengt, aber die Angst davor, die Limousine auf den fremden Straßen zu verlieren, verdrängte das Gefühl des Unbehagens.

Nachdem er die Stadt einmal durchquert hatte und seine Beute ihm einige Male an roten Ampeln fast entwischt wäre, fuhr er hinter der Limousine an den Straßenrand. Sie hatte vor einem siebenstöckigen, braun-weißen Gebäude angehalten. Murdoch konnte kein Wort Japanisch lesen, aber die riesige Krabbe, die über dem Haupteingang hing, wies das Haus als Fischrestaurant aus.

Die drei Insassen der Limousine stiegen aus und betraten das Gebäude.

Als das Fahrzeug von einem Angestellten weggefahren wurde, begab sich Murdoch auf die verzweifelte Suche nach einem Parkplatz, ohne dass einer in Sichtweite gewesen wäre. Erst zehn Minuten später kehrte er zu Fuß zurück. Beruhigende Koto-Musik und eine lächelnde junge Frau, die in einen marineblauen Kimono mit hellgelbem Obi gekleidet war, empfingen ihn.

»Ich suche einen Gast«, erklärte er ihr. Er sprach langsam, in der Hoffnung, so die Sprachbarriere überwinden zu können.

»Sein Name, Sir?«, fragte die Hostess und blickte auf ihre Reservierungsliste. *Englisch, gelobt sei Gott!* Trotz der überwältigenden Anzahl japanischer Gesichter, die er sehen konnte, war das Restaurant ganz offenbar auch eine Adresse für Touristen.

»Watanabe. Er ist mit Miss Kiyoko Ashida hier.«

Ihr Gesicht blieb freundlich, doch ihr Tonfall kühlte sich kaum merklich ab. »Watanabe-san und seine beiden Gäste speisen in einem Separee für drei.«

Mit anderen Worten: *Sie werden nicht erwartet.*

»Sagen Sie mir nur, wo das ist«, gab er zurück. Unter Aufbietung all seines Charmes lächelte er sie innig an. »Ich gehe hin, sage Hallo, und vielleicht wird Mr Watanabe Sie dann um einen größeren Tisch bitten.«

Alle Freundlichkeit wich aus dem Gesicht der Hostess, und es blieb nichts als Abweisung, die jedoch nicht angriffslustig wirkte. Auch die Neigung ihres Kopfes strahlte bemerkenswerte Zurückhaltung aus. »Das würde gegen die Regeln verstoßen, Sir. Wenn Sie mir Ihren Namen nennen, werde ich Ihre Bitte Watanabe-san vortragen. Sie dürfen als Gruß des Hauses ein Glas Sake trinken, während Sie warten.«

Sie war ein wirklich guter Zerberus.

Und wenn er nicht so entschlossen gewesen wäre, hätte sie auch gewonnen.

Mit seiner breitschultrigen, über 1,80 Meter großen Gestalt beugte Murdoch sich über sie, um seinen Worten mehr Gewicht zu verleihen. »Spaß beiseite, Mädchen. Ich kriege meinen Willen. Entweder Sie sagen mir jetzt, wo Mr Watanabe und seine Gäste sitzen, und ersparen sich selbst die Peinlichkeit, dass ein großer Schotte ins Separee platzt, oder ich mache es auf die harte Tour und verschütte eine Menge grünen Tee. Sie haben die Wahl.«

Sie senkte den Blick. »Ich hole den Geschäftsführer.«

Und weg war sie.

Murdoch sah auf den ausgeklügelten elektronischen Sitzplan auf dem Pult, aber er bestand aus einem Gewimmel unverständlicher japanischer Schriftzeichen. Die einzigen vielversprechenden Anhaltspunkte waren die Sterne, die zwei Räume markierten – einen im ersten Stock und einen im dritten.

Waren Watanabe und Kiyoko besondere Gäste? Er würde es erfahren.

Da das Restaurant wegen der anhaltenden Proteste um das nahe gelegene Hokkai-Regierungsgebäude nur halb besetzt war, fand er sie angenehmerweise auf Anhieb.

Als er die Reispapiertür eines kleinen Raums gleich neben einem kunstvoll angelegten Steingarten aufschob, begegnete er über einen rauchgebeizten Bambustisch hinweg Watanabes Blick. Alle drei Gäste knieten auf Kissen und aßen Sashimi. Rohe Meeresfrüchte. *Igitt!*

»Mr Murdoch!«, stieß Watanabe hervor, während er auf die Füße kam, die Augen vor Zorn weit aufgerissen. »Dies ist äußerst unpassend. Sie stören ein privates Essen.«

Murdoch bedachte den Generaldirektor nur mit einem flüchtigen Blick. Er richtete seine Aufmerksamkeit auf die Frau, die mit am Tisch saß, ein hübsches Mädchen in einem hellrosa Twinset, das ihr dunkles Haar und ihre dunklen Augen gut zur Geltung brachte. »Hat Mr Watanabe erwähnt, dass ich heute in Ihrem Büro versucht habe, mich Ihnen auf passendere Weise zu nähern?«

Die Frau stellte ihre kleine Teetasse zurück auf den Tisch. Sie hatte zarte Gesichtszüge, aber sie war nicht von zartem Wesen. Sie zitterte nicht. »Er musste mich nicht davon unterrichten«, erwiderte sie mit einem lediglich angedeuteten Akzent in wohlgesetztem Englisch. »Ich war es, die ihn gebeten hat, Sie abzuweisen.«

Sie erhob sich in einer geschmeidigen, anscheinend mühelosen Bewegung von den Knien. Ihre Haltung war pure Gelassenheit von der Art, die man nur durch vollkommene Beherrschung des Körpers erlangt.

»Bitte gehen Sie, Mr Murdoch. Ich habe Ihnen nichts zu sagen.«

»Das kann ich leider nicht«, entgegnete er und bemerkte erstaunt, dass er die Augen nicht von ihr lassen konnte. Er hatte schon jede Menge Lippen mit rosa Lipgloss und freche kleine Nasen gesehen. Was faszinierte ihn nur so an ihr? »Ich habe einen Auftrag. Sie mögen die Person vielleicht nicht, die mich geschickt hat, aber sie hat mir versichert, dass Sie verstehen würden, wie wichtig mein Auftrag ist.«

Ihr Blick aus braunen Augen begegnete dem seinen. »Ich kann Ihnen nicht helfen.«

»Ich habe Ihnen ja noch gar nicht gesagt, wonach ich suche.«

Watanabe ließ das Handy, in das er eben noch gemurmelt hatte, in die Tasche zurückgleiten. Er sagte leise etwas auf Japanisch zu Kiyoko und wandte sich dann wieder Murdoch zu. »Die Polizei ist auf dem Weg, Mr Murdoch. Wenn Sie eine Nacht im Gefängnis vermeiden wollen, schlage ich vor, dass Sie jetzt gehen.«

»Ich werde nirgendwohin gehen, bis Miss Ashida bereit ist, mir fünf Minuten zu geben. Unter vier Augen.«

»Auf gar keinen Fall!«, donnerte Watanabe.

Der ältere Herr trank weiter still seinen Tee, als würde er die Anspannung im Raum gar nicht bemerken. Kiyoko berührte ihn am Arm, um ihn zum Aufstehen zu ermuntern, doch er ignorierte sie.

Aus dem Augenwinkel registrierte Murdoch die Ankunft zweier stämmiger junger Männer, die beide schwarze Roben trugen, ganz ähnlich jener, in die der seelenruhige, Tee trinkende ältere Mann gekleidet war. Japanische Türsteher. In einer milden Reaktion auf die potenzielle Gefahr schwoll eine kleine hitzige Blase in Murdochs Brust an.

»In jedem Fall werden wir diese Unterhaltung nicht fortsetzen«, fügte Watanabe hinzu, während er Miss Ashida mit der Hand an ihrem Ellbogen zur Tür geleitete. »Wir gehen.«

»Nicht, bis ich meine fünf Minuten bekomme.«

Watanabe runzelte die Stirn. »Machen Sie es nicht komplizierter, als es sein muss. Diese Männer« – er wies auf die beiden, die nun direkt hinter Murdoch standen – »sind hier, um dafür zu sorgen, dass Ashida-san und ich uns ohne weiteren Zwischenfall entfernen können.«

»Wenn sie mich auch nur anrühren«, sagte Murdoch leise, »riskieren sie ihr Leben.«

Der ältere Mann kam nun endlich auf die Füße und lächelte flüchtig, während er imaginäre Falten aus seiner Robe strich.

»Drohungen sind vollkommen unnötig«, gab Watanabe zurück.

»Das war keine Drohung. Das war eine Warnung.« Murdoch hatte keine Zeit für lange Erklärungen. Er versuchte erneut, Kiyoko Ashida anzusprechen, und sah ihr direkt in die Augen: »Fünf Minuten. Das ist alles, worum ich Sie bitte.«

Sie antwortete nicht. Sie ging einfach weiter.

Die beiden Männer in Murdochs Rücken traten noch einen Schritt näher, ganz offensichtlich in der Absicht, ihn davon abzuhalten, Miss Ashidas Abgang zu behindern, und die Wärme in seiner Brust flammte zu einem kleinen Feuer auf. Nur zwei Männer, der Brand blieb also überschaubar. Vorläufig.

Murdoch konnte Kiyoko keinesfalls gehen lassen, ohne mit ihr über die Reliquiensammlung gesprochen zu haben, die sie vor kurzem von ihrem Vater geerbt hatte. Wenn die Waffe, die er suchte, darunter war, würde das der Welt eine Menge Kummer ersparen. Als sie an ihm vorüberging, streckte er die Hand nach ihrem Ärmel aus.

Aber ihre Reflexe waren hervorragend. Sie riss den Arm fort, bevor Murdoch sein Ziel erreichen konnte, und dabei streiften ihre Finger die seinen.

Murdoch verdrehte die Augen.

Eine Welle heißer, flüssiger Lust raste seinen Arm hinauf, flutete in seine Brust und zwang ihn fast in die Knie. Er schwamm darin – mit pochendem Blut, flachem Atem und geschärften Sinnen. Es war das heftigste Verlangen, das er in seinem gesamten siebenhundertjährigen Dasein gespürt hatte, leckte über jeden Quadratzentimeter Haut, versetzte jedes Nervenende in Alarmzustand und schickte jeden einzelnen Tropfen Blut in seine Lendengegend. Der Drang, in Kiyoko Ashidas warme Arme zu sinken, war so stark und unerbittlich, dass er eine Gänsehaut bekam und sich Speichel in seinem Mund sammelte. Er wollte sie, wie er noch nie zuvor eine Frau gewollt hatte. Dies war sowohl höchst reizvoll als auch zutiefst erschreckend.

Erschreckend, weil der Berserker in ihm den plötzlichen Mangel an Selbstbeherrschung zu nutzen wusste. Er erhob sich in einer roten Flut der Raserei, die jeden leeren Gedanken erfüllte und ihn zu verschlingen drohte. In genau diesem Moment begingen die beiden jungen Krieger, die dazu abgestellt waren, Miss Ashida zu schützen, den Fehler, seine Arme zu packen und ihn nach hinten zu zerren. In einem Meer des Blutdurstes treibend, wusste Murdoch nur noch eines – er durfte Kiyoko nicht gehen lassen. Eine verschwommene Erinnerung an seine Mission waberte durch seine tobsüchtigen Gedanken, doch der beherrschende Antrieb für alles, was folgen sollte, war eine primitive, fast schon animalische Gewissheit, dass die Frau in dem rosafarbenen Oberteil ihm gehörte und niemand sie ihm wegnehmen durfte.

Er riss seine Arme nach vorn.

Der erste Wächter segelte durch die Papiertür des Raums, der gegenüber auf der anderen Seite des Flurs lag, und landete inmitten einer Auswahl köstlicher Krabbengerichte. Reisbrei flog durch die Luft, und das Paar drinnen sprang auf und drückte sich an die falsche Steinwand. Der zweite Wächter hielt mit bewundernswerter Hartnäckigkeit Murdochs Arm fest, aber er war kein ebenbürtiger Gegner für die überwältigende Wut, die die Bewegungen Murdochs steuerte. Ein harter Faustschlag streckte ihn ebenfalls zu Boden.

Aber die Türsteher hatten ihr eigentliches Ziel erreicht – Murdoch aufzuhalten. Als er sich endlich ihrer entledigt hatte, waren Kiyoko und ihre beiden männlichen Begleiter schon an der Treppe angelangt.

Während sie aus seinem Gesichtsfeld verschwanden, brüllte er zornig auf und stürzte Richtung Treppenhaus, während er das Schwert aus dem unsichtbaren Wehrgehänge auf seinem Rücken zog. Panische Gäste spritzten nach allen Seiten auseinander. Doch die beiden jungen Krieger hatten noch nicht genug. Mit unerschütterlicher, wenn auch törichter Hingabe griffen sie ihn erneut an, diesmal mit Waffen in der Hand. Der eine schwang ein glänzendes Katana, der andere ein *nunchuck*.

Inzwischen fast an der Tür angekommen, war Murdoch mit einem wilden, frustrierten Knurren gezwungen, sich umzudrehen und seinen Widersachern die Stirn zu bieten.

Kiyoko stieg in die Limousine, dicht gefolgt von Ryuji. Sora ließ sich wie üblich nicht drängen und nahm sich alle Zeit der Welt. Sobald der Sensei saß, schloss ein Angestellter in Livree den Wagenschlag. Sie fuhren an und ließen das Restaurant hinter sich.

»Wie schade, dass wir schon gehen mussten«, sagte der ehrwürdige Mentor, als er sich zurechtsetzte und seine Robe glatt strich. »Ihm beim Kämpfen zuzusehen wäre ziemlich unterhaltsam geworden.«

Kiyoko hörte ihn kaum.

Sie spürte noch immer die kurze Berührung des Mannes. Ihr Herz raste, ihr Gesicht war gerötet, und ihre Hände zitterten. Schauer heißer, erregender Begierde marterten immer noch ihren Körper.

»Geht es Ihnen gut?« Ryuji starrte sie an, offensichtliche Besorgnis im Blick.

Was sollte sie darauf antworten? Dass sie sich noch nie zuvor in ihrem Leben lebendiger, entflammter gefühlt hatte? Wohl kaum. Darauf bedacht, Soras allwissendem Blick auszuweichen, wandte Kiyoko den Kopf ab und blickte aus dem Fenster. »Ja. Er hat mich ja kaum berührt.«

Die Limousine verlangsamte die Fahrt.

Die Kreuzung vor ihnen war von Hunderten Demonstranten blockiert. Sie trugen Schilder, deren Aufschriften Gier und Missmanagement für den Konkurs einer einheimischen Nahrungsmittelfirma verantwortlich machten. Dies waren schwarze Tage. Aus ähnlichen Gründen gingen Unternehmen in ganz Japan zugrunde – eine äußerst schmerzvolle Entwicklung für ein Land, in dem viele Menschen ihr gesamtes Arbeitsleben bei ein und demselben Arbeitgeber verbrachten.

Der Fahrer ließ die Trennscheibe hinunterfahren und warf ihnen im Rückspiegel einen Blick zu. »Der direkte Weg zum Anwesen ist versperrt. Wir müssen einen Umweg nehmen.«

Watanabe nickte. »Tun Sie, was Sie tun müssen.«

Die gläserne Trennscheibe glitt wieder nach oben, und der Wagen bog nach rechts ab, um den Demonstranten auszuweichen.

»Ich vermute, dass wir in diesem Restaurant in Zukunft nicht mehr so leicht eine Reservierung bekommen werden«, sagte Sora amüsiert. »Falls der Lärm Rückschlüsse auf den Schaden zulässt, den Mr Murdoch angerichtet hat, wird er eine beträchtliche Rechnung zu begleichen haben, wenn er fertig ist.«

»Nicht weniger als das hat er verdient«, entgegnete Ryuji scharf und lehnte sich in seinem Sitz zurück. »Ich hoffe, die Polizei sperrt diesen Irren weg.«

»Er schien doch zunächst recht vernünftig«, wandte Sora nachdenklich ein. »Ungeduldig, ja. Aber doch nicht wie ein tobendes Tier. Es sah fast so aus, als hätte ihn erst die Berührung von Kiyoko-san entfesselt.«

Kiyoko schaute zu ihm hinüber und bereute es sofort.

Sein Blick war ruhig. *Wissend.*

Sie errötete noch mehr. »Bestimmt nicht. Das war doch nur ein flüchtiger Moment.«

In Wirklichkeit hegte sie keinerlei Zweifel daran, dass der Auslöser für den gewaltigen Ausbruch des Mannes die Berührung ihrer Hände gewesen war. Sie hatte wie eine Explosion gewirkt, auf einer sowohl sinnlichen als auch energetischen Ebene. Der Grund dafür war ihr jedoch ein Rätsel. Wenn dieser Mann besessen war, hatte es sich jedenfalls nicht in seiner Aura gezeigt. Es gab keine vergiftete Mischung aus Grau und Schwarz. Darüber hinaus hätte selbst die Anwesenheit eines Dämons ihre eigene Reaktion nicht erklären können. Sie hatte im Laufe ihrer Mission schon andere Besessene berührt, und keiner hatte ihr jemals einen Stromschlag wie diesen verpasst.

»Es steht ja wohl außer Frage«, sagte Ryuji, »dass es keinerlei Kontakte mehr zu Mr Murdoch geben darf. Wenn er morgen wieder ins Büro kommt, lasse ich ihn vom Sicherheitsdienst aus dem Gebäude entfernen.«

Kiyoko antwortete nicht.

Ihr Blick blieb auf die vorüberziehende Landschaft gerichtet. Ein besänftigender Frieden kam über sie, während die Lichter Sapporos allmählich der Silhouette der Hügel vor den Toren der Stadt wichen.

Murdoch abzuweisen, fiel ihr nicht so leicht wie dem Generaldirektor ihres Unternehmens. Der Nachhall seiner kurzen Berührung brauste noch immer durch ihre Adern. Zu ihrer nervösen Erregung kam der kräftige Rhythmus, in dem ihr Herz schlug. Ihre Aura war einmal mehr von einem hellen Königsblau, und sanfte Wellen einer Vorahnung plätscherten in ihrem Unterbewusstsein. Nach Monaten des Leidens konnte sie nun fast wieder daran glauben, dass sie geheilt war. Wenn ihr nur nicht die Kraft entströmt wäre, um still in der Nacht zu versickern wie die wunderbaren Wellen ihrer Lust.

Doch schuld an ihrer Unruhe war nicht nur seine Berührung.

Schon bevor er die Hand nach ihr ausgestreckt hatte, war ihr Puls gerast. Ihn per Videokamera zu beobachten, hatte sie nicht auf die wuchtige Wirkung seiner körperlichen Anwesenheit vorbereitet. Er hatte mit achtloser Ungezwungenheit den öffentlichen Teil des Restaurants beherrscht, und seine Größe wie auch der Widerstand, den er leistete, hatten dem Begriff »Alphamännchen« durchaus alle Ehre gemacht. Und sie war hilflos seinem Zauber erlegen. Überraschend, gelinde gesagt. Vor diesem Abend hätte sie, nach ihrem Traummann befragt, sein Aussehen eher mit Zügen beschrieben, die an Ryujis vornehmes Gesicht und seine intelligenten braunen Augen erinnerten. Muskelpakete, ein kantiger Kiefer und Augen von der rostigen Farbe des Herbstlaubs hatten sie noch nie gereizt.

Und doch war das Ziehen des Begehrens nicht zu leugnen.

Und auch nicht seine rohe Intensität.

Die Limousine bog vom Highway ab und fuhr auf die vertraute, gepflegte Schotterpiste, die zum Grundstück führte.

Sie war keine Nonne. Man wurde nicht vierundzwanzig, ohne das Beben des Herzens und die schwüle Hitze der Erregung kennenzulernen. Doch so etwas hatte sie nie zuvor erlebt. Noch eine halbe Stunde nach Verlassen des Restaurants, als das beinahe unerträglich gierige Verlangen bereits abgeklungen war, ließen sich die Empfindungen, die ihren Körper immer noch peinigten, nicht mit so schwachen Worten wie »beben« und »Erregung« beschreiben. *Explodieren, erschauern, verheeren, verbrennen.* Das kam der Sache schon näher, und doch konnten auch sie nicht zur Gänze ausdrücken, was sie fühlte.

Sonderbar.

Und beschämend.

Jahre des Studiums, stundenlange Lektionen, wie sie ihren Geist kontrollieren konnte – alles zunichte in einem einzigen Augenblick. Alles zerstoben im Wind durch eine einzige flüchtige Berührung. Ihre Reaktion auf Murdoch war die einer Novizin gewesen, einer unerfahrenen Dienerin, nicht die erleuchtete Antwort einer Meisterin. Und doch behauptete sie von sich, eine Meisterin zu sein. Als direkte Nachfahrin von Abe no Seimei, dem verehrungswürdigsten Onmyōji-Zauberer aller Zeiten, war sie die Einzige, die eine Gruppe mystischer Krieger gegen den gegenwärtigen Wahnsinn in der Welt in den Kampf führen konnte.

»Selbst ein Meister kann ins Stolpern geraten«, sagte Sora leise.

Ihr Blick flog empor, um dem seinen zu begegnen.

Ryuji schnaubte. »Sie wollen doch wohl nicht andeuten, dass Murdoch so etwas wie ein Meister ist, oder?«

Der alte Mann zuckte die Achseln. »Alles an ihm flüsterte *Krieger.*«

»Flüsterte? Ha. Nichts an dem Mann flüsterte.«

Sora neigte den Kopf. »Bist du auch dieser Meinung, Kiyoko-san?«

Sie rief sich ihren ersten Eindruck vom Überwachungsmonitor im Büro ins Gedächtnis und schüttelte den Kopf. »Seine Geschicklichkeit spricht eine deutlichere Sprache als sein Gebrüll. Er bewegt sich mit der Geschmeidigkeit und dem Bewusstsein eines Elitesoldaten und nicht wie ein einfacher Antiquitätenhändler.«

Ryuji runzelte die Stirn. »Vielleicht sollten Sie bei Ihrer gemeinsamen Bekannten seine Referenzen überprüfen.«

»Nein.« Lena anzurufen stand nicht zur Debatte. Es war schon

»Nun ja, sie entspricht in der Tat der Beschreibung des kraftvollen Mannes, dessen Eintritt in dein Leben ich vorausgesagt hatte, nicht wahr? Inwieweit er deine Zukunft beeinflussen wird, bleibt abzuwarten. Vielleicht war es auch nur ein zufälliges Zusammenfallen von Ereignissen, das sich niemals wiederholen wird.« Er trank einen Schluck Tee.

»Oder?«

»Oder er ist die Antwort auf deine Gebete. Wenn Murdoch-san tatsächlich eine seltene Kraft besitzt, bist du möglicherweise dazu in der Lage, sie freizusetzen … dein Ki wieder zu entfachen und die Stärke zu gewinnen, um zu transzendieren.«

»Wir werden die Wahrheit nie herausfinden, wenn er Japan wieder verlässt«, erwiderte Kiyoko langsam, während sich Erregung in ihrem Bauch rührte. Der Gedanke, Murdoch wiederzusehen, war äußerst reizvoll.

»Das ist wahr.«

Kiyoko stand auf und ging zu dem geöffneten Fenster hinüber. Dunkelheit hatte sich wie ein Schleier über die November-Brauntöne gelegt, die das Tal bemalt hatten. Sie ließ den mondbeschienenen Fluss unter ihnen in einem surrealen Glühen aufleuchten. »Dann sollten wir Murdoch-san in den Dōjō einladen. Ich werde Yoshio und acht unserer besten Krieger entsenden, damit sie ihn hierherbegleiten.«

Sora lächelte. »Ich hoffe nur, das wird genügen.«

Murdoch schloss die Tür zur Duschkabine.

Was für ein verflucht scheußlicher Abend. Er hatte Kiyoko Ashidas Spur verloren, viel zu viel öffentliches Aufsehen erregt und sich in dem Restaurant eine saftige Rechnung eingehandelt, für deren Begleichung er keinerlei Rücklagen besaß. Aber es hätte noch schlimmer laufen können. Hätten sich die beiden Krieger nicht beim ersten fernen Heulen der Sirenen davongemacht, dann hätte er vielleicht weitergekämpft, bis die Polizei eingetroffen wäre.

Und Polizisten umzubringen wäre ein neuer Tiefpunkt in seinem Leben gewesen.

Die Hände zu beiden Seiten des Waschbeckens aufgestützt, stierte er in den beschlagenen Badezimmerspiegel. Kein einziger Kratzer. Kein blauer Fleck, kein gezerrter Muskel an seinem ganzen Körper.

Leider konnten seine beiden Widersacher nicht dasselbe von sich behaupten. Beide hatten das Schlachtfeld mit jeder Menge Verletzungen verlassen, deren Schweregrad von einer Bauchwunde bis zu einem gebrochenen Arm reichte. Sie hatten sich als außerordentlich flink erwiesen und länger als die meisten anderen standgehalten, aber der einsetzenden Schwerfälligkeit ihrer Beine nach zu urteilen, hätte es nicht mehr lange gedauert, bis sie in die Grube gefahren wären. Angesichts der Tatsache, dass es ihr einziges Verbrechen war, eine junge, wehrlose Frau zu beschützen, gefiel ihm dieser Gedanke gar nicht.

Was, zum Teufel, war geschehen?

Sicher, der Berserker in ihm war ein bisschen zu ungebärdig, und ihn im Zaum zu halten war ein ständiger Kampf, aber heute Abend hatte er wie besinnungslos über die Stränge geschlagen. Er hatte vollkommen die Kontrolle verloren, ganz so, als wäre er in eine aussichtslose Situation gedrängt worden, und sein Berserker hätte in einem letzten Befreiungsschlag ums Überleben gerungen. Gegen zwei mickrige Menschen jedoch hatte eine so heftige Reaktion keinen Sinn.

Er rieb sich mit der Hand über die nackte Brust.

Die Minuten, die seinem Abgleiten in den zornigen Berserkermodus gefolgt waren, verschwammen zu einer Flut von Kampfhandlungen. Aber seine Erinnerung an genau jenen Augenblick, unmittelbar bevor er darin versank, blieb so klar wie Quellwasser: die zufällige Berührung von Kiyoko Ashidas Hand. Das sinnliche heiße Streifen von Haut über Haut, das süße Brennen der Begierde in seinen Adern, das plötzliche und überwältigende Bedürfnis, sie zu besitzen.

In siebenhundert Jahren Existenz hatte er jeden nur erdenklichen Typ Frau kennengelernt und jede wunderbare Facette körperlicher Lust genossen. Zum Henker, er hatte schon vor langem den Überblick über die Zahl der Frauen verloren, die er flachgelegt hatte. Aber die Sehnsucht, die heute Abend in ihm aufgewallt war, ließ sich kaum als Lust beschreiben. Es war eher … hirnloser Wahnsinn. Er hatte Kiyoko so dringend gewollt, dass seine Knie schwach wurden und sein Verstand verdorrte. Sie sich über die Schulter zur werfen und mit ihr durchzubrennen, war ihm vollkommen vernünftig erschienen.

Nicht, dass die Vernunft die Oberhand behalten hätte. Nein. Stattdessen hatte ein primitiver Instinkt das Ruder übernommen.

Und dem Berserker Tür und Tor geöffnet.

Murdoch drehte sich um und kehrte in den Wohnbereich des Hotelzimmers zurück. Das Zimmer war angenehm groß und bot ein modernes Kingsizebett sowie jede Menge Platz, um sich zu bewegen. Aber die großzügige Gastfreundschaft des Hotels wurde nun beeinträchtigt durch die neun Männer in schwarzen Roben, die mit ihren Schwertern an der Seite vor der Badezimmertür warteten.

Jeder andere Mann, der nichts als ein Handtuch trug, dem das Haar klatschnass auf die Schultern hing und dessen Waffe nutzlos auf dem Bett lag, hätte sich vermutlich davon einschüchtern lassen. Murdoch unterdrückte ein zufriedenes Prusten.

Neun versprachen einen viel faireren Kampf als zwei.

3

Unglücklicherweise würde er sich bei Kiyoko Ashida nicht eben beliebter machen, wenn er neun ihrer Männer umbrachte. Und sie war alles, was im Augenblick zählte. Murdochs Blick wanderte auf der Suche nach dem Anführer über die Gesichter der Männer. Es dauerte einen Moment, ihn unter all den stoischen Mienen ausfindig zu machen, aber die Härte im Blick eines der neun verriet ihn doch.

»Ist das eine Einladung?«, fragte Murdoch ihn freundlich.

Der Krieger nickte. »Ashida-san bittet um Ihren Besuch.«

»Tatsächlich? Der große Abgang, den sie vor ein paar Stunden hingelegt hat, war also nur Show?«

Der junge Krieger antwortete mit Schweigen. Einem eindeutig missbilligenden Schweigen.

»Und wo soll das Treffen stattfinden?«, fragte Murdoch.

Immer noch Schweigen.

Offenbar war der andere keine Plaudertasche. Dafür umso arroganter. Ein Glück für die Gurkentruppe, dass es ihm durchaus behagte, der Einladung zu folgen, sonst wäre er versucht gewesen, ein paar von ihren Rüben mit seinen Fäusten zu bearbeiten, um sein Mütchen zu kühlen.

Murdoch rempelte im Vorbeigehen den letzten Krieger an und ging zum Bett hinüber. Dort öffnete er den schweren Seesack aus Segeltuch und wühlte darin nach sauberer Kleidung. Weißes T-Shirt, schwarze Jeans. Wie immer. Ohne einen Hauch von Scham riss er sich das Handtuch von den Hüften und zog sich an. Nachdem er die letzte Schnalle an seinen Stiefeln geschlossen und die breiten Schultern in seine Bomberjacke gezwängt hatte, nahm er sein Schwert vom Bett und wedelte damit Richtung Tür.

»Okay, Jungs. Finden wir heraus, welche Überraschung Miss Ashida für mich auf Lager hat. Wollen wir?«

Obwohl es nur ein Routineeinsatz war, hielt sich Emily peinlich genau an Brians Anweisungen. Probleme konnten in San Francisco genauso leicht auftreten wie anderswo. Sie wartete, bis ihre Armbanduhr zwei Uhr fünfzehn anzeigte, dann betrat sie das verlassene Lagerhaus durch einen Nebeneingang. Lafleur und Hill folgten ihr auf dem Fuße.

Sie versank fast augenblicklich in dem düsteren, dämonischen Schlamm. Natürlich war es kein richtiger Schlamm. Eher einer von der mentalen Sorte. Nach eineinhalb Jahren Kampf gegen die Dämonen hatten sich ihre Sinne so gut auf deren unheimliches Wesen eingestellt, dass sie sie selbst mit geschlossenen Augen aufspüren konnte.

Aber wenn man sich einem Nest von Chaosdämonen näherte, war es das Beste, die Augen offen zu halten. Emily achtete peinlich genau darauf, nicht auf die Glasscherben und Metallsplitter auf dem Boden zu treten, und schlich, das Schwert in der Hand, leise eine Trennwand entlang und unter den herabhängenden Rohren eines alten Kanalsystems hindurch. Das Nest befand sich zwar in der Hochofenhalle im Keller, aber es konnte jederzeit ein Chaosdämon auch in den oberen Geschossen auftauchen und sie alle hochgehen lassen.

Ein Nest zu bilden, erlaubte es den Dämonen, ihre Energie zu bündeln und unbegrenzt lange auf der mittleren Ebene zu verweilen. Indem die Höllenbrut das Nest als Sammelpunkt nutzte, konnte sie viel öfter und bösartiger zuschlagen. Weshalb es oberste Priorität hatte, sie zu vernichten.

Emily erreichte die Tür zum Kellergeschoss zur gleichen Zeit wie Brian, der von der Vorderseite des Gebäudes kam. Er trug seine übliche Dämonenjägerkluft – Designerjeans, T-Shirt und ein Paar arg mitgenommene Nike-Turnschuhe. Seine Freundin Lena stand hinter ihm. Mit dem straff zurückgebundenen Haar und der wachsamen Haltung sah sie wild entschlossen aus.

Zwölf, formte Emily lautlos mit den Lippen. Ein glattes Dutzend Dämonen.

Brian nickte, dann zog er die Tür auf und sprang die Treppe hinunter, immer zwei Stufen auf einmal nehmend. Die anderen folgten ihm.

Der rechteckige Raum war spärlich beleuchtet. Eine einzige Kerze stand im Zentrum des Pentagramms, das auf den Boden gemalt war. Kissen, die eine neue Füllung hätten vertragen können, und Stapel von Fastfoodverpackungen säumten den äußeren Kreis und ließen darauf schließen, dass hier Jugendliche am Werk waren.

Emily verdrehte die Augen. *Und Teenager in aller Welt mussten diesen schlechten Ruf wieder ausbaden*.

Leere Kisten und alte Putzutensilien waren an der langen Wand aufgereiht. In der gegenüberliegenden westlichen Ecke, wo die Schatten tiefer und schwärzer waren, verdunkelte ein graues Knäuel aus sich windenden Gliedmaßen den rohen Beton und die wackligen Regale.

Das Nest.

Brian übernahm die Führung und schlich geduckt auf die leise summende, dunkle Masse zu. Sein Schwert zischte mit unbarmherzigem Schwung durch die Luft. Es durchstach den Schild um die Dämonen, so dass ein langer, schmaler Tunnel in der schützenden Blase entstand, der die Dämonen der Umgebungsluft aussetzte. Sofort schwoll das Gemurmel zu einem Geheul an, und zwölf Dämonen schwärmten aus, um sich auf die Seelenwächter zu stürzen.

Emily duckte sich.

Der Trick, mit dem man einen Chaosdämon in die Knie zwang, bestand darin, ihm keine Angriffsfläche zu bieten.

Was nicht so leicht war, wie es klang. Chaosdämonen waren fast unsichtbar. Nur ein undeutlicher Umriss verriet sie, und selbst der wirkte wie ein transparentes Flackern. Wenn man nicht schnell genug war, hatten sie die gemeine Unart, einem die Klauen in die Kleidung zu schlagen, ihr Summen zu einem fiebrigen Fiepen zu steigern und dann zu explodieren. Und all das innerhalb weniger Sekunden.

Emily schloss die Lider und überließ es ihren Sinnen, die Dämonen zu finden. Vor ihrem geistigen Auge identifizierte sie rasch die zwölf Flecken fauligen Schlamms, die die Dämonen verkörperten, und schied sie von dem strahlend weißen Licht, das im Inneren jedes Seelenwächters pulsierte. Dann griff sie an.

Ihr Schwert war kurz und leicht und speziell für einen Teenager angefertigt. Ihr Instinkt führte es und rammte es leise zischend einem Chaosdämon in den Hals. Er war sofort tot. Als das Dämonenblut die Klinge hinablief, leuchtete der Stahl grün auf und vibrierte von der gebundenen Energie eines Dämonenblutzaubers.

Emily wich einem heranstürmenden Dämon aus, warf sich geschmeidig herum und stieß einem anderen dieser Geschöpfe ihr Schwert in den Bauch. Dabei kam sie der Spitze von Brians Waffe ein wenig zu nahe, und sie spürte, wie der kalte Stahl ihren Arm aufschlitzte.

Er fluchte.

Sie ignorierte die Wunde und warf sich auf ein weiteres Opfer.

Da sechs Wächter an ihrer Seite kämpften – jeder Einzelne von ihnen ein erfahrener Krieger mit unsterblicher Kraft und verwirrender Schnelligkeit –, dauerte der Kampf nicht lange. Im Handumdrehen waren zwölf Leichen auf das Pentagramm gestapelt und mit Weihwasser aus Lenas Umhängetasche besprengt.

»Zeit für das Putzkommando«, sagte Emily mit zufriedenem Grinsen.

Brian hob den Blick von den Dämonenleichen. »Du riskierst zu viel, Em. Musst du wirklich mit geschlossenen Augen kämpfen?«

»Tut mir leid. Ich weiß, dass es seltsam klingt, aber wenn ich die Augen schließe, hilft mir das, sie zu sehen. Ich wollte dir eigentlich nicht so nahe kommen.« Sie warf einen Blick auf die blutende Wunde an ihrem Arm, und kraft ihres Willens heilte sie sofort. Das Fleisch schloss sich unverzüglich und hinterließ nichts als gesunde, rosige Haut. »Schon wieder gut.«

»*Alles* wird gut, wenn ich keine Fünfzehnjährige mehr auf ein Nest von Dämonen loslassen muss«, entgegnete Brian grimmig.

»In ein paar Wochen werde ich sechzehn. Praktisch erwachsen. Dann kann ich den Führerschein machen.«

Er knurrte. »Erinnere mich bloß nicht daran!«

Plötzlich schoss ein Blitz aus blauer Elektrizität durch den Raum und fuhr in einen metallenen Klappstuhl und die Lüfterschaufeln eines rostigen Ventilators. Die Luft wurde trocken, und scharfer Zitronengeruch stieg Emily in die Nase. Eine Sekunde später machte es Plopp, und ein gutaussehender junger Mann mit langen braunen Locken im lässigen Aufzug eines Skaterboys erschien aus dem Nichts.

»Uriel!«, begrüßte Emily ihn lächelnd.

Der Erzengel lächelte flüchtig zurück, dann nickte er Brian zu. »Gute Arbeit. Jemand verletzt?«

Brian schickte Emily einen strengen Blick und antwortete: »Nein, uns geht es gut. Wie ist das Virginia-Wunder gelaufen?«

»Hervorragend.« Der junge Mann fuhr sich mit der Hand durchs Haar und grinste. »Die Tugendengel leisten ziemlich beeindruckende Arbeit. Sie haben einen Feuerwehrmann ausgewählt, der bereits für seine Tapferkeit berühmt war und die Angewohnheit hatte, sein Christophorus-Medaillon zu küssen, bevor er ein brennendes Gebäude betrat. Mit ihrer göttlichen Hilfe hat der Bursche sein Team sicher zu acht eingeschlossenen Menschen geführt und sie alle sicher herausgebracht, bevor das Haus zusammenstürzte. Es kam noch in die Spätnachrichten und wird morgen in allen Zeitungen von Richmond stehen.«

»Ich liebe gute Nachrichten«, bemerkte Brian, während er sein Schwert in das Ledergehänge an seiner Seite zurücksteckte. Seine große Hand griff nach der von Lena und zog sie an sich. »Apropos: Wir haben von Murdoch gehört. Die sechste Schandreliquie könnte doch mehr als nur ein Gerücht sein. Er sagt, dass er eine echte Spur hat.«

Uriel deutete auf den Stapel Dämonenleichen. »Lass mich die erst entsorgen, dann kannst du mir erzählen, was er herausgefunden hat.«

Brian nickte. »Wir sehen uns auf der Ranch. Okay, Leute, lasst uns den Abflug machen. Wir sollten verschwunden sein, wenn unsere kleine Satanistenbande wiederkommt.«

Er und Lena gingen an der Spitze der Wächter die Treppe hinauf.

Emily blieb zurück.

Sie beobachtete, wie Uriel seine Hände aneinanderrieb, und bewunderte die dicken weißen Funkengarben, die dabei zu Boden sprühten. Ein Ausdruck intensiver Konzentration trat kurz auf sein schönes glühendes Gesicht, dann explodierte ein strahlender Blitz im Raum, und die Leichen der Chaosdämonen lösten sich in einer Säule aus hellgrauem Staub auf. Er murmelte einige unverständliche Worte, worauf das Pentagramm verblasste und mit dem Betonboden verschmolz.

»Uriel?«

Er hob den Blick. »Stimmt etwas nicht, Emily?«

»Nein, eigentlich ist alles in Ordnung.« Sie holte tief Luft und nahm all ihren Mut zusammen. »Man hat Pläne mit mir, oder? Offenbar wird doch von der Dreifältigen Seele erwartet, dass sie dieses ganze Chaos repariert, das Satan mit den Reliquien anrichtet. Na ja, und da wäre es sehr hilfreich zu wissen, wie. Und wann.«

Uriels braune Augen blickten freundlich.

»Die Lage ist vollkommen unklar, Emily. Wir spüren, dass sich eine Kraft aufbaut, aber zum jetzigen Zeitpunkt können wir noch nicht sagen, wie die Konfrontation schlussendlich aussehen wird. Viel hängt von unserem Vorgehen in den nächsten Monaten ab.«

Sie runzelte die Stirn. »Weiß Gott denn nicht alles?«

Uriel schüttelte den Kopf. »Die Zukunft ist nicht in allen Einzelheiten festgeschrieben, nur lose umrissen. Es sind noch immer viele Varianten denkbar.«

»Aber woher soll ich wissen, dass ich die richtigen Dinge lerne? Woher weiß ich, dass es nicht eine Spezialwaffe gibt, die ich haben sollte, von der ich aber keine Ahnung habe?«

»Es gibt keine Spezialwaffe, Emily. *Du* bist die Waffe.«

»Schon klar«, schimpfte sie. »Ich fühle mich auch wie eine Waffe.«

Er runzelte die Stirn. Verwirrung war in seinem Blick zu lesen.

»›Waffe‹ ist ein anderes Wort für ›Depp vom Dienst‹.« Sie seufzte. »Hör zu. Das Problem ist doch dieses: Die Wächter haben einen Job. Ich nicht. Ich bin für gar nichts zuständig. Da niemand weiß, was bei der Apokalypse auf mich zukommen wird, soll ich einfach alles lernen. Aber so werde ich nirgends wirklich gut. Es wäre schön, wenn ich eine Aufgabe hätte, auf die ich mich konzentrieren kann.«

»Ich verstehe, dass du frustriert bist. Aber du musst geduldig sein, Emily. Alles wird dir rechtzeitig klarwerden. Hör einfach nicht auf zu lernen und lerne, so viel du kannst.«

»Ich habe schon so viel gelernt. Frag Lachlan«, erwiderte sie. »Ich kann mich teleportieren, wohin ich will und wann ich will. Ich kann über vierzig Zaubersprüche auswendig, und ich werde immer besser im Schwertkampf. Das ist nicht die Frage. Aber wenn ich mich auf eine Sache spezialisieren würde, könnte ich darin wirklich gut werden. Vielleicht sollte ich Zeit mit dir und den Engeln verbringen? Um mal einen anderen Blickwinkel einzunehmen?«

»Nein. Die Lektionen, die du lernen musst, findest du hier, unter deinesgleichen.«

»Meinesgleichen? Soweit ich weiß, bin ich die Einzige meiner Art. Es sei denn, du hättest mir die Existenz einer zweiten Dreifältigen Seele verschwiegen?«

Er beantwortete ihre sarkastische Bemerkung mit einem tadelnden Blick. »Du bist noch immer ein Mensch, Emily.«

»Gerade noch so.«

»Die mittlere Ebene bietet dir doch schon eine Perspektive, die weder Unser Herr noch Satan haben. Du siehst Dinge, die wir nicht sehen. Nutze das zu deinem Vorteil.«

»Ich sehe sie eigentlich nicht. Ich höre sie.«

Er hob die Augenbrauen. »Sie alle?«

»Die Kreaturen aus der Zwischenwelt. Das hast du doch gemeint, als du eben sagtest, ich könnte Dinge sehen, die ihr nicht seht, oder? Weil die Barrieren, die Gott zwischen den Ebenen errichtet hat, mich nicht aufhalten?«

»Nicht ganz«, gab er zurück. »Ich meinte nur, dass du auf alle drei Ebenen sehen kannst. Was hörst du denn aus der Zwischenwelt?«

»In letzter Zeit? Schreie und Jammern und Stöhnen. Als würde jemand gefoltert. Es ist ganz schön schwer, dabei zu schlafen. Zum Glück passiert es nicht jede Nacht.«

»Kannst du einzelne Wörter verstehen?«

Sie schüttelte den Kopf. »Nein, aber ein Geräusch wiederholt sich sehr oft: *sa-sell*. Oder so ähnlich.«

Uriels Gesicht wurde ausdruckslos. »Asasel?«

»Ja«, antwortete Emily zögernd. »Ich schätze, es könnte Asasel sein. Warum? Hat das etwas zu bedeuten?«

Er nickte. »Asasel war der Anführer der Beobachter, einer Gruppe gefallener Engel, denen man üblicherweise einen durch und durch verderblichen Einfluss auf die Menschheit zuschreibt.«

»Er war?«

»Er ist in der Großen Flut untergegangen.«

»Oh!« Emily hatte dem Wehklagen nicht so genau zugehört. Vielmehr hatte sie alles Mögliche unternommen, um es nicht hören zu müssen, und sich sogar das Kissen über die Ohren gezogen. »Vielleicht habe ich die Geräusche nicht richtig gedeutet.«

»Vielleicht.« Uriel fuhr sich erneut durch die Locken. »Oder vielleicht waren die Berichte über Asasels Untergang falsch. Vielleicht hat er in einer niederen Form überlebt.«

»Das wäre schlecht, oder?«

Er nickte. »Er war einst der mächtigste aller gefallenen Engel. Sein Einfluss übertraf den Luzifers. Selbst als niederes Wesen wäre er ein furchtbarer Gegner.«

»Was sollte er mit den Kreaturen der Zwischenwelt anstellen?«

Uriel schnitt eine Grimasse. »Ich habe keine Ahnung. Ich möchte, dass du dir diese Geräusche noch einmal anhörst, Emily. Versuche herauszufinden, ob sie tatsächlich Asasel rufen. Die

Wahrscheinlichkeit, dass er überlebt hat, ist gering in Anbetracht der Tatsache, dass wir so lange Zeit nichts von ihm gehört haben, aber es empfiehlt sich immer, auf der Hut zu sein.«

»Und wenn ich zu dem Schluss komme, dass sie ihn meinen?«

»Dann ruf mich unverzüglich.«

»Und dann was?«

Er runzelte die Stirn. »Nichts. Ruf mich einfach. Michael und ich werden uns darum kümmern.«

Typisch. Unsterbliche Teenager, die auf Anhaltspunkte für die nahende Apokalypse stießen, sollten diese melden und dann gleich wieder aufhören, daran zu denken. Aber sie hatte schon gesagt, was zu sagen war, und offen gestanden wurde das Kämpfen langsam langweilig. Außerdem sollte sie sich besser um ihre Prüfungen kümmern.

»Alles klar.«

Kiyoko erhob sich von ihrem Futon, gerade als der Morgen zu dämmern begann.

Es schien wenig Sinn zu haben, im Bett zu bleiben, da ihr der Schlaf doch versagt blieb. Wenn sie schon Murdochs Gesicht sah, sobald sie die Augen schloss, konnte sie auch ebenso gut zum Trainingsgelände hinuntergehen und ihn sich leibhaftig anschauen. Als sie ihren schwarzen Gürtel um ihren weißen *dōgi* band, ließ ein Klopfen die Papiertür erzittern.

»Ja?«

Die Tür zum Hauptwohnbereich glitt auf, und eine kniende Umiko wurde sichtbar. »Das Frühstück ist fertig, Ashida-san.«

»Ist Yamashita-san bereits aufgestanden?«

Umiko nickte kurz. »Wie immer.« Sie erhob sich und ging davon.

Kiyoko band ihr Haar zu einem Pferdeschwanz zusammen, rollte die Tatamimatte ordentlich zusammen und gesellte sich schließlich in dem von kleinen Laternen erleuchteten Teeraum zu Sora. Auf dem Tisch stand eine Auswahl an Speisen, darunter Reis und gegrillter Lachs, aber Kiyoko nahm nur Tee. Ihr Magen würde Essen jetzt nicht vertragen.

Sora blickte von seiner Misosuppe auf. »Keinen Hunger?«

»Ich kann es kaum erwarten, hinunter in den Dōjō zu gehen.«

»Weil du trainieren oder weil du Mr Murdoch sehen willst?«

»Beides.«

Der Sensei füllte seinen Löffel gewissenhaft mit dem Rest der Suppe. »Du beleidigst Umiko-san, wenn du nichts isst.«

Sie beschloss, darauf nicht zu antworten. An Essen war einfach nicht zu denken, bis sie Murdoch sah und sich den sonderbaren Gefühlen stellte, die einfach nicht weichen wollten. Außerdem wartete der arme Kerl schon seit Stunden auf sie. Sie hatte die Absicht gehabt, ihn zu begrüßen, als er eintraf, aber ihr Energiehaushalt war nicht mehr das, was er einmal gewesen war, und so war sie gegen ein Uhr morgens eingeschlafen.

Ihr Lehrer seufzte. »Dann gehen wir.«

Nachdem sie sich bei Umiko entschuldigt hatte, schlüpften sie im Eingangsbereich in ihre Sandalen und nahmen den kurzen Pfad die Klippen entlang zum hinteren Tor des Trainingsgeländes.

Murdoch stand in der Nähe des Eingangs zur Haupthalle und sah nicht gerade begeistert aus. Den zahlreichen Schnittwunden und blauen Flecken der neun Männer, die ihn umgaben, nach zu urteilen, war ihm das Warten irgendwann zu lang geworden.

»Das wurde aber auch verflucht noch mal Zeit«, knurrte er, als sie und Sora eintraten.

Sora betrachtete die Wächter kritisch. Obwohl sich keiner von ihnen rührte, konnte Kiyoko spüren, dass sie sich schämten. »Haben Sie sich unserer Einladung widersetzt, Mr Murdoch?«

»Nein«, antwortete der große Mann. Seine Stimme war ein

trockenes Grollen mit schottischem Akzent. »Es gab nur ein kleines Missverständnis.«

Er sah sie an, während er sprach. Sein Blick wanderte langsam und bedächtig über ihr Gesicht, bevor er nach unten glitt, um sich mit ihrer Kleidung zu befassen. In Anbetracht dessen, dass er etwa eineinhalb Meter entfernt stand, war das eine überraschend intime Erfahrung. Kiyokos Herzschlag beschleunigte sich, und sie bekam Gänsehaut im Nacken. Sie hatte das Gefühl, als würde er Ansprüche auf sie anmelden.

»Worüber?«, fragte sie.

»Meine Stiefel.«

Sie blickte auf seine Füße hinab. Sie waren nackt.

»Aye«, bestätigte Murdoch trocken. »Ich habe sie ausgezogen. Aber es hätte uns allen viel Kummer erspart, wenn sie mich darum gebeten und es nicht befohlen hätten. Ich besitze wenig, aber was mir gehört, will ich auch behalten.«

Sora nickte. »Wir werden uns in Zukunft bemühen, unsere Wünsche in angemessener Weise mitzuteilen. Ahnen Sie bereits, warum wir auf Ihrer Anwesenheit bestehen mussten, Mr Murdoch?«

»Sie wollen über die Ereignisse des gestrigen Tages sprechen.«

»Ja«, bestätigte Sora. »Aber ich möchte auch mehr über Sie erfahren. Sie sind ganz eindeutig kein gewöhnlicher Mann.«

Murdoch zuckte die Achseln. »Ich bin ein großer Kerl mit einem Aggressionsproblem.«

Der Meister drehte sich um und entließ die Krieger mit einem kurzen Befehl.

Kiyoko runzelte die Stirn, als die *senshi* sich als eine Einheit verbeugten und abtraten. Der Respekt vor ihrem Mentor verlangte, dass sie ihre Bedenken für sich behielt, aber ihr lief doch ein alarmierender Schauer den Rücken hinunter. Murdoch hatte bereits bewiesen, dass er ein sehr gefährlicher Mann war.

»Ich wünsche, dass Sie frei sprechen«, sagte Sora ernst. »Kiyoko-san und ich werden alles vertraulich behandeln, Mr Murdoch, das versichere ich Ihnen. Aber Sie müssen offen und ehrlich sein, wenn wir das, was geschehen ist, wirklich verstehen sollen.«

»Was soll ich sagen? Ich bin in einem rauhen Viertel großgeworden.«

Der Anflug von Belustigung in seiner Stimme war kaum wahrzunehmen, aber Kiyoko hörte ihn doch heraus. Er spielte mit ihnen, weil er sie für ungebildet hielt. »Ich weiß, dass Lena Sharpe eine Seelenwächtern ist, Mr Murdoch. Dass sie der Herrin des Todes dient und dass es ihr Auftrag ist, die Seelen der Toten vor den Dämonen zu schützen.«

Der Blick aus braunen Augen fand den ihren. »Lena Sharpe hat ein loses Mundwerk.«

Kiyoko schüttelte den Kopf. »Ich kann ihr viele Dinge vorwerfen, aber nicht, dass sie Geheimnisse ausplaudert. Ich habe einmal nachts einen Dämon bis zu einer Brücke verfolgt und bin fast über sie gestolpert. Sie war schon da und hat gegen ihn gekämpft.«

Seine Stirn furchte sich. »*Sie* haben einen Dämon verfolgt?«

Sie machte eine Handbewegung zu den lose verstreuten Gruppen von Kriegern, die an den Tischen hinter ihnen ihr Frühstück einnahmen. »Das ist unsere Aufgabe. Wir sind Schüler des großen Onmyōji-Zauberers Abe no Seimei. Seit den letzten Tagen der Heian-Zeit haben wir die Weissagung und die Kalenderdeutung mit dem Weg des Kriegers verknüpft, um die Dämonen mit allen uns zur Verfügung stehenden Mitteln zu bekämpfen. Unsere Absicht ist es, das Gleichgewicht in der Welt wiederherzustellen.«

Murdoch verschränkte die Arme über seiner gewaltigen Brust.

Sora fügte hinzu: »In ganz Asien versprengt finden sich kleine

Zellen von Onmyōji-Kriegern, und einzelne Gefolgsleute gibt es auf der ganzen Welt. Wenn sich die Dämonen zeigen, tun wir das auch. Sicher verstehen Sie, dass Gruppen wie die unsere dringend gebraucht werden, Mr Murdoch. Dies sind schwierige und stürmische Zeiten, und der Teufel muss auf allen Ebenen bekämpft werden.«

»Ich hätte nicht gedacht, dass ihr Buddhisten an den Teufel glaubt.«

»Die Philosophie des *onmyōjō* ist älter als die Lehren des Buddha«, erwiderte Sora lächelnd. »Obwohl beide Philosophien einander über die Jahrhunderte viel abgewinnen konnten, weicht *onmyōjō* von der Praxis des traditionellen Buddhismus ab. Er ist mystischer geprägt. Weniger formell. Glaube ich, dass Dunkelheit, von äußeren Kräften beeinflusst, die Menschen befallen kann? Ja, das glaube ich. Genauso wie ich glaube, dass es ein ständiger Kampf ist und auch bleiben muss, Dunkelheit und Licht im Gleichgewicht zu halten.«

»Unser Glaube«, ergänzte Kiyoko, »ermuntert uns, unsere Erlösung in uns selbst zu suchen, nicht außerhalb von uns. Letzten Endes ist es der sterbliche Mensch, der sich dem Bösen in den Weg stellen muss, und nicht der unsterbliche Mensch.« Sie suchte erneut Murdochs Blick. »Sind Sie ein Seelenwächter wie Lena-san?«

Er erwiderte ihren Blick einen Moment lang. »Aye.«

»Aber sie kämpft nicht wie Sie, nicht wie ein Taifun aus Gewalt und Zorn. Sie sind anders.«

»Ich bin das, was man im Altnordischen einen Berserker nannte. Manchmal befällt mich eine kriegerische Raserei, die nur noch den Kampf kennt.« Er zögerte. »Meistens habe ich den Zorn im Griff, aber wenn mein innerer Berserker von der Leine gelassen wird, habe nicht mehr ich die Kontrolle. Sondern er.«

Sora nickte. »*Onimusha.*«

»Wie bitte? Mein Japanisch ist eher beschränkt.«

Kiyoko lächelte. »Ein *onimusha* ist ein wütender Krieger, in dem ein Dämon haust.«

Murdoch zuckte die Achseln. »Diese Beschreibung trifft es so gut wie jede andere. Haben Sie mich deshalb herbringen lassen? Um über den Berserker in mir zu sprechen?«

»Nicht ganz.« Sora neigte den Kopf Kiyoko zu. »Wir interessieren uns für den Grund, aus dem Sie im Restaurant die Kontrolle über Ihren Berserker verloren haben.«

Ein klägliches Lächeln umspielte die Lippen des großen Kämpfers. »Dann sind wir schon zu dritt.«

»Und wir wüssten gern, ob das ein einmaliger Vorfall war.«

Murdochs Blick kehrte zu Kiyoko zurück. Neugier und ein Hauch Belustigung lagen in den Tiefen seiner Augen. »Was haben Sie ihm erzählt?«

In dem Bemühen, nicht zu erröten, erwiderte Kiyoko: »Die Wahrheit. Dass ich durch eine einzige, kurze Berührung in die Lage versetzt wurde, die wütende Kraft zu spüren, die in Ihrem Körper schläft, und dass dann eine Welle dieser Kraft auch mich erfasste.«

Er verzog den Mund. »Verstehe.«

Kiyokos senkte den Blick zu Boden. Du liebe Güte! Hatte er etwa dieselbe Erregung gespürt wie sie? Dasselbe brennende Verlangen, heiße, feuchte Haut an heißer, feuchter Haut zu reiben? Das war alles andere als angenehm.

Soras Augen verengten sich. »Haben Sie etwas anderes erlebt als Kiyoko-san, Mr Murdoch?«

»Aye.«

Kiyoko schloss die Augen. Wenn er gestand, Ähnliches wie sie gespürt zu haben, wenn er irgendeine Einzelheit darüber preisgab, würde sie nie wieder imstande sein, Sora ins Gesicht zu schauen.

»Es war ganz anders«, fuhr Murdoch ruhig fort. »Ich habe keinen Energiezuwachs gespürt. Ich bin einfach unmittelbar in den Berserkermodus gefallen. Es hat mich innerhalb eines Wimpernschlags gepackt.«

Kiyoko stieß den Atem aus, den sie unwillkürlich angehalten hatte. Als sie den Blick hob, begegnete sie wieder dem von Murdoch.

Seine Miene war undurchdringlich.

»Haben Sie schon einmal etwas Ähnliches erlebt?«, fragte Sora.

»Nein. Das war das erste Mal.«

»Dann würden wir gern Ihre ungewöhnliche Verbindung zu Kiyoko-san untersuchen«, erwiderte Sora. »Mit Ihrer Unterstützung natürlich. Um zu sehen, ob sich das wiederholen lässt.«

Murdoch blickte auf Kiyokos Hände und dann wieder in ihr Gesicht. Es brannte heiß in seinen Augen, und Kiyoko zweifelte nun nicht mehr daran, dass er auf ihrer beider Berührung genau wie sie reagiert hatte. Und dass er sich in allen lebhaften Einzelheiten an seine Empfindungen erinnern konnte. An jede einzelne.

Murdoch wandte den Blick freundlicherweise von ihr ab und heftete ihn wieder auf Sora. »Bekomme ich meine fünf Minuten allein mit Miss Ashida, wenn ich einverstanden bin?«

Verärgert darüber, dass er seine Frage an Sora gerichtet hatte, antwortete Kiyoko scharf: »Ja.«

Er lächelte flüchtig. »Gut. Ich spiele das Versuchskaninchen. Gehen wir nach draußen?«

»Wir gehen hinüber in den Dōjō«, schlug Sora vor. »Dort ist genug Platz.« Er sah über die Schulter. Die neun jungen Krieger saßen an einem Tisch in der Nähe, frühstückten und beobachteten die Unterredung mit Argusaugen. Auf Soras Nicken hin standen sie auf und verließen das Gebäude.

Sora, Kiyoko und Murdoch folgten.

Der Dōjō lag gegenüber der großen Halle auf der anderen Seite des Hofes. Es war eine offene Konstruktion mit hölzernem Boden, der von Tausenden nackten Füßen geglättet worden war. Die *senshi*, die nun ihre traditionelle Rüstung trugen, verbeugten sich wie ein Mann, als sie eintraten.

Murdoch runzelte die Stirn über ihre Anwesenheit.

»Bitte vergeben Sie uns unsere Vorsichtsmaßnahmen«, sagte Sora zu ihm. »Dies ist ein gefährliches Experiment, und ich kann nicht zulassen, dass Kiyoko-san dabei etwas zustößt.«

Murdochs Gesicht hellte sich sofort auf. »Aye.«

»Gut. Können wir anfangen? Ziehen Sie bitte Ihre Jacke aus.«

Murdoch antwortete nicht.

Sora lächelte. »Nur, damit Sie das wenige, das Ihnen gehört, auch behalten, Mr Murdoch.«

Der Seelenwächter öffnete den Reißverschluss seiner Jacke, zog sie aus und warf sie auf den Boden.

»Auch Ihre Waffe, bitte«, verlangte der Sensei. »Wir können keine unnötigen Verletzungen riskieren.«

Nun war es an Kiyoko, die Stirn zu runzeln. Welche Waffe? Sie hatte keine bemerkt, und selbst, als sie nochmals genau hinsah, konnte sie keine entdecken.

Murdochs Hand fuhr an seine Seite und zog mit dem leisen Zischen von fein geschliffenem Stahl ein Schwert aus einer Scheide. Er händigte die Waffe einem der *senshi* aus, dann drehte er sich zu Kiyoko um. »Wenn Sie sehen, dass mein Gesicht rot wird, ist mein Berserker kurz davor durchzudrehen. Reden Sie nicht lange, zögern Sie nicht. Gehen Sie mir einfach aus dem Weg, so schnell Sie können.«

Sora lächelte wieder. »Wenn Ihnen Kiyoko-san einen Treffer gestatten sollte, würde mich das sehr wundern, Mr Murdoch. Sie trainiert seit Jahren mit mir.«

Murdoch lächelte nicht zurück. Wenn sich sein Gesichtsausdruck überhaupt veränderte, dann wurde er noch angespannter. Er tippte sich mit dem Finger auf die breite Brust: »Unsterbliche Reflexe plus die Kraft eines Berserkers. Vertrauen Sie mir. Sie können der schnellste Mensch auf dem Planeten sein, und Sie werden es schwer haben, mir zu entkommen. Bringen Sie beim ersten Anzeichen diese neun Burschen zwischen Sie und mich. Verstanden?«

Kiyoko nickte. Einen magischen Schild aufzurufen mochte ebenfalls klug sein.

»O Gott, das habe ich kommen sehen«, murmelte Murdoch, während er in die Mitte des Raums ging.

Kiyoko folgte ihm.

Erst als nur noch sie beide mitten im Dōjō standen, sah er sie an. Leise, kaum hörbar sagte er: »Hören Sie mir zu, Mädchen. Mein Berserker ist ein bisschen altmodisch, und er hat so eine verrückte Ahnung, dass Sie ihm gehören. Ich weiß wirklich nicht, was passieren wird, wenn ich Sie wieder anfasse. Moderne Frauen geben sich gern taff. Ich verstehe das, ich bewundere es sogar. Aber tun Sie mir einen großen Gefallen und lassen Sie Ihren verdammten Stolz fahren. Nur heute. Sobald Sie das Gefühl haben, dass ich zum Berserker werde, laufen Sie.«

Es war eine überzeugende Rede, der eine Mischung aus schroffer Ehrlichkeit und tief verwurzeltem Ehrgefühl zugrunde lag. Sie ließ Kiyokos Herz hüpfen. Besonders die Worte »dass Sie ihm gehören«.

Murdoch starrte sie noch einmal mit durchdringendem Blick an. Er war dunkel vor Sorge. Dann streckte er seine große Hand vor, stieß einen tiefen Seufzer aus und sagte: »Verflucht! Packen wir's also an.«

4

Murdoch versuchte, eine bange Ahnung abzuschütteln.

Herauszufinden, warum er im Restaurant die Kontrolle verloren hatte, war von größter Wichtigkeit, aber auch geradezu irrwitzig. Zwischen ihm und dieser Frau existierte eine Art sonderbare, mystische Spannung. Beim letzten Mal hatte ihm Kiyokos Berührung innerhalb eines Sekundenbruchteils wacklige Knie und ein Gefühl der Hilflosigkeit beschert. Und diesmal? Konnte es noch schlimmer kommen?

Er wollte daran glauben, dass er sie nicht verletzen würde.

Aber sein Vertrauen war erschüttert. Sein Berserker legte einen unerhört starken Willen an den Tag, sie zu besitzen. Er tobte jetzt schon in seiner Brust. Alles, was er tun musste, war, ihren blumigen Duft einzuatmen, und der primitive Gedanke, sie sich über die Schulter zu werfen, kehrte mit Macht zurück, um sich ihm mit jedem Herzschlag einzuhämmern. Diese Bestie hatte kein Gewissen. Sie würde keine Träne vergießen, wenn Kiyoko zugrunde ging.

»Wir sollten systematisch vorgehen, Kiyoko«, sagte Sora. »Fang an, indem du einen bekleideten Teil seines Körpers berührst.«

»Ich weiß nicht, ob das klug ist …« Ihre Hand flatterte einen

Augenblick an Murdochs Brust, mit festem Druck, der rasch wieder vorüber war. Er hielt den Atem an und wartete auf die Explosion einer Empfindung. Aber sie kam nicht. Er entspannte sich. Es war auch möglich, dass der Zwischenfall im Restaurant Zufall gewesen war.

»Und jetzt versuche es mit Haut auf Haut.«

Murdoch wappnete sich erneut und fühlte wieder nichts. Eine lange Weile verstrich. Er öffnete ein Auge und spähte zu Kiyoko hinüber.

»Haben Sie es sich anders überlegt?«

»Nein.« Sie stand locker da, ohne ein Zeichen der Anspannung. Ihr glänzendes schwarzes Haar war aus dem Gesicht gestrichen und zu einem Pferdeschwanz gebunden. Die praktische Frisur unterstrich ihre Weiblichkeit, indem sie ihre zarten Gesichtszüge besonders gut zur Geltung brachte. In ihrem weiten weißen Gewand sah sie so schmal und klein aus, dass in seiner Brust erneut eine schmerzhafte Nervosität aufstieg.

Er senkte den Arm.

»Aber ich. Das ist eine verflucht idiotische Idee!«

Noch bevor seine Hand unten angekommen war, hatte Kiyoko einen geschmeidigen Schritt nach vorn gemacht, seine Finger berührt und sich sofort wieder weggedreht.

Die Phasen seines blindwütigen Absturzes liefen in genau derselben Reihenfolge ab wie beim ersten Mal: zunächst das brennend heiße Verlangen, dann der unerträgliche Drang, sie zu besitzen, und schließlich das Abgleiten kopfüber in den Berserkermodus. Aber all das geschah schneller und zehnmal heftiger.

Murdoch hörte sich noch das Wort »meins« knurren, bevor ihm jeder vernünftige Gedanke entglitt und er nach Kiyoko griff.

Kiyoko hatte durchaus absichtlich die unvermutete Berührung vom ersten Mal zu wiederholen versucht – einen flüchtigen, zufälligen Zusammenstoß. Aber die dramatische Verwandlung, die mit Murdoch vorging, traf sie völlig unvorbereitet.

Eben noch hatte er wie ein Ehrenmann angeboten, das Experiment abzubrechen, und jetzt knurrte er bereits »meins« und streckte mit unerhörter Geschwindigkeit die Hand nach ihr aus. Hätte sie ihre Reflexe nicht im Kampf mit übernatürlichen Dämonen geübt und perfektioniert, so hätte sie sich vielleicht seinem Griff nicht entziehen können. Als nun seine Hand noch vorn schoss, ließ sie sich zurückfallen, rollte sich nach links ab und sprang auf der anderen Seite der *senshi*-Phalanx wieder auf die Füße. Noch im Rollen murmelte sie die Formel eines Onmyōji-Schildzaubers zweiten Grades.

Das war ihr Glück, denn Schnelligkeit allein hätte sie nicht gerettet.

Murdoch durchbrach die Linie der Krieger, indem er weit ausholte und zwei von ihnen mit seinem langen Arm einfach hinwegfegte. Ihre harmlosen Schildzauber ersten Grades zerstoben unter seinem Ansturm. Er kümmerte sich nicht darum, dass ihre Katanas sein weißes T-Shirt aufschlitzten, sondern blieb auf Kiyoko konzentriert, während seine Füße seinen Augen folgten. Sein Gesicht war rot und sein Blick glasig, doch seine Wachsamkeit ließ nicht nach. Er kam ihr nach wie eine Maschine aus reiner Zweckbestimmung und Entschlossenheit.

Einige hervorragende Kontermöglichkeiten schossen Kiyoto durch den Kopf. Doch sie bezweifelte, dass sie den wild wütenden Seelenwächter aufhalten konnte. Besonders, da sie innerlich noch immer wie Wackelpudding unter den Nachwirkungen der Berührung erbebte. Ein Teil von ihr sehnte sich sogar danach, dass er sie zu fassen bekam.

Sie wich rasch zurück, um außerhalb von Murdochs Reichweite zu bleiben und den Angriff den vier *senshi* zu überlassen, die sich sofort auf den riesigen Krieger stürzten. Sie verließ den Dōjō nicht. Das hätte Murdoch nur dazu angestachelt, ihr zu folgen, und ihn frei auf dem Gelände wüten zu lassen hätte noch mehr Verwüstung angerichtet.

Stattdessen schnappte sie sich ein Übungsschwert aus Bambus von dem Gestell an der Seitenwand, bereit, ihn abzuwehren, wenn es nötig wurde, und hielt sich am äußeren Rand des Raums. Sich allein auf ihren Schildzauber zu verlassen wäre dumm gewesen.

Sora, der noch immer genau dort stand, wo er von Anfang an gestanden hatte, befahl den Kämpfern, ihre Schwerter wegzustecken. »Sein Berserker wird so lange die Kontrolle über ihn behalten, wie eine potenzielle Gefahr besteht«, rief er. »Bleibt zwischen ihm und Kiyoko-san, aber greift nicht mehr an!«

Zum Glück folgten die *senshi* trotz des offensichtlichen Risikos seinem Befehl. Sofort glitten die Katanas zurück in ihre Scheiden.

Unmittelbar darauf war die Veränderung schon zu sehen.

Vielleicht war etwas weniger Hitze in Murdochs Wangen. Oder ein wenig mehr Bewusstsein in seinem Blick. Dennoch verlor er sein Ziel nicht aus den Augen und stieß einen der unbewaffneten *senshi* in die Brust, um zu Kiyoko zu gelangen. Der arme Kerl flog einen Meter weit, bevor er mit hörbarem Grunzen auf dem Boden aufschlug.

Kiyokos Vorteil lag in ihrer Schnelligkeit. Flink wich sie Murdochs Vorstoß aus und blieb hakenschlagend immer einige Schritte vor ihm, während er sie durch den Raum jagte. Jede Minute, die verging, arbeitete zu ihren Gunsten. Trotz seines anhaltenden Interesses an ihr kühlte sich Murdochs Raserei schnell ab, da es keine sichtbare Bedrohung mehr gab.

Kaum fünf Minuten nach der Berührung blieb er abrupt stehen. Innerhalb weniger Augenblicke wechselte sein Modus von zornesrot und rasend zu blass und zitternd. Als er die zu Boden gegangenen *senshi* sah, erschien ein harter Ausdruck des Selbstekels auf seinem Gesicht.

»Na, das war ja ein Schuss in den Ofen.«

»Da muss ich widersprechen«, entgegnete Sora. »Niemand ist tot, Kiyoko unverletzt, und wir haben die Antwort auf unsere Frage.«

Murdoch strich sich die langen Strähnen seines braunen welligen Haars aus dem Gesicht. »Ich glaube, Ihre Männer werden das anders sehen.«

Die unverletzten *senshi* halfen ihren am Boden liegenden Gefährten auf. Zwei von ihnen hielten sich den Arm, wahrscheinlich, weil er gebrochen war, und alle humpelten.

Sora verbeugte sich vor den Männern, um ihnen seinen Respekt zu bezeugen, dann schickte er sie auf die Krankenstation. »Gehen Sie nicht zu hart mit sich ins Gericht, Mr Murdoch. Sie sind das Kämpfen gewöhnt. Keiner kommt zu uns, der nicht bereit wäre, sein Leben zu geben. Was wir hier tun, ist nichts für schwache Nerven.«

»Sie sollten sich auch behandeln lassen, Mr Murdoch«, empfahl Kiyoko, die auf seinen Rumpf deutete. Sie ärgerte sich darüber, dass ihr Blick immer wieder zu den stahlharten Brustmuskeln, an denen das durchgeschwitzte Hemd klebte, zurückkehrte. Blutspuren waren an den Rändern des aufgeschlitzten Stoffs zu erkennen. »Vielleicht müssen Sie genäht werden.«

Er schüttelte den Kopf. »Nichts weiter als kleine Fleischwunden.«

Sein Blick traf den ihren, und ein Pfeil wunderbarer Wärme bohrte sich geradewegs in ihren Bauch. *Fleisch.* Oje! Er spürte dieselbe heftige Begierde, dasselbe drängende Bedürfnis. Es stand in seinen Augen.

Und plötzlich ging ihr die ganze Bedeutung von Murdochs früherer Warnung auf. *Dass Sie ihm gehören.* Das war der Grund, warum sein Berserker hinter ihr her war. Er wollte ihr nicht weh tun. Er wollte …

Sie errötete bis unter die Haarwurzeln.

Ein ironisches Lächeln hob Murdochs Mundwinkel.

»Wie viel von Ihnen ist noch da, wenn der Berserker die Kontrolle an sich reißt?«, wollte Sora wissen.

»Alles«, antwortete Murdoch. Er wandte den Blick nicht von Kiyoko. Die Botschaft war klar. Ihr wurde so heiß, dass sie wegschauen musste. »Im Grunde bin ich dann noch immer ich. Ich weiß, wer meine Feinde sind, aber ich bin so aufs Gewinnen fixiert, dass Kollateralschäden nicht zu vermeiden sind.«

Sora runzelte die Stirn.

»*Kollateralschaden* ist ein amerikanischer Euphemismus für das Töten Unschuldiger«, erklärte Murdoch grimmig.

»Verstehe.« Sora wandte sich an Kiyoko. »Und du, Kiyoko-san, hast du dieselbe Energieexplosion wie beim ersten Mal gespürt?«

Sie nickte nur, weil sie sich nicht zutraute, schon wieder sprechen zu können.

Sora wäre nicht sehr erfreut, wenn er wüsste, wie sehr Murdoch sie durcheinanderbrachte. Man erwartete von ihr, dass sie jederzeit einen kühlen Kopf und ihr inneres Gleichgewicht behielt. Eine Onmyōji-Meisterin bebte nicht vor Verlangen, und sie war auch nicht drauf und dran, sich in die Arme ihres Gegners zu werfen. Wenn Sora von ihrem inneren Aufruhr wüsste, würde er vielleicht seine Ansicht über ihre Zukunft ändern, Prophezeiung hin oder her.

»Faszinierend«, sagte ihr Mentor.

»Okay, so interessant das Experiment auch gewesen sein mag«, sagte Murdoch, »deshalb bin ich nicht nach Japan gekommen.« Er hob seine Jacke vom Boden auf und drehte sich zu Kiyoko um. »Reden wir.«

Sie sah ihn an. »Watanabe-san sagte, Sie seien an einer Reliquie interessiert. Etwas, das sich in der Sammlung meines Vaters befinden könnte.«

»Das stimmt. Vor einiger Zeit, als Lena Sharpe Sie besuchte, spürte sie diesen Gegenstand in Ihrem Haus.«

»In meinem Haus? Aber sämtliche Antiquitäten meines Vaters sind in der Lobby des Ashida-Corporation-Gebäudes ausgestellt.«

Er nickte. »Ich habe sie gesehen.«

»Und war die Reliquie, die Sie suchen, darunter?«

»Nein.«

Im Geiste ließ sie alle Kunstwerke in ihrem Haus Revue passieren, was ihr nicht allzu schwer fiel, da das Haus spartanisch eingerichtet war. »Beschreiben Sie sie mir bitte.«

»Das kann ich nicht.«

Sie lächelte. »Wenn Sie sie nicht beschreiben können, woher wissen Sie dann, dass sie nicht im Firmengebäude ist?«

»Ich habe eine Art Wünschelrute.«

»Eine was?«

Er griff in seine Jackentasche und zog einen facettierten Kristall heraus, der an einer dünnen Silberkette hing. Zwischen Daumen und Zeigefinger hielt er ihn gegen das Licht. »Eine Art Wünschelrute. Sie sagt es mir, wenn ich in der Nähe des Gegenstands bin, den ich suche.«

»Und pendelt sie im oder gegen den Uhrzeigersinn?«, fragte Kiyoko lachend. »Das wird nicht funktionieren, Mr Murdoch. Das ist doch Scharlatanerie!«

Er hob eine Augenbraue. »Sie pendelt nicht, sie vibriert. Und ich kann Ihnen versichern: Der Typ, der mir dieses Schmuckstück gegeben hat, ist alles andere als ein Scharlatan. Er ist ein sehr mächtiger Magier.«

Kiyoko wollte noch etwas sagen, doch Sora legte ihr beschwichtigend die Hand auf den Arm.

»Ich habe solche Gegenstände schon selbst gesehen«, sagte der alte Meister. »Aber wie konnte Ihr Magier dem Kristall sagen, wonach er suchen soll, wenn Sie doch bereits zugegeben haben, dass Sie nicht wissen, worum es sich dabei handelt?«

»Das Objekt besitzt eine dunkle Kraft. Wir hatten schon mit anderen Reliquien ähnlicher Natur zu tun. Deshalb hat Stefan diese Wünschelrute so geeicht, dass sie nach innerer Dunkelheit sucht.«

»Wollen Sie damit sagen, dass sich mein Vater ein Teufelswerkzeug ins Haus geholt hat?«, fragte Kiyoko, entsetzt von dem bloßen Gedanken daran. »Das hätte er niemals getan. Er war mit Leib und Seele Onmyōji.«

»Vielleicht hat er es sicher verwahrt«, erwiderte Murdoch leise. »Jede der anderen Reliquien hat einen Hüter, dessen Aufgabe es ist, sie nicht in die falschen Hände geraten zu lassen.«

Die Flut der Empörung in ihrer Brust wich. Beschützer. Ja, das klang ganz nach ihrem Vater. Sie deutete auf den Kristall am Ende der Silberkette. »Vibriert er jetzt?«

»Nein.«

»Dann kann man wohl mit Sicherheit sagen, dass das Ding nicht hier auf dem Gelände des Dōjō ist.«

Er nickte. »Aber Sie leben auch nicht hier.«

Vor Kiyokos geistigem Auge tauchte plötzlich ein Bild auf: Murdoch in ihrem Haus, seine große Gestalt, die den Raum fast ganz füllte. Es jagte ihr einen sonderbaren kleinen Schauer die Wirbelsäule hinunter. »Laden Sie sich etwa gerade selbst bei mir ein, Mr Murdoch?«

Er lächelte. »Nein. Aber ich hatte eigentlich gehofft, dass Sie es so einrichten, mir noch ein Glas Bier anzubieten, bevor Sie mich hinauswerfen lassen.«

»Es ist noch ziemlich früh für ein Bier.«

»Aye, das könnte man sagen«, stimmte ihr Murdoch zu. Er

steckte den Kristall wieder ein. »Aber ich bin ein wenig auf Entzug. Schieben wir's einfach auf den Jetlag, was meinen Sie?«

Sora ging lächelnd auf den Ausgang zu. Kiyoko folgte ihm und schlüpfte an der Tür wieder in ihre *zōri*. Die traditionellen Reisstrohsandalen waren viel bequemer als Schuhe. »Ich hoffe, japanisches Bier wird es auch tun. Wir haben kein amerikanisches.«

»Wenn es aus Hopfen und vergoren ist, passt es schon«, antwortete Murdoch, während er seine Stiefel wieder anzog. Silberschnallen en masse. »Ich bin nicht wählerisch.«

Der gewundene Pfad zum Haus verlief relativ dicht an der Kante der Klippe und bot einen spektakulären Ausblick auf das Tal. Kiyoko wusste, dass der Abgrund Besucher beim ersten Mal oft beunruhigte, und so wollte sie diejenige sein, die der Klippe am nächsten ging. Aber Murdoch war zu schnell für sie. Er schob sich unauffällig zwischen sie und die Klippe, um ihre Sicherheit zu gewährleisten, vermied dabei allerdings jede Berührung.

Sie lächelte.

Ein *onimusha*, der auch noch ein Gentleman war.

Wie immer erwartete Umiko sie an der Tür. Mit einer sehr formellen Verbeugung vor dem Gast geleitete sie sie in die mit Parkett ausgelegte Diele, wo sie Murdoch ein Paar warme Socken gab. Sobald seine Füße darinsteckten, führte sie sie weiter ins Teezimmer, wo eine Auswahl Bierflaschen zusammen mit der Teekanne auf einem Tablett stand. Einen prominenten Platz erhalten hatte eine Flasche Bier aus Sapporo.

Kiyoko lächelte wieder. Diese Frau war treu bis in die Haarspitzen, selbst der einheimischen Bierindustrie gegenüber.

Kaum hatte sich Murdoch unter dem Türsturz zwischen Diele und Teezimmer geduckt, da holte er den Kristall aus der Tasche. Kiyoko, die sich nicht ganz wohl dabei fühlte, aber ausgesprochen neugierig auf das Ergebnis war, sah zu, wie er den durchsichtigen Stein an der Kette hin und her pendeln ließ.

Ihre Erwartungen waren gering.

Aber offenbar galt das nicht für Murdoch. Während er den Kristall an der Kette hielt, schloss er die Augen, und seine Stirn furchte sich in intensiver Konzentration. Eine Weile verging. Die Runzeln auf seiner Stirn wurden tiefer.

»Keine Vibration?«, fragte Kiyoko freundlich, während sie sich auf die Knie niederließ und Tee in zwei Tassen schenkte.

Murdoch ließ den Arm sinken und öffnete die Augen wieder.

»Die Vibration ist schwach, fast nicht zu spüren«, erwiderte er gefährlich leise. »Aber sie ist da. Einer von euch hält die Reliquie versteckt, wahrscheinlich unter einem mystischen Deckzauber.«

»Ich weiß nichts von einer bösen Reliquie«, protestierte sie.

Murdoch betrachtete ihr Gesicht. Die ehrliche Verwirrung und Empörung, die er darin sah, beruhigten ihn. Er richtete den Blick auf den alten Mann, der so gelassen wie stets wirkte.

»Aber Sie wissen etwas«, sagte Murdoch mit fester Stimme, während er sich auf ein Kissen setzte.

Sora hob seine Tasse hoch. »Kosten Sie das Bier, Mr Murdoch. Nehmen Sie sich einen Moment, um durchzuatmen.«

»Ich bin nicht über den halben Globus geflogen, um *durchzuatmen.*« Obwohl die Worte voller Verärgerung aus ihm herausplatzten, erwachte ein Funke Genugtuung in seiner Brust zum Leben. Webster hatte geglaubt, ihn auf eine erfolglose Mission zu schicken. Stattdessen würde Murdoch als Sieger heimkehren mit einer Beute von unschätzbarem Wert. »Ich bin gekommen, um eine Reliquie zu suchen, die von entscheidender Bedeutung im Kampf gegen Satan sein könnte. Wenn Ihnen der Sieg über die Dämonen wirklich so am Herzen liegt, wie Sie sagen, werden Sie sie mir aushändigen.«

»Nichts ist jemals einfach.«

Kiyoko warf ihrem Mentor mit gerunzelter Stirn einen fragenden Blick zu. »Von welcher Reliquie spricht er, Sensei?«

Der alte Mann schaute sie über seine Teetasse hinweg durchdringend an. »Vom Tempelschleier.«

Sie wurde kreidebleich. So bleich, dass Murdoch ihr unwillkürlich eine Hand auf den Ärmel legen wollte, um sie zu stützen, nicht ohne sich auf die Konsequenzen gefasst zu machen. Doch sie wich seiner Hand aus und kam auf die Füße.

»Der Tempelschleier ist eine dunkle Reliquie?« Ihre Stimme troff vor Abscheu, und ihre Hände ballten sich zu Fäusten. Nach allem, was er bisher beobachtet hatte, war ein solcher Gefühlsausbruch sehr untypisch für diese Frau.

»Nicht ganz, nein«, antwortete ihr Mentor.

Murdoch blickte zu Sora. »Nicht ganz? Was meinen Sie mit ›nicht ganz‹? Wird sich das Elend, das Satan derzeit in der Welt anrichtet, verschlimmern, wenn sie ihm in die Hände fällt? Ja oder nein?«

Sora seufzte. »Ja.«

»Dann ist es eine dunkle Reliquie.«

Kiyoko wirbelte herum. Sie hatte die Hände um ihre eigene Taille gelegt. »Warum haben Sie mir das nicht gesagt?«, wollte sie mit dunklen, weit aufgerissenen Augen von Sora wissen.

Der alte Meister zögerte nicht. »Weil ich wusste, dass du dich dann weigern würdest, sie weiter zu benutzen.«

»Natürlich würde ich mich weigern«, gab Kiyoko hitzig zurück. »Sie ist *befleckt*.«

Murdoch erhob eine Hand. »Einen Augenblick. Noch mal von vorn. Sie zu benutzen? Wer benutzt sie und wie genau? Das ist ein verfluchtes Teufelswerkzeug.«

»Der Tempelschleier ist keine normale Reliquie«, erklärte Sora. »Er hat zwei getrennte Hälften: eine helle und eine dunkle. Wenn seine böse Hälfte in Schach gehalten wird, ist er zu Großem fähig.«

Seine Antwort linderte den Schmerz in Kiyokos Augen nicht. Sie drehte sich um, schob den *shōji* mit heftigem Schwung beiseite und verließ den Raum. Murdoch musste es sich regelrecht verkneifen, ihr nachzugehen. Was, zum Henker, hatte er vor? Sie in den Arm nehmen? Eine Berührung, und *Trost* war sicher das Letzte, was er ihr spenden würde.

Er griff sich die Flasche, die ihm am nächsten stand, und nahm einen langen Zug daraus. »Jetzt können Sie mir auch noch den Rest dieser hässlichen kleinen Geschichte erzählen«, sagte er anschließend zu Sora. »Und lassen Sie bloß nichts aus.«

»Der Schleier ist der letzte Rest des großen Vorhangs, der einst am Tor zum Tempel von Jerusalem hing«, sagte der alte Mann. »Er diente dazu, die Massen vom Tempel fernzuhalten. Nur den Priestern war der Zutritt gestattet. Aber genau in dem Moment, als Jesus am Kreuz starb, riss der Vorhang entzwei und fiel zu Boden – als Symbol für Gottes Trauer um den Sohn und als Zeichen dafür, dass das Volk nicht länger vom Tempel ferngehalten werden sollte.«

Murdoch runzelte die Stirn. »Sie glauben nicht daran, oder? Sie sind doch kein Christ.«

Sora lächelte. »Woran Sie und ich glauben, sind verschiedene Dinge. Das stimmt. Für mich sind Gott und Satan Personifikationen von Gut und Böse – jenem Gut und Böse, das in jedem Einzelnen von uns wohnt. Ich verehre keine der Kreuzigungsreliquien, und ich bitte auch Gott nicht um Vergebung für meine Sünden. Aber ich glaube sehr wohl an die negative Kraft von Angst und Zorn und Hass und an die positive Kraft von Hoffnung und Güte und Erleuchtung.«

»Und Sie glauben, dass einem Gegenstand diese Kräfte innewohnen können.«

Der alte Mann nickte.

»Und wie, zum Teufel, konnte eine christliche Reliquie in Japan landen?«

»Sie wurde 996 von einem gottesfürchtigen Ritter namens Richard von Tournai hierhergebracht. Damals glaubte man, dass die duale Natur der Reliquie am besten von Meistern des Yin-Yang in Schach zu halten war. Daher kam er zu uns, um von uns zu lernen. Leider wurde er ein Jahr später im Kampf mit einem Dämon schwer verletzt, und wir konnten seine Wunden nicht mehr heilen. Als er starb, nahmen die Onmyōji die Reliquie unter ihre Fittiche.«

Murdoch sah den Älteren mit zusammengekniffenen Augen an. »Mit ›wir‹ meinen Sie die Onmyōji allgemein, nicht sich selbst, nehme ich an?«

Sora lächelte. »Richard-san ist vor über tausend Jahren gestorben. Meine Knochen knacken doch gewiss noch nicht so schlimm?«

»Wozu wird der Schleier heute benutzt?«

»Sie hatten recht mit Ihrer Vermutung, dass ein Deckzauber über der Reliquie liegt – aber nur über ihrer dunklen Seite. Die gute Hälfte kann frei eingesetzt werden, für alles, was der Hüter für angebracht hält.« Der alte Onmyōji nahm einen Schluck Tee.

Murdoch wartete darauf, dass er fortfuhr, aber nachdem eine Weile vergangen war, in der nur das Plätschern des Zimmerbrunnens hörbar war, ergriff er selbst das Wort. »Das ist beruhigend, aber es erklärt noch nicht, was Kiyoko mit der Reliquie anstellt.«

»Es ist nicht an mir, diesen Teil der Geschichte zu erzählen.«

»Weichen Sie mir nicht aus, alter Mann. Sie haben ihr das verdammte Ding gegeben. Sagen Sie mir einfach, wozu sie es benutzt.«

»Ich muss Kiyokos Privatsphäre respektieren.« Sora hob den Blick von seiner Teetasse. »Unsere Wege haben uns zwar bis hierher geführt, aber das gibt uns noch nicht das Recht, nun jeden Grashalm zu zertrampeln, Mr Murdoch.«

Es war ein überraschend effektvoller Vergleich.

Es fiel Murdoch nicht sehr schwer, sich sich selbst als gedankenlosen Stiefel vorzustellen und Kiyoko als das zarte Gras. Sein großer, schwerfälliger Körper und sein ungehobeltes Benehmen standen gegen ihre zierliche Vollkommenheit und ruhige, traditionelle Weiblichkeit. Aye, er könnte sie im Nu zerquetschen, ohne es überhaupt zu bemerken. Aber, verflucht noch mal, er war aus einem bestimmten Grund hier. Und dieser Grund hatte nichts mit guten Manieren zu tun.

Er kam zügig auf die Füße.

»Dann, schätze ich, sollte ich mit der Lady selbst sprechen.«

5

Kiyoko rückte gerade ihren BH zurecht, als Umiko plötzlich auf Japanisch Gift und Galle spuckte. In die Worte der alten Frau mischten sich Zorn und Panik, und ein Schuss Märtyrertum war auch mit dabei.

»Bleiben Sie sofort stehen, Mr Murdoch«, rief Kiyoko. Sie warf einen Blick über die nackte Schulter auf die papierdünne Tür und betete, dass sie sich nicht öffnen möge. »Sie sagt, dass sie eher bereit ist zu sterben, als Sie hereinzulassen. Ich ziehe mich gerade um.«

»Oh!«

»Warten Sie im Garten auf mich«, fügte sie hinzu. »Ich bin sofort da.«

»In Ordnung.« Das tiefe, rauchige Poltern seiner Stimme kroch über ihre Haut, so dass sie im Nacken Gänsehaut bekam. Schon seltsam, dass man an einem Mann die Stimme bewundern konnte. »Wo ist der Garten?«

»Umiko-san wird Sie hinbringen.«

Kiyoko richtete eine Bitte an ihre Haushälterin und schmunzelte über deren Murmeln. »Begriffsstutziger Bär!« Murdoch hatte wirklich Ähnlichkeit mit einem großen Braunbären.

Ein paar Augenblicke später trat Kiyoko in schwarzem Rock, blütenweißem T-Shirt und einem Mantel aus Sweatshirtstoff auf den Pfad, der den sorgfältig geharkten Kies durchzog. Sie folgte Murdochs frischen Fußspuren zu dem Brückenbogen, der über den künstlichen Teich führte. Alle Blätter waren abgefallen und gaben den Blick frei auf schwarze Äste und kaltes, klares Wasser, das einen kunstvoll arrangierten Felsen hinunterrann.

Murdoch lehnte am Holzgeländer und starrte ins Wasser, doch er richtete sich auf, als sie näher kam.

»Schön«, sagte er.

Sie nickte. »Mein Vater war ein passionierter Gärtner. Es machte ihm Freude, selbst im Winter hier umherzugehen und den Standort jeder Pflanze peinlich genau zu überprüfen. Wenn strenger Frost kommt, sieht es wie eine Miniaturwelt für Feen aus.«

Er hob einen Mundwinkel. »Aye, der Garten ist auch sehr schön.«

Wärme brandete durch sie hindurch.

Ihr Blick fiel auf das Wasser, das still unter der Brücke dahinfloss. Blauer Himmel und eine federleichte Wolke spiegelten sich in der glatten Oberfläche. Es war sicherer, diesen Anblick zu betrachten als die Ecken und Kanten seines Gesichts oder den angedeuteten Schalk in seinen Augen. Die greifbare Spannung zwischen ihnen machte ihr schon genug Kummer. Wenn er es wagte, die Erregung zu erwähnen, die sie bei seiner Berührung gespürt hatte, wäre ihre Scham grenzenlos.

»Ich fahre nachher in die Stadt, Mr Murdoch«, sagte sie. »Der Wagen wird in einer halben Stunde hier sein. Worüber wollten Sie mit mir sprechen?«

»Über den Schleier.«

Ihr drehte sich der Magen um. Von der bösen Seite der Reliquie zu erfahren, verursachte ihr Übelkeit. Und dennoch war sie nicht bereit, sich davon zu trennen, trotz ihres neu erworbenen Wissens.

»Er steht nicht zum Verkauf.«

Er stützte sich wieder auf das Geländer. Der Ärmel seiner Jacke und seine breite, quadratische Hand waren nur noch Zentimeter entfernt. »Jede Minute, die Sie daran festhalten, bringen Sie die Welt mehr in Gefahr. Wenn Satan entdecken sollte, dass Sie den Schleier haben …«

»Niemand außer Yamashita-sensei weiß davon – und jetzt Sie. Wenn bekannt würde, dass er sich hier bei uns befindet, dann wäre das wahrscheinlich einzig und allein auf Ihr Interesse daran zurückzuführen. Das Sicherste wäre, Sie würden dieses Gespräch vergessen und in die Vereinigten Staaten zurückkehren.«

»Das kann ich nicht. Ich bleibe so lange hier, bis ich das habe, was ich will.«

Das Leder seiner Jacke war dick und stark, verschrammt vom regelmäßigen Gebrauch und an den Aufschlägen abgetragen. Kein empfindliches, butterweiches Kalbsleder für Murdoch.

»Weil Sie Ihren Vorgesetzten ein Versprechen gegeben haben?«

»Weil wir sonst den Kampf gegen Satan verlieren, und ich hasse es wirklich zu verlieren.«

Die Stimme der Erfahrung. Ein rascher Blick in sein Gesicht gab ihrem Eindruck Recht: Feine Fältchen zogen sich um Augen und Mund. Und er trug die Zeichen seiner Reife mit Stolz.

»Der Schleier ist also eine Waffe«, sagte sie leise. »Was genau kann sie?«

»Dämonen schlagen.«

»Und wie?«

Er stieß den Atem aus, der als Nebelhauch in der Morgenluft sichtbar wurde. Kiyoko riskierte einen weiteren Blick, da sie sich nicht sicher war, ob sie ein leises Lachen oder ein angewidertes

Schnauben gehört hatte. Er kräuselte die Lippen. »Keine verdammte Ahnung. Diesen ganzen Trip hab ich nur Lena Sharpes Bauchgefühl und ihren Visionen zu verdanken, die sie vor sechs Monaten hatte, bevor sie das Amulett hergeben musste.«

»Sie musste das Amulett hergeben?« Es war das kostbarste Besitztum der Frau gewesen, von sentimentalem wie magischem Wert zugleich. »Warum?«

»Um einen Dämon in die Falle zu locken.«

Kiyoko biss sich auf die Lippen und dachte nach. »Sie hat es geopfert?«

»Aye. Um ihre Nichte zu retten.«

Die Muskeln ihrer Schultern entspannten sich ein wenig. Lenas Verhalten war nach wie vor unverzeihlich, aber es war ermutigend zu hören, dass die Frau wieder zu sich gekommen war.

»Bauchgefühl«, wiederholte sie. »Es gibt also gar keinen Beweis dafür, dass der Schleier eine Waffe ist? Keine Berichte über seine Kräfte?«

»Nein.«

»Warum sollte ich ihn Ihnen dann aushändigen?«

»Weil selbst der Alte zugibt, dass es eine dunkle Reliquie ist. Das verfluchte Ding ist gefährlich. Ich will Sie nicht beleidigen, Mädchen, aber wir als Unsterbliche können den Schleier besser beschützen als Ihre vielleicht fähigen, aber doch sehr verwundbaren *menschlichen* Krieger.«

Eine leichte Brise blies Kiyoko das offene Haar ins Gesicht, und sie steckte eine lose Strähne hinter dem Ohr fest. »Sie werden doch nicht behaupten wollen, dass jeder Einzelne in Ihrer Gruppe unsterblich ist, oder?«

Schweigen.

Sie lächelte. »Ich verfüge über eine Menge Informationen, Mr Murdoch. Ich mag ein Mensch sein, aber ich bin nicht dumm. Seitdem Lena-san mich letzten Frühling hintergangen hat, habe ich über sie und ihre kleine Bande von … Freunden Nachforschungen angestellt.«

»Dann wissen Sie ja, was wir tun.«

»Nicht genau«, gestand Kiyoko. »Es ist klar, dass Sie nicht mehr einfach nur Seelen holen. Der Zahl der Personen nach zu urteilen, die Sie auf der Ranch durchschleusen, schätze ich, dass Sie jetzt die Ausbildung der Seelenwächter übernommen haben – nur zu verständlich angesichts der aktuellen Weltlage. Aber Ihre Gruppe reist auch unglaublich viel, an Orte, die keinen Sinn ergeben. Südafrika zum Beispiel.«

Er schnitt eine Grimasse. »Das Lieblingsprojekt meines Chefs – alle Schandreliquien aufzutreiben und zu schützen.«

»Ihres Chefs? Brian Webster?«

»Aye.« Seine Hände umklammerten mit weißen Knöcheln das Holzgeländer.

»Sie mögen ihn nicht?«

»Webster und ich haben … Probleme«, gab er zu. »Aber wir sind demselben Ziel verpflichtet: Satan zu stoppen. Der Teufel ist überall auf dem Vormarsch, selbst in Asien.«

Kiyoko nickte. Der Tribut, den sie hier zahlten, war ein anderer, aber indem sich die Korruption ausbreitete und sich immer mehr Leute von ihrem Glauben abwandten, nahm auch die Kriminalität zu, und die Wirtschaft wurde immer instabiler.

Murdoch richtete sich wieder vor ihr auf. Sein Körper hielt den Wind ab, und anstelle der kühlen Herbstluft wehte ihr eine Duftwolke warmer Männlichkeit und würziger Seife entgegen. »Ich kann nicht zulassen, dass Satan noch eine dunkle Reliquie in die Hände fällt. Den Schleier hierzulassen ist ein Risiko, das ich nicht eingehen kann.«

In seinen Worten schwangen Selbstbewusstsein und Leidenschaft mit. Es gab keinen Zweifel, dass er genau das tun würde, was er versprochen hatte – den Schleier bis zum allerletzten

Atemzug zu schützen, wenn es nötig war. Es sprach für sein überwältigendes Charisma und sein lebhaftes Wesen, dass sie seinen Forderungen beinahe entsprochen hätte. Doch es war unmöglich, den Schleier aus den Händen zu geben. Selbst wenn sie es so gewollt hätte – was durchaus nicht völlig abwegig war –, hätte ihr Sora nie erlaubt, ihn herauszurücken. »Es ist ein Risiko, das Sie werden eingehen müssen.«

Er wollte nach ihrer Hand greifen, doch kurz bevor er sie berührt hätte, hielt er abrupt inne. »Habe ich Ihnen die Gefahren nicht anschaulich genug erklärt? Sind Sie nicht der Überzeugung, dass ich in der Lage bin, ihn sicher zu verwahren?«

Kiyoko starrte auf seine Hand.

Groß und quadratisch. Gebräunt vom stundenlangen Aufenthalt unter freiem Himmel. So nah ihrem eigenen Fleisch, dass sie geschworen hätte, winzige Elektroschocks zu spüren, die zwischen ihnen hin- und herzischten.

»Ich habe verstanden, dass Satans Einfluss auf die dunkelsten Teile der Menschheit wachsen wird, wenn er den Schleier in die Finger bekommt.« Diese Perspektive lief ihren eigenen Prinzipien so sehr zuwider, dass ihr Magen sich regte. »Und ich glaube auch, dass Sie ein Verteidiger wären, der seinesgleichen sucht.«

»Warum vertrauen Sie ihn mir dann nicht an?«

»Weil ich von der Kraft des Schleiers zehre.«

Er runzelte die Stirn. »Wozu? Um Dämonen zu bekämpfen?«

»Das … und mehr.« *Wie etwa mein Herz am Schlagen zu halten.* Kiyoko war selbst überrascht, dass sie diese Kleinigkeit verschwieg. Die Jahre des Lernens auf Soras Knien hatten sie gelehrt, dem Stolz und der Eitelkeit abzuschwören, und doch störte es sie zuzugeben, dass sie eine Schwäche für Murdoch hatte – den wohl vor Gesundheit strotzendsten und männlichsten Mann, den sie jemals getroffen hatte.

Sie wollte, dass er sie so sah, wie sie vor dem Angriff auf ihren

Vater gewesen war – stark, tüchtig, klug. Sie wollte, dass er sie bewunderte. War das denn so furchtbar falsch?

»Was auch immer der Grund dafür ist, dass Sie an diesem Schleier so festhalten«, sagte Murdoch mit gesenktem Kopf, um ihre Augen besser zu sehen, »ich kann nicht glauben, dass Sie ihn für wichtiger halten als die Sicherheit der Reliquie. Schon jetzt sterben die Leute zu Tausenden, verlieren die Ersparnisse eines ganzen Arbeitslebens bei Firmenpleiten und müssen jede Hoffnung auf eine bessere Zukunft begraben – und all das nur, weil Satan zwei Reliquien in die Hände gefallen sind. Ich kann unter keinen Umständen zulassen, dass noch eine diesen Weg nimmt.«

Kiyoko schaute zur Seite. »Der Schleier ist eine Reliquie, über die es keinerlei Dokumente gibt. Niemand ist hinter ihm her.«

»Nichts bleibt für immer verborgen, Mädchen. *Ich* bin hinter ihm her. Das bedeutet, dass seine Existenz bekannt ist, ob Sie mir das nun glauben wollen oder nicht.«

Seine Worte klangen ruhig und aufrichtig, und das mulmige Gefühl kehrte in Kiyokos Magen zurück. Das Leben anderer für ihre persönlichen Zwecke aufs Spiel zu setzen, gefiel ihr ganz und gar nicht, vor allem nicht, da sie sich dazu verpflichtet hatte, dem Wohl aller zu dienen. Aber Murdoch die Reliquie auszuhändigen hätte ihren eigenen Tod bedeutet.

»Ich muss jetzt in die Stadt fahren«, sagte sie und wandte sich zum Gehen.

»Ich komme mit.«

»Nein, ich …«

Ein gedämpfter Schrei, gefolgt von mehrmaligem lautem Krachen, durchbrach die Stille der Morgenluft. Der Lärm kam vom Trainingsgelände oben auf der Klippe. Murdochs Hand schoss nach vorn, packte Kiyoko an der Schulter und stieß sie zu Boden. »Kopf runter!«

»Warum?«

»Schüsse.«

Er nahm sich keine Zeit für Erklärungen. Er rannte einfach mit übermenschlicher Geschwindigkeit den Pfad zurück: Im Laufen zog er seine Waffe.

Ein Schwert. Gegen Kugeln.

Feuerwaffen waren nicht Ausbildungsgegenstand der Onmyōji-Ausbildung. Die Krieger trainierten auf die alte Art. Sie kämpften nur mit Katanas und anderen traditionellen Waffen, die durch den einen oder anderen Zauber verstärkt waren – weil Dämonen sich auch nicht mit Feuerwaffen abgaben. Warum also waren Schüsse gefallen?

Kiyoko schaute auf ihren Rock, der nun mit Schmutz von der Holzbrücke befleckt war, und runzelte die Stirn. Warum hatte sie sich gerade heute wie eine Frau anziehen müssen? Um Murdoch zu beeindrucken? Wie albern! Sie schleuderte ihre Pumps von den Füßen, zog den Mantel aus und warf ihn achtlos beiseite.

Dann sprintete sie Murdoch hinterher.

Ein einzelner Schütze.

Murdoch bekam den Burschen in dem Zwischenraum zwischen zwei Gebäuden zu sehen, als er über den drei Meter hohen Begrenzungszaun sprang. Es war einer der jungen Krieger aus dem Dōjō. Er stand auf dem Hof, drehte sich langsam um die eigene Achse und schoss auf jeden, der es wagte, sich zu rühren. Er sprach japanisch, und seine Stimme war leise, drängend und zornig.

Den spärlichen Morgenschatten an der Mauer der Haupthalle ausnutzend, schlich Murdoch näher.

Er machte sich keine großen Sorgen darum, erschossen zu werden. Kugeln würden nicht mehr ausrichten können, als ihn richtig wütend zu machen, aber es war wohl klug, zunächst die Lage zu peilen, bevor er den Feind auf sich aufmerksam machte. Nicht, dass sein Berserker den Kerl als echte Bedrohung einstufte – sein Blut war nur leicht in Wallung, und das war zum größten Teil darauf zurückzuführen, dass er eben noch Kiyoko so nahe gewesen war.

An der Ecke des Gebäudes blieb er stehen.

Er hatte den Rücken des Schützen vor sich, obwohl dieser sich langsam im Kreis drehte und sie sich gleich Auge in Auge gegenüberstehen würden. Drei Gestalten lagen bewegungslos und lang ausgestreckt auf dem Hof. Unmöglich zu sagen, ob sie tot waren, bewusstlos oder sich nur tot stellten.

Und es spielte auch keine Rolle.

Der Schütze hielt eine Neun-Millimeter-Pistole in der einen Hand und eine Art Schalter in der anderen. Er trug drei weitere Holster, in denen stählerne schwarze Waffen steckten, sowie einen Gürtel mit Ersatzladestreifen, und um seine Brust war etwas geschnallt, das genauso aussah wie eine … Bombe. Dies war kein zufälliger Schusswechsel oder eine Masche, um Aufmerksamkeit zu erregen. Der Mann war auf einer Mission: töten und getötet werden.

Murdochs Hand schloss sich fester um das lederumwickelte Heft seines Schwertes. Es war eine gewöhnliche Klinge, nichts Besonderes. Kein schwerer Super-Zweihänder wie der, den MacGregor trug. Nur ein robustes, zweischneidiges Breitschwert, geschmiedet von einem alten skandinavischen Schwertmeister und durch sorgfältige tägliche Pflege in tadellosem Zustand gehalten.

Er nannte es Blutsucher.

Mit gutem Grund. Die Waffe war mit der verblüffenden Fähigkeit gesegnet, dem Gegner den Todesstreich zu versetzen, und sie hatte ihm schon treu gedient, lange bevor Stefan Wahlberg sie magisch verstärkt hatte. Ihre Geschichte war so bewegt wie seine eigene.

Aber bevor er sich darauf verlegte, den Kerl zu erschlagen, wollte er erst einmal etwas Diplomatischeres probieren. Zum Beispiel einen Schlafzauber. *Oder auch nicht*. Der Daumen dieses Burschen konnte zufällig auf den Bombenauslöser gelangen und das ganze Gelände in die Luft jagen. Ein Bindezauber würde jedoch seinen Zweck erfüllen.

Der Schütze fuhr fort, um die eigene Achse zu rotieren und wachsam nach jeder noch so kleinen Bewegung Ausschau zu halten. Noch ein Schritt und …

Murdoch sprach die Formel für den Bindezauber.

Er prallte am Schild des Schützen ab und verpuffte wirkungslos in der Luft. Nur ein paar Funken verrieten, dass Murdoch sein Ziel genau getroffen hatte. Nunmehr durch seine Anwesenheit gewarnt, feuerte der Schütze mit tödlicher Absicht in den Schatten.

Jetzt oder nie!

Murdoch aktivierte seine Seelenwächterkräfte, stürzte los und sprang mit minimaler Anstrengung seiner Oberschenkel über den Zaun auf den Hof. Nachdem er etwas mehr als einen Meter entfernt von seinem Widersacher gelandet war, schlug er ihm dank der schilddurchdringenden Verstärkung seines Schwertes mit einem harten Hieb die Pistole aus der Hand.

Der jüngere Krieger reagierte blitzschnell auf den Angriff. Er fiel in einer geschmeidigen Bewegung nach hinten, ließ den Bombenschalter los und zog sein Katana. In Windeseile hatte er eine kampfbereite Haltung eingenommen und knurrte Murdoch wütend auf Japanisch an.

Murdoch spürte ein warmes Brennen in seinen Muskeln. Sein Berserker streckte sich träge.

»Das willst du doch gar nicht, Kumpel«, sagte er sanft. »Vertrau mir. Es wird unschön enden. Nimm das Schwert runter.«

Das Glänzen in den Augen seines Gegners blieb, nur die Lautstärke seiner japanischen Standpauke steigerte sich noch.

»*Yamete!*«

Das kam von Kiyoko, die sich von hinten näherte und mit scharfer Stimme sprach.

Murdoch erstarrte, während sein Berserker in einen wachsamen Beschützermodus wechselte. Der Mann hatte eine verfluchte Bombe um die Brust geschnallt. Der hellrote Auslöser war gut sichtbar mit ein paar Kabeln verdrahtet. Warum, zum Henker, war sie nicht geblieben, wo er sie zurückgelassen hatte?

»Mädchen«, sagte er so ruhig zu ihr, wie es ihm unter den gegebenen Umständen nur möglich war. »Ich habe alles unter Kontrolle. Machen Sie, dass Sie wegkommen.«

»Unter Kontrolle? Er sagt, dass er das ganze Gelände in die Luft jagen wird.«

»Und genau deshalb müssen Sie weg von hier«, zischte er.

Sie ignorierte ihn. Während sie weiter beruhigend auf den jungen Krieger einredete, versuchte sie, an Murdoch vorbeizukommen.

Er streckte einen Arm aus. »Nur über meine Leiche.«

»Er hat gerade erfahren, dass sein Vater sich umgebracht hat, weil er nach fünfunddreißig Jahren seinen Job verloren hat. Er ist verbittert, aber er lässt noch mit sich reden.«

Murdoch vertraute seinem Bauch. Und seinen Augen. Die Bombe sprach Bände. »Falsch! Er ist hergekommen, um zu sterben. Reden wird gar nichts bringen. Ich würde ihm lieber nicht dabei helfen, seinem Schöpfer gegenüberzutreten, aber ich werde es tun, wenn ich muss.«

Kiyoko sagte etwas zu dem Krieger.

Ein weiterer japanischer Wortschwall sprudelte über die Lippen des jungen Mannes. Der Blick des Burschen war auf Kiyoko geheftet und sein Gesicht vor Groll gerötet. Ein ungutes Gefühl machte sich in Murdochs Bauch breit.

»Sie haben recht«, sagte Kiyoko. »Takeo meint, dass er das

Vertrauen in den Weg des Onmyōji verloren hat. Er glaubt nicht mehr daran, dass wir die Dämonen besiegen können. Er hat die dunkle Seite seiner Seele gewählt, und er ist froh, dass er einige seiner Mit-*senshi* umbringen konnte, denn es wird sie von der Sinnlosigkeit unserer Dämonenjagd erlösen. Er hat akzeptiert, dass er heute sterben wird.«

»Schön«, erwiderte Murdoch grimmig.

»Aber er will, dass *ich* es tue.«

Er erstarrte. »Nicht in einer verfluchten Million Jahre.«

»Er ist mein Schüler. Es ist eine angemessene Bitte.« Sie gab einem Krieger, der in der Tür zum Dōjō stand, ein Zeichen mit der Hand. Er eilte an ihre Seite, überreichte ihr eine Scheide mit kunstvoller Prägung und rannte dann wieder zurück. »Ich werde mein Gesicht bei diesen Männern verlieren, wenn ich ihm diesen Wunsch abschlage, Mr Murdoch.«

»Ihr Gesicht verlieren?« Er funkelte sie wütend an. »Sie wollen zulassen, dass Ihr Stolz Sie umbringt? Sie werden mehr verlieren als nur Ihr Gesicht, wenn Sie seinem Wunsch nachgeben. Er will nur, dass Sie nah genug sind, damit er Sie mit in den Tod reißen kann, wenn er diesen verdammten Schalter umlegt.«

»Ich bin schneller, als Sie denken.«

»Mir ist egal, wie verflucht schnell Sie sind«, entgegnete er scharf. Der Berserker suchte sich bereits in seiner Brust den Weg nach oben. »Sie werden sich nicht mit einem Bombenattentäter duellieren. Kapiert?«

»Ich habe gegen Dämonen gekämpft. Ich werde mit einem Mann fertig.«

»Um Gottes willen, Frau, Sie haben doch zugegeben, dass Sie ihn darin ausgebildet haben, Kreaturen zu töten, die viel mächtiger sind als er.«

»Aber ich bin noch immer seine Lehrerin.«

Murdoch konnte den Blick nicht von den vier Päckchen

Plastiksprengstoff wenden, die um die Brust des jungen Mannes geschnallt waren. Wenn die verdammte Bombe hochging, würde Murdoch leiden, und er würde übel leiden. Er würde nicht sterben, aber er würde dem Tod so nahe wie nur möglich kommen, sein Fleisch würde zerfetzt und seine Knochen pulverisiert. Sich dasselbe bei Kiyoko vorzustellen reichte beinahe aus, um ihn sein mageres Frühstück wieder ausspucken zu lassen.

»Und er ist noch immer derjenige mit der Bombe.«

»Hören Sie auf, sich Sorgen zu machen«, sagte Kiyoko sanft, während sie ihr Schwert mit einem leisen Kratzen von Stahl auf Stahl aus der Scheide zog. Sie verbeugte sich vor Takeo, und der junge Krieger tat es ihr nach. Keiner von beiden wandte den Blick vom anderen. »Ich werde es überleben, und Sie werden es auch. Mein Schildzauber ist sehr stark.«

Murdoch schnaubte. »Mädchen, Sie müssten schon ein Magier sein, um einen Schildzauber hinzukriegen, der eine Bombe auf kurze Distanz abwehren kann.«

Der junge Krieger wurde nervös und trat einen Schritt auf Kiyoko zu. Dabei fuchtelte er mit seiner Waffe herum und stieß offenbar eine Drohung aus.

Murdoch trat zwischen beide, ohne nachzudenken.

Kiyokos Katana schlitzte seine Jacke und sein Fleisch auf und schrammte an seinen Rippen vorbei. Sie schob ihn beiseite, aber nicht, bevor Blut floss. Ein warmer, klebriger Strom rann seine Seite hinab und sammelte sich im Bund seiner Hose.

»Hören Sie auf, mich zu beschützen«, sagte sie wütend.

»Ich habe das, was ich tue, nicht voll in der Hand«, gab er zu, obwohl er kein bisschen unglücklich darüber war, wohin seine Füße ihn getragen hatten. »Wissen Sie noch, was ich Ihnen über den Berserker und seine Ansprüche gesagt habe? Er hat ein kleines Problem mit dieser Situation.«

»Ich weiß es noch. Aber sagten Sie nicht, dass es doch noch

immer Sie sind, selbst wenn der Berserker in Ihnen die Oberhand gewinnt?«

Murdoch hielt unwillkürlich den Atem an. *Das stimmte!*

»Ich glaube, dass Sie Ihrem eigenen Dämon die Schuld an Ihren chauvinistischen Neigungen geben, Mr Murdoch. Gehen Sie mir aus dem Weg.«

Er blinzelte. *War das wahr?*

Leider verschaffte ein Blinzeln Kiyoko genug Zeit, um an ihm vorbeizuschlüpfen. Sie rannte mit gezogenem Schwert auf den jungen Krieger zu und stürzte sich mit einem schrillen Schrei auf ihn.

Kiyoko erlangte ihre Gemütsruhe in dem Moment wieder, in dem der Kampf mit Takeo begann. Alle wirren Gedanken an Murdoch fielen von ihr ab und wurden von der kühlen Absicht zu töten abgelöst. Sie erreichte den jungen Kämpfer mit zwei wohlüberlegten Schritten und bestürmte ihn mit einer raschen Folge von Standardattacken und -paraden, die der anhaltende Energiefluss des Tempelschleiers in ihren Körper ermöglichte.

Leider konnte das, was Takeo heute angerichtet hatte, nicht ungeschehen gemacht werden. Wenn er weiterlebte, würde er die anderen Kämpfer um ihn herum vergiften und ihnen die Zuversicht rauben, die sie brauchten, um zu gewinnen. Glaube war die Hauptstütze der Onmyōji. Ohne das unerschütterliche Vertrauen in die Rechtmäßigkeit dessen, was sie taten, würden sie den Krieg gegen das Böse nicht für sich entscheiden können.

Ihr Widersacher griff schnell, aber ohne große Originalität an. Das jahrelange Training mit ihr wiegte ihn in falscher Sicherheit, und so glaubte er, dass seine Vertrautheit mit ihrem Kampfstil ihn ihre nächsten Bewegungen erahnen lassen würde. Sie wusste sich seine Arroganz zunutze zu machen. Indem sie ihr Tempo variierte und aus dem Vollen ihres Kampfrepertoires schöpfte, bedrängte sie ihn hart und zwang ihn immer weiter zurück. Eine rasche Folge von Schwerthieben, dann eine Drehung nach links, und sie durchbohrte seinen schwachen Schild ersten Grades mit einem geschmeidigen, bogenförmigen Schlag ihres Schwertes.

Der Auslöser der Bombe fiel zu Boden.

Takeo hatte seine Mitkämpfer erschlagen, seine eigenen Brüder mit unentschuldbarer Brutalität umgebracht. Selbst wenn es ihr gelingen sollte, den jungen Mann davon zu überzeugen, in den Schoß der Gemeinschaft zurückzukehren, ließ sich das Vertrauen der anderen in ihn nie wiederherstellen. Und dieser Widerwille, sich auf ihn zu verlassen, würde auch ihre übrigen Männer töten.

Sie lenkte Takeos Schwert mit ihrem eigenen ab.

Schlimmer noch, er verkörperte nun das Böse, gegen das sie jeden Tag kämpften. Wenn sie ihm Gnade erwies – wenn sie ihn weiterleben ließ –, würden ihre Männer vielleicht zögern, wenn sie künftig mit dem Bösen konfrontiert waren, und sich fragen, ob etwa Milde das Gebot der Stunde war.

Das konnte sie nicht zulassen.

Mit größtem Bedauern und ruhiger Hand stieß Kiyoko ihr Katana zwischen Takeos vierte und fünfte Rippe.

Sein Blick suchte in dem Moment, als ihre Waffe sein Herz durchbohrte, den ihren – in dem instinktiven Bedürfnis, während seines letzten Atemzugs nicht allein zu sein. Sie packte ihn schweren Herzens am Arm, als seine Knie nachgaben. Wie viele Male hatten sie sich im Dōjō duelliert? Wie viele Stunden hatte sie mit ihm an seiner Technik gefeilt? Sie ließ ihn sachte zu Boden gleiten und sah dabei zu, wie das Dunkel in seinem Blick wich. Das Böse überließ ihn seinem Schicksal.

»Sie wissen mit dem Schwert umzugehen«, gab Murdoch widerwillig zu. Er löste ihre eisigen Finger von Takeos Ärmel.

»Manchmal wünschte ich, es wäre anders.«

Er nickte. »An dem Tag, da Sie ohne Reue ein Leben auslöschen, sollten Sie das Schwert niederlegen und gehen.«

Kiyoko blickte ihn an. »Haben Sie jemals einen Menschen getötet?«

»Schlimmer. Ich habe ein paar Jungs getötet.« Seine Miene war düster. »Burschen, die niemals Gelegenheit hatten, mit dem Mädchen ihrer Träume zu schlafen oder auf ihrer eigenen Hochzeit zu tanzen.«

Sein Geständnis überraschte sie. So etwas passte nicht zu dem Ehrbegriff, der ihn offenbar aufrecht hielt. »Warum?«

Er zuckte die Achseln. »Im Krieg tut man, was man tun muss.«

Während die anderen Krieger aus den umstehenden Gebäuden kamen, um sich um ihre gefallenen Gefährten zu kümmern, sah Kiyoko hinunter auf Takeos lebloses Gesicht. »Sie sind selbst gestorben.«

»Aye.«

»Wie war das?«

»Unangenehm.«

Welche Untertreibung! Kiyoko lächelte flüchtig. »Ging es schnell?«

»Nein«, antwortete Murdoch. »Ich bin von der widerspenstigen Sorte. Ich bin nicht schnell und auch nicht leise abgetreten. Ich bin auf einem Schlachtfeld verblutet, und ich habe bei meinen letzten Atemzügen die sieben Haudegen verflucht, die mich zur Strecke gebracht hatten.«

»Haben Ihre Kameraden nicht versucht, Sie zu retten?«

»Ich befand mich weit hinter den feindlichen Linien, und es lagen jede Menge weitere Verwundete auf dem Schlachtfeld. Als die Heiler mich endlich erreichten, war es schon zu spät.«

»Oh!«

Er schnitt eine Grimasse. »Ersparen Sie mir Ihr Mitleid, Mädchen. Ich war damals ein Vollidiot. Mein Tod war ein Segen.«

»Ich bezweifle, dass das Ihre Mutter und Ihre Frau auch so gesehen haben.«

Er entgegnete nichts darauf. Erwiderte nur ihren Blick einen langen Moment, um sich dann umzudrehen und den Hof zu inspizieren. »Drei Tote. Ein sehr unglücklicher Verlust. Wie werden Sie das den Behörden erklären?«

»Gar nicht.« Kiyoko bückte sich und hob Takeos Katana auf. Es würde zerstört werden, zusammen mit seiner persönlichen Habe. »Alle, die sich für diesen Weg entschieden haben, wissen, dass sie nicht neben ihren Angehörigen begraben werden.«

»Sie verschwinden einfach?«

»Praktisch sind sie bereits an dem Tag verschwunden, an dem sie hierherkamen. Bei den meisten war das vor ein paar Jahren. Für die Außenwelt sind wir eine Kampfkunstschule, und ab und zu lassen wir zu einigen Unterrichtseinheiten auch die Öffentlichkeit zu, um zu verhindern, dass die Behörden neugierig werden.«

»Und was macht ihr mit den Verwundeten?«

Sie zeigte auf die Frau mittleren Alters, die im Staub neben dem einzigen Krieger kniete, der überlebt hatte. »Wir beschäftigen eine Ärztin, der eine voll eingerichtete Krankenstation zur Verfügung steht. Und viele unserer *senshi* sind ausgebildete Sanitäter.«

Das Handy an Murdochs Hosenbund vibrierte. Er zog es heraus und sah auf das Display. »Ihr solltet euch einen Magier zulegen.«

Kiyoko schüttelte den Kopf. »Heilzauber sind sehr schwer durchzuführen, und die wirksamsten erfordern einen begabten Fachmann. Leider gibt es zu wenige echte Zauberheiler auf der Welt. Wir hatten jedenfalls noch nicht das Glück, einen zu finden.«

»Sie wissen sehr viel über Magie«, sagte er stirnrunzelnd, während er neben einem gefallenen *senshi* niederkniete.

Neugierig beobachtete ihn Kiyoko. »Unser Zweig des Onmyōji studiert und praktiziert seit Jahrhunderten die mystischen Künste. Zudem war mein Vater ein Nachkomme von Abe no Seimei selbst. Daher haben wir Zugang zu vielen seiner magischen Bücher.«

Murdoch legte die Hand auf den Nacken des Toten. Das dunkelrote Blut, das noch immer aus der tödlichen Wunde sickerte, schien er gar nicht zu bemerken. Er schloss die Augen.

Es hätte wie ein einfaches Gebet aussehen können, aber Kiyoko wusste, dass er die Seele des Kriegers holte. Einmal, als sie und Lena Sharpe noch miteinander gesprochen hatten, hatten sie über die Seelenkollekte geredet. Lena hatte sie als fedrige Wärme beschrieben, die ihren Arm hinauffloss und sich um ihr Herz legte.

»Kiyoko-san.«

Sie blickte nach links. Sora stand im Eingang zum Dōjō. Das silberweiße Haar floss seinen Rücken hinab, die Hände hatte er in den langen Ärmeln seiner schwarzen Robe gefaltet. Er wirkte wie der Inbegriff der Gleichmut.

»Ja, Sensei?«

»Dies ist in höchstem Maße bestürzend.«

Sie nickte. »Unsere Vorsichtsmaßnahmen waren nicht ausreichend.«

»Vorsichtsmaßnahmen?« Murdoch ging zu einer zweiten Leiche. »Welche Vorsichtsmaßnahmen?«

»Die beiden steinernen *niou* am Tor haben die Aufgabe, zu verhindern, dass das Böse die Schwelle zum Trainingsgelände überschreitet«, erklärte Kiyoko. »Und doch konnte Takeo es gestern problemlos betreten.«

»Was bedeutet, dass er entweder noch nicht vom Bösen befallen war, als er eintrat, oder einen Weg gefunden hat, Ihren Grenzzauber zu deaktivieren.«

Sie nickte wieder. »Letzteres ist am wahrscheinlichsten.«

»Können Sie den Grenzzauber verstärken?«

»Dieser spezielle Zauber hat uns jahrhundertelang gute Dienste geleistet«, gab sie zurück. »Ich muss meine Zauberbücher zu Rate ziehen, um herauszufinden, ob es etwas Stärkeres gibt. Ich werde Watanabe-san benachrichtigen, dass ich heute unmöglich in die Stadt kommen kann.«

»Unsinn!« Sora stieg zum Hof hinunter. Dabei schleifte der Saum seiner Robe geräuschlos über die hölzernen Stufen. »Geh nur. Das Lager wird auch diesen Tag ohne deine Anwesenheit überstehen. Dafür zu sorgen, dass das Unternehmen deines Vaters nicht der Korruption anheimfällt, ist genauso wichtig wie jede andere Aufgabe, die dir aufgetragen ist. Die dunklen Kräfte aufzuhalten kann auf vielerlei Arten geschehen.«

Kiyoko blinzelte. Sora war normalerweise der Erste, der sie an ihre Verpflichtung gegenüber den Onmyōji erinnerte. »Sind Sie sicher?«

»Der Firmenwagen wartet bereits am Tor«, entgegnete er mit einem angedeuteten Achselzucken. »Es wäre unhöflich, den Fahrer warten zu lassen.«

»Ich werde Sie begleiten«, bot Murdoch an und stand auf.

Kiyokos Pulsschlag beschleunigte sich. Ihm vierzig Minuten lang nah sein, diesen warmen, männlichen Duft riechen, die elektrische Spannung zwischen ihnen spüren. Die Fahrt nach Sapporo würde fast unerträglich sein, aber auf eine unglaublich angenehme Weise.

»Sie ziehen es doch sicher vor, auf dem Land zu bleiben und die frische Luft zu genießen, nicht wahr, Mr Murdoch?«, fragte Sora. »Kiyoko-san wird den ganzen Tag in einem Büro eingesperrt sein und über Zahlen brüten. Sind Sie den ganzen weiten Weg von Amerika hierhergekommen, um vier gestrichene Wände zu sehen?«

Murdoch zögerte.

»Bleiben Sie«, ermunterte Kiyoko ihn. »Er hat recht. Mein Arbeitstag wird Sie ziemlich langweilen.«

Sie suchte seinen Blick, um ihre Botschaft zu unterstreichen. Aber was sie in seinen Augen sah, überraschte sie. Ihre Worte hatten es nicht geschafft, ihn zu entmutigen – wenn überhaupt, hatten sie ihn nur in seiner Ritterlichkeit bestärkt und seine Entschlossenheit gefestigt. Er hatte vor, sie zu begleiten. Aber es war ebenso klar, dass Sora das nicht wollte.

»Ich werde allein fahren«, verkündete sie hastig, bevor er etwas sagen konnte.

Nachdem sie diese Entscheidung getroffen hatte, drehte sie sich um und ging Richtung Tor davon. Wozu sich selbst etwas vormachen? Wenn sie Zeit mit Murdoch verbrachte, würde das Leben nach seiner Abreise nur schwerer werden. Ja, sie fühlte sich wohl mit ihm, sogar sehr. Aber allein die Intensität ihrer Reaktion auf ihn barg bereits den Abschied. Solch bebende Begierde, solch atemloses Verlangen und solch verzweifeltes Sehnen würden nicht von Dauer sein. *Konnten* nicht von Dauer sein.

Wie Sora gesagt hatte, wartete der Wagen am Tor auf sie. Umiko stand neben der geöffneten Tür, Kiyokos Schuhe, Handtasche und eine frische Bluse über dem Arm. Kiyoko blickte an sich hinab. Spritzer von Takeos Blut zeichneten sich deutlich auf dem weißen Stoff ihres T-Shirts ab. Ihr Weg war seit Jahren vorgegeben. Sie kannte ihr Schicksal. Und doch blieb sie zwischen den steinernen Statuen der *niou* unter dem Bogen des *torii* stehen.

Um sich umzudrehen.

Murdoch stand genau dort, wo sie ihn zurückgelassen hatte, eine Säule der Männlichkeit vor dem Hintergrund des Tempels, und starrte sie an. Inwiefern das etwas zu bedeuten hatte, vermochte Kiyoko nicht zu sagen. Aber es war so. Sie nickte ihm zu, nahm die Kleidungsstücke von Umiko entgegen und stieg in den Wagen.

Lächelnd.

6

Murdoch sah ihr nach, bis der Wagen auf der Allee außer Sichtweite geriet. Dann wandte er sich dem alten Mann zu. »Kiyoko nennt Sie Sensei oder Yamashita-sensei. Wie soll *ich* Sie nennen?«

Der Alte lächelte. »Wünschen Sie, den anderen heute beim Training Gesellschaft zu leisten, Mr Murdoch?«

»Nein.« Das Haus nach dem Schleier zu durchsuchen wäre ein viel besserer Zeitvertreib.

»Dann nennen Sie mich Sora-san.«

»Okay, Sora-san. Ich gehe zurück ins Haus. Ich habe einen Anruf zu erledigen, und dann werde ich mich ausruhen, bis Kiyoko-san zurückkehrt. Rufen Sie mich, wenn etwas Ungewöhnliches geschieht.«

Der Ältere hob die silberfarbenen Brauen. »Etwas Ungewöhnliches?«

»Etwas Merkwürdiges, Abwegiges, Schlimmes.«

»O ja! Wenn wir mit so etwas konfrontiert werden, brauchen wir selbstverständlich Ihre Hilfe.«

Murdoch fasste Sora genauer ins Auge. Etwas sagte ihm, dass sich der alte Mann gerade über ihn lustig machte, aber der friedfertige Ausdruck in dem betagten Gesicht sprach dagegen. »Korrekt.«

»Ich danke Ihnen aufrichtig.« Sora hob den Arm. »Das Westtor wird Sie zum Haus führen. Dann müssen Sie auf dem Rückweg nicht über den Zaun klettern.«

Murdochs Nackenhaare sträubten sich. Nun ließ es sich nicht mehr leugnen, der andere nahm ihn auf den Arm. »Da, wo ich herkomme, ist Spott eine Beleidigung, die eine eindeutige Antwort verlangt. Stellen Sie mich nicht auf die Probe, alter Mann.«

Sora lächelte. »Glauben Sie mir, Mr Murdoch: Es ist nicht meine Absicht, Sie zu beleidigen. Meine Bewunderung für Sie ist groß. Wenn mich etwas erheitert, dann ist es nur die unerschrockene Art und Weise, mit der Sie Ihrem Ärger Luft machen.«

Was Murdoch kein bisschen besänftigte.

»Zurückhaltung war noch nie meine Stärke«, räumte er mit leiser Stimme ein. »Und Rückzug ist nur akzeptabel, wenn er den Feind in die Falle lockt.«

Der alte Mann verbeugte sich flink. »Dann erlauben Sie mir, derjenige zu sein, der sich zurückzieht, Mr Murdoch. Ich bitte um Entschuldigung.«

Sora ließ Murdoch auf dem Hof stehen und kehrte in den Dōjō zurück. Die Ärztin war damit beschäftigt, den Transport des verwundeten Kriegers zur Krankenstation zu überwachen, und mehrere Männer legten die Toten vorsichtig auf Tragen aus Baumwollstoff.

Die Härchen in Murdochs Nacken richteten sich erneut auf, und er wandte sich ab. Ein junger Mann hockte neben Takeos Leiche, ein Mann, den Murdoch nicht kannte. Jedenfalls nicht persönlich. Aber er kannte die sanfte Bewegung, mit der er den Hals des Toten berührte.

Der junge Mann stand auf und sah sich Murdoch gegenüber.

Der prallen Jugendfrische seiner Haut nach zu urteilen war er nicht älter als zwanzig. Er hatte gut definierte Muskeln und kurz geschnittenes Haar und trug genau dieselbe Kleidung wie jeder andere Kämpfer im Lager. Nur ein vertrauter Überdruss in den Augen des Burschen verriet ihn.

Er war ein Seelenwächter.

Da Murdoch nur Seelen holen konnte, die ein und denselben Bestimmungsort hatten, und die beiden Kriegerseelen, die er eben aufgenommen hatte, in den Himmel kommen sollten, hatte die Herrin des Todes einen anderen zu Takeos Seelenkollekte ausgeschickt.

Murdoch nickte seinem Kollegen zu, um dann wortlos den Pfad zum hinteren Tor zu nehmen und dem jungen Mann Gelegenheit zu geben, sich im Schatten in Luft aufzulösen, wie es seine Rolle vorschrieb.

Umiko erwartete ihn an der Haustür.

Einen Augenblick lang war er sich nicht sicher, ob der alte Drache ihn einlassen würde. Ihre Haltung war steif und ihr cremefarbener Kimono gestärkt und ohne jede Knitterfalte. Aber nachdem sie ihn eine Weile lang mit unverhohlenem Groll angefunkelt hatte, trat sie überraschend zurück und ging ihm voran hinein.

Auf dem Tisch wartete bereits ein weiteres Bier auf ihn.

Er grinste.

Möge Gott sie segnen!

Er ergriff die Flasche, nahm einen langen Schluck und wählte dann die Nummer der Ranch in San José. Es war nun früher Abend in Kalifornien, jemand sollte also dort sein, um den Anruf entgegenzunehmen.

»Hallo?« Die Stimme einer Frau, ohne ägyptischen Akzent.

»Rachel?«

»Nein, hier ist Em. Mom ist im Atelier. Bist du das, Murdoch?«

Der ruhige, nüchterne Tonfall hatte ihn in die Irre geführt. Die

Kleine war nicht mehr dieselbe, seitdem Rodriguez die Stadt verlassen hatte. »Aye, ich bin's. Wie läuft das Training?«

»Jeden Tag besser.« Kurze Pause. »Du fehlst mir.«

Er runzelte die Stirn. Webster und Emily waren einmal sehr innig miteinander gewesen, aber nun, da der Bursche der Chef war, verbrachte er viel weniger Zeit mit ihr. »Du fehlst mir auch, Kleine. Wenn du mal auf ein Schwätzchen vorbeischauen willst – tu dir keinen Zwang an.«

»Danke«, sagte sie. »Aber zwischen Hausaufgaben und Training habe ich nicht allzu viel Zeit. Wann kommst du zurück?«

»Bald.« Sehr bald, wenn alles gut ging. »Ist Webster da?«

»Nein. Er und ein paar von den anderen sind mit dem Humvee weggefahren, um sich mit Michael und Uriel zu treffen. Die Erzengel haben ein weiteres Dämonennest in San Francisco gefunden.«

»Das war doch klar.« Murdoch schnitt eine Grimasse. »Warum bist du zu Hause geblieben?«

»Ich habe morgen eine Prüfung«, erklärte sie. »Englisch. Wenn ich diesmal eine Eins schaffe, gehöre ich wieder zu den Besten.«

»Schön für dich. Deine Mom freut sich bestimmt.«

»Sie freut sich, wie man sich mit geschwollenen Füßen und einem Riesenbauch nur freuen kann. Ich glaube, sie hatte vergessen, wie viel Spaß es macht, im achten Monat schwanger zu sein.«

»Aye. Ich wette, MacGregor entfernt sich jetzt nicht mehr allzu weit von zu Hause.«

»Jep. Wenn er nicht auf dem Trainingsplatz ist, sitzt er im Büro, starrt die Weltkarte an und grübelt, wohin er seine neuen Elitewächter schicken soll.«

»Ist zufällig einer für Sapporo dabei? Ich könnte hier ein bisschen Action gebrauchen.«

Sie kicherte. »Keine Ahnung. Ich frag mal nach. Soll ich Brian etwas von dir ausrichte?«

»Aye. Er muss mein Auto verkaufen.« Auch wenn es gebraucht war, sollte dabei mehr herausspringen, als nötig war, um die Renovierung des Restaurants zu bezahlen.

»Den Mustang? Warum?«

»Das möchte ich lieber nicht erklären«, antwortete er. Ein unangenehmes Schweigen hing einen Augenblick lang in der Leitung, deshalb fügte er hinzu: »Aber ich werde dich mehr als mein Leben lieben, wenn du ihn dazu bringst, mir das Geld in den nächsten ein, zwei Tagen zu überweisen, Mädchen.«

»Okay. Wir sehen uns, wenn du wieder da bist.«

Murdoch verabschiedete sich und steckte das Handy an seinen Gürtel zurück. Obwohl sich ihre Konzentration auf das Wesentliche und ihre Einstellung verbessert hatte, zog er die alte Emily der neuen vor. Es stand dem Mädchen nicht besonders gut, ruhig und gehorsam zu sein.

Andererseits passte auch das Wort »Mädchen« nicht mehr zu ihr.

Der schreckliche Gothic-Stil war einem lässigen Westernlook gewichen und ihre Haarfarbe zu ihrem ursprünglichen sandfarbenen Blond zurückgekehrt. So fiel die eine seltsame rote Strähne noch mehr auf, aber alles in allem sah das Mädchen nun viel freundlicher aus. Ein Minimum an Make-up, schlichte Jeans und ein einfacher, tief im Nacken angesetzter Pferdeschwanz vervollständigten die neue Emily. In ein paar Wochen würde sie sechzehn werden. Definitiv eine junge Frau.

Rodriguez hätte sie kaum noch erkannt.

Murdoch legte die Stirn in Falten.

Nicht, dass er den Burschen wiedersehen wollte. Es war sicherer für ihn, wenn er sich fernhielt. Murdochs Berserker war ein Krümelmonster im Vergleich zu dem, was in Carlos Rodriguez' Haut steckte. Was auch immer es sein mochte.

Er grub in seiner Tasche nach dem Kristallpendel, das Stefan

Wahlberg angefertigt hatte. Je schneller er den Schleier fand, desto eher konnte er auf die Farm zurückkehren, um Emily an seine breite Brust zu drücken. Das war schon lange fällig.

Murdoch ließ das Pendel in der Luft baumeln, schloss die Augen und konzentrierte sich. Der Schleier hatte sich beim ersten Mal kaum bemerkbar gemacht, und er konnte es sich nicht leisten, dass er ihm durch die Lappen ging. Eines nach dem anderen blendete er alle Umgebungsgeräusche aus – das Plätschern des Springbrunnens im Garten, Umikos ruhiges Murmeln im Nachbarraum, den Wind, der sanft an den Papiertüren rüttelte. Während er langsam seinen Fokus verengte, richtete er seine gesamte Aufmerksamkeit auf den Kristall.

Aber der Kristall bewegte sich nicht. Bewegte sich absolut nicht. Nicht einmal die Andeutung einer Vibration wie beim ersten Mal war da.

Murdoch riss die Augen auf.

Entweder hatte er sich heute Morgen das Summen des Kristalls nur eingebildet, oder der Schleier war nicht mehr im Haus. Ohne arrogant sein zu wollen, ahnte er ziemlich genau, was von beidem der Fall war. Er vertraute vor allem anderen seinem Bauch.

Das verdammte Ding war verschwunden!

Aber wohin?

Er steckte den Kristall wieder ein. Dumme Frage! Wenn Kiyoko Gebrauch von dem Schleier machen wollte, dann ergab es durchaus einen gewissen Sinn, dass sie ihn bei sich hatte.

Vor seinem geistigen Auge ging er die Kleidung und die Schmuckstücke durch, die sie getragen hatte, als sie weggefahren war. Enger schwarzer Rock, weißes Baumwollshirt. Schuhe und Mantel konnte er ignorieren – sie hatte sie achtlos von sich geworfen, bevor sie auf dem Hof zu ihm gestoßen war. Er bezweifelte, dass sie mit dem Schleier genauso nonchalant verfahren würde. Ohne sie so gesehen zu haben, konnte er sich erstaunlich leicht BH und Slip an ihrer schlanken Figur vorstellen. Weiß, jede Wette, mit nur einem Hauch von Spitze.

Er verzog das Gesicht.

Bleib bei der Sache, Murdoch!

Was den Schmuck betraf, so gab es mehrere Möglichkeiten: Sie trug ein silbernes Medaillon um den Hals und ein silbernes Armband am Handgelenk, um das ein glänzendes schwarzes Band gewunden war. Wenn nur noch ein Fetzen des ursprünglichen Tempelvorhangs existierte, konnte er sich in einem dieser Schmuckstücke befinden.

Es war auch möglich, dass sie einen kleinen Beutel am Körper trug, aber das konnte er nur überprüfen, wenn er ihr sehr nahe kam. Leider kam eine Leibesvisitation angesichts seiner unangemessenen Reaktion auf ihre Berührung nur als allerletzte Option in Betracht.

Aber er wollte sie nicht ausschließen. Noch nicht.

Zunächst würde er versuchen, ihren Gefährten die Information abzupressen.

Kiyoko blinzelte, und die Zahlen auf der Seite vor ihr wurden wieder scharf. Oje! War sie eingeschlafen, während sie gelesen hatte? Und für wie lange? Sie blickte auf und sah, dass Ryuji sie beobachtete. Sein attraktives Gesicht war ernst und der Ausdruck in seinen Augen warm und bewundernd, aber nicht unangemessen vertraulich.

»Ihre Auffassungsgabe für die Feinheiten einer Bilanzaufstellung kann es mit der Ihres Vaters aufnehmen«, sagte er leise. »Nach nur wenigen Monaten beherrschen Sie die Grundlagen dieses Geschäfts. Eine Glanzleistung.«

Sie ließ den Blick wieder auf den Geschäftsbericht sinken. Offenbar war ihr unbeabsichtigtes Nickerchen sehr kurz gewesen. »Danke, Watanabe-san.«

»Soll ich Ihnen einen Nachmittagsimbiss bestellen, oder möchten Sie lieber jetzt aufhören?«

Sie blätterte rasch durch die verbliebenen Seiten und seufzte. »Es werden noch einige Stunden intensiver Lektüre nötig sein, und ich fürchte, mir schwirrt schon jetzt der Kopf. Ich glaube, es ist klüger, für heute aufzuhören.«

»Aber ...?«

Sie lächelte. »Aber gewisse Umstände erfordern meine Anwesenheit im Dōjō. Ich möchte nur ungern diese Woche noch einmal in die Stadt fahren müssen.«

»Haben diese Umstände mit Mr Murdoch zu tun?«

»Das wissen Sie doch.«

Er beugte sich über den Kirschholztisch und berührte leicht ihre Hand. »Und Sie wissen, dass ich das nicht gutheißen kann. Er ist gefährlich, und es macht mir Sorgen, dass Sie da draußen auf dem Land sind und nur von einem alten Mann beschützt werden.«

»Unsere Schüler sind ja auch noch da«, erwiderte sie.

»Trotzdem. Sie haben sich noch immer kaum von der Krankheit erholt, die Sie nach dem Tod Ihres Vaters hatten. Ich habe Sie damals gefunden, erinnern Sie sich? Einen Augenblick lang dachte ich, Sie seien tot.«

Ihre Bemühungen, die Wunden ihres Vaters zu heilen, hatten sie beinahe umgebracht. Gehetzt von den letzten keuchenden Atemzügen ihres Vaters hatte sie sich an einem alten und mächtigen Onmyōji-Heilzauber versucht. Die wirksame Formel hatte zwar seine Schmerzen gelindert und die verheerenden dämonischen Feuerbälle auf Distanz gehalten, aber sie hatte Kiyoko auch eine gewaltige Menge an eigener Energie gekostet. Unfähig zu akzeptieren, dass sie zu spät gekommen war, um ihn zu retten, ignorierte sie die warnende Stimme in ihrem Kopf und fuhr mit der Beschwörung fort, bis sie – ungeachtet der wachsenden Schwäche in ihren Gliedern – ganz heiser war.

Und dann war er doch gestorben.

Mit flachem Herzschlag und feuchtkalter Haut war sie im Parkhaus zusammengebrochen, direkt neben der geschwärzten Leiche ihres Vaters. Anschließend war Ryuji über sie beide gestolpert.

Kiyoko erwiderte Ryujis Händedruck.

»Ich erinnere mich. Danke.«

»Die drei Tage nach dem Angriff auf Ihren Vater waren die furchtbarsten meines Lebens«, gestand er. »Ihr großer Kummer hätte Sie uns fast genommen.«

Kein Kummer, sondern schwindende Lebenskraft. Sie wäre jetzt tot, wenn Sora nicht vorgeschlagen hätte, den Schleier als Heilmittel heranzuziehen, aber das brauchte Ryuji nicht zu wissen.

»Jetzt geht es mir ja wieder gut.« Sie entzog ihm sachte ihre Hand und stand auf. Ryuji war neunzehn Jahre älter als sie, doch den Altersunterschied bemerkte sie kaum. Er war nicht im Mindesten spießig, und die stille Erinnerung an ihren Vater verband sie mit ihm. Sie freute sich darüber. »Könnten Sie den Wagen für mich rufen? Ich würde gern nach Hause fahren.«

Er nickte. Dann nahm er den Telefonhörer ab und trug seiner Assistentin auf, den Wagen für Kiyoko bereitstellen zu lassen. Als er aufgelegt hatte, blickte er Kiyoko nachdenklich an.

»Bitte halten Sie mich nicht für dreist, Kiyoko-san, aber ich habe einen Vorschlag, der unseren Sorgen abhelfen könnte.«

Neugierig erwiderte Kiyoko: »Nur zu.«

»Die Technik erleichtert uns heutzutage das Leben ungemein. Ich könnte ohne jede Mühe mein Büro vorübergehend zum Dōjō verlegen und die Firma weiterführen, als säße ich hier. Sie könnten die Geschäftsberichte sichten, ohne in die Stadt fahren zu müssen, und ich hätte mehr Ruhe, wenn ich genau wüsste, wo sich Mr Murdoch wann befindet.«

Kiyoko verkniff sich ein Lächeln.

Murdoch ließ sich nicht so leicht einsperren, wie Ryuji glauben mochte. Aber es war trotzdem eine reizvolle Vorstellung.

»Ich würde natürlich mit den Schülern in den Unterkünften schlafen und nicht oben im Haus.«

»Das wird nicht nötig sein«, gab sie zurück. Sie nahm ihren Mantel und schlüpfte hinein. »Yamashita-senseis Hütte steht leer, seit er ins Haupthaus gezogen ist. Sie können dort schlafen.«

Er verbeugte sich. »Danke. Ich rufe zu Hause an und lasse meine Haushälterin das Nötigste zusammenpacken. Wenn Ihnen ein kleiner Umweg nichts ausmacht, um eine Tasche abzuholen, dann begleite ich Sie auf der Heimfahrt.«

»Es macht mir überhaupt nichts aus.«

Während sie den Gürtel ihres Mantels band, wollte er wissen: »Darf ich fragen, wo Mr Murdoch schlafen wird?«

Eine gute Frage – an die sie überhaupt noch keinen Gedanken verschwendet hatte. Murdoch hatte gesagt, dass er bleiben würde, bis er das hatte, was er wollte. Wie lange er ausharren würde? Darüber konnte sie nur spekulieren, aber man musste sicher mindestens einige Tage einkalkulieren.

»Er zieht es vor, sich bei den Schülern einzuquartieren«, antwortete sie. Murdoch in ihr Haus einzuladen war aus vielerlei Gründen unmöglich, und Ryuji wäre sicher nicht sehr erfreut gewesen, wenn er die Hütte des Sensei würde teilen müssen. Nicht mit dem Schotten. »Übernachtungsarrangements haben keine oberste Priorität für ihn.«

Und wenn es doch so war …?

Nun ja, damit würde sie sich später beschäftigen.

Murdoch nutzte den Tag so gut wie möglich. Ein Engel kam kurz nach zehn Uhr morgens, um die Seelen der beiden gefallenen *senshi* zu übernehmen. Danach fragte Murdoch jeden der älteren Onmyōji nach Kiyoko und ihrer Garderobe aus, achtete jedoch darauf, seine Beweggründe dafür nicht zu verraten. Dem Schmunzeln nach zu urteilen, das ihm zuteilwurde, dachten die meisten von ihnen wohl, dass er vollkommen vernarrt in das Mädchen war. Egal.

Er sprach gerade mit dem Krieger, der Yoshio hieß, als er die Limousine vor dem Haupttor halten hörte. Er ignorierte die plötzliche Beschleunigung seines Pulsschlags und gab sich alle Mühe, sich nicht vorzustellen, wie Kiyoko mit geschmeidigen Bewegungen aus dem Wagen in den spätnachmittäglichen Sonnenschein stieg.

Sehr reizvoll, aye.

Tabu? Ganz und gar!

Während das Schloss der Wagentür klickte und der leise Klang ihrer Stimme durch die Luft heranwehte, wurde es immer schwieriger, weiter unverwandt den Kämpfer mit dem schwarzen Gürtel anzusehen, der ihm gerade verschiedene spezielle Schwerthiebe vorführte. Aber irgendwie gelang es ihm doch.

Seine eiserne Selbstbeherrschung machte ihm alle Ehre … bis er Kiyoko lachen hörte. Es war ein helles Sprudeln ungekünstelter Heiterkeit. Und seine Konzentration war wie weggeblasen. Trotz seiner Entschlossenheit, sie zu ignorieren, drehte sich sein Kopf wie von selbst. Sein Blick saugte sich mit präziser Treffgenauigkeit an ihrem ovalen Gesicht und den geschwungenen Lippen fest.

Aber seine Freude war rasch dahin.

Denn neben Kiyoko stand, die Hand besitzergreifend auf ihren Arm gelegt, Ryuji Watanabe. Er flüsterte ihr etwas ins Ohr, und es war klar, dass der attraktive, gut gekleidete Firmenchef Kiyoko das Lachen entlockt hatte. Ein leises Grollen stieg in Murdochs Kehle auf, und innerhalb eines einzigen, unbedachten Augenblicks ertappte er seine Faust dabei, wie sie sich fest um das Heft seines Schwertes schloss.

Glücklicherweise war der Kontrollverlust nur von kurzer Dauer.

Die Vernunft – verbunden mit der Erkenntnis, dass Watanabe bald wieder in den Wagen steigen und in die Stadt zurückkehren würde – gewann wieder die Oberhand. Murdoch bändigte seine innere Bestie mit einer mentalen Ohrfeige. Er zwang seine Finger, das Schwert loszulassen. Kiyoko gehörte nicht ihm und würde ihm auch nie gehören. Wie Sora-san es zweifellos ausdrücken würde: Sie hatten zwei unterschiedliche Pfade beschritten. Warum konnte sein Berserker das nicht akzeptieren? Warum war er plötzlich so verdammt fixiert auf eine Frau? Auf *diese* Frau?

Er stand ruhig da, die Schultern in geheuchelter Entspannung, während der Chauffeur um den Wagen zum Kofferraum ging, die Haube öffnete und Kisten auf den Kies der Einfahrt zu stellen begann. Die Bedeutung seines Tuns wurde erst offenbar, als eine futuristisch anmutende schwarze Kiste mit Teleskopgriff und kleinen Rädern neben den anderen landete.

Keine Aktenkiste. Und auch keine Dokumententasche. Ein Koffer.

Sein Blick wanderte zu Kiyokos Gesicht zurück.

Sie sah ihn an.

»Ich hoffe, der *senshi* hat Ihnen einen Schlafplatz zugewiesen, Mr Murdoch?«, fragte sie.

»Aye.«

»Gut. Weil wir nämlich Ihre Sachen vom Hotel abgeholt und Ihre Rechnung beglichen haben. Wir sehen uns morgen früh.« Sie nickte höflich, nahm Watanabes Arm und führte den Japaner durch das Tor und weiter, den Steinweg zum Haus hinab.

In Murdochs Magen bildete sich ein Knoten, der so fest war, dass er kaum atmen konnte. Offenbar würde Watanabe unter Kiyokos Dach schlafen, während er selbst in den zugigen Unterkünften umgeben von schnarchenden jungen Männern untergebracht war. Und obwohl die Drachenlady Wache schieben würde, passte ihm diese Entdeckung gar nicht.

Kein bisschen.

»Bist du verärgert über Mr Murdoch?«, fragte Sora, während er seinen Tee trank. Die Windlichter waren heruntergebrannt, und die mitternächtliche Luft hüllte das Haus in friedliches Schweigen. »Du hast jede seiner Bitten, ihn heute Abend zu empfangen, abgelehnt.«

»Nein.« Sie hatte ihn gemieden, aber nicht, weil sie verärgert war. Kiyoko beugte sich so weit vor, dass sie mit der Nase ihre Knie berührte. Sie genoss die Dehnung ihrer angespannten Oberschenkelmuskeln. Den ganzen Tag hohe Absätze zu tragen, hatte ihr Wadenkrämpfe beschert. »Aber ich finde ihn schon ziemlich forsch. Ich brauchte Zeit zum Nachdenken, und er lässt mir kaum Luft zum Atmen.«

»In der Tat.«

Die Hände flach auf die Tatamimatte gelegt, rutschte sie sanft in die Liegestützposition. »Enthält die Weissagung, die mein Vater zu meiner Geburt gemacht hat, einen Anhaltspunkt darüber, *wie* ich hinübergehen werde?«

»Er hat dich als die Person bezeichnet, die sich Abe no Seimei in dem endlosen Kampf anschließen wird. Das weißt du doch.«

»Er hat doch auch meine besondere Fähigkeit prophezeit, mir die Macht des Schleiers zunutze zu machen«, gab sie zu bedenken.

»Das war Teil der Weissagung. Der Beweis, wenn du so willst, dass du tatsächlich die Nachfahrin mit der richtigen Begabung bist.«

Sie seufzte. »Deutet das nicht darauf hin, dass mein Recht zu transzendieren schwindet, sobald meine Fähigkeit nachlässt, den Schleier einzusetzen?«

»Nein. Nicht deine Fähigkeit schwindet, sondern der Deckzauber über die dunkle Seite des Schleiers. Wie überall in der Natur ringen die beiden Seiten beständig um das Gleichgewicht, und eine Zeitlang gewinnt eben die dunkle Seite. Sie lenkt den Fluss der positiven Energie um.«

Kiyoko bewegte die Füße in Richtung ihrer Hände und richtete sich dann langsam wieder auf. »Was kein Problem wäre, wenn mein Überleben nicht von dieser Energie abhängig wäre.«

Nickend blickte Sora von seinem Tee auf. »Bist du bereit, sofort hinüberzugehen, wenn wir eine Möglichkeit finden sollten, Mr Murdochs schlafende Kraft anzuzapfen? Abe no Seimei ging nicht eher hinüber, als bis er ein ganzes Leben als Sterblicher gelebt hatte. Aber du hast andere Entscheidungen zu treffen.«

Sie lächelte ihren Mentor kläglich an. »Entscheidungen? In einem oder zwei Monaten wird die positive Energie des Schleiers dahin sein.«

»Du hast zumindest eine Option. Wenn du deine gegenwärtige Rolle aufgibst und der Magie abschwörst, könntest du noch zehn Jahre oder länger leben.«

Kiyoko starrte ihn an. Den Kampf gegen das Böse einstellen? Andere das Schwert gegen die Dämonen führen lassen, während sie sich zurücklehnte und zuschaute? Ausgeschlossen! »Das kann ich nicht.«

»Dann müssen wir rasch handeln. Solange du noch gesund bist und die Chancen auf einen Erfolg gut stehen.«

»Soll ich also Murdoch von meiner Bestimmung erzählen? Und ihn bitten, mir zu helfen?«

»Wenn du das tust, wird es all deine Bemühungen zunichtemachen«, sagte Sora. »Wenn du hinübergehen willst, musst du deine Seele vor der Göttin des Todes verbergen. Da sie Mr Murdochs Herrin ist, würde die Enthüllung deiner Bestimmung vor ihm bedeuten, dass du sie auch ihr enthüllst.«

»Oh!« Teilte er der Herrin des Todes wirklich *alles* mit? Wie unangenehm. »Murdochs Kraft anzuzapfen wird nicht einfach werden. Die Energie, die in mir erwacht, wenn wir uns berühren, ist zu stark. Sie lässt sich nicht bändigen.«

»Jetzt vielleicht noch nicht. Aber mit etwas Übung wirst du einen Einblick in das Wesen ihres An- und Abschwellens gewinnen.«

»Sofern mich Murdochs Berserker nicht vorher umbringt«, erwiderte sie trocken.

»Ich glaube nicht, dass er dich umbringen will.«

Kiyoko konnte kaum eine gewisse Röte verbergen. Sie glaubte ebenso wenig, dass er sie umbringen wollte. »Ich meinte im Eifer des Gefechts. Aus Versehen.«

Sora schwieg einen Augenblick. »Vielleicht können wir dieses Risiko reduzieren. Wenn du ihn in der Kunst des Zazen unterrichten könntest, würde er möglicherweise seinen Berserker besser zügeln lernen.«

»Ich bin mir nicht sicher, ob es klug wäre, ihn zu den Meditationssitzungen zuzulassen. Es ist doch möglich, dass er die Kontrolle über seinen Berserker verliert, während er sich darum bemüht, innerlich loszulassen. Am Ende stört er unsere Sitzungen.«

»Das sehe ich auch so. Deshalb wäre Einzelunterricht wohl das Beste.«

Über die Haut zwischen Kiyokos Brüsten schwappte plötzlich eine Welle feuchter Hitze. »Sie wollen, dass ich Zeit *allein* mit ihm verbringe?«

»Genau das will ich. Aber ich sehe, dass du Bedenken hast.« Soras Augen verengten sich zu schmalen Schlitzen. »Hat dein Widerwille etwas mit der Einladung zu tun, die du Watanabe-san gegenüber ausgesprochen hast?«

»Nein«, wehrte sie ab. »Watanabe-san hat angeboten, vorübergehend sein Büro in Ihrer ehemaligen Hütte einzurichten, um mir weitere Fahrten in die Stadt zu ersparen. Sobald wir alle Geschäftsberichte durchgegangen sind, wird er nach Sapporo zurückkehren.«

»Dann ist es Angst.«

Angst, zum Opfer ihrer eigenen Begierden zu werden, zum Beispiel. »Obwohl uns Angst manchmal dort bremst, wo wir vorwärtsgehen sollten, erinnert sie uns auch an mögliche Konsequenzen. Je mehr Zeit ich mit Mr Murdoch verbringe, desto höher ist die Wahrscheinlichkeit, dass wir uns zufällig berühren.«

Er nickte abermals. »Aber wenn du Zufall durch Absicht ersetzt und ihn langsam an deine Berührung gewöhnst, wird seine Reaktion darauf vielleicht an Heftigkeit verlieren.«

Kiyoko schlüpfte in ein Paar Sandalen, dann gesellte sie sich zu ihm an den Tisch. Sie kniete sich auf ein dunkelblaues Kissen und griff nach der Teekanne aus Steingut. »Der Plan hat also ein doppeltes Ziel: ihm beizubringen, sich besser zu kontrollieren, und ihn an meine Berührung zu gewöhnen?«

Ein leises Kichern perlte über Soras Lippen. »Mr Murdoch muss natürlich ein williger Schüler sein. Ich glaube, dass ihm selbst an mehr Selbstbeherrschung gelegen ist, daher sollte er empfänglich für deine Unterweisungen sein.«

Sie schenkte die Tasse des Sensei wieder voll, dann goss sie sich selbst Tee ein. »Da bin ich mir nicht so sicher. Wenn er glaubt, dass es mich in Gefahr bringen könnte, wird er wahrscheinlich ablehnen.«

Sora lächelte. »Dann ist es zunächst deine Aufgabe, ihn davon zu überzeugen, dass dir nichts geschehen wird.«

Kiyoko verzog das Gesicht. »Nein. Zuallererst muss ich mich selbst überzeugen.«

7

Das Wort *frustriert* reichte nicht einmal im Ansatz aus, um Murdochs Laune zu beschreiben.

Als ob Kiyokos Weigerung, ihn gestern Abend zu empfangen, nicht schon ärgerlich genug gewesen wäre, hatte sie es geschafft, ihn auch heute Morgen zu meiden. Er war als Erstes den Pfad zu ihrem Haus hinaufgeschlichen, entschlossen, sich Einlass zu verschaffen. Selbst die Drachenlady hatte ihn nicht aufhalten können. Verfolgt von einem wütenden Schwall Japanisch, den zu verstehen er keinerlei Hoffnung hegen konnte, hatte er jeden Raum durchsucht. Aber das Haus war leer. Keine Kiyoko. Erst als er seine neuen Kameraden im Dōjō befragte, erfuhr er mehr über ihren Verbleib. Sie und ein Kämpferteam waren mitten in der Nacht zur Dämonenjagd losgezogen.

Zur Dämonenjagd!

Ohne ihm etwas davon zu sagen.

Während er die Lederjacke abschüttelte und über einen nahen Busch warf, stieß er wüste Flüche aus. Die Frau hegte eine vermaledeite Todessehnsucht. Er rollte die Schultern, um die Muskeln aufzuwärmen, dann zog er Blutsucher aus der Scheide, so dass es sichtbar wurde. Einer ihm schon fast nicht mehr bewussten Routine folgend, exerzierte er die vier grundlegenden Kampfstellungen und spielte verschiedene Eröffnungsattacken durch. Die lederne Umhüllung des Schwertknaufs schmiegte sich an die Schwielen, die sich vor Jahrhunderten an seiner rechten Handfläche und dem rechten Daumen gebildet hatten, und unter den vertrauten Bewegungen ordneten sich seine Gedanken.

»Wie ich sehe, haben Sie bei Johannes Liechtenauer gelernt, Mr Murdoch«, sagte Kiyoko plötzlich hinter ihm.

Er wirbelte herum.

Ihr weiter weißer *gi* und der Pferdeschwanz verliehen ihr ein solch schmales und weibliche Äußeres, dass er instinktiv die Waffe sinken ließ, trotz des schimmernden Katanas, das sie in der Hand hielt. Sie wirkte gesund und munter, obwohl die dunklen Augenringe beredt Zeugnis von der ereignisreichen Nacht ablegten. Was auch der einzige Grund war, warum er ihr nicht den Hintern versohlte.

»Und bei anderen, zum Beispiel Agrippa«, entgegnete er.

»Was? Keine japanischen Meister?«, frotzelte sie lächelnd.

»Ich bin allzeit bereit, mein Repertoire zu erweitern.« Sie trug sowohl die Silberkette als auch das Armband. Allerdings keine Ohrringe. Und falls sie einen Beutel bei sich hatte, war er nirgends zu sehen.

»Gut«, sagte sie. »Darauf hatte ich gehofft.«

Er runzelte die Stirn. »Warum?«

Sie wies auf eines der kleineren Gebäude auf der anderen Seite des Geländes, gleich neben einem gepflegten Kräutergarten. »Ich wollte gerade mit der Sitzung anfangen. Leisten Sie mir Gesellschaft?«

Das Gebäude war winzig und ganz anders als jede andere Schulungsstätte, die Murdoch jemals gesehen hatte. Aber da er gerade erst getönt hatte, er sei offen für neue Ideen, konnte er schlecht ablehnen. Er nickte und ging ihr voran nach drinnen.

Drinnen war ein einziger, enger Raum, in dem sich Tatamimatten, Kissen und eine eingelassene Feuerstelle befanden. An dem einen Ende hing eine bemalte Schriftrolle an der Wand. Als er sich umdrehte, sah er, dass Kiyoko unmittelbar hinter ihm stand. Sie war ihm so nah, dass er ihr Jasminparfum einatmen konnte. Sein Pulsschlag machte einen Satz, und er unternahm keinerlei Anstrengung, ihn zu zügeln.

»Was tun Sie hier?«

»Ich meditiere.«

Murdoch fuhr sich mit der Hand durchs Haar. »Verstehen Sie mich nicht falsch, Mädchen, aber die Meditation werde ich mir verkneifen. Ich bin auch für geistige Disziplinierung, aber dazusitzen und Nabelschau zu betreiben, ist nicht mein Ding. Ich wäre viel lieber bei der Dämonenjagd dabei gewesen, zu der Sie und Ihre dummen Freunde heute Nacht losgezogen sind.«

»Wir haben eingespielte Abläufe. Sie hätten uns nur behindert.«

So wie ihre Nähe die normale Blutzirkulation durch seinen Körper behinderte? »Sie hätten mir wenigstens sagen können, wohin Sie gegangen sind.«

»Warum? Um Ihnen die Möglichkeit zu geben, mir zu befehlen, zu Hause zu bleiben?«

»Aye. Bei Ihnen heilen Verletzungen nicht so aus wie bei einem Seelenwächter. Außerdem sind Sie auch nicht mit einem schärferen Gesichts- und Geruchssinn oder derselben Schnelligkeit und Kraft gesegnet wie wir. Wenn Sie es mit Dämonen aufnehmen wollen, ist so eine Jagd blanker Wahnsinn. Das ganze Gerede davon, ein Meister der Meditation zu werden, zeigt doch nur, dass Sie keine Ahnung haben, womit Sie es zu tun haben. *Dämonen* meditieren nicht, das kann ich Ihnen flüstern.«

»Sie betrachten Meditation als Form des Nicht-Handelns.«

»Aye. Weil es so *ist*«, antwortete er geradeheraus.

Sie schüttelte den Kopf, und das Ende ihres Pferdeschwanzes lugte kurz über ihre Schulter. »Das setzt voraus, dass Handeln allein physischer Natur ist. Was treibt denn Ihr Geist, während Sie kämpfen, Mr Murdoch?«

Eine Erinnerung an seinen letzten Kampf tauchte auf – gegen die sechs Gradioren, die das Protektoratsbüro in Rom in Schutt und Asche gelegt hatten. »Er registriert die Position des Feindes, sammelt Anhaltspunkte dafür, was mein Gegner als Nächstes tun könnte, und steuert die Bewegungen, die ich machen muss, um mein Ziel zu erreichen.«

Sie hängte ihr Katana in eine Wandhalterung. »Sie stimmen mir also darin zu, dass das Bewusstsein für die Situation genauso wichtig ist wie jede Ihrer körperlichen Aktionen?«

»Aye.«

»Gut. In der Meditation geht es darum, Ihr Bewusstsein zu erweitern. Es ist nicht Ihr Ziel, wie Sie sagten, sich aus der Welt zurückzuziehen. Sondern genau das Gegenteil. Die Realität zu erfahren und Ihren Platz darin zu verstehen.« Sie ging zu einem Kissen und ließ sich darauf nieder. »Indem Sie Ihre Beziehung zu der Welt um Sie herum verstehen lernen, werden Sie auch sich selbst besser kontrollieren lernen.« Sie blickte auf. »Sie sind doch daran interessiert, sich selbst besser zu kontrollieren, oder? Setzen Sie sich.«

Um ehrlich zu sein, war er in diesem Augenblick nur daran interessiert, wie viel blasse Haut ihr aufklaffender *gi* freigab. Der Grund, warum er sich einen Platz ihr gegenüber suchte, war nur der, einen besseren Einblick zu bekommen. Aber er ließ sich immerhin nieder.

»Und was jetzt? Soll ich die Augen schließen?«, knurrte er.

»Nein, der Zazen verlangt, dass die Augen geöffnet bleiben. Aber zunächst müssen wir eine geeignete Meditationshaltung einnehmen.«

»Erwarten Sie nicht von mir, dass ich mich wie eine Brezel verbiege. Ich bin siebenhundert Jahre alt.«

Sie kicherte. »Sie sehen bemerkenswert gut aus für einen Mann Ihres Alters. Die geeignete Haltung nehmen Sie ein, wenn Ihre Knie bündig mit dem Kissen abschließen. Schaffen Sie einen halben Lotus, etwa so?«

Sie zog die linke Ferse Richtung Gesäß und hob die rechte Ferse in den Schoß. Seine Knie taten allein schon vom Zuschauen weh.

»Nein«, antwortete er.

»Dann knien Sie eben.« Sie griff hinter sich und zog eine kleine hölzerne Kniebank aus der Ecke des Raums. »Und setzen Sie sich darauf.«

Er nahm die Bank entgegen, wobei er sorgfältig darauf achtete, dass er ihre Finger nicht berührte. »Ganz schön viel Aufwand dafür, dass man einfach nur denken will.«

»Wir werden das von jetzt an ein paar Mal täglich tun, daher sollen Sie sich daran gewöhnen«, gab sie zurück. »Sobald Sie Zazen beherrschen, werden wir versuchen, uns wieder zu berühren.«

Er grinste. »Ist das Ihre Art, mir zu gestehen, dass Sie nicht genug von mir bekommen können?«

Ihre Miene blieb unbewegt. Kein Lächeln.

»Kommen Sie schon. Geben Sie's zu«, fuhr er aufgestachelt fort. »Sie haben genau dasselbe gefühlt wie ich, als wir uns berührt haben, und Sie würden alles tun, um es noch mal zu fühlen.«

Sie blinzelte.

»Das heiße Rauschen des Blutes durch Ihre Adern, das Hämmern Ihres Herzens gegen den Brustkorb, das unruhige, kaum zu ertragende Verlangen. Sie erinnern sich sehr gut daran, wie es war, nicht wahr?«

»Kaum.«

»Lügnerin!«

»Mein Ziel ist es, den Punkt zu erreichen, an dem es keine Reaktion welcher Art auch immer hervorruft, wenn ich Sie berühre«, entgegnete sie knapp.

»Keine Reaktion welcher Art auch immer?«

»Keine.« Sie senkte den Blick. »Sind Sie bereit?«

»Nein.« Er kniete sich auf die Bank und lehnte sich zurück. Diese Haltung war bemerkenswert bequem, selbst für seine kriegsversehrten Knie. »Warum kümmert es Sie, was geschieht, wenn wir uns berühren? Sobald Sie mir den Schleier aushändigen, gibt es keinen Grund mehr, dass wir uns jemals wiedersehen.«

Sie kniff flüchtig die Lippen zusammen. »Die Gefühle, die mich bedrängen, wenn wir uns berühren, stehen meinem Wunsch nach innerer Ruhe und Erleuchtung im Wege. Deshalb versuche ich, sie zu zügeln.«

Er starrte sie einen Moment lang an. »Ich dagegen mag die Gefühle, die Sie in mir wecken. Wenn es da nicht dieses kleine Problem mit meinem Berserker gäbe, würde ich jetzt gleich über Sie herfallen. Und ich würde Sie nicht eher wieder loslassen, bis Sie Ihre Lust in den Himmel hinaufschreien und ein riesengroßes Lächeln im Gesicht haben. Es gibt mehr als einen Weg, zur inneren Ruhe zu finden.«

Sie hob den Blick, bis er seinem begegnete, und wurde puterrot. »Sagen Sie immer, was Sie denken?«

»Aye. Das spart Zeit.«

Die nachklingende Kühle der Novemberluft heizte sich unter ihrer beider Blicken auf. Es war ein Moment unerschrockener Ehrlichkeit, ohne jede Heuchelei oder Verstellung. Sie wollten sich beide.

Und sie beide wussten, dass es unmöglich war.

»Dieses kleine Problem mit Ihrem Berserker ist der Grund, warum wir hier sind«, sagte sie endlich, während sie die Augen niederschlug und um Fassung rang. »Die Disziplin des Zazen kann Ihnen helfen, den Kontrollverlust zu vermeiden, den Sie erlebt haben. Wir werden anfangen, indem wir uns zunächst auf Ihre Atmung konzentrieren.«

»Nur damit Sie es wissen«, gab er trocken zurück, »es waren vor allem leere Gedanken und die absolute Fixierung auf das Körperliche, die meinen Berserker die Kontrolle haben gewinnen lassen.«

»Sie sollen Ihre Gedanken nicht leer werden lassen. Im Zazen geht es darum, ganz in der Welt zu sein, und nicht darum, einen leeren Kopf zu haben. Wir konzentrieren uns nur aufs Atmen, um alle Ablenkungen auszublenden.«

»Gut.«

»Augen auf«, mahnte sie. »Halb geschlossen ist am besten. Suchen Sie sich einen Punkt auf dem Boden etwa einen Meter vor sich und schauen Sie darauf.«

»Mädchen, Ihr Schoß ist ungefähr einen Meter vor mir. Wie soll ich mich auf meine Atmung konzentrieren, wenn ich die ganze Zeit auf genau das starre, was mich ablenkt?«

»Konzentrieren Sie sich! Sie wissen doch, wie man sich konzentriert, oder?«

Murdoch straffte die Schultern. »Sarkasmus steht Ihnen nicht.«

»Konzentrieren Sie sich, Murdoch. Bedecken Sie Ihre schwächere Hand mit der stärkeren. Dann legen Sie die Daumen aneinander und formen Sie ein Oval. Halten Sie den Kopf hoch und strecken Sie die Wirbelsäule. Nun atmen Sie tief. Aus dem Bauch heraus.«

So etwas Simples: die Anrede vor seinem Namen wegzulassen. Kaum das Seufzen wert, das er unterdrückte. Doch diese stillschweigende Vertrautheit gefiel ihm ungemein. Den Blick auf den weißen *gi* vor sich gerichtet, holte er tief Luft.

»Atmen Sie nun langsam aus. Spüren Sie, wie der Atem Ihre Lungen verlässt, jeden Muskel, Ihren Körper. Holen Sie erneut Luft. Spüren Sie, wie der Atem kühl durch Ihren Rachen streicht, wie sich Ihre Lungen weiten, wie sich Ihr Zwerchfell hebt.«

Nachdem er sich einmal auf die Übung eingelassen hatte, folgte er eifrig Kiyokos Anweisungen und richtete seine Aufmerksamkeit auf den stetigen Rhythmus, in dem sich sein Brustkorb bewegte. Der Klang ihrer Stimme verschwand nicht aus seinem Bewusstsein, aber er ließ sich an einem wohltuenden Punkt außerhalb seines Körpers nieder. Beim vierten Atemzug waren seine Seelenwächtersinne vollkommen gegenwärtig. Er konnte nicht nur die Bewegung jedes eingeatmeten Luftmoleküls verfolgen, er spürte auch den hauchzarten Druck, den die Luft auf jeden Zentimeter seiner Haut ausübte. Er wusste, welche langsamen Verwirbelungen von draußen gekommen waren und welche Kiyokos erhitzten Körper passiert hatten, bevor sie ihn erreichten.

Sie fuhr fort zu sprechen, doch ihre Worte verloren an Bedeutung.

Bei jedem langsamen, tiefen Atemzug inhalierte er Kiyokos Geruch. Den blumigen Duft ihres Shampoos, die frische Sauberkeit ihrer mit Seife gereinigten Haut, selbst den Hauch grünen Tees in ihrem Atem. Er nahm all das intensiv wahr.

Und sein Berserker merkte es sich.

Unter seinem Brustbein regte es sich, es war das Rühren der Bestie, das sich mit Hunger vergleichen ließ. Die ersten Anzeichen der Verwandlung zeigten sich – seine Temperatur stieg, das Muskelgewebe schwoll leicht an, Sauerstoff gelangte rasch in die entlegensten Körperregionen –, und Murdoch sah sich gezwungen, sie zu unterdrücken. Nichts sollte die berauschende Freude an Kiyokos Gegenwart stören, denn er würde einer Berührung wahrscheinlich niemals näher kommen als in diesem Augenblick. Es war sonderbar befriedigend. Jedenfalls so lange, bis ihm eine würzige Duftnote von ihrer linken Schulter in die Nase stieg. Zitronig. Kompliziert. Teuer.

Watanabes Parfum!

Er nahm die Kniebank weg und kam auf die Füße.

»Ich bin fertig.« Den Berserker im Zaum zu halten, kostete ihn große Anstrengung, so dass seine Worte gepresst klangen. Zur Hölle! Sie war erst vor kurzem mit dem Kerl zusammen gewesen, in einem geschlossenen Raum, irgendwo, wo sein Duft sie einhüllen und sich an ihr festkrallen konnte. Watanabe hatte sie *berührt*.

Sie runzelte die Stirn. »Sie haben doch gerade erst begonnen.«

»Meine Sinne sind schärfer als die eines Menschen«, ewiderte er, »und empfindlicher. Glauben Sie mir, es ist klug, an dieser Stelle aufzuhören.«

Bevor jemand Schaden nahm.

Er holte tief und bebend Luft.

Verdammt! Das sah ihm so gar nicht ähnlich. Normalerweise war er nicht eifersüchtig. Nicht, wenn es um Frauen ging. Sich an sie zu binden – zuzulassen, dass ihr Leben sich mit seinem verband –, ging nie gut aus, daher traf er sich ein oder zwei Mal mit einem Mädchen und verabschiedete sich dann. Eifersucht passte nicht in das Leben, das er führte. Aber die verrückte Zuneigung, die sein Berserker zu Kiyoko hegte, folgte keinen Regeln.

Es ging um Wollen und *Brauchen*.

»Ihre Selbstkontrolle ist sehr streng«, sagte Kiyoko. Auch sie stand auf und kam quer über die Matte auf ihn zu. »Aber das steht Ihnen bei der Meditation nur im Weg. Sie müssen mit Ihrer Umwelt in Verbindung treten und dürfen nicht auf Distanz zu ihr gehen.«

Er sah auf sie herab. Sie reichte ihm nur bis zur Schulter. »Sie wollen doch nicht vorschlagen, dass ich loslasse, oder? Damit der Berserker hochkommt?«

»Etwas muss nachgeben. Sie schleppen eine Mauer mit sich herum.«

Er schnaubte. »Was neulich im Dōjō geschehen ist, war nur eine Kostprobe dessen, wozu mein Berserker imstande ist. Wenn ich ihm freie Hand ließe, würden wir es alle bereuen. Glauben Sie mir.«

Ihre Finger streiften über den losen Stoff seines T-Shirts am Bauch und schickten einen durchdringenden Schauer der Wahrnehmung durch seinen Körper. »Ich sage ja nicht, dass Sie die Kontrolle vollkommen abgeben sollen. Sie sollen nur zulassen, dass Ihr Körper kontrolliert in Kontakt mit der Außenwelt treten kann. Ob Sie es glauben oder nicht, man kann Kraft aus der Welt um sich herum ziehen. Selbst der mächtigste Baum muss seine Wurzeln in den Boden versenken und sich mit der Erde verbinden, oder er hat schon die nächste Windböe zu fürchten.«

Murdoch zwang sich zu atmen. Wie leicht es war, sich vorzustellen, dass diese schmalen Finger über sein nacktes Fleisch tanzten und ihn zur Raserei trieben. Wie leicht, sich auszumalen, sie an seine Brust zu reißen und zu küssen, bis sie vor Lust seufzte. Aber solche Gedanken waren Wahnsinn.

Obwohl seine Oberschenkelmuskeln protestierend zitterten, wich er zurück. Ihre Hand fiel herab. »Mädchen, ich bin kein Baum. Ich bin nicht einmal ein Mensch. Machen Sie also nicht den Fehler, darauf zu hoffen, dass ich mich wie einer verhalten könnte.«

Er fand ihren Blick – und erlaubte ihr, seine chaotische Bemühung zu sehen, den Berserker zu bändigen. Er versuchte absichtlich, ihr Angst einzujagen. Denn die Bestie tobte in seinem Inneren, verlangte, von der Leine gelassen zu werden, wozu Kiyoko ihn ermuntert hatte. Die Bestie wollte *sie*. Mit bedingungslosem, heißem Verlangen, das darum bettelte, befriedigt zu werden.

Meins, heulte sie. *Meins, meins, meins!*

Als Kiyoko, wie er es vorausgesehen hatte, die Augen unter seinem starren Blick niederschlug, drehte er sich um und verließ den Raum.

Kiyokos Herz raste wie das eines zu Tode erschrockenen Lamms. Er hatte versucht, ihr Angst zu machen, und es war ihm gelungen.

Ich bin nicht einmal ein Mensch.

Diese Worte sagten alles. Ehrlich und brutal beschrieben sie Murdoch und sein Verhalten. Kein Selbstmitleid, keine Trauer, keine Kompromisse. Es war schwer, ihn nicht für seine wilde Entschlossenheit und seinen Schwur, niemandem weh zu tun, zu bewundern.

Aber genau das konnte ihren Untergang bedeuten.

Während der Meditation hatten sich ihr beim mächtigen Raunen seiner unsterblichen Kraft alle Härchen aufgestellt, doch sie war nicht in der Lage gewesen, diese Kraft anzuzapfen. Die Berserkerkraft, die sie so verzweifelt brauchte, war von einer starren Mauer der Selbstkontrolle umgeben.

Natürlich war Murdochs Selbstbeherrschung nicht die einzige Barriere.

Schuldgefühle gehörten auch dazu.

Die Notwendigkeit, seine Kraft ohne seine ausdrückliche Erlaubnis anzapfen zu müssen, gefiel ihr ganz und gar nicht. Aber laut Sora würde sie sich ihrer Rolle als Onmyōji entfremden, wenn sie ihre Pläne offenlegte. Und obwohl sie eine solchermaßen zwecklose Zukunft schrecklich quälend fand, schmerzte sie am meisten das Wissen, dass sie den Träumen ihres Vaters eine Absage erteilte. Vom Augenblick ihrer Geburt an, als er für sie in den Sternen gelesen hatte, hatte er sein Leben dem Ziel geweiht, sie ihr Schicksal erfüllen zu sehen.

Kiyoko griff an das Silbermedaillon an ihrem Hals.

Ihr Vater war sich ihrer Zukunft so sicher gewesen. So gewiss. Aber um seine Vision Wirklichkeit werden zu lassen, musste sie Murdoch dazu überreden, seinem Berserker die Zügel zu lockern.

Kiyoko verzog das Gesicht.

Welches Wunder war wohl nötig, um das zu bewerkstelligen?

Heute war die Meditation noch gescheitert, aber auf lange Sicht konnten sich die Sitzungen auszahlen. Daher würde sie damit fortfahren. Und als sie den Stoff an seinem Körper berührt hatte, hatte er zweifellos darauf reagiert, wenn auch nicht so stark, wie wenn sie seine nackte Haut angefasst hätte. Wenn sie ihn immer wieder berührte, konnte sie sich vielleicht doch noch an ihn gewöhnen – sofern ihre eigene Reaktion sie nicht überwältigte. Sie hatte ja kaum dem Drang widerstehen können, mit der Hand nach oben zu gleiten, dorthin, wo sein nackter Hals war.

Ein gefährlicher Wunsch wie aus dem Bilderbuch.

Die Bestie in ihm war ungeheuer stark. Zwei Mal hatte sie ihn berührt, und zwei Mal hatte sie ein Schwall leuchtender Energie fortgespült. Ein kurzer Augenblick hatte ausgereicht, um jede Zelle ihres Körpers wachzurütteln und sie zu einer Lebendigkeit zu erwecken, die sie nicht kannte. Diese Energie durchfuhr sie innerhalb eines Wimpernschlags, rasch gefolgt von einer Welle der Leidenschaft, die fast genauso stark war.

Die Sache war nur: *Die Energie fuhr durch sie hindurch*.

Um hinüberzugehen, musste sie diese Kraft kanalisieren – sie sammeln, verinnerlichen und auf ihr aufbauen. Keine leichte Aufgabe.

»Wie ist es gelaufen?«

Kiyoko blickte zur Tür.

Sora stand dort in seiner schwarzen Robe, die Arme in den langen Ärmeln verschränkt. *Er* traute es ihr zu, dass sie es konnte, aber der alte Onmyōji traute ihr ja so ziemlich alles zu.

»Seine Selbstbeherrschung ist außergewöhnlich«, sagte sie. »Ich bin nicht einmal in seine Aura vorgestoßen – geschweige denn zu dem Berserker unter seiner Haut.«

Der Ältere legte die Stirn in Falten. »Hat er nicht den Versuch unternommen, eins mit der Welt zu werden?«

»Doch, schon, aber seine Seelenwächtersinne sind so scharf, dass es nur ein paar Augenblicke gedauert hat, bis sie vollkommen überfordert waren. Er musste aufhören.«

»Aha! Ein komplizierter Mann, unser Mr Murdoch.«

»Offenbar doch zu kompliziert.« Kiyoko seufzte. »Vielleicht kann ich auf anderem Wege mein Schicksal erfüllen, Sensei.«

»Vielleicht«, räumte Sora ein. »Aber es kann kein Zufall sein, dass sich eure Wege gekreuzt haben. Nicht, wenn er genau so viel Macht besitzt, wie du brauchst. Und es kann auch kein Zufall sein, dass der Schleier dich und Murdoch nun an einen gemeinsamen Kurs bindet.«

»Wir verfolgen keinen gemeinsamen Kurs«, protestierte sie. »Er versucht, den Schleier an sich zu bringen, während ich versuche, ihn zu behalten.«

»Ihr habt beide dasselbe große Ziel: Ihr wollt das Böse vernichten.«

Kiyoko zog den Knoten ihres Gürtels enger. »Murdoch hat keinen Respekt vor der Arbeit, die wir tun. Er glaubt, wir sind verrückt, weil wir uns mit Dämonen anlegen.«

Der alte Mann zuckte die schmalen Schultern. »Er weiß nichts von den Kräften, die du erben wirst, wenn du transzendierst. Deine magischen Fähigkeiten werden sich verzehnfachen, dein Körper wird Verletzungen selbst heilen können, und deine Weissagungen werden präziser werden. Und was vielleicht noch wichtiger ist: Du wirst die Onmyōji-Krieger, die du anführst, neu beleben. Du wirst der Legende Abe no Seimeis ein weiteres Kapitel hinzufügen.«

Kiyoko durchquerte den Raum, um in ihre Reisstrohsandalen zu schlüpfen. »Warum sind Sie so sicher, dass es immer noch meine Bestimmung ist hinüberzugehen, Sensei? Wäre es nicht möglich, dass sich mein Schicksal seit dem Tod meines Vaters geändert hat?«

»Die Sterne sind die Sterne, Kiyoko-san«, erwiderte er, während er sie mit einer wedelnden Handbewegung vor sich aus dem Meditationsraum scheuchte. »Sie sagen, was sie sagen. Du wirst in dem Kampf gebraucht, der vor uns liegt.«

Sie trat hinaus in die Mittagssonne. Seine Worte waren nach der Dämonenjagd in der vergangenen Nacht leichter zu glauben. Trotz Murdochs Überzeugung, dass sie und ihre *senshi* unfähig waren, hatten sie die Höllenbrut aufgespürt, die sich in einem Badehaus von Sapporo niedergelassen und das heiße, mineralhaltige Wasser mit Krankheitskeimen verseucht hatte.

»Dann sollte ich wohl besser den Weg weitergehen und mein Schicksal erfüllen.«

»Du bist der allergrößte Glückspilz auf der Welt«, sagte Sheila mit einem tiefen Seufzer.

Emily schob ihre Schulbücher auf den anderen Arm und suchte in ihrer Hosentasche nach dem Handy. »Warum das denn? Ich bin mir ziemlich sicher, dass ich die Englischprüfung vergeigt habe.« Sie schaute auf das Display. Eine SMS von ihrer Mutter. »Meine Mom kommt erst in einer halben Stunde. Gehen wir in die Cafeteria?«

»Äh, ich glaube, du hast schon etwas anderes vor. Ist das nicht einer der Schwertschüler deines Stiefvaters?«

Emily sah auf. Ihre beste Freundin nickte Richtung Haupeingang – wo die schlanke Gestalt eines jungen Erzengels lässig an der weißen Ziegelmauer lehnte. Uriel. »Nein, aber du hast ihn wahrscheinlich auf der Ranch gesehen. Er besucht uns ab und zu.«

»Ist jeder Typ in deinem Leben so ein Schnuckelchen?«

»Ich weiß nicht, ob ›Schnuckelchen‹ das richtige Wort für Uriel ist«, entgegnete Emily trocken. Während sie ihr Handy wieder wegsteckte, bog sie auf dem Flur nach links in Uriels Richtung ab, im Gleichschritt mit Sheila.

»Nimmst du mich auf den Arm? Schau ihn dir doch an!«

Emily schaute ihn sich an. Und unternahm den ernsthaften Versuch, den Erzengel mit Sheilas Augen zu sehen. Hoch aufgeschossen, muskulös. Ein vollkommenes Gesicht, eine intensive Leuchtkraft und ein lässiges Selbstbewusstsein, von dem die meisten Männer nur träumen konnten.

Ja, okay. Vielleicht war er ein Schnuckelchen. Aber …

»Er ist zu alt für dich.«

»Das sagt mir ausgerechnet die, die mit vierzehn einen zweiundzwanzig Jahre alten Freund hatte.«

»Ich war …« *von einem Lockdämon beeinflusst*. Doch mit dieser Erklärung würde Sheila noch nichts anfangen können.

»… verknallt. Es war blöd, ich gebe es zu.«

»Und was ist mit Carlos? Er war siebzehn.«

Emily schluckte schwer. An Carlos zu denken tat noch immer weh. Sie spürte ihn manchmal, verschwommen, am Rande ihres Bewusstseins. Es war eine vertraute, tröstliche Gegenwart, bei der sich der Schmerz über den Verlust wieder bemerkbar machte und die Frage aufwarf, wie es ihm ging. Aber die mentalen Mauern, die sie zu errichten gelernt hatte, halfen ihr. Sie dachte nicht mehr alle fünf Sekunden an ihn und brach auch nicht mehr bei jeder albernen Gelegenheit in Tränen aus.

»Lassen wir Carlos aus dem Spiel.«

»Tut mir leid«, sagte Sheila mitfühlend. »Bist du mit diesem Uriel zusammen?«

»Nein!«, schnaubte Em. »Definitiv nicht.«

»Dann könntest du mich doch mit ihm verkuppeln, oder?«

»Glaub mir, Sheila, du willst gar kein Date mit Uriel.« Nicht auszudenken, welche Verwicklungen das mit sich brächte. »Er ist nicht zu haben.«

»Verheiratet?«, flüsterte Sheila, während sie sich ihm näherten.

»Mit Gott«, antwortete Emily nickend.

»Oh!«

»Hi, Uriel«, begrüßte Emily den Erzengel.

Er richtete sich auf und lächelte Sheila an.

Emily stellte beide einander vor und schüttelte den Kopf darüber, wie Sheila dahinschmolz, als Uriel ihre Hand nahm. Ihre Freundin war bereits halb verliebt.

»Brauchst du etwas, Uriel?«, fragte sie.

Er nickte. »Kann ich allein mit dir sprechen?«

»Klar.« Emily stupste Sheila mit dem Ellbogen an. »Wir treffen uns später in der Cafeteria.«

»Okay.« Das Mädchen ging davon, nicht ohne sich – offenkundig widerstrebend – noch ein paar Mal umzusehen.

Emily rümpfte die Nase. »Wenn du schon zu meiner Schule kommen musst, könntest du dann ein bisschen weniger auffallen? Und andere Klamotten tragen?«

Er sah an seinem T-Shirt und seiner Jeans hinunter. »Was ist denn mit meinen Klamotten?«

»Nichts. Das ist ja das Problem. Du siehst wie ein Engel aus. Wie ein Schnuckelchen eben, aber das bist du nicht. Lass den Quatsch!«

Seine Augenbrauen hoben sich. »Wie soll ein Engel denn dann aussehen?«

»Harmlos. *Geschlechtslos!*«

»Verstehe.« Belustigung zeigte sich in seinem Blick.

»Gern geschehen.« Emily packte ihn am Arm und zerrte ihn nach draußen zu der weißen Betontreppe. Ein kalter, feuchter Wind wehte von See heran, und die meisten Schüler flüchteten nach drinnen. »Was ist los? Gibt's was Neues von Asasel?«

»Ich hatte eigentlich gehofft, dass *du* etwas Neues weißt.«

»Es war in den letzten Tagen ziemlich ruhig. Ich habe nichts gehört. Wenn, dann hätte ich dich gerufen. Ehrlich.« Sie studierte seinen gleichgültigen Gesichtsausdruck. »Hast du mit Michael gesprochen?«

»Ja.«

»Und?«

»Er sagt, es gibt keine Beweise dafür, dass Asasel die Flut überlebt hat. Die schrecklichen Verbrechen, für die er bekannt war, hörten damals auf, und nichts von Belang wurde seither wieder mit seinem Namen in Verbindung gebracht.«

»Nichts von Belang?« Emily zog sich die Kapuze ihres roten Sweatshirts über den Kopf, um sich vor dem Wind zu schützen. »Heißt das, dass einige Dinge doch mit ihm in Verbindung gebracht wurden?«

»Ein paar. Aber sie waren lässlich und nicht nur für Asasel typisch. Die Verführung Unschuldiger, exzessive Gier – solche Sachen.«

Emily legte den Kopf schräg. »Aber wenn Michael nicht glaubt, dass Asasel noch am Leben ist, warum siehst du dann so besorgt aus?«

Uriel lächelte flüchtig. »Sehr gut beobachtet, Em. Ich *bin* besorgt. Ich habe über die Kreaturen der Zwischenwelt nachgedacht. Es gab eine Zeit – vor der Großen Flut –, da existierten nur ein paar dieser Geschöpfe. Dass sie nun in solchen Mengen vorkommen, dass man sie sogar hören kann, ist unangenehm.«

»Selbst wenn nicht Asasel dahintersteckt.«

Er nickte. »Selbst wenn nicht Asasel dahintersteckt.«

»Was soll ich tun?«, fragte sie hoffnungsvoll.

»Noch nichts. Hör dich nur um und berichte mir, wie besprochen. Ich forsche dann genauer nach.«

»Bist du sicher, dass ich nicht doch in der Zwischenwelt nach dem Rechten sehen soll?«

»Auf keinen Fall«, erwiderte er scharf. »Bis wir nicht mehr darüber wissen, was los ist, muss ich darauf bestehen, dass du auf der mittleren Ebene bleibst. Selbst ein Unsterblicher kann in den Händen von Knochensaugern und Gradioren ziemlich leiden.«

Knochensauger verhielten sich genau so, wie ihr Name es andeutete: Sie saugten einem die Knochen aus dem Leib. Kein Spaß. Und Gradioren waren Zombies mit einem schickeren Namen. Untote Fleischfresser. Auch sie waren alles andere als ein Vergnügen.

»Okay.« Emily blickte zur Glastür. »Ich sollte zurückgehen. Ich muss mich auf meine Geschichtsarbeit vorbereiten. Kann ich sonst noch was für dich tun?«

»Nein, danke.« Als sie sich schon zum Gehen wandte, legte Uriel ihr die Hand auf den Ärmel. »Alles in Ordnung mit dir? Du bist so umgänglich.«

Sie lächelte ihn schwach an. »Mir geht's gut. Ich werde wohl einfach erwachsen, wie alle es von mir wollen.«

Sein Blick sagte ihr, dass er ihr diese Erklärung nicht abnahm, aber er bedrängte sie auch nicht. Was sie erleichterte, denn einen Erzengel anzulügen war wahrscheinlich eine Sünde.

8

Zarte Finger strichen über seinen Rücken und seine Wirbelsäule und sandten jede Menge winziger Schauer bis in seine Zehen hinab. Murdoch rollte sich herum, fing ihre spielenden Finger mit seinen und zog sie an seine Lippen. Trotz der kurzgeschnittenen Nägel und der Schwielen vom Schwertgebrauch war es eine weibliche Hand, halb so groß wie seine und unglaublich, faszinierend weich.

Ihre Blicke trafen sich. Ihrer schien ein wenig unsicher.

Er legte ihre Hand auf seine Brust, um ihr die Möglichkeit zu geben, ihn zurückzuweisen, auch wenn er hoffte, dass sie es nicht tun würde. Dann beugte er sich zu ihr und suchte ihren Mund mit dem seinen. Sie wehrte sich nicht. Im Gegenteil, sie kam ihm entgegen, legte ihm den anderen Arm um den Nacken und zog ihn zu sich heran.

Sie schmeckte genauso, wie er es sich vorgestellt hatte – es war eine höchst ergreifende Mischung aus süß und würzig, leicht und fest, kühn und fügsam. So vorhersehbar dieser Kuss ihn auch traf, als sie ihren Mund öffnete und ihn tiefer einließ – sein Kopf schwamm. Sein Blut sang, und seine Haut wurde fest und straffte sich.

Mit einem leisen, lustvollen Stöhnen drückte er sie zurück in die Kissen und nahm sich alles, was sie ihm bot.

Seine Hand glitt über ihre Hüfte, schob den Saum ihres Nachthemds nach oben und entdeckte glattes, zartes Fleisch. Das Atmen wurde zur Anstrengung, als er den weichen Satin ihrer Haut mit einer Verzweiflung knetete, die aus einer langen, unerträglichen Wartezeit geboren war. Die feuchte Hitze zwischen ihren Beinen und der berauschende Geruch ihrer Erregung reizten ihn, stachelten ihn auf, spornten ihn an. Unleugbares Verlangen strömte durch seine Adern hinab in die Lenden, und erschauernd schob er seine Hand um die Wölbung ihres Gesäßes zu einer Wärme, die ihn willkommen hieß.

»Murdoch-san.«

Voller Abwehr gegen die kühle Höflichkeit dieser Stimme erstarrte er.

»Murdoch-san.«

Murdoch öffnete die Augen. Und blinzelte. Zwei Mal. Er war allein in der Unterkunft, umgeben von Dutzenden Betten, die alle leer und ordentlich gemacht waren. Er blinzelte noch einmal. Yoshio, der ranghohe Onmyōji-Krieger, stand mit gerunzelter Stirn über ihm.

Gütiger Gott, er hatte geträumt.

Vielleicht sogar im Schlaf gestöhnt.

»Murdoch-san, verzeihen Sie, dass ich Sie wecke, aber der Sensei möchte Sie sehen.« Yoshio warf einen Blick auf das Laken über Murdochs Körper, um schnell wieder wegzuschauen.

Warum, war nicht schwer zu erraten.

Murdoch zog das Laken wie zufällig so zurecht, dass seine Erektion nicht mehr so sehr ins Auge sprang. Die Morgenlatte war ihm nicht peinlich – zum Henker, die meisten Männer hatten eine. Selbstbefriedigung störte ihn auch nicht, auch wenn es sehr lange her war, dass er sich so in einen Traum hatte hineinziehen lassen. Aber er machte sich Sorgen, dass er während seiner erotischen Phantasie aus Versehen etwas gesagt haben könnte. Ihren Namen zum Beispiel. Das könnte ihm noch Kummer bereiten.

»Welcher Sensei?«, fragte er. »Yamashita-sensei oder Ashita-sensei?«

Der Blick des jungen Mannes kehrte zu seinem Gesicht zurück. Gelassen, klar, ruhig. »Yamashita-sensei.«

Ausgezeichnet. Es sah nicht danach aus, dass ihm Kiyokos Name über die Lippen gekommen war, während er sich selbst gestreichelt hatte. »Bitte sagen Sie ihm, ich brauche noch einen Moment.«

Murdoch rollte aus dem Bett und griff sich seinen Seesack vom Boden. Die letzten Fetzen des Traums klebten noch an ihm und hinterließen ein Drücken auf der Brust, während Enttäuschung durch seinen Körper flutete. Verdammt! Er konnte sie noch immer auf seinen Lippen schmecken, konnte noch immer die Augen schließen und sich den Duft ihrer Haut in allen Einzelheiten in Erinnerung rufen.

Das war, verflucht noch mal, nicht fair!

Nicht nur, dass er unvorstellbare Qualen der Lust litt, wenn er sie berührte, und den lächerlichen Drang unterdrücken musste, alle anderen Männer warnend anzuknurren, wenn er sie sah. Nun wurde er auch noch bis in den Schlaf von ihr verfolgt. Und es gab keine Möglichkeit, diese Sehnsucht zu stillen – seine Lust auszuleben war schlicht unmöglich.

Es sei denn, er war gewillt, ihr Leben aufs Spiel zu setzen.

Verdammt! War er nicht schon genug mit seiner Entscheidung gestraft, diesen vermaledeiten nordischen Zaubertrank zu sich genommen zu haben? Wenn er es hätte rückgängig machen können, hätte er es längst getan. Schon tausend Mal.

Er zog sich ein weißes T-Shirt über den Kopf.

Aber der richtige Moment für Reue war lange vorüber. Der Berserker war tief in seinem Leben verwurzelt – war es seit siebenhundertsiebenundzwanzig Jahren –, und Murdoch trug für sein Verhalten ebenso die Verantwortung wie für sein eigenes. Um ehrlich zu sein, die einzigen Tage, über die er eine Kontrolle hatte, waren die, die vor ihm lagen. Wenn er weiteren Kummer vermeiden wollte, tat er gut daran, Kiyoko den Schleier abzujagen und nach Kalifornien zurückzukehren. Je eher, desto besser.

Er schloss vorsichtig den Reißverschluss seiner Jeans.

Yoshio führte ihn über den Hof zu einem Gebäude, in dem Murdoch noch nicht gewesen war – eine kleine, einstöckige Pagode neben der Haupthalle, in deren Zentrum sich ein golden, schwarz und rot bemalter Schrein befand. Die Türen des Schreins waren geöffnet. Sora saß mit gekreuzten Beinen auf einem Kissen davor und studierte eine Schriftrolle auf einem niedrigen Pult.

Als Murdoch barfuß durch den Raum auf ihn zukam, blickte der alte Mann auf. »Setzen Sie sich, bitte.« Er wies mit seiner mageren Hand auf ein zweites Kissen, um sich dann wieder seinen Studien zu widmen.

»Ich ziehe es vor, stehen zu bleiben.«

Sora hob erneut den Blick. »Das wäre äußerst unhöflich, Mr Murdoch. *Ich* sitze. Wäre es wirklich ein Problem für Sie, sich einen Moment zu setzen, während ich meine Tätigkeit zu Ende bringe?«

Nein, sich hinzusetzen, war kein Problem für ihn. Aber wenn der alte Mann ihn für unhöflich hielt, war das durchaus eines.

Murdoch ließ sich geschmeidig, wiewohl widerstrebend auf dem Kissen nieder. »Sie müssen Kiyoko dazu überreden, mir den Schleier zu geben.«

»Sie machen sich Sorgen um seine Sicherheit.«

»Aye.« Und um Kiyokos Sicherheit. Aber das war kein Thema, über das er ein Gespräch beginnen wollte.

»Ich verstehe.«

Aber Sora bot sich nicht an, in dieser Sache etwas zu unternehmen. Er fuhr nur mit dem Finger über eine Reihe komplizierter Zeichnungen in seiner Schriftrolle. Dann blickte er auf einen Kalender und runzelte die Stirn. Murdoch unterdrückte ein gequältes Seufzen. »Ich bin schon jetzt länger als geplant hier. Ich muss in die Staaten zurück. Sie hört auf Sie. Ich bin mir sicher, sie würde mir den Schleier geben, wenn Sie ihr sagen würden, dass das klug wäre.«

»Das kann schon sein.«

Und wieder keinerlei Hilfsangebot.

»Werden Sie's ihr sagen?«

»Die Angelegenheit mit dem Schleier wird sich zur rechten Zeit von selbst erledigen.« Sora schob zwei Holzstücke aus der Schriftrolle, an denen er sie aufrollte. »Ich bin neugierig, mehr über Ihre Arbeit als Seelenwächter zu erfahren, Mr Murdoch. Wären Sie so nett und würden mir einige Fragen dazu beantworten?«

»Nein.«

Der Ältere sah auf. »Wie bitte?«

»Ich sagte nein. Ich bin nicht interessiert daran, einen Haufen Fragen zu beantworten. Nicht ohne die Zusicherung, dass Sie mir helfen werden.«

In den Tiefen von Soras ruhigem Blick vergraben blitzte etwas Hartes auf. »Und ich bin nicht interessiert daran, Ihnen zu helfen, ohne mehr über Sie und Ihre Beweggründe zu erfahren.«

Hölle und Verdammnis!

Das war durchaus vernünftig. Murdoch selbst hätte ebenso wenig eine kostbare Reliquie jemandem ausgehändigt, von dem er nichts wusste. Trotzdem wäre es viel einfacher, sich geschlagen zu geben, wenn ihn der Alte nicht so verdammt ärgern würde.

»Gut«, erwiderte er. »Ich beantworte Ihnen ein paar Fragen. Aber zuerst habe ich selbst eine.«

Sora breitete die Hände aus. »Fragen Sie.«

»Wenn ich Sie davon überzeugen kann, dass meine Motive ehrenhaft sind, helfen Sie mir dann, Kiyoko zur Herausgabe des Schleiers zu bewegen?«

Er schüttelte den Kopf. »Ich würde ihr raten, ihn zu behalten.«

»Obwohl Sie wissen, dass jede Minute, die sie ihn länger behält, sie in immer größere Gefahr bringt? Warum?«

»Warum sind Sie sich so sicher, dass sie in Gefahr ist?«

»Weil ich erlebt habe, wie weit Satan zu gehen bereit ist, um an diese Reliquien zu gelangen und seine Macht zu mehren. Er schickt keine grünen, unerfahrenen Dämonen aus, um sie aufzuspüren, sondern seine besten Kämpfer. Keiner von ihnen war im Übrigen leicht zu besiegen, selbst nach unsterblichen Maßstäben. Selbst mit einer Armee von Ninjas im Rücken hat Kiyoko nicht die Kraft, einem solchen Ansturm standzuhalten.«

»Kiyoko-san ist einzigartig.«

Murdoch nickte. »Sicher, sie ist eine talentierte Schwertkämpferin. Das muss ich zugeben. Aber das wird nicht ausreichen. Gegen Dämonen zu kämpfen, die Seelen stehlen, ist nicht dasselbe, wie gegen Kriegsdämonen zu kämpfen, die dazu in der Lage sind, Häuser zu zerstören. Oder gegen einen Lockdämon, der einem die Gedanken verdreht.«

Der alte Mann legte die Schriftrolle beiseite, schob das Pult von sich und kam dann in einer würdevollen, fließenden Bewegung auf die Füße. Seine Robe enthüllte dabei nie mehr als eine sockentragende Zehe. »Sie ist unter tausend die Einzige, die die Kampfkünste, die mystischen Künste und die Weissagung vollkommen beherrscht. Sie ist die Einzige, der die wahre Verheißung ihrer Ahnen in die Wiege gelegt wurde.«

Murdoch seufzte. »Hören Sie, ich bin der Erste, der Ihnen bestätigen wird, dass diese Frau verflucht wunderbar ist. Aber sie ist ein Mensch, Herrgott noch mal! Sie kann sterben. Viel zu leicht für meinen Geschmack.«

»Was uns zum Anfang zurückbringt«, entgegnete der Alte. »Ich weiß, dass Sie der Herrin des Todes dienen, dass Sie ihr zu Loyalität und Gehorsam verpflichtet sind. Ich nehme an, dass Sie hier sind, um eine Seele zu holen. Welche?«

Ein Schauer des Missfallens rann Murdoch bei dem Wort »dienen« die Wirbelsäule hinunter. »Ich diene niemandem. Ich hole Seelen, wie es meine Pflicht ist, aber ich befolge nicht blind irgendwelche Befehle.«

Sora legte die Stirn in Falten. »Bedeutet das, dass Sie sich weigern können, eine Seele zu holen, die die Herrin des Todes gezeichnet hat?«

»Nein. Wenn sie die Wange eines Menschen mit ihrer Spirale brandmarkt, dann ist das Schicksal dieser Seele beschlossen – ein Schicksal, das ich weder ändern noch ablehnen kann. Aber ich lege nicht nur der Herrin des Todes gegenüber Rechenschaft ab. Sondern auch meinem Gewissen. Und das bringt es mit sich, dass ich mein Aufgabengebiet ein wenig erweitern und dunkle Reliquien vor Satans Zugriff schützen muss.« Murdoch erhob sich ebenfalls, so dass er nun den alten Sensei überragte. »Ich bin nicht auf einer Mission für die Herrin des Todes hier.«

»Weiß sie, dass Sie hier sind?«

Murdoch schnitt eine Grimasse. »Ganz ohne Zweifel.«

»Dann protegiert sie den Schutz dieser Reliquien?«

»›Protegieren‹ wäre zu viel gesagt«, gab Murdoch trocken zurück. »›Billigen‹ käme der Wahrheit näher.«

»So lange, bis es mit ihren eigenen Ambitionen kollidiert.«

Murdoch verdrehte die Augen. »Aye, das trifft wahrscheinlich zu.«

Sora drehte sich um und schloss die Türen des bemalten Schreins. »Ich danke Ihnen für Ihre ehrlichen und hilfreichen

Auskünfte, Mr Murdoch. Ich habe Ihnen im Gegenzug Folgendes anzubieten: Helfen Sie Kiyoko-san dabei, Ihren Berserker zu verstehen, und Sie machen es ihr leichter, den Schleier aufzugeben.«

Murdoch runzelte die Stirn. »Ich werde ihr sagen, was ich weiß, aber ich verstehe meinen Berserker ja selbst nicht ganz. Der Zaubertrank, den ich genommen habe, kam von einer nordischen Gottheit.«

Sora nickte. »Odin, dem Gott des Krieges. Ich habe einige Berichte darüber gelesen, dass seine Krieger besondere Fähigkeiten besitzen. Keine Angst! Kiyoko interessiert sich weniger dafür, woher der Berserker in Ihnen kommt, als vielmehr dafür, wie er sich in Ihnen manifestiert.«

»Wozu braucht sie diese Information?«

»Sie ist auf einer persönlichen Reise.«

»Einer Reise? Was heißt das? Können Sie denn auf keine Frage eine einfache Antwort geben?«, stieß Murdoch verärgert hervor. »Muss alles ein verdammtes Rätsel sein?«

»Gelassenheit ist eine Tugend, Mr Murdoch«, mahnte Sora.

»Direktheit auch. Beantworten Sie meine Frage. Warum muss Kiyoko über meinen Berserker Bescheid wissen?«

»Ich glaube doch, dass das auf der Hand liegt.« Sora steckte die Hände in seine langen Ärmel. »Da sie in der Lage ist, Ihren Berserker sofort zum Leben zu erwecken, ist es klar, dass er und sie ein gemeinsames Schicksal haben.«

Sie und *sein Berserker?* »Das ist doch lächerlich!«

Sora zuckte die Achseln. »Ich glaube, dass Kiyoko-san der See der Ruhe ist, der nötig ist, um Ihren Berserker ins Gleichgewicht zu bringen.«

See der Ruhe? War dieser Mann völlig durchgedreht? Wenn sie beide sich berührten, zog sich alles, was an Ruhe erinnerte, ins letzte Mauseloch zurück. Das galt für sie beide. Kiyoko fühlte exakt dasselbe wie er. Darauf würde er sein Leben verwetten. Aber offenbar hatte sie ihrem verehrten Mentor gegenüber ihre hitzigen, schwitzigen und aufwühlenden Empfindungen bisher nicht erwähnt.

Vielleicht sollte er das ja nachholen.

Sobald Murdoch den Meditationsraum betrat, wusste Kiyoko es. Nicht, weil er Lärm machte. Genau das Gegenteil war der Fall – die Stille im Raum wurde noch tiefer. Vielleicht hielt sein Körper den Luftzug ab, der durch die Tür kam, oder sein Gewicht auf dem Boden brachte das Ächzen des Gebäudes zum Schweigen. Was auch immer die Ursache war, die Stille nahm zu.

»Kommen Sie herein, Murdoch«, ermunterte sie ihn, ohne den Blick zu heben. »Ich hoffe, Sie tragen bequeme Kleidung. Ich dachte, dass wir nach dem Meditieren draußen eine Runde laufen könnten.«

Er durchquerte den Raum und nahm wortlos auf dem Kissen vor ihr Platz. Wie üblich steckten seine Beine in schwarzen Jeans, und als er sich hinkniete, spannte sich der Stoff über seinen Oberschenkeln. Kiyoko versuchte, es zu übersehen.

Aber die Träume, die sie die ganze Nacht über heimgesucht hatten, machten es ihr nicht leicht.

Er legte seine Hände aneinander und formte ein perfektes Oval mit den Daumen. »Ich hatte gerade ein kleines Gespräch mit Sora-san.«

Das sanfte Poltern seines Akzents sandte einen Schauer über ihre Haut. Das tiefe Rollen des »r« beschwor eine Flut lebhafter Erinnerungen herauf. In ihrem Traum hatte er gestöhnt, als sie ihn bei seinen langen Locken gepackt und den Mund geöffnet hatte, um ihn zu küssen. Tief und kehlig, ein Ausdruck vollkommener Befriedigung.

»Ach!«, gab sie atemloser zurück, als sie es klingen lassen wollte.

Kurze Pause. »Geht's Ihnen gut?«

»Alles bestens.«

Ihr fehlte nichts, was eine friedliche Meditation und ein Waldlauf kurieren konnten. Sie ließ die Erinnerung los, kontrollierte ihre Atmung und suchte die Gelassenheit zu erlangen, sich mit der Welt um sie her zu verbinden.

»Er hat keine Ahnung von Ihrem rasenden Verlangen, oder?«

Sie riss die Augen auf und sah ihn an. Heftige Röte schoss in ihre Wangen, während sich Myriaden von Traumfetzen in ihrem Kopf losrissen. Die rauhen Schwielen seiner Hände auf ihrem Po, die hungrige Forderung seiner Lippen auf den ihren, die unerträgliche Spannung in ihrem Bauch. »Was?«

Er starrte sie an. Seine Stirn runzelte sich.

Sie leckte sich über die Lippen, die plötzlich trocken waren. Sein Blick fiel kurz darauf, bevor er zu ihren Augen zurückkehrte.

»Warum werden Sie rot?«

»Ich spreche für gewöhnlich nicht über *rasendes Verlangen* mit einem Mann, den ich kaum kenne«, erwiderte sie. Die Röte vertiefte sich bei dieser Lüge noch. Wenn er wüsste, wohin sie ihre Phantasie heute Morgen getrieben hatte …

Er beugte sich zu ihr hinüber. »Es ist mehr als das.«

Sie schlug die Augen nieder, um seinem innigen, intensiven Blick auszuweichen. »Ich hoffe, Sie haben nicht den Versuch unternommen, Sora-sensei darüber zu belehren.«

»Sie können mir nicht in die Augen schauen. Warum nicht?«

»Das habe ich doch schon erklärt. Wir sollten uns auf die Meditation konzentrieren. Hören Sie auf, mich anzustarren, Murdoch.«

Einen Moment lang dachte sie, es sei ihr gelungen, ihn abzulenken. Doch dann raunte er: »Ich weiß nichts von Ihnen, aber ich habe letzte Nacht nicht besonders gut geschlafen. Verrückte Träume. Ich war mitten in einem ganz abgefahrenen, als Yoshio mich geweckt hat.«

Kiyoko hielt unwillkürlich den Atem an. *Nein!* Bestimmt nicht.

»Dann wird dies eine gute Übung für Ihre Konzentration werden«, gab sie zurück, ohne dem Drang nachzugeben, ihn anzusehen. »Versuchen Sie, die schwere Nacht hinter sich zu lassen und Ihre Gedanken zur Ruhe zu bringen.«

»Habe ich gesagt, dass meine Nacht schwer war? Verzeihung. Nichts könnte der Wahrheit ferner sein. Die Träume waren sehr angenehm. So angenehm, dass ich es Yoshio übelgenommen habe, dass er mich geweckt hat.«

Kiyoko schluckte.

Dasselbe galt für sie. Sie fühlte sich noch immer betrogen. Der Traum war ihr so wunderbar realistisch erschienen, dass sie eine Träne vergossen hatte, als sie allein aufgewacht war. Aber nur eine. »Sie widmen dieser Übung nicht Ihre volle Aufmerksamkeit, Murdoch. Achten Sie auf Ihre Atmung.«

»Ich würde lieber auf Ihre achten.«

Diesmal gelang es ihr nicht, ihren Blick zu zügeln. Und die schwelende Hitze in seinen Augen warf sie fast um. »Sie sorgen für Komplikationen, die keinem von uns etwas bringen. Innerer Friede entsteht, wenn Sie Ihre Begierden bekämpfen und die Einfachheit in Ihr Leben einlassen.«

Er fuhr fort zu sprechen, als hätte er ihr gar nicht zugehört. »Wissen Sie, was seltsam ist? Ich könnte schwören, dass alles in meinem Traum real war. Kein einziges Detail wirkte abwegig.« Er schloss die Augen, beugte sich noch ein wenig näher zu ihrem Haar und sog tief die Luft ein. »Nicht eines.«

Kiyoko entspannte sich ein wenig. Vielleicht hatte er ja doch nicht denselben Traum wie sie gehabt. Denn ihrer war weit über das Oberflächliche hinausgegangen. Sie hatte einiges über Murdoch herausgefunden, das im Augenblick unter einer züchtigen Schicht Kleidung verborgen lag. Es gab keine Möglichkeit festzustellen, ob seine Rückenmuskeln tatsächlich so definiert waren, wie sie es geträumt hatte, oder ob sich wirklich eine dicke weiße Narbe über sein linkes Schulterblatt zog.

»Das ist nicht die richtige Atemtechnik«, bemerkte sie. »Atmen Sie tief in den Bauch hinein.«

»Jede Nuance Ihres Geruchs, jeder Lichtreflex in Ihrem Haar, jede Kurve Ihres Körpers stimmt.«

Ihr Herz stolperte. *Kurven?* Welche Kurven?

»Sie haben von mir geträumt?«, fragte sie, wobei sie sich bemühte, entrüstet zu klingen. In Wahrheit platzte eine Perle warmer Lust in ihrer Brust. Die Worte, mit denen er sie beschrieb, waren schon fast poetisch zu nennen.

»Aye.«

Er lehnte sich nicht wieder zurück, er öffnete nur die Augen. Um ihr Gesicht langsam, begehrlich zu studieren. Als läge ein Geheimnis in ihren Zügen versteckt, das er ergründen musste.

»Wie ich schon sagte: Es war ein sehr angenehmer Traum.«

Er war nahe genug, dass Kiyoko ihn hätte berühren können. Mit dem Daumen über seine Unterlippe hätte streichen können, wie sie es in ihrem Traum getan hatte. Wenn sie es nur wagte, die zehn Zentimeter zwischen ihnen zu überwinden, konnte sie herausfinden, ob der Geschmack seiner Lippen ihrer Phantasie so nahekam wie sein verlockender Geruch – Seifenfrische gepaart mit einem Hauch Moschus und Leder.

Aber das war natürlich unmöglich. Bei der ersten Berührung würde ihre Phantasie ein sehr plötzliches Ende finden. Es würde keinen Kuss geben, kein Stöhnen, keine Umarmung. Nur ein blitzschnelles Abgleiten in den Berserkermodus und ein Hetzen zur Tür.

Kiyoko verzog das Gesicht.

Murdoch war eine Prüfung ihrer Hingabe an ihren Auftrag.

»Schön, dass ich Ihnen eine Freude machen konnte. Jetzt aber nehmen Sie wieder die Meditationshaltung ein und entspannen Sie sich, Murdoch.«

Er lächelte. Es war ein langsames Erblühen ironischer Belustigung. »Es war mehr Verheißung als Freude, fürchte ich. Dafür hat der Traum nicht lange genug gedauert.«

Sie bedachte ihn mit ihrer besten Imitation eines kühlen Blicks. »Wenn das alles ist, was Sie an Selbstdisziplin aufzubringen haben, muss ich zugeben, dass ich enttäuscht bin. Aus irgendeinem Grund hatte ich angenommen, dass ein Mann mit Ihrem Geschick im Umgang mit dem Schwert mehr Willenskraft besitzt.«

Die Beleidigung perlte an ihm ab, ohne sein Lächeln zu beeinträchtigen. »Ich bin zu der Überzeugung gekommen, dass Selbstdisziplin überschätzt wird. Ausdauer steht einem Krieger besser an. Ich bilde mir etwas darauf ein, genug Kraft und Stehvermögen zu haben, um eine ganze Schlacht durchzuhalten und mir den Sieg trotzdem nicht durch die Lappen gehen zu lassen.«

Kiyoko verschluckte sich beinahe.

Auch wenn Englisch ihre Zweitsprache war, war ihr nicht entgangen, was Murdoch ihr eigentlich zu verstehen geben wollte. Das Wort »arrogant« beschrieb diesen Mann nicht einmal annähernd.

»Sind Sie hergekommen, um zu reden oder um zu trainieren, Murdoch? Wenn es Ihnen ums Reden geht, schlage ich vor, Sie kehren zur Haupthalle zurück und suchen sich einen der *senshi*. Wenn es Ihnen darum geht, an Ihren Fertigkeiten zu feilen, müssen Sie sich anstrengen.«

Er lehnte sich zurück. »Reden ist nur ein Zeitvertreib, und trainieren kann ich überall, jederzeit. Ich bin hergekommen, um mit Ihnen zusammen zu sein.«

An einer so unverblümten Aufrichtigkeit gab es kaum etwas zu bemängeln.

»Dann halten Sie sich bitte an meine Bedingungen, wenn Sie bleiben wollen«, erwiderte sie. »Strengen Sie sich im Training an, oder suchen Sie sich etwas anderes, womit Sie Ihre Zeit vertrödeln.«

»Wie Sie wünschen.«

Ohne weitere Diskussion schlug er die Augen nieder und nahm die Übungshaltung ein.

Kiyoko betrachtete ihn noch einen Moment, um seine breite Stirn und sein kantiges Kinn zu bewundern. Dann begab auch sie sich wieder in die Meditationshaltung.

Kiyokos Gedanken zu durchforsten war nicht so leicht, wie Asasel gehofft hatte.

Dies war ihr zweiter Besuch in der Hütte, und noch immer hatte er die Information nicht bekommen, auf die er es abgesehen hatte. Er stieß sich vom Tisch ab und studierte sein Werk. Der Willensschwächungszauber war nicht das Problem. Ihre Augen waren leer und die Geschäftsberichte vergessen. Sie reagierte umgehend auf jeden Befehl von ihm. Sie hätte ihm sogar ihren Kontostand mitgeteilt, wenn er sie darum gebeten hätte. Aber ihre Antworten auf seine Fragen nach dem Schleier waren entschieden zu vage und wenig hilfreich.

Jemand – vielleicht Kiyoko selbst – hatte einen Gedächtnisbann über sie gelegt.

Und bisher hatte kein magisches Drängen, Zerren oder Schütteln ihn lösen können.

Er entwand den Stift ihren gefühllosen Fingern und schloss die Faust darum. Immer fester, bis er spürte, wie das Material nachgab. Und noch fester. Er zerdrückte den Stift samt der eingravierten Inschrift zu einem Metallklumpen, um ihn anschließend quer durch den Raum zu werfen. Wenn er nicht noch Kiyokos Fähigkeiten als Yin-Yang-Meisterin gebraucht hätte, um die dunkle Seite des Schleiers freizusetzen, hätte er sie sofort umgebracht.

Miststück!

Offenbar war ein kreativerer Ansatz nötig, um den Schleier aufzuspüren. Ein Hintertürchen, wenn man so wollte. In ihrem hübschen kleinen Kopf befanden sich Informationen, die ihm helfen würden. Kein Zweifel. Es ging nur darum, die richtigen Fragen zu stellen und die richtige Dosis Gewalt anzuwenden.

Murdochs Geduld neigte sich dem Ende zu.

Da die Befragung der *senshi* keinerlei Anhaltspunkte für den Verbleib des Schleiers erbracht und Sora sich geweigert hatte, Kiyoko dessen Auslieferung zu befehlen, bestand der nächste Schritt nun darin, ihren Schmuck in Augenschein zu nehmen. Aber er zog es vor, sich die Schmuckstücke ohne ihr Wissen auszuleihen, und dazu waren exaktes Timing und eine sehr vorsichtige Berührung nötig.

Leider war er nicht ganz auf der Höhe. Dank einer zweiten Nacht voller hitziger Träume hatte die Anspannung in seinem Körper fiebrige Ausmaße erreicht. Er konnte kaum eine Flasche Bier an die Lippen heben, ohne die Hälfte des Inhalts zu verschütten.

Schweißtreibendes Training auf dem Außengelände half ihm, seinen quälenden Frust zu verscheuchen, und so verbrachte er ein Gutteil seiner Freizeit dort. Umiko hatte ihm wunderbarerweise eine weite, marineblaue Hose und ein Paar Segeltuchschuhe beschafft, beides in seiner Größe. Sie hatte ihm die Sachen gestern gebracht, zusammen mit einem Kasten Sapporo-Bier, und sich damit einen Platz in seinem Herzen erobert, was aber ihrer Beschützerfunktion als Leibdrache ihrer Herrin keinen Abbruch tat.

»Mr Murdoch?«

Er ließ das Schwert sinken und drehte sich um.

Vor ihm stand Ryuji Watanabe, in einem maßgeschneiderten dunkelgrauen Anzug, weißem Hemd und blaugestreifter Krawatte. Lächelnd. Freundlich. Sogar ein wenig bewundernd.

»Aye?«

»Verzeihen Sie die Störung. Ich habe mich gefragt, ob Sie Kiyoko-san heute Morgen schon gesehen haben. Sie und ich wollten ab neun den Anlagegüterbericht durchgehen, aber sie kam nicht, obwohl wir verabredet waren.«

»Vielleicht ist ihr eingefallen, dass heute Sonntag ist, und sie hat beschlossen, sich eine Auszeit zu nehmen«, schlug Murdoch liebenswürdig vor. Zu den größten Geduldsproben zählte die endlos lange Zeit, die Kiyoko mit Watanabe brütend über den Firmendaten verbrachte.

»Vielleicht«, entgegnete Watanabe mit bedauerndem Lächeln. »Aber es war ihre Idee, heute zu arbeiten, nicht meine. Der Zwischenfall mit Takeo hat ihre Ängste geschürt, dass die Firma einem Verräter aus den eigenen Reihen zum Opfer fallen könnte. Ich nehme an, dass Sie sie nicht gesehen haben?«

»So ist es.«

»Da ich offenbar jetzt frei habe …«, setzte Watanabe erneut an, »… würde es Ihnen etwas ausmachen, einen Kaffee mit mir zu trinken? Ich habe Geschmack an Starbucks gefunden, als ich in Boston lebte, und in meiner Hütte gerade eine Kanne frisch gebrüht.«

Murdoch blickte an seinem verschwitzten und zerknitterten T-Shirt herunter. »Leider muss ich dringend duschen, bevor ich unter Leute gehen kann.«

»Verstehe. Würde es Sie stören, wenn ich hierbleibe und Ihnen beim Üben zuschaue? Ihre Schwertführung unterscheidet sich von der der anderen. Sie ist sehr elegant und offenbar recht wirksam, jedenfalls dem Geräusch nach zu urteilen, mit dem Ihr Schwert durch die Luft zischt.«

Es war verdammt schwer, einen Mann zu hassen, der einen mit Komplimenten überhäufte.

»Können Sie selbst auch ein Schwert führen?«, fragte Murdoch, während er geschmeidig verschiedene Hiebe ausführte.

»Nein«, antwortete Watanabe mit einem kurzen Lachen. »Ein paar Pflichtstunden in *kendō* sind alles, was ich vorzuweisen habe. Ich bin viel besser darin, einen Stift zu führen.«

Oder einen Mann, der sich nicht schämt, seine Grenzen einzugestehen.

Verdammt!

»Yoshio hat erwähnt, dass Kiyoko vor einer halben Stunde zum Laufen gegangen ist«, räumte Murdoch widerwillig ein. »Sie ist sicher bald wieder zurück.«

»Ausgezeichnet. Dann können wir einen neuen Termin für unser Treffen ansetzen.« Watanabe deutete auf Murdochs Waffe. »Ist das ein schottisches Schwert? Die Verzierung auf dem Knauf scheint eine Art Knotenarbeit zu sein.«

Murdoch streckte das Schwert vor, so dass der andere es besser betrachten konnte. »Nein, es ist nordischen Ursprungs. Ein Wikingerschwert, geschmiedet im dreizehnten Jahrhundert.«

Watanabe hob die Augenbrauen. »Und es ist noch immer zu gebrauchen? Ich hätte gedacht, dass so eine alte Klinge völlig abgewetzt ist.«

»Sie wurde sehr pfleglich behandelt«, erwiderte Murdoch. »Regelmäßig gereinigt und geschmiert, so dass sie niemals Rost ansetzen konnte. Sie ist noch immer in hervorragendem Zustand.«

»Aber nicht so widerstandsfähig wie eine Waffe, die aus modernen Stahlgemischen hergestellt ist, könnte ich mir vorstellen.«

Murdoch nickte. »Sie kennen sich mit Metall aus?«

Watanabe zuckte die Achseln. »Neben den Nahrungsmitteln,

für die wir am bekanntesten sind, fertigt die Ashida Corporation auch Haushaltsgeräte. Das ist eine unserer profitabelsten Sparten.«

»Arbeiten Sie schon lange für die Firma?«

»Erst ein Jahr.« Der Blick des Japaners wanderte nach links, zu Yoshio, der sein eigenes Training unterbrochen hatte, um Murdoch zuzusehen. Als sich der junge Krieger ertappt sah, verbeugte er sich vor Watanabe und nahm seinen Übungskampf mit einem anderen *senshi* wieder auf. »Kiyokos Vater warb mich einem großen Konkurrenten ab. Ich sollte eines Tages seine Stelle einnehmen. Wir ahnten ja nicht, dass ›eines Tages‹ so bald sein würde.«

Murdoch studierte Watanabes glattes Gesicht eingehender. Japanische Führungskräfte waren für gewöhnlich älter, erfahrener. »Wie alt sind Sie?«

»Dreiundvierzig. Es war dem Vorstand eine Ehre, mich zu ernennen. Aber wenn meine einschlägige Erfahrung und Tatsu Ashidas Wunsch nicht gewesen wären, dann wäre der Posten sicher an jemand anderen gegangen.«

Während Watanabe sich für seine peinliche Jugend entschuldigte, dachte Murdoch über das reife Alter des Mannes nach. Mit dreiundvierzig war er mindestens fünfzehn Jahre älter als Kiyoko – ein ziemlich großer Altersunterschied. Vielleicht war seine Eifersucht auf den Mann ungerechtfertigt.

»Kiyokos Vater nahm mich unter seine Fittiche und behandelte mich wie den Sohn, den er niemals hatte. Er hatte gehofft, dass Kiyoko und ich heiraten würden, so dass die Firma in der Familie bleiben würde.«

Oder auch nicht.

Murdoch stieß langsam die Luft aus. Dies hatte nur teilweise den gewünschten Effekt, den missmutigen Berserker abzulenken. »Hat er Kiyoko gegenüber diesen Wunsch geäußert?«

»Ja«, antwortete Watanabe. »Aber sein Wunsch ist vielleicht nicht ihrer, und ich bin nicht an einer Ehe ohne Liebe interessiert. Ich habe nicht mehr davon gesprochen, seit ihr Vater tot ist.«

Watanabe war ein besserer Mann als er. Hätten ihre Berührungen nicht diese katastrophalen Folgen, Murdoch hätte Kiyoko schon lange an einen ruhigen Ort gelockt, um sie von seinem Interesse an ihr zu überzeugen.

Er streckte sich.

Nicht, dass er eine Ehe im Sinn hatte. Die Tatsache, dass er niemals altern würde, alle anderen aber schon, würde ihn zwingen, selbst die innigsten Bande zu lösen.

Aus dem Augenwinkel nahm er wahr, dass sich das Osttor öffnete. Kiyoko, wie üblich in ihren *gi* gekleidet, das Haar im Nacken gebunden, glänzenden Schweiß auf der Stirn, betrat das Trainingsgelände.

»Ich habe kein Recht, Sie darum zu bitten, Murdoch-san, aber ich wüsste es sehr zu schätzen, wenn Sie den letzten Teil unseres Gesprächs für sich behalten würden«, raunte Watanabe, während Kiyoko auf sie zulief.

Ihr anzudeuten, dass sein Rivale um ihre Gunst ihr die Beständigkeit und Stabilität einer Ehe bot, während er das nicht konnte? Nicht um alles in der Welt! »Von mir wird sie nichts erfahren. Sie haben mein Wort.«

»Danke.«

Kiyoko kam auf sie zu, den Blick auf Watanabes Gesicht geheftet. In offensichtlicher Reue legte sie ihm die Hand auf den Ärmel, so dass sie sich bleich gegen den dunklen Stoff abzeichnete. »Ryuji-san, ich muss mich aufrichtig entschuldigen. Es ist mir sehr peinlich, dass ich unser Morgenmeeting vergessen habe.«

Es war eine vollkommen unschuldige Berührung. Daran war ganz und gar nichts Sinnliches. Aber das hinderte Murdochs

Blut nicht daran, sich mit der eifersüchtigen Raserei seines Berserkers aufzuheizen. Seine Finger schlossen sich fester um den Lederknauf seines Schwertes. Er wünschte sich nichts sehnlicher, als Kiyokos Hand von Watanabes Ärmel zu entfernen, doch stattdessen besann er sich mit aller Kraft auf seine Kämpferdisziplin und ließ das Schwert ungemein sanft zurück in die Scheide gleiten, die an seiner Hüfte hing.

Seine Mission war die Reliquie, nicht die Frau.

9

Die Träume forderten ihren Tribut. Kiyoko hatte noch nie ein Meeting vergessen, schon gar nicht eines, das sie selbst angesetzt hatte. Aber sie hatte sich die ganze Nacht herumgewälzt und war aufgewühlt erwacht, mit dem drängenden Bedürfnis, durch den Wald zu laufen, alles zu tun, um die gewagten Gedanken an Murdoch abzukühlen, die sie fortgesetzt heimsuchten.

Und es hatte funktioniert. Nur Augenblicke nachdem sie das Gelände verlassen und mit dem Laufen begonnen hatte, gewann das jahrelange Training die Oberhand, und sie glitt in einen Zustand gesteigerten Bewusstseins und innerer Ruhe hinüber. Das Flüstern des Windes in den Ästen, der Kieferndurft in der Luft und der Aufprall ihrer Füße auf dem Boden wurden für eine Weile zu ihrer Welt.

Doch ein Blick auf das schweißnasse T-Shirt, das an Murdochs Brust und Armen klebte, und ihre Gelassenheit war dahin.

»Ich hoffe, Sie verzeihen mir meinen Lapsus«, sagte sie zu Ryuji.

»Machen Sie sich keine Gedanken«, gab er zurück. »Wir können einen neuen Termin vereinbaren. Und es ist Sonntag. Vielleicht sollten Sie sich eine Pause gönnen.«

»Gute Idee«, stimmte Murdoch ruhig zu.

»Im Gegenteil«, widersprach sie. Sie musste einen Weg finden, die sexuelle Spannung zwischen ihnen zu mindern. Und es musste schnell geschehen. »Meditieren mit Murdoch ist eine viel bessere Idee. Ryuji-san, ich wäre Ihnen sehr dankbar, wenn wir unser Treffen auf den späteren Nachmittag verschieben könnten. Vielleicht auf vier oder halb fünf?«

Ein irritiertes Flackern huschte über Watanabes Gesicht, dann war es auch schon wieder fort. »Natürlich. Ich muss sowieso ein paar Anrufe erledigen.« Er verbeugte sich, wandte sich ab und ging den Weg um die Glockenturmpagode entlang, um zum Westtor zu gelangen.

Kiyoko nahm all ihren Mut zusammen und blickte Murdoch an. »Wir könnten beide eine Dusche und frische Kleidung vertragen, bevor wir anfangen.«

Er lächelte sie schief an. »Sollen wir das zusammen erledigen?«

»Nein«, antwortete sie und wich einen Schritt zurück. Sein Lächeln war zu verführerisch. »Natürlich nicht. Warten Sie in fünfzehn Minuten vor dem Meditationsraum auf mich.«

»In fünfzehn Minuten«, bestätigte er.

Kiyoko war in zwölf Minuten fertig. Statt zum Haus zurückzukehren, wusch sie sich am Gemeinschaftsbecken hinter der Haupthalle und tauschte ihre Joggingkluft gegen eine saubere Jacke und eine *hakama*-Hose mit weiten Beinen. Trotz ihres Tempos wartete Murdoch bereits auf sie, als sie vor dem Meditationsraum erschien. Er trug wie üblich Jeans und T-Shirt, auf seine Lederjacke hatte er verzichtet. Sein braunes Haar hing in nassen Strähnen herab, als ob er Zeit gefunden hätte, es zu waschen.

»Sind Sie sicher, dass Sie es noch einmal versuchen wollen?«, fragte er. »Bisher hatten wir nicht viel Erfolg.«

»Nur weil Sie sich ablenken lassen.«

»Aye«, pflichtete er ihr bei. »Ich finde es unendlich reizvoll, über die vielen Dinge nachzudenken, die ich allein mit Ihnen in einem kleinen Raum anstellen könnte – abgesehen vom Atmen.«

Sie schüttelte den Kopf. »Deshalb werden wir auch nicht hineingehen. Heute üben wir Gehmeditation. In der gleichen aufrechten Haltung, mit zusammengelegten Händen wie sonst auch, aber anstatt zu sitzen, werden wir im Uhrzeigersinn um den Hof gehen. Sie gehen voran, ich folge Ihnen.«

Murdoch verschränkte die Arme über der Brust. »Und dafür habe ich Aftershave aufgetragen.«

»Haben Sie das?«

»Ja.« Er legte den Kopf schräg und beugte sich zu ihr hinunter, um seinen gebräunten Hals ihrer Nase darzubieten. »Riechen Sie mal.«

Sie roch den Duft schon. Es war ein intensiver, warmer Hauch aus Zitrone und Gewürzen. Er war ihr so nah, es war unmöglich, es nicht zu riechen. »Warum?«

»Um Frauen anzulocken. Oder genauer gesagt eine Frau.«

Sie blinzelte. »Mich?«

»Aye, Sie.«

»Dann haben Sie sich verrechnet. Wenden Sie sich bitte nach Süden.«

Er runzelte die Stirn. »Inwiefern verrechnet?«

Sie hob den Arm. »Schauen Sie zum Haupttor, Murdoch.«

Nachdem er einen Moment ihre resolute Miene studiert hatte, drehte er sich um. »Inwiefern verrechnet?«

»Ich ziehe es vor, Sie *ohne* Aftershave zu riechen. Gehen Sie.«

»Das werde ich mir merken.« Er richtete sich zu seiner vollen Größe auf und ging voran. Ohne Eile, mit gleichmäßigen Schritten. »Wo sind die anderen?«

Während Kiyoko ihm folgte, musste sie die überraschende Geschmeidigkeit seines großen Körpers bewundern.

»Im Dōjō. Sie üben *kenjutsu kata* – formale Bewegungsabläufe mit Holzschwertern.« Seine Schultern waren sehr breit. Sie verdeckten ihr die Sicht. »Genug geplaudert, Murdoch. Das hier ist Meditation, kein Konversationskurs. Achten Sie auf Ihren Atem und setzen Sie einen Fuß vor den anderen. Fühlen Sie, wie Ihre Ferse, Ihre Sohle und Ihre Zehen den Boden berühren und ihn wieder verlassen. Werden Sie sich des Hofs bewusst. Des Grases, der Kieselsteine, der Luft. Erleben Sie das Gehen mit Ihrem ganzen Körper, mit Ihrem ganzen Geist – die Schönheit und Schlichtheit jedes Schrittes. Ihr Geist sollte nicht abschweifen, aber wenn er es doch tut, lenken Sie ihn zurück zu Ihren Schritten und Ihrem Atem.«

Er benahm sich ausnahmsweise einmal ordentlich.

In weniger als einer halben Runde hatten sie einen ruhigen, gelassenen Bewusstseinszustand erreicht. Kiyoko wartete, bis die Farbe von Murdochs Aura von Orangerot zu einem dezenten Violett übergegangen war, bevor sie einen weiteren Versuch unternahm, seine Mauer der Selbstkontrolle zu durchbrechen und seinen Berserker zu erreichen. Da keiner ihrer früheren Versuche erfolgreich gewesen war, änderte sie die Strategie.

Anstatt ihre Auren miteinander verschmelzen zu lassen, konzentrierte sie sich auf den blauesten Fleck, den sie finden konnte. Der friedlichste Ort auf der Welt war doch sicherlich gleichzeitig der am weitesten geöffnete?

Doch auch er war so fest verschlossen wie seine übrige Aura.

Sie konnte seinen Berserker darunter spüren, aber nur in die ersten Schichten seiner Aura eindringen, bevor sie gegen die Mauer seiner Selbstkontrolle stieß.

Enttäuschung stieg in ihr auf. Sie schob sie beiseite.

Murdoch hatte gute Gründe, eine solche Mauer zu errichten, und er hatte mehrere hundert Jahre Zeit gehabt, um sie auszubauen. Es war wohl kaum verwunderlich, dass sie sie nach ein paar

Tagen noch nicht hatte durchbrechen können. Zeit und Mühe würden ihr am Ende einen Weg zeigen, doch der Gedanke, sich noch wochenlang seinen sexuellen Anzüglichkeiten aussetzen zu müssen, war unerträglich.

Sie umrundeten schweigend zwanzig Minuten lang den Hof, bis Kiyoko aufgab. Seufzend blieb sie neben dem Fischteich und seinem leise tröpfelnden Brunnen stehen. Der Hof war noch immer leer.

»Genug, Murdoch.«

Er drehte sich um. »Das klingt fast wie das Ende.«

Ein silbrigweißer Koi schwamm gelassen herbei. Flossen und Schwanz strichen lang und fließend durch das Wasser. »Sie geben nicht alles in der Meditation. Sie halten immer noch etwas zurück. Ich bin mir nicht sicher, ob das Üben überhaupt einen Wert für Sie hat.«

»Sie wissen, warum ich nicht ganz loslassen kann.«

Sie nickte. »Ja. Aber ich weiß auch, dass Sie niemals wahren Frieden finden können, wenn Sie sich nicht vollkommen annehmen, bis Sie und Ihr Berserker eins sind.«

»Sie haben keine Ahnung von den Greueltaten, zu denen er fähig ist.«

Er. Das Wort hing in der Luft, kühl und leer, ein perfekter Anfang. Sie holte tief Luft und sprang. »Sie meinen die Greueltaten, zu denen *Sie* fähig sind.«

Sein Gesicht verdüsterte sich. »Ich bin nicht er, und er ist nicht ich.«

»Da liegen Sie falsch. Wir alle haben Licht und Schatten in uns, Murdoch, selbst Sie. Sie ziehen es nur vor, Ihre dunkle Seite wegzusperren, sie beiseitezuschieben, als wäre sie eine fremde, ungezähmte Kreatur, die in Ihnen gefangen ist. Aber in Wirklichkeit macht sie die Hälfte der Person aus, die Sie sind.«

»Schwachsinn!« Mit geballten Fäusten machte er auf dem Kies

einen Schritt auf sie zu und blieb dann stehen. »Ich war ein ganzer Mensch, bevor ich den Zaubertrank genommen habe. Ein schwacher, kränklicher Mensch mit den schlechten Augen einer Kuh vielleicht, aber ein ganzer. Nachdem ich den Zaubertrank genommen hatte, spürte ich den Berserker in mir, wie er sich schlangengleich wand und drohte, meine Ehre und meinen Stolz auszuspucken. Er. Ist. Nicht. Ich.«

Kiyoko biss sich auf die Lippen. Seine Aura pulsierte nun, und Dunkelrot krümmte sich um das Blau wie die Schlange, die er eben beschrieben hatte. Erstickend. Sollte sie ihn noch weiter treiben? Oder auf Nummer sicher gehen und hier aufhören?

»Und wo ist dieser schwache, kränkliche Mann jetzt, Murdoch?«, fragte sie leise.

Die Muskeln seines Kiefers wurden hart, bis sie wie Knochen aussahen. »Tun Sie das nicht. Tun Sie nicht so, als ob der Mann, der ich war, fort wäre. Er ist der Einzige, der die Bestie in mir in Schach halten kann.«

»Ich tue nicht so, als wäre er fort. Ich sage nur, dass Sie die beiden Wesen in sich nicht so einfach voneinander trennen können, wie Sie es gern glauben würden. Sie sind stark und gesund und sehen viel besser als jede Kuh – und all das haben Sie dieser *Bestie* in sich zu verdanken. Wie können Sie abstreiten, dass diese beiden miteinander vereinten Seiten nun ein besseres Ganzes bilden? Lassen Sie los! Nehmen Sie die beiden Seiten Ihrer Persönlichkeit an!«

Der Abstand zwischen Murdoch und ihr schwand in einem einzigen Schritt. Er packte sie grob an den Schultern, schob sie zurück, bis sie an die Wand der Zeremonialhalle stieß, und grollte: »Wollen Sie wirklich, dass ich den Käfig öffne, Kiyoko? Die Bestie will nämlich heraus. Und sie will etwas haben, das Sie ihr nicht zu geben bereit sind.«

Ihr Blick fand seinen, ängstlich, aber gefasst. »Es ist nicht der

Berserker, der mich mit dieser erschreckenden Bedingungslosigkeit will. Sie sind es, Murdoch. Es gibt kein getrennt existierendes Wesen. Wenn Sie mich küssen wollen, dann küssen Sie mich.«

Es war ein gewaltiges Risiko, ihn herauszufordern. Selbst wenn Murdoch endlich akzeptierte, dass der Berserker er selbst war, würde eine gigantische Portion Selbsterkenntnis und Selbstbeherrschung nötig sein, eine solch heftige Polarität im Gleichgewicht zu halten. Vielleicht war er dann nicht in der Lage, sich selbst zu stoppen. Dem Wechselspiel der Wut in seinem Gesicht nach zu urteilen, stand er bereits kurz davor, die Kontrolle zu verlieren.

»Ehre und Mut und Intelligenz sind ebenso ein Teil von Ihnen wie die Kraft und Gesundheit des Berserkers«, fügte sie hinzu. »Sie haben die Wahl, wie Sie sich verhalten wollen. Es *ist* eine Wahl, Murdoch. Und sie liegt bei Ihnen.«

Sein Blick bohrte sich in den ihren.

Kiyoko starrte zurück, atemlos von der Hitze seines Körpers, die sie wie eine Hülle umgab, und der Wucht seiner Männlichkeit.

Die Welt hielt den Atem an. Die Geräusche aus dem Dōjō traten in den Hintergrund, und in der erwartungsvollen Anspannung regte sich kein Lüftchen mehr. Das sengende Feuer seiner Hände drang durch ihre Jacke, während er sie immer noch gegen die Wand drückte. Einen langen Augenblick war sich Kiyoko nicht sicher, wie seine Wahl ausfallen würde.

Aber sie wusste es in dem Sekundenbruchteil, in dem er sich entschied.

Ihr Herz fühlte sich an, als wollte es ihr aus der Brust springen.

Er würde sie küssen!

Murdoch ignorierte die Stimme in seinem Kopf. Die, die ihn an seine lange und brutale Berserkergeschichte erinnerte, die,

die darauf beharrte, dass sich die Geschichte stets wiederholte, und zwar dank dummer Entscheidungen wie jener, die er gerade traf.

Er senkte die Lider.

Er sah nur noch Kiyokos Mund. Ihre Lippen, im Moment ungeschminkt, waren leicht geöffnet. Als sie stoßweise den Atem entweichen ließ, erbebte ihre volle Unterlippe leicht. Es war keine Angst, dessen war er sich sicher. Sie hatte ihn absichtlich bis zu diesem Punkt gereizt, ihn aus gutem Grund an den Rand des Wahnsinns gedrängt.

Sie wollte diesen Kuss genauso sehr, wie er ihn wollte.

Und so ergab er sich. Denn in dem Maße, wie sein Gewissen ihm sagte, dass es keine Hoffnung gab, wünschte er sich, dass ihre Worte wahr waren. Er wollte die Bestie in sich besitzen, um die Macht zu haben, sie zu zähmen. Er wollte der sinnlosen Zerstörungswut und den leichtfertigen Gewaltakten ein Ende setzen.

Er wollte *sie*.

Er wollte, dass jeder Traum, den er in den letzten Tagen genussvoll geträumt hatte, möglich, real wurde.

Der Griff seiner Hände um ihre schmalen Schultern lockerte sich, und er beugte seinen Kopf zu ihrem hinunter. Langsam, jede wunderbare Empfindung auskostend. Die sanfte Wärme ihres Atems auf seiner Haut, den zarten weiblichen Duft, der so sehr zu ihr gehörte, die winzige Korrektur in der Kopfhaltung, die sie vornahm, damit er es leichter hatte. All das prägte er sich ein.

Weil man nicht wissen konnte, woran er sich noch erinnern würde, sobald er sie berührt hatte.

Er hielt einen Millimeter vor ihren Lippen inne.

Großer Gott, sie war so wunderbar! Seit seiner Ankunft im Dōjō hatte er eine gewisse Fertigkeit entwickelt, die Einzelheiten ihrer äußeren Erscheinung zu übersehen. Vielleicht als eine Art Selbstschutz. Er hatte sich alle Mühe gegeben, nur die tüchtige

Kampfkünstlerin in ihr zu sehen, die gelassene, nonnenhafte Onmyōji, die kluge junge Geschäftsfrau.

Aber aus dieser Nähe überwältigte ihn ihre Schönheit.

Das zarte Oval ihres Gesichts. Die hellen, klaren Augen. Der schimmernde Glanz ihres glatten schwarzen Haars.

Verdammt! Er wollte sie so sehr, dass seine Eier schmerzten.

Aber sie zu küssen barg ein schreckliches Risiko. Vielleicht konnte er den Berserker unter Kontrolle halten. Vielleicht würde es gut gehen. Aber wenn er nur von seiner Erfahrung ausging, von den Fehlern, die er in der Vergangenheit gemacht hatte, war es wahrscheinlicher, dass das nicht der Fall sein würde.

Er nahm die Hände von ihren Schultern, trat aber nicht zurück. Er konnte nicht. Seine verdammten Füße versagten ihm den Dienst.

Aus Angst, dass seine Entschlossenheit wanken könnte, wandte er den Blick von ihrem schönen Gesicht. Es war ganz und gar ungerecht zu wissen, dass die eine Person, die er am meisten begehrte, für immer tabu, für immer unerreichbar für ihn bleiben würde.

Er seufzte …

… und sie fing seinen Atem mit ihrem Mund ein. Sie drückte ihre samtweichen Lippen auf seine und gab ihm ein Geschenk, das zu fordern er kein Recht hatte – einen gierigen, einladenden Kuss.

Jedes Nervenende in seinem Körper explodierte vor Lust, überwältigt und gleichzeitig um mehr bettelnd. Eine glühende Welle überrollte ihn, Schweißperlen im Gefolge, und die Mauern seiner Selbstkontrolle stürzten krachend ein. Seine Hände rissen sie an seine Brust und pressten als Reaktion auf ein primitives Bedürfnis, dem er keinen Namen geben konnte, ihren weichen Körper gegen seine Härte.

Aber der Lust dicht auf den Fersen war die Bestie. Murdoch

spürte, wie sie seine Brust emporkroch, ihn würgte, ihn einhüllte, und er bemühte sich nach Kräften, sie zu zügeln.

Nein. Nicht *sie*. *Sich*.

Kiyoko schlang die Arme um seinen Hals, gab so dem Feuer seines Verlangens neue Nahrung und forderte den Berserker förmlich dazu auf, die Führung zu übernehmen. Der vertraute rote Nebel verwehrte ihm die Sicht, und seine Muskeln strafften sich, bis der Stoff seines T-Shirts zum Zerreißen gespannt war und der Bund seiner Jeans tief in sein bebendes Fleisch einschnitt.

Murdoch holte erschauernd Atem.

Kiyoko weh zu tun war das Letzte, was er wollte. Wenn der Berserker wirklich ein Teil seiner selbst war und keine fremde Kreatur, sollte er in der Lage sein, sich zurückzuhalten. Alles, was er tun musste, war, die Bestie in Besitz zu nehmen. Anspruch auf sie zu erheben. Sie sich zu unterwerfen und …

Lass Kiyoko gehen. Lass sie los!

Sein Griff um sie lockerte sich, und Stolz wallte in Murdochs Brust auf. Er war Herr der Lage.

Leider war der Moment nur von kurzer Dauer.

Kiyokos Hüften drängten sich in verzweifelter Selbstvergessenheit gegen seine, und ihm wurde schwindelig. Ein leises Grollen rumorte in seiner Brust, während seine großen Hände sie vom Boden hochhoben. Er vertiefte den Kuss, bis es schmerzte. Der Berserker wollte mehr, so viel mehr. Er brüllte in ihm, wirbelte wie ein Tornado in seinen Eingeweiden umher und forderte, die letzten Schranken fallenzulassen. Kiyoko wimmerte fast unhörbar unter seinem Ansturm, und ein Knurren ungezähmter Befriedigung stieg in seiner Kehle auf.

Murdoch verharrte. Er kämpfte verzweifelt darum, den Kopf über Wasser zu halten, über die steigende Flut animalischen Verlangens.

Öffne die Arme und lass sie gehen. Du kannst es, Murdoch. Du musst einfach …

Der Berserker erstarrte in angespannter Achtsamkeit, Gefahr witternd. Ein Wurfgeschoss pfiff durch die Luft, durchbrach seinen Schild und bohrte sich tief in seine rechte Schulter. Dumpfer Schmerz begleitete den Treffer – kaum genug, um ihn zusammenzucken zu lassen, aber mehr als genug, um die Bestie zu zügelloser Raserei zu reizen.

Die Instinkte übernahmen das Regiment.

Innerhalb eines Wimpernschlags war jeder Vorwand, die Gewalt in ihm in Ketten zu legen, beiseitegefegt. Und Murdoch wurde in einem heftigen Ruck von einer mächtigen dunklen Faust unter die Oberfläche gezerrt.

Kiyoko spürte, dass Murdoch zusammenfuhr und dann erschauerte.

Seine Hüften entfernten sich von ihren, und ein Fauchen unverhohlenen Zorns versengte ihr Gesicht, bevor er sie losließ und herumwirbelte. Atemlos und mit weichen Knien von ihrem Kuss – und ihren nicht weniger wilden Wünschen – prallte sie gegen die Holzwand zurück. Murdoch verdeckte ihr die Sicht, doch sie wusste nur zu gut, wem er Auge in Auge gegenüberstand. Einer kleinen Armee von Onmyōji-Kriegern.

Der Dōjō schwieg.

Tatsächlich lag über dem gesamten Gelände so etwas wie eine ruhige Zielstrebigkeit in der Luft.

Und aus Murdochs rechter Schulter ragte ein Pfeil. Ein Pfeil, befiedert mit den schwarzen Schwungfedern eines Königsadlers – Federn, die Sora gewissenhaft aus einem Horst auf einem Berggipfel geholt hatte.

Murdoch zog sein Schwert mit einem sanft kratzenden Geräusch aus dem Gehänge. Ganz und gar verloren in seinem alten, primitiven Berserker, wandte er ihr den Rücken zu, ohne einen Gedanken daran zu verschwenden, dass auch sie ihm Schaden zuzufügen imstande war. Stattdessen nahm er eher eine Beschützerhaltung ein, den eigenen Körper als Hindernis präsentierend, bereit, jeden aufzuhalten, der ihm zu nahe kam.

Kiyoko war nicht gekränkt.

Es war etwas seltsam Liebenswertes an seiner Entschlossenheit, sie vor jedem Kummer zu bewahren. Aber sie konnte sich nicht damit befassen. Seine undurchdringliche Mauer der Selbstkontrolle war fort, und das wilde Pulsieren des Berserkers lag offen zutage, zügellos. Sie würde viel Energie brauchen, aber dies war eine Gelegenheit, die so schnell nicht wiederkommen würde. Es gab keinen besseren Zeitpunkt, sich in seine Aura zu schleichen.

Sie legte die Hände in Meditationshaltung zusammen, starrte auf die doppelte Reihe von Silbernieten an Murdochs schwarzem Ledergürtel und zwang ihren keuchenden Atem unbarmherzig in einen gleichmäßigen Fluss. Angetrieben vom Versuchscharakter dieser einmaligen Gelegenheit, glitt sie rasch in die tiefe Meditation hinüber – ohne jedoch das Bewusstsein für den sich im Hof zusammenbrauenden Kampf zu verlieren und ohne Angst noch Wut zu fühlen.

Murdochs Aura war ein unvergesslicher Anblick.

Ein geradezu irres Rot, das so tief war, dass es fast schwarz wirkte, umgeben von einer dünnen Hülle schimmernden Goldes.

Obwohl sie von Geburt an mit der Gabe, Auren zu sehen, gesegnet war, hatte Kiyoko noch nie etwas Vergleichbares zu Gesicht bekommen. Die Aura der meisten Menschen setzte sich aus verschiedenen Farben zusammen, wobei die dominanteste Schattierung auch auf den prominentesten Charakterzug hinwies. Murdochs Aura war ungewöhnlich konzentriert. Sie erinnerte an einen rotschwarzen Drachen, der goldenes Feuer spuckte. Ein vielleicht etwas abstruser Gedanke, aber auch eine überraschend treffende Beschreibung.

Und das Bild veranlasste sie zu zögern.

Aber nur einen Augenblick lang.

Sie erweiterte ihre Aura langsam in Murdochs Richtung. Sie empfand das Pulsieren der Kraft, das von seinem Körper ausging, als so intensiv, dass sich die Härchen auf ihren Armen aufstellten. Es fühlte sich vertraut an. Ganz anders als das stechende Brennen, das sie spürte, während sie näher kam. Entfesselt strahlte Energie von ihm ab, die die Stärke von tausend Feuern besaß und den äußeren Rand von Kiyokos Aura versengte. Während der Berserker mehr und mehr die Oberhand gewann, bröckelte die Mauer um Murdochs geheimste Gedanken und stürzte endlich zusammen. Sie schnappte Erinnerungsfetzen auf – an Kämpfe, die er ausgefochten hatte, Leben, die er gerettet hatte, und Versprechen, die er gehalten hatte. Noch als er sie mit seiner Hitze verbrannte, gewann er ihre Bewunderung.

Wirf dich auf den Boden, Kiyoko-san!

Die stumme Botschaft von Sora drang in genau dem Moment in ihren Geist ein, in dem die zweiunddreißig Krieger auf dem Hof die Haltung veränderten. Von Kampfbereitschaft zum Angriff.

Sie war sofort alarmiert.

Und Murdoch reagierte auf ihre Angst, als ob er sie spüren konnte. Er stieß ein wildes Gebrüll aus, das die Wand hinter ihr erzittern ließ und wie Donner in ihrer Brust widerhallte. Er schwang den Schwertarm, die Klinge pfiff, und schon blutete Sora.

»Nein!«

Panisch versuchte Kiyoko, unter Murdochs Arm durchzutauchen und an die Seite ihres Mentors zu eilen. Aber der berserkerbesessene Seelenwächter war damit nicht einverstanden. Er rammte ihr seinen Ellbogen in den Magen, so dass sie zurück gegen die Zeremonialhalle prallte. Sie traf hart auf und sackte benommen und angeschlagen auf die Knie.

Wieder erschütterte drohendes Gebrüll die Gebäude auf dem Gelände, wie um seinen Anspruch zu unterstreichen, und diesmal galt es ihr ebenso wie den Kriegern, die ihn umzingelten. Was hatte Murdoch einmal gesagt? *Was mir gehört, will ich auch behalten.*

»Ich gehöre dir nicht, du begriffsstutziger Bär«, murmelte sie, während sie wieder auf die Füße kam. »Und du wirst gleich lernen, dass du mir nicht den Rücken zuwenden solltest.«

Sie zog ihr Katana aus der Scheide.

Aber sie bekam keine Gelegenheit zuzustoßen. Murdoch machte einen großen Schritt rückwärts und warf sie erneut mit Wucht gegen die Wand; zugleich schlug er ihr die Waffe aus der Hand. Zunächst dachte sie, dass dies ein strategischer, wenn auch frustrierender Schachzug von ihm war, doch als sie sein volles Gewicht zunehmend gegen sich drücken spürte, kamen ihr Zweifel. Die Last seines steinharten Körpers raubte ihr den Atem. Und als er stolperte und vollends auf sie fiel, wusste sie sicher, dass dies nicht mit Absicht geschah. Selbst als Berserker würde er ihr niemals weh tun.

Ihre missliche Lage wurde ihr zu spät bewusst, als dass sie noch einen Schutzschild hätte aufrufen können. Bei Murdochs plötzlichem Zusammenbruch über ihr und dem folgenden Sturz zu Boden brach sie sich ein paar Rippen. Sie hörte sie knacken. *Spürte* sie knacken.

Während sie sich vor Schmerzen auf die Lippen biss, versuchte sie, sich von Murdoch zu befreien, indem sie seinen gewaltigen Körper von sich drückte. Aber er war wie ein schlaffer Sack, und es gelang ihr nicht, ungünstig zwischen ihn und das Gebäude geklemmt, wie sie war, ihn von der Stelle zu bewegen. Seine

Muskeln waren kräftiger, wenn er ein Berserker war. Wog er dann auch mehr? So kam es ihr jedenfalls vor.

Ein kleines Wunder war, dass sie nicht auf ihrem Katana gelandet waren. Das Schwert war nach links gefallen, als es auf dem Boden aufgekommen war, doch sie konnte es nicht sehen. Ehrlich gesagt, konnte sie so gut wie gar nichts sehen. Nur Murdochs Haar, sein blutbeflecktes T-Shirt und eine wachsende Anzahl schwarze Punkte.

Es wäre doch eher unglücklich, wenn sie unter Murdoch erstickte. Dann würde nichts aus der glanzvollen Zukunft, auf die Sora für sie hoffte.

Sora! Lebte er noch?

Kiyokos Brust brannte, und ihre Lungen rangen um Luft. Sie öffnete den Mund und wollte tief Atem holen, schaffte es aber nicht. Die schwarzen Punkte drohten, ihr die Sicht zu nehmen. Mit Hilfe des letzten Rests Bewusstsein erweiterte sie ihre Aura, um nach dem alten Sensei zu suchen. Sie fand nur Murdoch, dessen Aura langsam zu einem ruhigeren Violett zurückfand. Dahinter erreichte sie Yoshio und einige andere Krieger, deren Auren hellblau waren. Aber weit und breit kein Sora.

Sie zog sich zurück, erschöpft und benommen.

Wenn er tot war, musste sie sich die Schuld daran geben. Sie hatte Murdoch so lange gereizt, bis er die Kontrolle über sich verlor, und so den Berserker frech an die Oberfläche gelockt.

Das Schwarz war nun ein wirbelndes Meer.

Kiyoko kämpfte, um bei Bewusstsein zu bleiben, in der Hoffnung, dass Yoshio und die anderen Murdoch jeden Moment von ihr herunterzerren und sie retten würden. Aber der Kampf erwies sich als mühevoll. Ihre Gliedmaßen wurden kalt und schwer. Ermattung kroch in jeden Muskel, und die Augen fielen ihr zu.

Wenn sie nicht rasch etwas unternahm, würde sie sterben.

Eines sinnlosen, kläglichen Todes.

Erneut, nun schwächer, dehnte sie ihre Aura aus, doch diesmal nicht mehr allzu weit. Nur bis an den Rand von Murdochs pulsierendem Energiefeld. Mit ihrem letzten bewussten Gedanken sandte sie ihm ein stummes Flüstern.

Dreh dich zur Seite. Bitte.

Dann erfasste sie das Meer und spülte sie in die Dunkelheit fort.

10

Murdoch erwachte, das Gesicht ins Gras gedrückt und einen Mundvoll Erde auf der Zunge. Die scheußlichsten Kopfschmerzen, die er je zu erdulden das Pech gehabt hatte, hämmerten gegen seinen Schädel, und als er die Erde ausspuckte, wurden sie nur noch schlimmer.

Ihm war übel.

Er kam hoch und rieb sich die Schulter, die ebenfalls pochte.

Sein T-Shirt war hart und verkrustet unter seinen Fingern, und dicker Schorf hatte sich auf der Haut darunter gebildet. Als er die Augen zusammenkniff, um das lästig helle Sonnenlicht zu filtern, entdeckte er einen Pfeil auf dem Boden.

Jemand hatte auf ihn geschossen.

Er erinnerte sich nicht mehr daran, wer das gewesen war.

Er hob den Pfeil auf und begutachtete ihn. Er musste mit einem Zauber belegt sein – sonst hätte er seine Haut nicht durchbohren können, nicht, wenn er im Berserkermodus war. Und das war er gewesen, daran erinnerte er sich sehr wohl. Denn er entsann sich jedes einzelnen der letzten Augenblicke, ehe die Bestie ihn verschlungen hatte – des unglaublichen Gefühls, Kiyoko in den Armen zu halten, und des süßen Drucks ihrer Lippen auf seinen.

Er blickte zur Wand der Zeremonialhalle hinüber.

Sie war fort. Tatsächlich war der Hof vollkommen leer … einmal abgesehen von dem verlassenen Katana, das ein paar Meter entfernt auf dem Kies lag.

Er runzelte die Stirn.

Kiyoko achtete normalerweise sehr gut auf ihre Waffen – wie jeder, dessen Leben davon abhing. Dass sie ihr geschätztes Schwert sich selbst überlassen haben sollte, war ganz und gar ungewöhnlich. Eine derartige Achtlosigkeit legte nahe, dass sie abgelenkt gewesen war. Aber wovon? Wenn sie die Waffe gezogen hatte, um ihn abzuwehren, was ihm logisch erschien, was hatte sie nur dazu veranlasst, sie aufzugeben? Die Menge der Kampfspuren im Kies deutete darauf hin, dass in den Zusammenstoß mindestens ein Dutzend ihrer jungen Onmyōji-Krieger verwickelt gewesen waren. Hatte er …?

Ein dicker Kloß bildete sich in seinem Magen, als Murdoch auf seine Hände blickte. Ja, auf beiden Handrücken und an den Fingern seiner rechten Hand fanden sich dunkelrote Spritzer. Getrocknetes Blut. Er hatte jemanden verletzt. Vielleicht jemanden erschlagen.

Erinnerungen regten sich, und die Härchen in seinem Nacken stellten sich auf.

Gütiger Gott, hatte er etwa *Kiyoko* weh getan?

Nein! Er schoss in die Höhe. Der Schmerz in seinem Kopf war mittlerweile nur mehr lästig. Er würde sie niemals verletzen. Jedenfalls nicht absichtlich. Aber versehentlich? So etwas war schon vorgekommen. Und es konnte natürlich wieder geschehen sein.

Er drehte sich um die eigene Achse. Wenn jemand verletzt worden war, hatte man ihn zu dieser Ärztin geschafft. Aber wo, zum Henker, befand sich die verdammte Krankenstation? Die meisten Gebäude auf dem Gelände waren ihm vertraut, aber es gab einige, die er noch nicht betreten hatte. Das in der nordöstlichen Ecke war die Schmiede, und die vier kleineren Hütten nahe dem Haupttor dienten den ranghöchsten Kriegern wie Yoshio als Unterkunft.

Aber in der Nähe des Eingangs lag auch eine etwas größere Pagode. Und die Ärztin hatte den verwundeten Krieger in diese Richtung abtransportieren lassen.

Murdoch lief den Kiesweg entlang.

Seine Vermutung bezüglich der Krankenstation erwies sich als richtig. In dem Gebäude fand er einen kleinen Behandlungsraum vor, ein Zwei-Bett-Zimmer, ein Labor und einen großen Schrank voll medizinischer Materialien. Aber keine Ärztin und keine Kiyoko.

Was seine schreckliche Angst nur wachsen ließ.

Wenn sie im Haupthaus waren, bedeutete das fast sicher, dass Kiyoko die Verwundete war. Und wenn sie ins Krankenhaus gefahren waren, mussten ihre Verletzungen gravierend sein. Murdoch machte sich auf das Schlimmste gefasst. Er verließ das Trainingsgelände zwischen den beiden grimmigen *niou* hindurch und ging geradewegs zu Kiyokos Haustür, an die er höflich klopfte.

Umiko schob die Papiertür auf.

Der vernichtende Blick auf dem Gesicht der alten Frau, als sie ihn erkannte, stieß ihm sauer auf. Es stimmte also. Er war nun offiziell der größte Dreckskerl auf Gottes weiter Erde. Er hatte Kiyoko weh getan.

»Darf ich hereinkommen?«

Umiko funkelte ihn wütend an und machte keinerlei Anstalten beiseitezutreten.

»Ich muss sie sehen«, sagte er ruhig.

Sie antwortete kurz angebunden auf Japanisch, was er natürlich nicht verstand. Nicht, dass er einen Dolmetscher gebraucht hätte – was sie meinte, war ziemlich klar. *Nur über meine Leiche*.

Murdoch überlegte noch, wie weit er gehen sollte, da hörte er eine männliche Stimme aus dem Inneren des Hauses. Wieder Japanisch. Wieder Worte, die er nicht verstand. Aber der Groll wich aus Umikos Augen, und sie nickte. Dann schlurfte sie ein paar Schritte zurück und verbeugte sich, um Murdoch einzulassen.

Er öffnete eilig die Schnallen seiner Stiefel, schüttelte diese ab und trat ein.

Sora stand mitten im Hauptraum. Man konnte ihm nun ganz entschieden sein Alter ansehen. Er hatte Tropfen getrockneten Bluts an seinem bleichen Kinn, und ein weißer Mullverband lugte unter dem Kragen seiner schwarzen Robe hervor.

Als er Murdochs Blick auf dem Verband ruhen sah, bekannte er reumütig: »Sie sind außergewöhnlich schnell. Ich bin zur Seite gesprungen, aber die Spitze Ihres Schwertes hat mich trotzdem erwischt.«

Murdoch strich sich mit der Hand das Haar aus dem Gesicht. »Verzeihen Sie mir, Sora-san. Dämonen öffnen ein Portal, wenn sie denken, dass sie verlieren, und versuchen oft zu entwischen. Mein Berserker ist mittlerweile ziemlich geschickt darin, noch in letzter Sekunde den tödlichen Streich zu führen.«

Soras Augenbrauen hoben sich. »Dann bin ich dankbar, dass Sie diesmal Ihr Ziel verfehlt haben.«

»Ich auch. Ich hoffe doch, dass alle es überlebt haben?«

»Nur Kiyoko und ich wurden verwundet.«

Murdochs Blick wanderte über die Schulter des Sensei zu dem abgetrennten Raum, in dem sich Kiyoko damals angezogen hatte. Die Schiebetür war geschlossen, aber er konnte den Schatten einer Person sehen, die sich dahinter bewegte. »Wie geht es ihr?«

»Nicht gut.«

»Habe ich sie …« Murdochs Kehle war so zugeschnürt, dass er

kein weiteres Wort herausbekam. Nicht beim ersten Anlauf. »Habe ich sie mit dem Schwert getroffen?«

»Nein.« Der Alte schüttelte den Kopf. »Die Schuld an ihrer Verwundung liegt bei mir, nicht bei Ihnen. Ich habe nicht präzise genug vorausgesehen, was passieren könnte, nachdem ich Sie angeschossen hatte.«

»Der Pfeil in meiner Schulter … das waren Sie?«

Er nickte. »Ich habe den Pfeil so sorgfältig vorbereitet. Nicht nur, dass ich ihn mit einem sehr mächtigen Schildbann belegt hatte – ich hatte auch einen Schlafzauber hinzugefügt.«

Murdoch schnaubte. »Sie haben mich kaltgestellt!«

»Ziemlich wirkungsvoll.«

»Aber …?«

Sora lächelte flüchtig. »Sie vermuten richtig. Es gibt ein Aber. Sie sind zu Boden gegangen, wie ich es vorausgesehen hatte, aber Sie sind auf Kiyoko gefallen und haben Sie fast zerquetscht. Zwei Rippen sind gebrochen, sagt die Ärztin. Yoshio hat versucht, Sie von ihr herunterzuziehen, aber in den letzten Sekunden, ehe Sie bewusstlos wurden, haben Sie einen Abwehrschild aufgerufen, der ihn daran hinderte. Mit Ihrem Gewicht haben Sie sie fast umgebracht.«

Das Wissen um die knapp abgewendete Katastrophe griff mit frostigen Fingern nach ihm.

»In der Tat«, fuhr Sora fort, »hätten Sie sich nicht plötzlich zur Seite gewälzt, dann, glaube ich, wäre es alles in allem viel schlimmer ausgegangen.«

»Darf ich sie sehen? Ich muss sie um Verzeihung bitten.«

»Jetzt noch nicht«, erwiderte der alte Mann. »Sie braucht noch sehr viel Ruhe.«

Murdoch legte die Stirn in Falten. »Bei ein paar gebrochenen Rippen?«

»Es ist viel komplizierter als nur ein paar gebrochene Rippen.

Während sie unter Ihnen eingeklemmt war, hat sie sich überanstrengt. Eine alte Verletzung hat sich dabei sozusagen zurückgemeldet.«

Umiko erschien mit einem Teeservice, das sie auf dem Tisch neben dem eingelassenen Herd abstellte. Kein Bier heute. Nur grüner Tee und gewürzte Reisbällchen.

Murdoch wartete, bis sie wieder gegangen war, dann fragte er: »Welche alte Verletzung?«

»Vor drei Monaten störte Kiyoko den tödlichen Dämonenangriff auf ihren Vater und wurde selbst in die Brust getroffen.«

»Beim Training hat sie keinerlei Schwäche gezeigt.«

Sora ließ sich steif auf eines der Kissen um den Tisch nieder. »Die körperliche Heilung ging rasch vonstatten. Wie viele junge Leute war sie nach ein paar Tagen wieder auf den Beinen. Aber ihr Ki hat ernsthaften Schaden genommen.« Er streckte die Hand nach der Teekanne aus und zuckte zusammen.

Murdoch ging zum Tisch, hob die Kanne hoch und schenkte dem alten Mann Tee ein. Nachdem er die Kanne abgestellt hatte, schob er die Schale mit den Reisbällchen näher.

»Ihr Ki?«, fragte er.

Der Alte umfasste die Tasse mit seinen beiden mageren Händen, brachte die dampfende Flüssigkeit an seine Lippen und trank langsam. »Ihre spirituelle Energie. Kiyoko ist eine begnadete Mystikerin, und sie zehrt von ihrem Ki, wenn sie ihre Zauber wirkt. Wie es bei einem geliebten Elternteil zu erwarten ist, hat sie an jenem Tag alles Erdenkliche versucht, um ihren Vater zu heilen. Leider hat sie dabei ihr Ki so sehr beansprucht, dass es sich nicht mehr regenerieren konnte. Wäre der Schleier nicht gewesen, so wäre sie gestorben.«

Natürlich! Der gottverdammte Schleier!

Murdoch setzte sich auf das Kissen, das Sora gegenüber lag. »Der Schleier gibt ihr also so etwas wie energetische Vitaminspritzen?«

»Nicht ganz.« Sora nahm erneut einen Schluck. Offenbar tat ihm das warme Getränk gut. »Stellen Sie ihn sich eher als Kontrolllicht vor. Solange es brennt, kann Kiyoko sich seiner bedienen, um ihren eigenen Energievorrat aufzufüllen. Aber wenn das Kontrolllicht erlischt …«

Murdoch starrte auf die pergamentartige Haut von Soras geschlossenen Lidern. »Sie wollen damit sagen, dass ich sie umbringe, wenn ich ihr den Schleier wegnehme.«

»Ja.«

»Das kann ich nicht glauben. Kiyokos Gesicht spricht eine andere Sprache. Sie war mehr als einmal versucht, ihn mir auszuhändigen. Wenn ihr Leben von ihm abhängen würde, bezweifle ich, dass es ihr auch nur in den Sinn käme, ihn aufzugeben.«

Sora öffnete die Augen wieder. »Darüber nachzudenken, ihn aufzugeben, und es dann tatsächlich zu tun, sind zwei Paar Schuhe, Mr Murdoch. Ihr Bestreben, sich ehrenhaft zu verhalten, steht ständig im Widerstreit zu ihrem Selbsterhaltungstrieb, der sie an dem Schleier festhalten lässt. Das ist nur natürlich für jemanden mit Kiyokos Charakter. Aber sie kennt die Konsequenzen.«

Er setzte seine Tasse ab.

»Ich spüre, dass es Ihre begründete Forderung auf Herausgabe des Schleiers und Kiyokos Gewissensbisse sind, die die gegenwärtige Krise verursachen.«

»Sie meinen ihre Erschöpfung?«

Sora erhob sich und sah nun schon wieder besser aus. In seine Wangen war etwas Farbe zurückgekehrt. »Es ist mehr als Erschöpfung. Ihr Ki hat erneut einen gefährlichen Tiefstand erreicht, doch diesmal erholt sie sich besorgniserregend langsam. Die Kraft des Schleiers ist geblieben, aber Kiyoko reagiert darauf nicht mehr in dem Maße, wie sie es einmal getan hat.«

»Aber sie *wird* sich doch wieder erholen?«

»Ich glaube schon. Die Ärztin versichert mir, dass sie stetig Fortschritte macht.«

Murdoch kam mit einem kräftigen Schwung wieder auf die Beine. Er musste sie sehen. Vor allem, um sich selbst davon zu überzeugen, dass sein Berserker sie nicht mit dem Schwert getroffen hatte, aber auch, um mit eigenen Augen die Auswirkungen ihres geschwächten Ki zu sehen. Sonst war er sich nicht sicher, ob er Soras bizarre Geschichte glauben konnte. »Ich will zu ihr.«

Sora wies in den rückwärtigen Teil des Hauses. »Ein kurzer Blick kann ihr nicht schaden. Aber wenn Sie sie aufwecken, werde ich sehr ungehalten.«

Bei Murdochs leisem Klopfen glitt die Trenntür auf. Die Ärztin nickte ihm höflich zu, dann trat sie beiseite, um den Blick auf den Futon und die Frau freizugeben, die dort reglos und zerbrechlich unter den Laken lag.

Murdoch erschrak zutiefst. Kiyokos Brust hob und senkte sich langsam unter regelmäßigen, lebenserhaltenden Atemzügen, doch ihr Gesicht wirkte hohlwangig, wie er es nur zu gut kannte – so sahen Seelen aus, die bereit waren zu gehen. Ihre Schultern waren nackt und mager, ihr schwarzes Haar hob sich deutlich von dem weißen Kissen ab. Dieses Bild mit der vor Leben sprühenden, entschlossenen Frau in Einklang zu bringen, die er vor ein paar Stunden auf dem Hof geküsst hatte, war nicht leicht.

Und er hatte ihr das angetan!

Durch seine unkontrollierbare Berserkerwut und seinen lächerlichen Drang, sie besitzen zu wollen.

»So schwer es jetzt auch zu glauben sein mag«, ließ sich Sora mit ruhiger Stimme hinter ihm hören, »ihr Zustand sollte sich bis zum Abendessen wieder normalisiert haben, abgesehen von den gebrochenen Rippen. Ihre Vitalzeichen sind stabil, und ihr Ki wird von Minute zu Minute stärker.«

»Wollten Sie mir damit meine Schuldgefühle nehmen?«, fragte Murdoch. »Falls ja, hat es nämlich nichts gebracht.«

»Mit dem Finger auf jemanden zu zeigen, um ihm die Schuld zu geben, ist nur selten nutzbringend«, entgegnete Sora. »Nach der Lektion zu suchen, die man daraus lernen kann, ist ein besserer Zeitvertreib. Ich frage mich zum Beispiel, warum Kiyoko keinen Schildzauber aufgerufen hat. Die Knochenbrüche hätten sich vermeiden lassen.«

Murdoch blickte über die Schulter zurück. »Dasselbe könnte man auch von Ihnen sagen, alter Mann.«

Der Sensei lächelte. »Mein Fehler war nicht, dass ich keinen Schildzauber beschworen habe, sondern dass er nicht stark genug war. Ihr Schwert hat überragende Schildbannfähigkeiten.«

»Dank Stefan Wahlberg.«

Sora hob fragend die Augenbrauen.

»Das ist der Roma-Magier, der uns unterstützt«, erklärte Murdoch. Er zog sich aus Kiyokos Zimmer zurück, so dass die Ärztin die Schiebetür wieder schließen konnte. »Ein sehr begabter Bursche.«

»In der Tat. War er es auch, der die Scheide mit dem dimensionalen Verschiebungszauber belegt hat, so dass Ihr Schwert verschwindet, wenn Sie es wegstecken?«

»Aye.«

Sora rieb sein Kinn. »Ich hoffe, ich bekomme eines Tages Gelegenheit, diesen Mann zu treffen. Er ist mit Fähigkeiten gesegnet, die ihresgleichen suchen.«

Murdoch nickte. »Ich habe in den vielen Jahren meiner Existenz nur einen einzigen anderen Mann dieses Kalibers kennengelernt. Einen schottischen Druiden aus dem dreizehnten Jahrhundert.«

»Hat er versucht, Sie von Ihrem Berserkerfluch zu befreien?«

»Ja.« Aber das war Schnee von gestern. Er würde seinen Berserker nie loswerden. Murdoch ging an dem alten Sensei vorbei Richtung Haustür. »Entschuldigen Sie mich. Ich habe das dringende Bedürfnis, einen Spaziergang zu machen.«

»Verstehe. Wenn Sie nach Westen gehen, kommen Sie direkt ins Dorf. Richtung Süden kommen Sie ans Meer. Suchen Sie es sich aus. Ich rufe Sie auf dem Handy an, falls sich Kiyokos Zustand ändert.«

Murdoch nickte und lächelte Sora zu. »Warten Sie nicht auf mich.«

Die Gelegenheit war günstig.

Asasel beobachtete, wie Murdoch übers Gras und den Hügel hinunter Richtung Dorf ging. Nach allem, was man hörte, beabsichtigte der Seelenwächter, mehrere Stunden fortzubleiben, was ihm Zeit genug für eine Razzia verschaffen sollte. Nichts Aufwendiges. Nur kurz suchen und es sich schnappen.

Aber zuerst würde er ein Ablenkungsmanöver inszenieren müssen.

Einen Dämonenangriff auf das Haus zum Beispiel. Leider konnte er ihn nicht einfach anordnen. Satan wusste nicht, dass er überlebt hatte. Aus gutem Grund. Wenn er sich zu erkennen gab, bevor er seine volle Schlagkraft wiedererlangt hatte, würden seine Rivalen um die Gunst des Großen Lords, Luzifer und Beelzebub, ihre beachtliche Macht dazu benutzen, ihn zu zerquetschen. Einen Dämonenangriff unter diesen Umständen zu organisieren wäre also schwierig.

Aber nicht unmöglich.

Satans Drohnenlegionen kontrollierten fortwährend die Barriere zwischen Hölle und mittlerer Ebene, um einen Durchschlupf zu suchen. Sie würden sofort durchstoßen, wenn sie eine Schwachstelle entdeckten. Wenn er diesen einen kleinen Fleck gleich vor dem Haus aufweichte, würden die Dämonen den Rest besorgen. Es spielte keine Rolle, wie viele von ihnen es herüberschafften oder welche Art von Dämonen erscheinen würde.

Kiyoko war so schwach wie ein Kätzchen, daher würde sie dem nicht viel entgegenzusetzen haben. Und was die anderen betraf … Keiner von ihnen stellte eine echte Bedrohung dar.

Wenn alles gut ging, hatte er Glück und bekam den Schleier. Dann hätte er seine Schäfchen im Trockenen. Aber er wäre schon glücklich mit den Orakelrollen, von denen ihm Kiyoko bei ihrem letzten Meeting erzählt hatte. Und der Angriff allein würde ihm eine glänzende schwarze Feder eintragen. Vielleicht sogar mehr als eine, wenn eine Reihe von Onmyōji dabei starb.

Er rollte mit den Schultern, um die Anspannung zu lockern, die sich unaufhaltsam aufbaute, wenn man seine Schwingen in einem schlanken Körper verstecken musste.

Er konnte wirklich nur gewinnen.

Er hatte nichts zu verlieren.

Schweiß perlte auf Murdochs Brust und rann seinen Bauch hinab, während er durch die Bäume lief und schroffe Felsabhänge hinuntersprang. Dieser Teil der Insel war weitgehend unbewohnt und durchsetzt von Berggipfeln, kristallklaren Seen und sich dahinschlängelnden Flüssen. Er machte einen Bogen um ein allein stehendes Bauernhaus, so dass es ihm gelang, außer Sichtweite zu bleiben, während er in aberwitzigem Tempo weiter auf das Dorf zusauste. Sein Berserker verhielt sich ruhig. Nur er selbst und sein unsterblicher Körper waren es, die Kalorien verbrennen wollten.

Jedenfalls glaubte er das, bis er geradewegs in zwei graugesichtige Ghuls hineinrannte.

In vollem Lauf schickte er beide in hohem Bogen wie ein ausgemergeltes Paar Bowlingkegel ins Gebüsch. Der Schwung trug ihn noch einige Meter weiter, obwohl er zu bremsen versuchte.

Er stolperte über ein knochiges Bein und wäre fast mit der eleganten weißhaarigen Frau zusammengestoßen, die im Schatten einer riesigen Tanne stand. Gerade noch rechtzeitig, bevor sein Kopf ihre Magengrube gerammt hätte, fand er das Gleichgewicht wieder.

»Zur Hölle noch mal!«

»Da kann ich nicht mitreden. Ich war noch nie dort.«

Murdoch funkelte sie wütend an. »Was, in Gottes Namen, treibt Ihr hier, mitten im Nichts? Macht Ihr Euch einen perversen Spaß daraus, Leute zu überrumpeln?«

»Nicht *Leute*«, gab sie zurück. »Nur dich.«

»Ich Glücklicher! Was wollt Ihr von mir?«

»Du vergreifst dich im Ton, Wächter.« Die Herrin des Todes war in einen schwarzweißen Seidenkimono gewandet und nach traditioneller Geishaart geschminkt, und sie wedelte sich mit einem Fächer Luft zu. Ihre Zwillingsghuls kamen wieder auf die Beine und bezogen hinter ihr Posten, wie um sie zu beschützen. Ihre grauen Totenhemden bauschten sich im Wind.

Er schnaubte. »Daran solltet Ihr mittlerweile gewöhnt sein. Wie lange haben wir nun schon miteinander zu tun?«

»Siebenhundertundzwölf Jahre.«

Er zuckte die Achseln. »Wenn Ihr das sagt. Ich habe aufgehört mitzuzählen.«

Ein ärgerlicher Ausdruck huschte über ihr Gesicht, der rasch von einem Lächeln abgelöst wurde. Doch das ließ ihre Schönheit nur noch kälter wirken. »Ich möchte, dass du einen Spezialauftrag für mich übernimmst.«

»Tut mir leid. Ich bin beschäftigt.«

»Ich kenne zerquetschte Wanzen, die respektvoller als du sind.« Ihre hellblauen Augen verengten sich zu schmalen Schlitzen. »Du stehst in meiner Schuld, Wächter. Und deine Schuld ist noch nicht einmal ansatzweise getilgt.«

»Ich habe meine erste Fünfhundertjahresfrist abgedient und halb die zweite. Ich arbeite an der Begleichung meiner Schuld. Ich schulde Euch nicht mehr, als Seelen zu holen. Schaut ruhig im Vertrag nach.«

Ihre blutroten Lippen wurden zu einem dünnen Strich. »Einhundertdreiundsiebzig.«

Murdoch rieb sich mit der Hand über die Brust, damit der Schweiß durch den T-Shirt-Stoff aufgesaugt und der Schmerz gelindert wurde, der bei ihren Worten unter seinem Brustbein aufflammte. »Ihr braucht mich nicht daran zu erinnern.«

»Du hast bestimmt vergessen, wie groß der Gefallen war, den ich dir erwiesen habe, Murdoch. Einhundertdreiundsiebzig Leben gegen eine zweite Fünfhundertjahresfrist. Ich habe all diese Seelen freigegeben. Für dich.«

»Ihr hattet sie noch gar nicht mit dem Mal gezeichnet.«

»Natürlich nicht. Wären sie gezeichnet gewesen, hätte es keine Abmachung gegeben. Trotzdem – sie standen auf der Liste. Wäre es nicht so gewesen, wärest du nie zu mir gekommen und hättest mich um ihr Leben angebettelt. Sie sollten in einer schrecklichen Clanfehde umkommen, wie ich mich entsinne. In ihren Betten ermordet von diesem grässlichen MacDonald.«

Gegen die Wahrheit zu argumentieren war ein sinnloses Unterfangen.

»Was wollt Ihr?«, fragte er müde.

»Ich bin einen Handel mit Webster eingegangen, und er scheint seinen Part nicht erfüllen zu wollen.«

Er hob eine Augenbraue. »Und? Ich bezweifle, dass Ihr den Handel abgeschlossen habt, ohne mit Strafe zu drohen. Was habe ich damit zu tun? Fordert doch einfach ein, was er Euch schuldig ist.«

»Sieh an, sieh an! Kümmert dich Websters Zukunft denn gar nicht, Murdoch? Du weißt nicht einmal, was die Strafe ist, und trotzdem brennst du offenbar herzlos darauf, ihn bezahlen zu lassen.«

»Ich bin nicht sein Kindermädchen.«

Sie streckte die Hand aus und strich ihm mit einem eisigen Finger übers Kinn. Dabei zog sie einen Schmollmund. »Ich vermisse den Bart. Warst du nicht ganz bei dir, als du ihn abgenommen hast?«

»Hört mit den Spielchen auf!« Er packte sie am Handgelenk und schob ihre Hand fort. »Ich lasse mich nicht so leicht hinters Licht führen. Ganz offensichtlich wünscht Ihr doch viel mehr, dass er seiner Verpflichtung nachkommt, als dass er bestraft wird. Was sollte er denn für Euch tun?«

»Nichts Großartiges. Er sollte mir nur eine Kleinigkeit besorgen.«

Sie hatte eine der Reliquien eingefordert? Bestimmt nicht. »Was für eine Kleinigkeit?«

»Das geht dich nichts an. Du sollst mir den Gegenstand doch nicht herbeischaffen. Das ist Websters Job. Ich will, dass du ihn davon überzeugst, sich davon zu trennen.«

»Wenn es eine der Schandreliquien ist«, sagte er und ließ das Kinn sinken, »fragt Ihr den Falschen.«

»Pah!« Sie wedelte nonchalant mit der Hand. »Eure Reliquiensammlung kümmert mich nicht. Ich habe die Jagd nach ihnen nur gebilligt, um Satan an der kurzen Leine zu halten. Der Gegenstand, den ich haben will, ist von größerem Interesse.«

»Der Zerbrochene Glorienschein«, mutmaßte er.

Sie schwieg und lächelte kühl.

»Warum erwartet Ihr von mir, ihn umzustimmen? Er und ich sind wohl kaum die dicksten Freunde.«

Sie zuckte die Achseln. »Du respektierst ihn, er respektiert dich. In eurer Beziehung muss es Raum für eine Einflussnahme geben.«

»Ich bin in Japan. Er ist in Kalifornien«, wandte er ein.

»Und deshalb bin ich hier«, erwiderte sie. »Bring deinen albernen Auftrag endlich über die Bühne und flieg nach San José zurück. Es wird mir allmählich lästig, dass das so lange dauert.«

»Es ist nicht so einfach.«

»Natürlich ist es das. Schnapp dir einfach den Schleier und verschwinde.«

Er seufzte. »Für eine Frau ohne Gewissen ist es vermutlich einfach. Mir fällt die Sache nicht so leicht.«

Sie rümpfte die Nase. »Hat das etwas mit dem alten Mann zu tun – diesem Lehrer?«

»Sora? Nein. Warum?«

»Ich habe ihn noch nie gemocht. Er ist ein Kriecher und ein Dieb.«

»Wirklich?« Der Sensei war nervtötend, sicher. Immer sprach er in Rätseln. Aber ein Dieb? »Was hat er denn gestohlen?«

»Schluss mit dem Geplauder. Du weißt, was ich will, also liefere.« Die Herrin des Todes schlug erneut den Fächer auf. »Vielleicht solltest du umkehren und zurück ins Lager gehen. Das Dorf ist reine Zeitverschwendung.«

Murdoch deutete eine Verbeugung vor seiner Herrin an. Dann wich er ihr und ihrer Entourage um einen Baum herum aus und setzte seinen Weg durch das Gras fort. »Danke für den Tipp, aber ich gehe trotzdem hin. Ich muss nachdenken.«

»Ich begrüße es wirklich, wenn sich meine Wächter Zeit nehmen, über ihre Sünden nachzusinnen«, rief sie ihm nach. »Aber wenn du nicht umkehrst, wird dir der Schleier durch die Lappen gehen.«

Er blieb stehen und wirbelte herum.

»Was wisst Ihr?«

»Natürlich alles.« Die Herrin des Todes lächelte. »Deine neuen Freunde werden gerade von einer gemeinen Horde Markdämonen überfallen, während wir hier stehen und plaudern. Wenn ich du wäre, würde ich die Beine in die Hand nehmen.«

Dann war sie fort.

»Kiyoko-san!«

Kiyoko öffnete die Augen.

»Kiyoko-san«, wiederholte die Frauenstimme, leise und drängend. »Wachen Sie auf!«

Benommen und verwirrt wandte Kiyoko den Kopf, um in Umikos sorgenvolles Gesicht zu sehen. Es war schwer, in dem verdunkelten Raum irgendetwas zu erkennen, doch der feste Griff, mit dem die alte Frau ihren Arm umklammert hielt, sprach Bände. »Was ist denn?«

»Wir werden angegriffen.«

Kiyoko setzte sich auf. Oder versuchte es zumindest. Ein plötzlicher, heftiger Schmerz durchzuckte ihre Brust und trieb ihr die Tränen in die Augen. Sie fiel zurück auf das Kissen. Die Rippenbrüche! Wie hatte sie ihr misslungenes Experiment auf dem Hof vergessen können? »Von wem?«

»Dämonen.«

Mit zusammengebissenen Zähnen gelang es Kiyoko endlich, sich aufzusetzen. »Bist du sicher?«

»Ich habe sie gesehen. Sie feuern Blitze aus den Fingerspitzen ab.«

Kiyoko verzog das Gesicht. Das klang in der Tat nach Dämonen. »Hol mir mein Schwert.«

»Nein, Sie sind zu schwach zum Kämpfen. Im Augenblick kommen Ihre Krieger ihrem Gelübde nach, Sie zu beschützen, und halten die Dämonen noch in Schach. Aber sie werden dieser Übermacht nicht lange die Stirn bieten können. Vergeuden Sie ihre Kraft nicht. Wir müssen durch den Felsengang fliehen.«

Ihr Vater war ein sehr praktisch veranlagter Mann gewesen.

Sobald er sich entschlossen hatte, zu heiraten und eine Familie zu gründen – was ein großes Risiko für einen Onmyōji war –, hatte er Vorkehrungen für jeden denkbaren Notfall getroffen, auch für eine Flucht. Als er das Haus hatte bauen lassen, war unter den Holzdielen der Küche ein Gang angelegt worden. Er hatte ihn nicht für sich graben lassen. Nur für seine Frau und seine Tochter.

»Du gehst!«, sagte Kiyoko mit fester Stimme. »Ich muss hierbleiben.«

»Um zu sterben?«, fragte Umiko. Die Sorge ließ den üblichen Respekt in ihren Worten vermissen. »Warum? Wenn Sie in Ihrem Zustand den Kampf gegen den Feind aufnehmen, werden Sie es nicht überleben. Wenn Sie jetzt fliehen, werden Sie weiterleben und den Kampf an einem anderen Tag wiederaufnehmen können.«

»Ich kann Sora und die anderen nicht im Stich lassen.« Kiyoko rollte sich vom Futon, indem sie einen Zauber aufrief, um den Protest ihres geschundenen Körpers zu besänftigen. Sie ging zum östlichen *shōji* und schob den durchscheinenden Raumteiler ein paar Zentimeter beiseite, damit sie nach draußen sehen konnte. »Mach dir keine Sorgen. Ich bin keine Närrin. Ich werde mich nicht mitten ins Gefecht stürzen. Ich bleibe im Haus. Aber ich fliehe nicht.«

Umiko funkelte sie an. »Sie sind so stur wie Ihr Vater.«

Kiyoko lächelte. Das war das größte Kompliment, das ihr die alte Haushälterin hätte machen können, und das wussten sie beide. »Dann erweise uns beiden die Ehre. Nimm das Hochzeitsfoto meiner Eltern mit, wenn du gehst.«

Umiko starrte sie einen Moment lang an, nickte endlich und lief aus dem Raum.

Kiyoko richtete ihre Aufmerksamkeit auf die Vorgänge draußen vor dem Haus. Eine Phalanx aus Onmyōji-Kriegern stand auf halbem Wege zwischen dem Haus und dem Trainingsgelände. Sie schwangen mit geübter Leichtigkeit ihre Schwerter, wehrten Feuerbälle ab und hielten die zwanzig oder mehr Dämonen auf Abstand, die ganz versessen darauf schienen, das Haus niederzubrennen.

Yoshio stand ganz vorn in der Mitte, wie immer, und attackierte die Dämonen mit zwei Schwertern. Er zeigte keinerlei Zeichen der Ermüdung, was man allerdings nicht von dem Krieger zu seiner Rechten sagen konnte. Noch während Kiyoko hinschaute, ging er unter einem Hagelschauer aus Feuerbällen zu Boden.

Unter anderen Umständen wäre sie an seine Seite geeilt. Oder sie hätte zumindest eine Flut von Schutzzaubern in die Richtung des jungen Mannes ausgesandt. Aber ihr Ki war noch immer nicht viel mehr als ein schwaches Flackern in ihrer Brust und nicht das starke Klopfen der Kraft, die ihr normalerweise zur Verfügung stand. Außerdem waren auf die beträchtliche Distanz, die zwischen ihr und ihren Männern lag, ihre Möglichkeiten begrenzt.

Alles, was sie zuwege brachte, war ein Blendzauber.

Sie schleuderte ihn trotzdem auf die Dämonen in der Hoffnung, diese simple Defensivmaßnahme würde dem zu Boden gegangenen Krieger die Zeit verschaffen, die er brauchte, um wieder auf die Füße zu kommen. Aber ihre Hoffnung war vergeblich. Ihre Männer waren auf ein derartiges Scharmützel nicht vorbereitet. Sonst mussten sie sich nur gegen zwei oder drei Dämonen gleichzeitig zur Wehr setzen.

Wie zum Beweis sah sie, wie Yoshio aus der Kampfreihe ausbrach und den Pfad zum Haus hinauflief. Einen Augenblick später gab der mittlere Abschnitt der Reihe nach, und eine Horde Dämonen stürmte vorwärts.

Kiyoko trat vom Fenster zurück und betrachtete die Maulbeerbaumrinde, die den Raumteiler bedeckte. Das Haus würde keinen Schutz gegen ein Feuer bieten.

»Kiyoko!«

Sie blickte auf. Sora stand mitten im Wohnbereich. Er trug eine Schutzrüstung über der schwarzen Robe. Wie Yoshio hielt er zwei Schwerter in den Händen, ein kurzes und ein langes.

»Kannst du kämpfen?«

»Nicht so gut«, antwortete sie.

Er kam mit gerunzelter Stirn auf sie zu. »Wo ist der Schleier?«

Der Schleier! Natürlich! Sie trug ihn so dicht an ihrer Haut, dass sie ihn beinahe vergessen hatte. Bevor sie Sora beruhigen konnte, dass er in Sicherheit war, platzte Yoshio in den Raum. Mit der einen Hand hielt er Ryuji am Kragen seines teuren Anzugs gepackt, mit der anderen sein Langschwert. »Ich habe ihn vor der Tür aufgegriffen. Die Dämonen sind fast da.«

Ryuji hatte die Augen aufgerissen. Er war bleich und offensichtlich völlig überrumpelt von dem Überfall. Aber es blieb keine Zeit für Erklärungen.

Sora warf Kiyoko sein geschätztes Katana zu. »Ich finde schon ein anderes. Beschütze den Schleier, koste es, was es wolle! Nimm den Felsengang!«

Dann wandte er sich an Yoshio. »Du und ich werden die Tür so lange verteidigen, wie wir können. Hoffentlich verschaffen wir Kiyoko-san genug Zeit zur Flucht.«

»Nein«, unterbrach Kiyoko. »Wir gehen zusammen. Wir alle.«

Während sie Sora das Schwert zurückgab, sah sie ihm fest in die Augen. Dann drehte sie sich um und nahm Kurs auf die Küche. Im Laufen murmelte sie die Formel, die ihre *shikigami* beschwören sollte. Nur eine Handvoll Onmyōji waren über die Jahrhunderte mit dem Talent gesegnet worden, über diese kleinen Koboldgeister zu gebieten, und diejenigen, die dazu in der Lage waren, mussten normalerweise einige Mühe aufwenden, um einen zu rufen. Kiyoko konnte ohne jede Anstrengung mehrere *shikigami* herbeizitieren, und wenn sie zum Leben erwachten, purzelten sie übereinander in ihrem Übereifer, ihr zu Diensten zu sein. Wie jetzt auch. Ein Dutzend unsichtbarer Geister umschwärmte plötzlich Kiyokos Kopf, tätschelte sie sanft, strich ihr über die Haut, sauste wieder davon und benahm sich im Übrigen ganz so wie ihre kätzischen Vertrauten, mit denen man sie oft verglich.

Kiyoko erteilte ihnen einen Befehl, und fort waren sie.

»Eine kleine Gruppe entschlossener Geister, die angefeuert wird durch einen unauslöschlichen Glauben an ihre Mission, kann den Lauf der Geschichte verändern«, murmelte Sora, während er die Holzdielen anhob, unter denen sich die metallene Luke zum Felsengang verbarg.

Kiyoko warf ihm einen Blick zu. »Konfuzius?«

»Nein, Gandhi.«

Sie lächelte. »Ein kluger Mann.«

»In der Tat.«

Das Haus wurde heftig in seinen Grundfesten erschüttert, und Keramikschüsseln und -töpfe zerschellten auf dem Boden ringsum. Kiyoko schob hastig die Luke beiseite und legte die Tunnelöffnung im Fels frei.

»Kiyoko-san, du gehst als Erste«, ordnete Sora an.

Sie nickte und glitt in den kühlen, feuchten Tunnel hinab. Gerade als sie den Kopf einziehen und in dem dunklen Gang verschwinden wollte, drang ein wildes, kehliges Brüllen durch die Luft an ihr Ohr. Ihm folgten die anschwellenden Beifallsrufe der Onmyōji-Krieger.

Sie blickte hinauf zu Sora, der nur mit den Schultern zuckte.

»Sieht so aus, als wäre Mr Murdoch früher als erwartet zurück. Ich bin mir nicht ganz sicher, ob es sein Berserker mit zwanzig Dämonen aufnehmen kann, aber ich würde sagen, dass sich unsere Überlebenschancen soeben dramatisch verbessert haben. Weiter, Kiyoko-san!«

»Aber …«

»Deine Pflicht ist es, den Schleier zu beschützen.«

»Aber …«

»Und *unsere* Pflicht ist es, dich zu beschützen. Vorwärts, Kiyoko-san!« Die Freundlichkeit war aus seiner Stimme verschwunden und von einem festen Befehlston abgelöst worden. »Sofort!«

Kiyoko betrat den Tunnel.

Ryuji folgte ihr, dann Sora und am Schluss Yoshio. Als alle vier unten waren, zog Yoshio die Holzdielen wieder über die Öffnung und schob die Metallluke zu. Undurchdringliche Finsternis hüllte sie ein.

Es dauerte einen Moment, bis sich ihre Augen daran gewöhnt hatten. Dann glühten leuchtende Markierungen an den Tunnelwänden auf und erhellten den gewundenen Gang vor ihnen. Erstaunlich, wie beruhigend eine Reihe von kleinen grünen Punkten wirken konnte. Vor allem, wenn die rauhen Wände auf der einen Seite gegen ihre Hände drückten und ihre Köpfe fast die Tunneldecke streiften.

Sie bewegten sich eilig durch den Tunnel.

Murdoch war stark, klug und im Kampf gegen Dämonen erfahren. Er würde es überleben. Über eine andere Möglichkeit wollte Kiyoko gar nicht erst nachdenken. Wenn das Gefecht vorüber war, würde er sie mit seinem typisch arroganten, schiefen Grinsen begrüßen und sie dafür loben, dass sie den Schleier in Sicherheit gebracht hatte. Ganz bestimmt.

»Der Tunnel endet auf einem schmalen Felsvorsprung in den Klippen«, sagte Sora bei der dritten Biegung des Tunnels. »Von dort aus müssen wir klettern.«

»Ich erinnere mich.«

Als sie klein war, hatte ihr Vater darauf bestanden, hin und wieder die Flucht zu proben. Am schlimmsten war eine Übung mitten in der stockfinstersten Nacht gewesen. Noch Wochen später hatte sie Alpträume davon gehabt, wie sie die Klippen im Dunkeln hochgeklettert war, ohne die kleinen, in den Fels gemeißelten Tritte sehen zu können, und immer wieder den Halt verloren hatte. Zum Glück würden sie heute bei Tageslicht klettern.

Als sie die letzte Biegung des Tunnels erreichten, stieß Kiyokos große Zehe an etwas Dünnes, Hartes. Das Ding flitzte über den Boden, prallte gegen die Tunnelwand und zerbrach.

»Was war das?«, fragte Ryuji.

»Ich weiß es nicht genau«, erwiderte Kiyoko, während sie vorsichtig den Fuß auf die Scherben zuschob.

Sora schaute ihr über die Schulter. »Du wirst dir nur weh tun. Wir müssen weiter.«

»Es könnte aber etwas Wichtiges sein.«

»Nichts ist so wichtig, wie dich und den Schleier in Sicherheit zu bringen«, sagte er entschlossen. Seine Hände tasteten auf der Suche nach dem eingelassenen Türriegel über den Fels.

Kiyoko bückte sich und hob das Ding auf. Sie befreite es von zerbrochenem Glas. Es war von einem hölzernen Rechteck eingefasst und mit aufwendigen Schnitzereien verziert, bei deren Anblick ihr fast das Herz stehenblieb. Sie brauchte gar nicht genau hinzusehen, um die vielen Dellen und scharfen Ecken wiederzuerkennen. Ihre Finger waren zu viele Male über dieses Holz gefahren, als dass sie nicht sofort wusste, was es war. Der wunderbare Bilderrahmen aus Ahorn, der das Hochzeitsfoto ihrer Eltern barg.

Umiko hätte ihn niemals zurückgelassen.

Nicht freiwillig.

»Warten Sie! Gehen Sie nicht …«

Doch da glitt die Tunneltür schon mit dem leisen Rumpeln gut geölter Scharniere auf.

11

Das Haus hatte Totalschaden.

Während sich die Rage des Berserkers langsam aus seinen Adern zurückzog und sein Selbst zurückkehrte, seufzte Murdoch angesichts der Verwüstung auf. Wände waren eingestürzt, Böden zerschmettert und Decken niedergegangen. Was nicht schon zerstört war, würde bald in den Flammen aufgehen, die an zahlreichen Pfosten und Balken emporleckten. Kiyoko würde erschüttert sein.

Immerhin waren die Dämonen tot.

Der tobende Berserker, einige sehr brauchbare Roma-Zauber und die Tüchtigkeit der jungen Onmyōji-Krieger hatten es fertiggebracht, alle zwanzig dieser elenden Ausgeburten der Hölle auszuschalten. Es hatte geholfen, dass die Dämonen seltsam abgelenkt wirkten. Sie hatten in die Luft über ihren Köpfen geschlagen, wahllos Feuerbälle abgefeuert und aus nicht ersichtlichem Grund vor Wut gebrüllt. Was auch immer die Ursache dafür gewesen sein mochte, Murdoch und die anderen hatten davon profitiert. Nur ein Opfer hatten sie zu beklagen – einen jungen Mann, der unter einem Schauer aus Feuerbällen gefallen war, noch ehe Murdoch eingetroffen war.

Er runzelte die Stirn.

Ein einziges Opfer, vorausgesetzt, Kiyoko war entkommen, bevor die Dämonen das Haus erreicht hatten. Er hatte keine Spur von ihr in den Trümmern gefunden. Daher lag diese Vermutung nahe.

Doch es war eben nur eine Vermutung.

Vielleicht war er zu pessimistisch, aber die Warnung der Herrin des Todes klang ihm noch immer in den Ohren. *Wenn du nicht umkehrst, wird dir der Schleier durch die Lappen gehen.* Wenn Kiyoko hatte fliehen können, warum sollte der Schleier dann in Gefahr sein?

Er war bestimmt in Sicherheit.

Murdoch deutete mit dem Schwert auf den jungen Onmyōji, der die anderen zum Kampf an seiner Seite versammelt hatte. Ein Feuerball hatte ihn während des Kampfes in die linke Schulter getroffen. Trotzdem hielt er sich noch immer aufrecht. »Du, hör mal! Wie konnten die anderen aus dem Haus entkommen? Gibt es einen Fluchtweg?«

Angesichts des leeren Blicks, mit dem der junge Mann ihn anschaute, biss Murdoch sich auf die Zunge. Der Bursche sprach offenbar kein Englisch.

»Kiyoko? Sora-san? Umiko?« Er deutete auf verschiedene Stellen in der Ruine des Hauses. »Wohin sind sie gegangen?«

Die Augen des Kämpfers leuchteten auf, und ein Sturzbach von Silben strömte über seine Lippen.

Er sprang über einen brennenden Pfosten und nahm Kurs auf den rückwärtigen Teil des Hauses. Indem er Scherben zerbrochenen Geschirrs und zersplitterte Dielen beiseitetrat, räumte er dort, wo einmal die Küche gewesen war, den Boden frei. Er drückte auf ein hölzernes Quadrat nahe der Wand, und ein Gelass in den Holzdielen sprang auf. Der junge Mann hob die Abdeckung hoch und zeigte auf die metallene Luke darunter.

Murdoch schob die Luke zur Seite und spähte in eine dunkle Röhre. Ein Tunnel.

Er rieb sich über die Brust.

Er hatte nun zwei Möglichkeiten: dem Tunnel zu folgen oder herauszufinden, wo er endete, und sich dem Ausgang oberirdisch zu nähern. Dank Murdochs Schnelligkeit eines Wächters sowie seiner Fähigkeit, im Dunkeln zu sehen, sprach alles für den Tunnel. Seine Klaustrophobie spielte bei der Entscheidungsfindung keine Rolle. Die Luft im Tunnel würde nicht einfach verschwinden, sobald er ihn betrat, noch würden ihn die Wände erdrücken. Sein Kopf produzierte die Angst, nicht die Realität.

Er sprang in den Tunnel hinunter.

Es würde Kiyoko nicht retten, wenn er jetzt Feigheit bewies. Er schaute zu dem Onmyōji hoch, und ohne auf Verständnis zu hoffen, sagte er zu ihm: »Wir treffen uns am anderen Ende.«

Dann holte er tief Luft, zog den Kopf ein, damit er nicht an die Decke stieß, und lief in die Finsternis.

Kiyokos Warnung kam einen Augenblick zu spät. Die Tunneltür öffnete sich und gab den Blick auf einen riesigen roten *oni*-Dämon frei, der Feuerbälle auf sie schleuderte. In einer rascheren Reaktion, als Kiyoko es für möglich gehalten hätte, warf sich Sora gegen die Felswand, und wie durch ein Wunder gelang es ihm, der höllischen Salve auszuweichen. Kiyoko schubste Ryuji hinter sich, trat zurück und murmelte die Beschwörungsformel, die notwendig war, um einen Schutzschild um sie beide zu errichten.

Angst ließ sie erschauern. Gegen den hellen Himmel zeichneten sich vier weitere ungeschlachte Gestalten ab. Es waren anspruchsvolle Gegner. Die über zwei Meter großen Muskelpakete schwitzten ein tödliches Gift aus ihrer dicken roten Haut, und sie schwangen gewaltige, felszermalmende Keulen – Keulen, die sie im Augenblick dazu benutzten, den Tunneleingang gewaltsam zu erweitern, so dass die Erde erzitterte.

»Was *ist* das?«, raunte Ryuji ihr heiser ins Ohr.

Kiyoko antwortete nicht. Stattdessen zog sie ihn mit sich zu Boden, um Yoshio Platz zu machen, der mit einem raschen Hieb seines Schwertes an ihnen vorbeistürmte und den Kampf eröffnete. Ohne Waffe konnte sie sich nur mit Magie zur Wehr setzen. Aber mittlerweile reichte ihre Kraft schon wieder für mehr als einen einfachen Blendzauber. Ihr Ki hatte während der Flucht durch den Tunnel zugenommen.

Trotzdem musste sie klug vorgehen.

Es bestand wenig Hoffnung, dass Umiko den Hinterhalt überlebt hatte, aber wenn doch, wenn sie verwundet irgendwo jenseits des Tunnelausgangs lag, dann würde ihr ein Felshagel den Rest geben. Ihre *shikigami* zu rufen stand nicht zur Debatte, weil sie vielleicht immer noch Murdoch und den anderen beistehen mussten. Nein, ein zweigleisiger Angriff war am sinnvollsten: ein Keulungszauber, um den Kampfeswillen ihrer Widersacher zu brechen, und ein Drachenhex.

Der geflügelte Schlangendrache würde am besten passen.

Aus Erfahrung wusste sie, dass er nahezu unbesiegbar sein würde, wenn sie ihre magischen Fähigkeiten mit denen Soras vereinte. Aber der Sensei steckte gerade mitten in einem verzweifelten Kampf um sein Leben mit einem der *oni*. Ihn jetzt zu stören – wenn auch nur kurz – wäre ein Fehler.

Sie würde den Drachen allein beschwören müssen.

Der Boden erbebte, die Wände zitterten, und ein Schauer aus Felsen und Staub prasselte auf Murdochs Oberkörper herab. Murdoch drückte sich flach gegen die Wand und holte mit hämmerndem Herzen tief Luft. *Das* fand so sicher wie die Hölle nicht in seinem Kopf statt. Die Wände rückten näher.

Sein Mund wurde trocken.

Welch schreckliches Ende – für den Rest seiner unsterblichen Zeit als Wächter der Herrin des Todes unter einer Tonne Fels begraben zu liegen, von allen Seiten eingeschlossen und unfähig zu atmen. Zweihundertfünfzig Jahre gelebter Alptraum.

Jesus! Er musste Licht sehen.

Und er musste es *jetzt* sehen.

Während kalter Schweiß seine Hände überzog, legte er alle Kraft, die er besaß, in einen Sprint ans andere Ende des Tunnels.

Kiyoko lächelte trotz ihrer Entkräftung.

Der Drache war ein unvergleichlicher Anblick.

Schwingen von fast zwanzig Metern Spannweite hielten ihn in der Luft, ein langer, kräftiger Schwanz peitschte von der einen zur anderen Seite, und blaugrün schimmernde Schuppen bedeckten seinen kolossalen Körper vom Kopf bis zur Schwanzspitze. Er spie den *oni*-Dämonen auf dem Felsvorsprung nicht nur Feuergarben entgegen, sondern schluckte auch jeden Feuerball, den sie auf ihn abschossen, mit einem zufriedenen Glanz in seinen schwarzen Augen.

Drei der fünf Dämonen wandten sich ihm zu, so dass sich nur noch zwei von ihnen Yoshio und Sora in den Weg stellten. Die Chancen standen nun besser, das war wohl wahr, aber Sora war verletzt. Obwohl die Beschwörung des Drachen Kiyokos Ki erneut so sehr geschwächt hatte, dass sich ihre Glieder ganz taub anfühlten, kam für sie ein Rückzug aus dem Kampf nicht in Frage. Nicht, bevor er gewonnen war. Sie schöpfte noch einmal tief aus ihrer verbleibenden Kraft, verstärkte den Schild um die beiden Männer und schleuderte kleine Irritationszauber auf die Dämonen.

Der Schwanz des Drachen fegte einen der *oni* von der Felskante. Doch das säurehaltige Gift aus der Dämonenhaut entlockte der mächtigen Kreatur ein Schmerzensgebrüll, und sie fiel einige Meter unter den Felsvorsprung, bevor sie wieder an Höhe gewann. Den Schwanz hielt sie nun außer Reichweite der *oni*.

Kiyoko biss sich auf die Lippen.

Es wäre viel besser gewesen, wenn der Drache wie wild um sich geschlagen und auch die übrigen Dämonen von der Klippe gestoßen hätte. Ihnen blieben fünf Minuten – zehn, wenn sie viel Glück hatten –, bis das Gift sich seinen Weg durch den Drachenleib bis zum Herzen gebahnt haben würde. Angesichts der Verzweiflung, mit der sich Yoshio und Sora verteidigten, blieb nur wenig Hoffnung auf Erfolg.

Kiyoko belegte den Drachen mit einem Schmerzlinderungszauber.

Ihre Rippen begannen wieder zu pochen, doch der Zauber war anderweitig angebrachter. Nur Augenblicke später erwies sich ihre Entscheidung als richtig, als nämlich der Drache mit einem mächtigen Flügelschlag einen weiteren *oni* von der Klippe segeln ließ. Sie und Ryuji, der bleich an der Tunnelwand klebte, lächelten einander triumphierend zu.

Der Triumph währte indes nicht lange.

Der dritte Dämon heulte wutentbrannt auf und warf seine mächtige Keule auf die Schnauze des geflügelten Untiers. Treffsicher fand sie den Kopf des Drachen und betäubte ihn kurzzeitig. Er spuckte nur noch einmal Feuer, ehe das Gift sein Herz erreichte und er zusammensackte, außer Sichtweite geriet und von der Klippe auf die Geröllhalde darunter stürzte. Der nun seiner Keule entledigte *oni* hatte schwere Verbrennungen davongetragen, aber er war am Leben.

Noch immer standen die Chancen drei zu zwei für die Dämonen.

Schlimmer noch, sowohl bei Sora als auch bei Yoshio waren Anzeichen von Ermüdung zu erkennen – die Sprünge, mit denen sie den Keulen auswichen, fielen kürzer aus, sie entgingen nur noch knapp den Feuerbällen, hatten bleiche Lippen und keuchten. Wenn Kiyoko nicht etwas unternahm, und zwar rasch, würden sie alle sterben, und der Schleier wäre verloren.

Doch was konnte sie tun?

Frische Luft! Wohltuende, süße Luft aus der Welt da draußen.

Murdoch schloss die Augen, als er den kühlen, herbstlichen Lufthauch schmeckte. Dann runzelte er die Stirn. Er schmeckte nicht so süß, wie er sollte. Dieser Luft war der bittere Geruch von Schwefel beigemischt.

Der Berserker regte sich unter seiner Haut.

Schwefel konnte nur eines bedeuten. Er nahm die letzte Biegung des Tunnels und trat dem hellen Tageslicht und einem kleinen, aber erbittert geführten Gefecht entgegen. Seine Finger schlossen sich fester um den lederumwickelten Schwertknauf. Schon wieder Dämonen!

Rasch fand sein Blick Kiyoko und Ryuji, ein paar Meter von dem Scharmützel entfernt. In dem Versuch, sich so klein wie möglich zu machen, drückte sich Watanabe an die Felswand, doch Kiyoko stand blass und stolz da, mit ausgebreiteten Armen, während sie mit aller ihr noch verbliebenen Kraft Zauber um Zauber aufrief. Sora und Yoshio hielten beherzt die Dämonen in Schach – drei große Ungeheuer, von denen zwei mit mächtigen Keulen bewaffnet waren.

Murdochs Blut summte, und seine Muskeln spannten sich an.

Lass mich von der Kette!, heulte der Berserker.

Murdoch hielt seine innere Bestie mit zusammengebissenen Zähnen in Schach. Er durfte sie nicht von der Kette lassen. Nicht hier. Obwohl die Dämonen die Tunnelöffnung erweitert hatten, war der Platz zum Kämpfen noch immer sehr begrenzt. Wenn er den Berserker losließ, konnte er nicht für Soras oder Yoshios Überleben garantieren.

Plötzlich rauschte die Luft um ihn herum, und er spürte, wie zahlreiche Flügel in federleichter Berührung seine Wange streiften. Fledermäuse? Wenn dem so war, konnten selbst seine scharfen Wächteraugen sie nicht sehen. Vielleicht waren es Geisterfledermäuse.

Unter dem nicht nachlassenden Ansturm einer Dämonenkeule fiel schließlich Yoshios Schild in sich zusammen. Als die Keule erneut gegen ihn geschwungen wurde, wollte er nach links wegtauchen. Aber der unebene Boden vereitelte sein Ausweichmanöver – bevor er durch die Luft hechten konnte, verlor er den Halt und stolperte. Murdochs bizarre Grübeleien über Geisterfledermäuse wurden abrupt von der kruden Wirklichkeit unterbrochen, und der Wächter rannte los, um den jungen Krieger zu verteidigen.

»Sie schwitzen Gift aus«, keuchte Kiyoko, als er an ihr vorbeihastete.

Murdoch versuchte zu übersehen, wie erschöpft sie wirkte, und verstärkte die Vorderseite seines Schildes mit einer Roma-Abwehr. Kombiniert mit dem natürlichen Abschreckzauber des Berserkers sollte das genügen, um ihn abzusichern. Er lockerte die Fesseln der uralten Bestie in ihm gerade so weit, um ihre Kraft nutzen zu können, dann stürzte er sich, Blutsucher schwingend, ins Gefecht.

Das mächtige Schwert kappte die Spitze von Yoshios Schild, durchschnitt die schützende Blase um den Dämon und fuhr zielsicher in dessen prallen Bizeps. Die Kreatur brüllte vor Raserei auf, zeigte ihre eindrucksvollen, speicheltriefenden Eckzähne und richtete ihre in der Hölle geschmiedete Waffe auf Murdoch. Doch der Arm gehorchte ihr nicht mehr. Nach einem unsicheren, wirkungslosen Versuch ließ sie die Keule sinken. Yoshio rückte näher, um ihr den tödlichen Streich zu versetzen.

Der dritte Dämon senkte den Kopf und stürmte wie ein Bulle

in den Tunnel. Murdoch drückte sich an Yoshio vorbei, stemmte die Beine in den Boden, um standhalten zu können, und fing die ganze Wucht des Angriffs ab. Er wurde einige Meter nach hinten geschoben, bis sie beide zum Stehen kamen.

Dann nahm der Kampf erst richtig Fahrt auf.

Die Kraft des Dämons war imponierend. Er konnte einem von der Leine gelassenen Berserker nicht die Stirn bieten, aber er stellte für Murdoch in seinem nur halb entfesselten Zustand eine große Herausforderung dar. Die Markdämonen, denen er sich vor dem Haus hatte stellen müssen, hatten mehr mit lästigen Mücken gemein gehabt als mit diesem Burschen. Dieser Unhold warf ihn mit einer lässigen Armbewegung an die Felswand, so dass Murdochs Schädel knackte. Das verdammte Ding war schneller, als es aussah.

Trotzdem: Dämon blieb Dämon. Sein Platz war in der Hölle.

Murdoch ignorierte die Beule, die sich an seinem Hinterkopf bildete, und duckte sich, um einen Folgetreffer zu vermeiden. Am besten, er hielt sich von diesen Klauen fern. Vielleicht waren sie auch dazu in der Lage, seinen Schild zu durchbohren, wenn der Dämon ihn erwischte.

»Triff gut, triff hart, triff schnell«, raunte er Blutsucher zu, das nun ungeduldig summte, verstärkt durch die Magie eines Dämonenblutzaubers. Dann ließ er dem Berserker einen Zentimeter mehr Leine und griff mit einem Hagel aus Hieben und Stößen an. Er wurde zur regelrechten Tötungsmaschine. Seine Attacke nahm den leichten Rhythmus eines kampferprobten Kriegers an, sein Schwert traf schnell und hart, und der Sieg war innerhalb von Minuten sein.

Was nicht allein sein Verdienst war.

Wieder profitierte er von dem durch und durch merkwürdigen Verhalten des Dämons. Dessen wilde Hiebe schienen keineswegs Murdoch zu gelten. Er schien sein Ziel aus den Augen verloren zu haben, und um seinen Kopf herum heulte ein seltsames Fauchen. Es schien beinahe so, als würden unsichtbare Fledermäuse nach ihm hacken.

Murdochs Schwert durchbohrte die dicke Schwarte der Kreatur mit ungebremstem Eifer.

Als der Dämon am anderen Ende der Klinge endlich erschauerte und zu Boden fiel, holte Murdoch tief Luft, um den Berserker zu besänftigen. Er zog sein Schwert aus dem Kadaver und wirbelte herum. Zu seiner großen Erleichterung hatte Yoshio den verwundeten Dämon bereits besiegt und war Sora zu Hilfe geeilt. Beide Männer lachten triumphierend, während der dritte und letzte Dämon, dessen Haut mittlerweile ein wildes Muster aus Schnittwunden zierte, auf dem felsigen Untergrund aufschlug.

Aus dem Augenwinkel sah Murdoch Kiyoko zusammensacken.

Watanabe erreichte sie als Erster. Er fiel neben ihr auf die Knie und bettete ihren Kopf in seinen Schoß. Dann strich er ihr das Haar aus dem Gesicht und betrachtete mit offensichtlicher Sorge ihr Gesicht. »Wir brauchen einen Arzt.«

Murdoch fiel das Atmen schwer.

Kiyoko war verletzt.

Sie in Watanabes Arm zu sehen zerrte an den mentalen Ketten, an die er seinen Berserker gelegt hatte. Dieser war ohnehin bereits gefährlich nahe an die Oberfläche geraten. *O Gott!* Nun streichelte die Hand dieses Mannes auch noch über ihre Wange. Murdoch kniff die Augen zu und rang um Beherrschung, um Watanabe nicht den Kopf abzureißen.

»Lebt die Ärztin noch?«, fragte Sora.

»Aye«, antwortete Murdoch. Mehr brachte er nicht heraus.

»Dann sollten wir Kiyoko-san so schnell wie möglich ins Lager zurückschaffen. Ich nehme an, wir können den Tunnel nehmen, Mr Murdoch?«

»Aye.«

»Gehen Sie voran?«

Murdoch schlug die Augen auf. Watanabe hatte sich erhoben und stand nun da, mit Kiyoko auf den Armen. Offenbar wollte er sie den Weg zurück tragen. Murdoch wandte vorsorglich den Blick ab. Der mickrige kleine Watanabe würde Kiyoko irgendwann an Yoshio übergeben müssen, garantiert. Es wäre ihm wahrhaftig ein Fest, Zeuge des Scheiterns dieses Mannes zu sein, aber … *ein* Gang durch diesen vermaledeiten Tunnel war mehr als genug für ihn.

»Nein, ich nehme den oberirdischen Weg. Wir treffen uns am anderen Ende.«

Sora warf ihm einen wissenden Blick zu. »Die Klippen hinauf? Das ist eine anstrengende Klettertour«, warnte er.

»Ich habe keine Höhenangst.« Das stimmte. Murdoch hatte seine Kindheit damit verbracht, durch die Highlands zu streifen und von Fels zu Fels springende Hirsche und Hasen zu verfolgen. Seitdem konnten ihm schwindelnde Höhen nichts mehr anhaben. Nur Höhlen bereiteten ihm Schwierigkeiten.

»Dann sehen wir uns im Lager wieder.«

Die kleine Gruppe wandte sich unter Yoshios Führung zurück in Richtung Tunnel.

Bald war sie außer Sichtweite, und Murdoch versuchte, sich zu beruhigen. Sie war stark. Ihre Atmung war flach, aber gleichmäßig. Und sie hatte Sora bei sich. Alles würde gut gehen.

Zum Henker, er sollte sich besser beeilen.

Kiyoko erwachte auf der Krankenstation. Sie lag auf einer sehr harten, sehr dünnen Pritsche. Das grelle Licht über ihrem Kopf verriet ihr, wo sie sich befand. Und der beißende Geruch von Desinfektionsmittel.

Sie versuchte, sich aufzusetzen.

»Denk nicht mal daran, Mädchen«, sagte eine trockene Stimme aus einer Ecke des kleinen Raums. »Du musst liegen bleiben, bis die Ärztin dir erlaubt aufzustehen.«

Kiyoko ließ sich auf das Kissen zurückfallen und wandte ihren Kopf so, dass sie Murdoch sehen konnte. Es gab keine Stühle im Zimmer, und so lehnte er an der Wand. Es wirkte nicht sehr gemütlich.

»Wie schlimm steht es?«, fragte sie und machte sich auf eine vernichtende Antwort gefasst.

»Das Haus ist ein Schutthaufen, und du hast einen Krieger verloren.«

»Einen?«

Er nickte. »Nur einen.«

Kiyoko spürte, wie ihr ein gewaltiger Stein vom Herzen fiel. Bis sie sich wieder an ihre Entdeckung im Tunnel erinnerte. »Und Umiko-san.«

»Tut mir leid.« Murdoch schüttelte bedauernd den Kopf. »So viel Glück hast du nun auch wieder nicht.«

»Was? Willst du damit sagen, dass Umiko-san am Leben ist?«

»Aye, die Drachenlady hat überlebt«, bestätigte er.

»Aber wie denn?«

»Ich habe sie auf dem Felsvorsprung gefunden. Sie hatte sich mit mehr Kraft, als ich ihr jemals zugetraut hätte, an einen Felsbrocken geklammert«, erklärte er. »Sie wollte nicht loslassen, bis ich ihr die blutigen Finger einzeln gelöst habe. Wenn man bedenkt, dass sie einen gebrochenen Arm und einen ausgerenkten Kiefer hat, war das eine beeindruckende Leistung.«

»Umiko-san lebt.« Kiyoko konnte sich ein Lächeln nicht verkneifen.

Er antwortete mit seinem schiefen Grinsen, und ihr Herz schlug ein wenig schneller. »Und sie macht mir schon wieder die Hölle heiß.«

»Weshalb denn?«

»So ziemlich wegen allem«, sagte er. »Wegen deines Zustandes, wegen des Dämonenangriffs, wegen des Verlustes des Hauses.«

Kiyoko biss sich auf die Lippen, um nicht laut aufzulachen. Das klang ganz nach Umiko. Sie sah es förmlich vor sich, wie die kleine Frau Murdoch mit der Faust drohte. »Sie hat doch recht. Du *hast* mir die Rippen gebrochen.«

Er stieß sich von der Wand ab, die Augen dunkel vor Reue. »Was das betrifft …«

»Ach, hör auf! Ich habe das, was ich bekommen habe, auch verdient. Ich wollte doch, dass der Berserker mit dir durchgeht, und das hat er getan.« Sie seufzte. »Außerdem war es ja nicht deine Absicht, mir weh zu tun.«

Er starrte zu Boden und schwieg eine Weile.

»Der Kuss war es mir wert«, sagte sie leise.

Sein Blick begegnete dem ihren, dunkel und sinnlich. »Es war ein guter Kuss«, bekräftigte er.

Kiyoko blickte hinunter auf den weißen Baumwollbezug ihrer Decke. Murdoch hatte in seiner langen Existenz sicher schon viele Frauen geküsst. Frauen, die viel verführerischer waren als sie. Wahrscheinlich schaffte es jener Kuss auf dem Hof nicht einmal unter seine persönlichen Top Hundert.

»Dann solltest du ihn auch nicht bereuen«, murmelte sie.

»Ich sagte, es war ein *guter* Kuss, kein *kluger* Kuss«, entgegnete er und trat an ihr Lager. Seine Silberschnallen klirrten leise, als er sich auf die Pritsche setzte. »Ich habe viele Dinge getan, auf die ich nicht stolz bin, und der Kuss auf dem Hof gehört dazu.«

»Eigentlich habe *ich dich* geküsst.«

Sein Blick schien sie zu durchbohren. »Eigentlich habe ich dich fast umgebracht.«

»Aber nicht mit dem Kuss.«

Er schnaubte. »Das kann man so oder so sehen.«

Kiyoko spürte erstmals einen Anflug von Ärger. Der Mann benahm sich, als wäre er der Mittelpunkt des Universums. »Warum bist du so scharf darauf, an allem schuld zu sein? Du weißt, dass ich dich gereizt habe, du weißt, dass ich dich geküsst habe, und du weißt auch, dass ich tausend Gelegenheiten gehabt hätte, auf dir herumzuhacken, wenn ich es gewollt hätte.«

»Und warum hast du es dann nicht getan?«

Sie funkelte ihn an. »Weil ich nicht wollte. Im Ernst – warum sollte ich so hart mit dir ins Gericht gehen? Ich mag dich.«

»Aus demselben Grund, warum du mit Takeo hart ins Gericht gegangen bist. Weil du keine Wahl hattest. Weil es manchmal richtig ist, jemandem weh zu tun, den man mag.«

Kiyoko glättete die Falten in ihrem Laken. »Wenn ich mich daran gehalten hätte, wärest du nicht in optimaler Verfassung gewesen, als die Dämonen angriffen. Wir könnten jetzt alle tot sein.«

»Oder du und Sora hättet die Sache allein erledigt, weil mein Berserker euch vorher nicht verletzt hätte«, hielt er dagegen.

Sie seufzte. »Warum reden wir überhaupt darüber? Wir können die Zeit nicht zurückdrehen und an dem, was geschehen ist, etwas ändern. Wir haben einen sehr schwierigen Tag mit minimalen Verlusten überstanden. Ich für meinen Teil bin eher dankbar als wütend.«

»Du hast recht. Wir können die Vergangenheit nicht mehr beeinflussen.« Er fuhr sich mit der Hand durchs Haar. Die verwuschelten Strähnen legten sich in ordentliche Bahnen. »Aber wir können todsicher die Zukunft beeinflussen.«

Kiyoko drängte es, erneut sein Haar zu berühren. Der kurze Augenblick während des Kusses, in dem sie ihre Finger in diesen Wellen vergraben hatte, genügte ihr nicht. »Was willst du damit sagen?«

Murdoch sandte ihr einen reumütigen Blick. »Bis gestern hatte ich vor, mir den Schleier zu schnappen und zu verschwinden.«

Sie runzelte die Stirn. »Du weißt doch gar nicht, wo er ist.«

»Das stimmt nicht ganz. Ich weiß, dass du ihn am Körper trägst. Und ich weiß, dass er sich weder in deinem Medaillon noch in deinem Armband befindet.«

Sie blickte auf ihr bloßes Handgelenk. »Du hast mir den Schmuck weggenommen?«

»Als du geschlafen hast«, gab er zu.

Ihr blieb beinahe das Herz stehen. »Was hast du sonst noch getan, als ich geschlafen habe?«

»Nichts. Der Plan hat sich sowieso geändert. Du brauchst den Schleier, um zu überleben.«

Ihr fiel die Kinnlade herunter. »Woher weißt du das?«

»Sora-san hat es mir gesagt.«

»Er hatte kein Recht …«

»Blödsinn!«, unterbrach Murdoch. »Er hatte jedes Recht dazu. Als ich hier ankam, wusste er, dass es mein Ziel war, den Schleier an mich zu nehmen, und deshalb hatte er gute Gründe, es mir zunächst zu verschweigen. Aber jetzt? Was ich dir gestern auf dem Hof angetan habe, hat dir jede Hoffnung genommen, die du noch hattest. Warum, zum Henker, sollte er es mir immer noch nicht sagen?«

»Weil du keine Schuld trägst«, erwiderte sie ruhig. »Nicht an dem entstandenen Schaden, nicht an der Notwendigkeit, den Schleier zu beschaffen, nicht einmal daran, was auf dem Hof mit mir geschah. Jeder Fehler, der gemacht wurde, war meiner. Nicht deiner.«

»Mädchen, hast du dich etwa selbst beinahe zerquetscht?«

»Nein, aber …«

Er hielt eine Hand in die Höhe, um ihr Einhalt zu gebieten. »Dann einigen wir uns darauf, dass wir uns die Verantwortung teilen, okay? Du hast den Bären gehetzt, und ich habe dich fast zu Tode gedrückt. Sagen wir: Wir sind quitt.«

»So einfach ist das nicht.«

»Das ist es nie«, erwiderte er seufzend.

Murdoch legte ein Knie aufs Bett, um Kiyoko direkt in die Augen sehen zu können. Er hatte etwas zu sagen, aber sie hörte ihm nicht zu. Die Wärme seines Schenkels kroch durch die Laken an ihrem Bein hinauf und erinnerte sie an die zahlreichen sinnlichen Träume, die sie von diesem Mann geträumt hatte. Doch keiner hatte es mit dem süßen Schauer des Kusses im Hof aufnehmen können.

Kiyoko setzte sich auf. Sie wandte keinen Blick von Murdochs Gesicht.

Eine sonderbare Ungeduld raste durch ihre Adern. Sinnlich, nervös und vielversprechend. Ein zweiter Kuss wäre wunderbar. Riskant, ja, aber das Gefühl seiner Lippen auf den ihren hatte kleine elektrische Impulse bis in ihre Zehen geschickt und jeden Nerv in ihrem Körper zum Singen gebracht – in einer Melodie, die nur er hören konnte. Das wollte sie noch einmal schmecken.

Jetzt.

Seine Augen verdunkelten sich, während sie einander anstarrten. Er dachte dasselbe, darauf hätte sie das Katana ihres Vaters verwettet.

Er beugte sich zu ihr. »Kiyoko …«

»… braucht jetzt Ruhe, Mr Murdoch«, sagte Sora mit fester Stimme von der Tür her.

Murdoch fuhr abrupt zurück. »Aye, das ist wahr.«

Enttäuschung machte sich in Kiyokos Brust breit, doch sie erkannte zugleich, dass die Anziehungskraft zwischen ihr und Murdoch nichts war, wozu sie sich freiwillig entscheiden konnte. Etwas Tiefes und Unleugbares zog sie beide magisch zueinander hin, und es schien den gesunden Menschenverstand außer Kraft zu setzen.

»Wie fühlen Sie sich, Sensei?«, fragte sie ihren Mentor.

»Vollkommen genesen, dank der Ärztin. Du dagegen bist noch nicht so weit«, antwortete er. Er hielt den Blick weiter auf Murdoch gerichtet. Sein Gesichtsausdruck wirkte missbilligend.

Murdoch verstand die Botschaft. Er erhob sich trotz seiner Größe geschmeidig vom Bett und lehnte sich, die Arme über der Brust verschränkt, an die Kommode mit dem medizinischen Material. »Deshalb bin ich hier«, sagte er. »Ich nehme Kiyoko mit in die Staaten.«

»Auf keinen Fall«, entgegnete Sora scharf.

»Sie ist hier nicht sicher.«

»Sie übertreiben.«

Kiyokos Blick wanderte zwischen dem sorgenvollen Gesicht des alten Mannes und Murdochs entschlossener Miene hin und her. Die Höflichkeit, die ihre vergangenen Begegnungen ausgezeichnet hatte, war verschwunden. Aber warum?

»Was ist passiert?«, wollte sie wissen.

Beide Männer ignorierten sie.

»Sie stellen sich ihrer Genesung in den Weg. Stefan Wahlberg ist einer der mächtigsten Magier der Welt«, sagte Murdoch. »Die Chancen stehen sehr gut, dass er Kiyoko heilen kann. Er kennt eine Behandlungsmethode gegen energetische Auszehrung.«

»Wir haben schon viele begabte Magier konsultiert. Keiner wusste einen Ausweg. Kiyoko-san zu veranlassen, aus einer Laune heraus um die halbe Welt zu reisen, ist nicht akzeptabel.«

»Hierzubleiben ist ebenso wenig akzeptabel«, widersprach Murdoch.

»Was ist passiert?«, wiederholte Kiyoko, lauter diesmal.

Murdoch sah zu ihr. »Während das Haus angegriffen wurde, ist jemand in den Dōjō eingebrochen und hat alle Weissagungsschriften gestohlen. Welchen Grenzzauber auch immer dein Freund hier über das Lager gelegt hat – er war offenbar lausig.«

Ihr Blick haftete auf Sora. »Ist das wahr?«

Er nickte.

Kiyoko schlug die Decke zurück und schwang die Beine von der Pritsche. »Ich habe bei diesem Zauber geholfen«, sagte sie. »Er gestattet nur namentlich benannten Personen den Zutritt. Einer der Onmyōji ist nicht der, der er zu sein scheint.«

»Oder der Übeltäter ist einer unserer Gäste«, warf Sora ein und sah Murdoch an.

Doch Murdoch entging die Beleidigung. Er funkelte Kiyoko an. »Die Ärztin hat dir nicht erlaubt aufzustehen.«

Sie lächelte und drückte sich vom Bett ab. »Dann verpetz mich ruhig.«

Ihre Rippen schmerzten, aber nicht so sehr wie gestern noch. Ihr Energiehaushalt stabilisierte sich offenbar wieder. Die Perle der Kraft in ihrem Inneren wurde mit jedem Atemzug kräftiger. Der Schleier mochte nicht mehr so wirkungsvoll wie früher sein, aber er hatte noch immer Macht.

»Kiyoko …«, begann Murdoch mit finsterem Blick.

»Hör auf, mich zu bemuttern! Wenn ich ein Mann wäre, würdest du meine Ungeduld, wieder auf die Füße zu kommen, loben.« Sie griff sich ihre Kleidung von einem nahen Stuhl und steuerte das Badezimmer an. Dabei hielt sie den Krankenhauskittel hinten zusammen. »Ich kann besser denken, wenn ich auf den Beinen bin.«

Sie schlüpfte in ein Paar Pantoffeln, dann schob sie die Tür zu. Was ihr Privatsphäre, aber keinen Frieden verschaffte. Sie verzog das Gesicht, während sie beim Ankleiden dem Gespräch der Männer lauschte.

»Warum haben Sie ihr nicht gesagt, dass sie im Bett bleiben soll?«, wollte Murdoch wissen.

»Ihre spirituelle Energie erneuert sich viel schneller, wenn sie bei Bewusstsein ist. Ich vertraue darauf, dass sie ihre Grenzen kennt.«

»Sie war doch schon wach, als Sie hereinkamen«, hielt Murdoch dagegen. »Sagten Sie nicht, dass sie noch Ruhe braucht?«

»Vielleicht habe ich ihre Blässe zu ernst genommen.«

»Vielleicht sind aber auch Ihre Fähigkeiten, ihren Gesundheitszustand einzuschätzen, genauso erbärmlich wie Ihre Qualitäten als Magier.«

Kiyoko verknotete den schwarzen Gürtel um ihren *dōgi* mit einem heftigen Ruck und schob die Tür wieder auf. »Genug jetzt! Das gilt für euch beide. Ich lege mich nicht wieder ins Bett, also hört auf, euch darüber zu streiten.« Sie blickte zu Sora, während sie die Pantoffeln wieder abstreifte. »Haben wir das gesamte Orakel verloren?«

»Ja.«

Sie senkte entmutigt den Kopf. »Es enthielt die Einzelheiten des Rituals. Das könnte eine Katastrophe sein.«

»Das Orakel kann nur von einem meisterlichen Wahrsager gelesen werden. Das Risiko ist sehr gering.«

»Welches Ritual?«, fragte Murdoch.

»Ein Mündigkeitsritual.« Sie dachte nach. »Ich werde am elften Januar fünfundzwanzig Jahre alt. Glaubst du wirklich, dass euer Magier mich heilen kann?«

»Aye.«

»Dann fliege ich mit dir nach Kalifornien.«

»Kiyoko-san«, mahnte Sora. »Das ist eine überstürzte Entscheidung.«

Sie nickte. »Genau deshalb ist es auch die beste Entscheidung. Wenn sie erwarten, dass wir links abbiegen, müssen wir rechts abbiegen. Das Ritual wird nicht weniger effektiv sein, nur weil es in den Vereinigten Staaten durchgeführt wird.«

»Sollen etwa alle Onmyōji nach Kalifornien fliegen?«, fragte er mit erhobenen Augenbrauen.

»Nein, nur Sie und ich.« Sie bemerkte Soras missbilligendes Stirnrunzeln. »Wir wissen nicht, wer der Verräter ist, und ich habe nicht genug Zeit, ihn zu enttarnen.«

»Du bist noch nicht wieder bei Kräften. Du brauchst mehr Schutz. Ich allein kann ihn nicht garantieren.«

Sie warf Murdoch einen Blick zu und lächelte. »Wir sind doch nicht allein, Sensei. Murdoch wird auch da sein. Hat er seinen Wert im Kampf gegen die Dämonen etwa nicht unter Beweis gestellt?«

»Ihm geht es nur um den Schleier«, gab ihr Mentor zu bedenken. »Nicht um dich.«

»Sora-sensei.« Kiyoko sah Murdoch entschuldigend an. Sie rechnete damit, dass er über die Unterstellung verärgert war. Doch der Seelenwächter starrte vollkommen ruhig zu Boden. »Murdoch ist nicht so gefühllos, wie Sie andeuten wollen.«

Ihr Mentor war nicht überzeugt. Er presste die Lippen aufeinander.

Kiyoko seufzte. »In Ordnung. Wir nehmen Yoshio-san mit. Ihm vertraue ich von allen Onmyōji am meisten.«

Der Alte nickte. »Er war der Lieblingsschüler deines Vaters.«

»Gut«, sagte sie. »Wir reisen morgen früh.«

12

Als sie auf dem Flughafen von San José landeten, hämmerte es in Murdochs Kopf. Es war ein Höllenflug gewesen. Sieben Stunden Nonstop-Tortur dank seines überaus angenehmen und leutseligen Sitznachbarn – Ryuji Watanabe. Er war sich nicht sicher, wie sich der Mann in die Reise eingeklinkt hatte und wie er auf dem Sitz neben ihm gelandet war. Offen gestanden, war das auch vollkommen ohne Belang.

Der Bursche war schon unanständig sympathisch. Er zwang Murdoch kein Gespräch auf. Er bestand nicht auf dem Gangplatz. Er schnarchte nicht einmal im Schlaf. Der Mann war der beste Sitznachbar, den man sich wünschen konnte.

Nein, er war noch besser als der beste.

Er stellte seine Bonusmeilen zur Verfügung, um sie alle in die Erste Klasse upgraden zu lassen, teilte seine Zeitung mit Murdoch und erklärte ihm seine Arbeit am Laptop in einfachen und unterhaltsamen Worten. Er war amüsant und ein guter Gesprächspartner.

Murdoch hasste ihn.

Denn wenn er für Kiyoko einen Mann – neben ihm selbst natürlich – hätte aussuchen müssen, dann hätte Watanabe auf seiner Liste ganz oben gestanden. Zur Hölle! Wie er während des Fluges herausfand, war der Mann nicht nur ein cleverer Geschäftsmann, sondern auch ein passionierter Radsportler und Fallschirmspringer. Klug, fit und mutig. Unter anderen Umständen hätte Murdoch ihn sich als Freund vorstellen können.

Welch ein Schwachsinn!

»Ich habe mir erlaubt, eine Limousine für uns zu mieten«, sagte Watanabe, als sie das Handgepäck aus dem Fach über ihren Köpfen zogen. »Das ist weniger anstrengend für Kiyoko-san.«

»Großartig!«

Was sonst sollte er sagen? Das war eine gute Idee. Nur eben keine, die Murdochs Budget zuließ.

»Wie lange dauert die Fahrt zu deiner Ranch?«, fragte Kiyoko, während sie einen hellgrünen Trenchcoat über ihr Blümchenkleid zog. Sie stand zwei Reihen hinter ihnen, die Hand auf Soras Schulter, und Murdoch war es trotz seiner Kopfschmerzen unmöglich, sie nicht anzulächeln.

Sie war einfach unfassbar schön. Selbst in diesem Gewimmel reisemüder Menschen.

»Etwa fünfundzwanzig Minuten. Wir werden gerade rechtzeitig zum Abendessen dort sein.« Es war nicht *seine* Ranch, aber wenn er Kiyoko korrigierte, würde das nur das Interesse auf seine Vermögensverhältnisse lenken. »Sie liegt in den Hügeln über der Stadt.«

Es dauerte unendlich lange, bis sie den Zoll passieren konnten, aber schließlich kamen sie doch bei der wartenden Limousine an. Die Mietwagenfirma hatte keinerlei Mühen gescheut, um Watanabe einen Gefallen zu tun, und einen japanischen Fahrer geschickt. Murdoch musste einige Minuten voller Verbeugungen und höflicher Begrüßungsfloskeln über sich ergehen lassen, bevor das Gespräch wieder auf Englisch geführt wurde.

Der Fahrer grinste ihn an, während er Murdochs Seesack im

Kofferraum verstaute. »Die Sharks haben gestern den Blackhawks einen Tritt in den Allerwertesten verpasst. Fünf zu null.«

»Go, Sharks«, entgegnete Murdoch trocken.

Sich Sport im Fernsehen anzusehen, statt selbst welchen zu machen, hatte ihn noch nie besonders locken können. Aber viele der Wächter waren begeisterte Fans des lokalen Eishockeyteams, und so freute ihn das vertraute Gesprächsthema. San José war seine Heimat geworden.

Er stieg in die Stretchlimousine und nahm den Platz neben Sora ein. Leider gestattete ihm das einen guten Ausblick auf Watanabe, der sich förmlich um Kiyoko wickelte, während sie beide lächelnd und gestikulierend durch das Seitenfenster die vorüberziehende Landschaft betrachteten.

Murdoch rollte mit den Schultern, um die Anspannung loszuwerden.

Verdammt! Wenn er eine Explosion made by Carlos Rodriguez überleben konnte, dann doch wohl auch das hier. Er hatte zwar in dem großen Gefecht im vergangenen Frühling seinen Bart eingebüßt, aber nicht sein Leben oder seine Gesundheit. Da würde er sich jetzt nicht von der Eifersucht besiegen lassen.

Warum hatte Kiyoko den Mann eingeladen, sie zu begleiten? Es stimmte zwar, dass sie noch den Finanzbericht der Firma prüfen musste. Doch warum schleppte sie den Chef ihrer Firma nach Kalifornien mit, um etwas zu tun, was sich auch per Telefon oder E-Mail erledigen ließ?

Der Wagen hielt vor dem schmiedeeisernen Tor, das den Zugang zur Ranch versperrte. Murdoch ließ sein Fenster hinunterfahren und begrüßte den Mann, der draußen in einer kleinen Kabine Wache schob.

»Hallo, Hill«, sagte er. »Wir werden erwartet.«

Der hochaufgeschossene blonde Wächter lächelte. »Ja, Stefan hat sich schon um alles gekümmert. Ihr könnt passieren.«

»Gab's etwas Aufregendes, während ich weg war?«

»Das Haus steht noch, wir haben in letzter Zeit keine komischen lila Wolken gesehen, und MacGregor ist noch immer ein Sklaventreiber. Ich schätze also: Nein, es gab nichts Aufregendes.«

Murdoch musste lächeln und lehnte sich wieder zurück. Das Tor öffnete sich, und der Wagen glitt auf die lange Zufahrt hinauf zu dem zweistöckigen Haus, das inmitten einer Oase aus grüner Vegetation lag.

»Wer ist dieser MacGregor?«, fragte Sora. »Ist er der Mächtigste von Ihnen allen?«

»Nein«, antwortete Murdoch. »Nicht der Mächtigste. Er ist der Geschickteste im Umgang mit dem Schwert und der Gerissenste. Der Mann kämpft mit seinem Kopf ebenso wie mit seiner Waffe. Ich habe noch niemanden getroffen, der ihm das Wasser hätte reichen können.«

Kiyokos Blick begegnete dem seinen. »Ist er ein Mensch?«

»Aye.«

»Du gibst also zu, dass ein Mensch Dämonen genauso erfolgreich bekämpfen kann wie ein Unsterblicher.«

Murdoch schüttelte den Kopf, während die Limousine vor dem zweistöckigen Haus mit der umlaufenden Veranda zum Stehen kam. »MacGregor geht nicht mehr auf Dämonenjagd. Er bleibt auf der Ranch, um andere Seelenwächter zu trainieren.«

Kiyoko runzelte die Stirn. »Hat er sich freiwillig dazu entschlossen?«

Murdoch grinste. »Er ist verheiratet, ein Baby ist unterwegs. Die Entscheidung wurde ihm abgenommen.«

Eine junge Frau mit langem blondem Haar kam die Treppe heruntergelaufen und erreichte den Wagen, noch bevor der Fahrer einen Fuß auf den Boden setzen konnte. Sie riss die Fondtür auf und machte Platz, damit Murdoch aussteigen konnte. »Hey, da bist du ja wieder!«

Es hatte einmal eine Zeit gegeben, in der sich Emily mit einem lauten Lachen in seine Arme geworfen hätte. Jetzt hatte sie nur ein scheues Lächeln für ihn. Die frühere Begrüßung hatte ihm allerdings besser gefallen. Er kroch nach draußen. Noch war kein Auto konstruiert worden, das für einen Mann seiner Größe bequem gewesen wäre. Deshalb war es eine große Erleichterung, dass er sich endlich wieder strecken konnte. Er zog Emily an sich, um sie zu umarmen.

»Aye, da bin ich wieder.« Dann drehte er sich um. Sora, Kiyoko und Watanabe waren ihm inzwischen ins Freie gefolgt. »Und ich habe ein paar Freunde mitgebracht.«

»Ja, Mom hat sich den Kopf zerbrochen, wie wir sie alle unterbringen«, gab Emily zurück und reichte Sora die Hand. »Hi, ich bin Emily.«

Er starrte einen Moment auf ihre magere Hand, dann schüttelte er sie. »Freut mich, Sie kennenzulernen, Emily-san. Ich bin Sora Yamashita.« Er verbeugte sich.

Während der Vorstellungsrunde lernte Emily schnell, sich zur Begrüßung vor den anderen zu verbeugen und ihnen nicht die Hand zu geben. Dann wies sie Richtung Haustür. »Bitte, kommen Sie herein.«

Während die vier Japaner die Verandatreppe hinaufstiegen, raunte Murdoch Emily zu: »Gut gemacht.«

»Danke.« Als Murdoch Anstalten machte, Yoshio zu folgen, ergriff Emily seinen Arm. »Äh, da wäre noch etwas.«

Er blieb stehen. Bei Emily konnte »noch etwas« eine haarsträubende Untertreibung sein.

»Ich fange seltsame Schwingungen von dem alten Kerl auf.« Die junge Frau rümpfte die Nase. »Seine Energie ist goldfarben.«

Murdoch blinzelte. »Sind die deiner Mutter und die von Lachlan nicht auch goldfarben?«

»Doch«, bestätigte Emily. »Aber das meine ich ja mit ›seltsam‹. Seine hat einen anderen Goldton. Er ist blasser und funkelnder.«

»Das hilft mir nicht viel weiter«, bemerkte er.

Sie zuckte die Achseln. »Ich erzähle dir nur, was ich sehe.«

»Hängt es vielleicht mit seinem Alter zusammen?«

»Das glaube ich nicht. Mrs Carlyle, meine Geschichtslehrerin, ist auch schon alt, und ihre Energie hat die normale Goldfarbe.«

Murdoch war drauf und dran einzuwerfen, dass ihre Definition von »alt« möglicherweise durch ihre Jugend beeinflusst war, beschloss aber, diesen Punkt als akademisch zu verwerfen. Emily fing seltsame Schwingungen von Sora auf. Das war alles, was er wissen musste.

»Danke«, sagte er.

Frauenstimmen, ärgerlich und immer lauter werdend, drangen plötzlich aus dem Haus. Eine gehörte Kiyoko und die andere … Lena Sharpe. Verdammt! Murdoch sprang die Stufen hinauf und stürmte durch die Haustür.

»Du weißt ganz genau, warum ich damals meine Unterstützung zurückgezogen habe«, fauchte Kiyoko gerade. Sie hatte sich direkt vor Brian Websters halbägyptischer Freundin aufgebaut.

»Und du solltest vor allen anderen wissen, wie weit zu gehen man bereit sein kann, um seine Familie zu retten«, giftete Lena zurück. »Du hast doch selbst eine Grenze überschritten.«

Kiyoko presste die Lippen zusammen. »Wage es ja nicht, mein Verhalten mit deinem zu vergleichen!«

»Und warum nicht?«, hielt Lena dagegen. Sie nutzte es aus, dass sie größer war, und beugte sich über ihre Kontrahentin. »Wir haben beide aus Verzweiflung gehandelt … und aus Liebe.«

»Mein Vater hätte es niemals gebilligt, wenn ich eine dunkle Reliquie geopfert hätte, um ihn zu retten.«

»Er hätte auch nie gebilligt, dass du den *onmyōdō*-Kodex brichst«, höhnte Lena. »Und trotzdem hast du es getan.«

Da verlor Kiyoko zu Murdochs größtem Erstaunen die Nerven. Sie schubste Lena mit beiden Händen von sich. Die Größere flog nach hinten auf das Ledersofa, das daraufhin ein Stück über das Parkett schlitterte und gegen Rachel Lewis, Emilys Mutter, prallte.

Gleichgewicht ist für eine im achten Monat Schwangere eine heikle Angelegenheit. Rachels Hände ruderten durch die Luft, sie streckte einen Fuß vor und verlor endgültig die Balance. Mehrere Wächter sprangen in dem verzweifelten Versuch herbei, den harten Aufprall zu stoppen, aber sie kollidierten miteinander, und am Ende landete Rachel mit einem hörbaren Plumps auf dem Boden.

Einen fassungslosen Augenblick lang schwiegen Kiyoko und Lena erschrocken. Dann stürzten sie zu Rachel, um ihr aufzuhelfen. Emily rutschte übers Parkett und fiel auf die Knie, aber sie war als Erste bei ihrer Mutter.

»Mom, geht's dir gut?«

Rachel verzog das Gesicht. »Nein. Ich glaube, die Fruchtblase ist geplatzt.«

Murdoch fing den Blick von Brian Webster auf, der gerade vom Büro aus den Raum betreten hatte. »Ich hole MacGregor«, sagte Murdoch und straffte die Schultern.

Der andere Wächter nickte.

Die nächsten Minuten gehörten zu den längsten in Murdochs ohnehin langer Existenz. Es war alles andere als angenehm, MacGregor vom Sturz seiner Frau zu berichten und zuzusehen, wie dieser Mann seine schluchzende Frau zunächst in den Armen wiegte und schließlich mit ihr in seinem Audi davonfuhr. Emily und Tyrone Bale, der Arzt des Trainingscamps, begleiteten die beiden.

»Mit dem Baby ist alles in Ordnung«, murmelte Sora ruhig, während alle dem davonrasenden Wagen nachblickten. »Und die Frau hat nur ein paar blaue Flecken.«

»Ich hoffe bei Gott, dass Sie recht haben«, erwiderte Murdoch.

Webster machte eine eindeutige Handbewegung. »Mitkommen!«

»Ich habe trotzdem den Verdacht, dass ich gleich einen ordentlichen Tritt in den Hintern bekomme.«

Er folgte Webster den Flur entlang in die Bibliothek. Da er eine Standpauke erwartete, schloss er die Tür hinter sich.

Schon fuhr Webster zu ihm herum: »Warum, zum Henker, hast du mir nicht gesagt, dass sie sich hassen? Dann hätte ich beide in der Arena gegeneinander antreten lassen können.«

»Ich habe es vergessen.«

»Du hast es *vergessen?*«

Vergesslichkeit würde ihm Webster als Ausrede nicht durchgehen lassen. Murdoch wusste das. Aber es war die Wahrheit, und er würde sich niemals von der Wahrheit abbringen lassen, egal, wie hässlich sie war. »Es ist viel passiert, seit Kiyoko erwähnte, dass sie und Lena sich nicht mehr grün sind.«

»Ich meine, mich zu erinnern, dass du gesagt hast, die Japaner seien zurückhaltend und würdevoll. Aber das junge Gemüse hat Lena trotzdem attackiert. Warum?«

Hervorragende Frage. »Lena hat einen sensiblen Nerv bei ihr getroffen.«

»Welchen Nerv?«

»Ich weiß es nicht«, gestand Murdoch. »Ich habe Kiyoko noch nie so zornig gesehen.«

»Auch nicht, als du den Schleier an dich genommen hast?«

Murdoch widerstand dem Drang, nervös herumzuzappeln. Echte Männer ließen sich durch Kritik nicht schrecken. »Ich habe den Schleier nicht.«

»Warum nicht?«

»Ich weiß nicht genau, wo er sich befindet.«

»Du …« Webster schluckte hinunter, was auch immer ihm auf

der Zunge lag, wandte sich ab und trat an seinen großen Schreibtisch am Fenster. »Du hast also zwei Wochen mit ihr verbracht und nichts herausgefunden. Glückwunsch!«

»Sie trägt ihn bei sich. Irgendwo an ihrem Körper.«

Websters Augenbrauen hoben sich. »Und du, der König der One-Night-Stands, hast ihn nicht gefunden? O mein Gott! Sag mir, dass das nicht wahr ist.«

Der Sarkasmus regte den Berserker auf. Ein bisschen.

»Meine Beziehung zu Kiyoko ist kompliziert.«

»Natürlich ist sie das.« Webster seufzte tief und schüttelte den Kopf. »Weißt du, Murdoch, mir ist herzlich egal, was du als Entschuldigung anführst. Zweifellos hast du dich wie üblich wie der Elefant im Porzellanladen aufgeführt und sie damit wütend gemacht. Was soll's. Beschaff uns einfach den Schleier und schick sie ihres Weges. Ich kann im Moment keine Scherereien gebrauchen.«

»Ich habe sie hergebracht, damit sie Stefan trifft.«

»Okay, dann viel Glück dabei. Er führt sich seltsam auf, seit ich ihm gesagt habe, dass es den Schleier wirklich gibt. Er kommt kaum noch aus seinem Wohnwagen.«

»Es ist dir also recht, wenn ich sie ihm vorstelle?«

»Ja. Aber beeil dich!«

Webster wandte ihm den Rücken zu und starrte aus dem Fenster in die Nacht. Das war das Zeichen, dass die Unterredung beendet war. Doch gerade als Murdoch die Tür erreichte, fügte er noch ruhig hinzu: »Wenn Rachel oder dem Baby etwas passiert …«

Murdoch ließ den Kopf hängen. Was hätte er darauf erwidern können?

Dann verließ er den Raum.

Nach einer in bedrückter Stimmung eingenommenen Mahlzeit

mit ihren Gastgebern zog sich Kiyoko in das Zimmer zurück, das ihr zugewiesen worden war. Sie warf sich auf das Kingsizebett, presste sich ein Kissen an die Brust und ließ ihren Tränen freien Lauf. Sie hatte einem anderen Menschen weh getan. Einem unschuldigen Menschen, der nichts Schlimmeres verbrochen hatte, als sich im selben Raum aufzuhalten wie sie. Und nur weil sie, von ihren Schuldgefühlen erdrückt, die Beherrschung verloren hatte. Das war ihre größte Schwachstelle: zu weit zu gehen. Wenn sie diese unbedachte Sekunde zurücknehmen könnte, würde sie es tun.

Ihr Vater wäre sehr enttäuscht von ihr gewesen.

Die Aura des Babys hatte gesund gewirkt und die der Mutter nur leicht gestresst, doch das schmälerte die Schwere ihres Vergehens nicht. Sie hatte nicht damit gerechnet, dass Lena über den *onmyōdō*-Kodex Bescheid wusste, und die Erinnerung an ihren Verstoß dagegen hatte sie tiefer getroffen, als sie erwartet hatte. Aber dem Drang nachzugeben, Lena zu schlagen, war ein Totalausfall ihrer Selbstbeherrschung gewesen – ein deutliches Zeichen dafür, dass sie noch nicht bereit war zu transzendieren, was Sora auch sagen mochte.

Es klopfte an die Tür.

Kiyoko wischte schnell die Tränen fort.

»Herein.«

Die Tür ging auf. Murdoch. Er sah besser aus, als ein Mann auszusehen das Recht hatte.

»Ich werde in den Unterkünften der Schüler schlafen, solange du hier bist. Deshalb wollte ich ein paar Dinge holen«, sagte er und wies auf die Schranktür. Sein Blick wanderte über ihr Gesicht, dann betrachtete er das Kissen in ihren Armen. »Geht's dir gut?«

Das war also sein Zimmer. »Nein.«

Er legte die Stirn in Falten. »Sind es die gebrochenen Rippen?«

»Nein, aber mein Gewissen schmerzt.«

»Du konntest nicht wissen, was geschehen würde.«

Sie schnitt eine Grimasse. Wenn sie das Orakel bemüht hätte, hätte sie es wissen können. Aber diese Gelegenheit hatte sie verstreichen lassen. »Hast du schon etwas aus dem Krankenhaus gehört?«

»Dem Jungen geht es gut. Rachel ist in diesem Augenblick dabei, ihn auf die Welt zu bringen.«

»Ist es denn ein Junge?«

Murdoch runzelte die Stirn. »Natürlich. Warum sollte es kein Junge sein?«

Sie schnaubte. Der Aura des Babys nach zu urteilen, war es ein Mädchen. »Du hast in siebenhundert Jahren nicht so viel gelernt, wie du gern glauben möchtest, Murdoch. Du hast noch immer mittelalterliche Vorstellungen: Jungen sind mehr wert als Mädchen, oder?«

Er erstarrte. »Ich …«

»Mach dir nicht die Mühe, es abzustreiten. Ich kenne ganz ähnliche Ansichten bei vielen älteren Japanern. Zum Glück haben mein Vater und Sora mein Geschlecht nicht als Handicap betrachtet.«

Er lächelte schief. »Ich habe nichts gegen Mädchen. Die Welt wäre sehr viel ärmer ohne sie. Hättest du mich ausreden lassen, dann hätte ich dir erklären können, dass MacGregor mit Emily schon eine großartige Tochter hat und dass ein Sohn seine Familie einfach komplett machen würde.«

»Gut pariert.«

Sein Lächeln wurde breiter. »Danke schön.«

»Du bist trotzdem ein Chauvinist.«

»Aber ich bemühe mich sehr, keiner zu sein«, erwiderte er leise.

Kiyoko schüttelte den Kopf. Der Mann war ebenso charmant

wie altmodisch. Aber sie war nicht in der Stimmung, sich überzeugen zu lassen. »Bitte pack deine Sachen zusammen. Ich möchte zum Meditieren allein sein.«

»Jetzt?« Er ging quer durch den Raum zum Schrank, zog eine eingebaute Schublade auf und nahm einige Paar Socken und Boxershorts heraus. In einer anderen Schublade lagen T-Shirts und Jeans. »Ich finde, wir sollten Stefan heute Abend einen Besuch abstatten.«

»Dem Magier?«

Ihr gesunder Menschenverstand hielt es für nicht sehr wahrscheinlich, dass Murdochs Magier mit einer Lösung für ihr Problem, an die nicht schon andere geachtete Mystiker gedacht hatten, würde aufwarten können. Doch der gesunde Menschenverstand konnte die Hoffnung, die in ihrer Brust aufwallte, nicht zügeln. Sie wünschte sich, dass es ihr wieder gut ging.

»Aye«, sagte Murdoch. »Ich bringe meine Sachen nur schnell in die Unterkunft, und dann klopfen wir drüben bei ihm an.«

Er stopfte die Kleidungsstücke in einen Stoffbeutel mit Kordelzug und ergriff eine kleine, rechteckige Holzkiste, die auf dem Tisch am Fenster stand.

»Du spielst Schach?«, fragte sie und wies mit dem Kopf auf die Kiste.

Seine Augen leuchteten interessiert auf. »Aye. Du auch?«

»Ja.«

Er stellte die Holzkiste wieder zurück. »Wunderbar. Vielleicht spielen wir ja später eine Partie. Komm.«

Kiyoko folgte Murdoch die schöne Holztreppe hinunter zur Haustür. All das Holz im Haus war unbehandelt, nur gebeizt, und sie fand Gefallen an der natürlichen Atmosphäre. »Ist das dein Haus?«

»Nein, es gehört Webster.«

Er verlor kein weiteres Wort darüber. Winkte nur der Gruppe

von Wächtern, die um den Kamin im Wohnraum saßen, und begleitete Kiyoko zur Tür hinaus.

»War das nicht unhöflich? Sie nicht zu begrüßen?«

»Nein, wir sind ein ziemlich zwangloser Haufen. Leute kommen und gehen, und es ist in Ordnung so.« Er verließ die gepflasterte Zufahrt und hielt quer über den Rasen auf zwei Häuser zu. Das eine war sehr groß und hell erleuchtet, das andere war ein einstöckiges Gebäude mit Zedernholzdach und mehr Fenstern.

Kiyoko konnte keine Einzäunung entdecken. Natürlich wurde ihre Fähigkeit, alles in sich aufzunehmen, von der Hitze behindert, die sich langsam in ihrem Blut ausbreitete. Es war sonderbar erregend, Seite an Seite mit Murdoch durch die Dunkelheit zu laufen, unter einem silberfarbenen Halbmond, seinem Körper ganz nah, ohne ihn jedoch zu berühren.

»Das Gelände ist ziemlich weitläufig.«

»Über zwölf Hektar«, pflichtete ihr Murdoch bei. »Aber die Hauptgebäude liegen eng beieinander. Das ist die Arena.« Er zeigte auf das größte Gebäude. »Ursprünglich waren hier die Pferde untergebracht, aber MacGregor unterrichtet hier jetzt die Wächter.«

Sie runzelte die Stirn. »Es sieht nicht so aus, als würde das ausreichen. Wie viele Wächter habt ihr hier?«

»Sehr viele.« Der Steinweg brachte sie zu dem Gebäude mit den vielen Fenstern. »Das sind die Unterkünfte.« Murdoch öffnete die Tür und betrat den großen Wohnbereich. Dutzende Stühle standen an langen Tafeln und auf hellbunten Teppichen. Leute – meist Männer und ein paar Frauen – saßen, standen und lehnten, wo auch immer das möglich war. Trinkend, Karten spielend, fernsehend. Die Gespräche im Raum erstarben, als Murdoch die Tür schloss.

»Kiyoko Ashida, das ist die aktuelle Gruppe unserer Schüler, auch Trupp vier genannt.«

Lärmender Protest brach aus, aus dem man vor allem eine Stimme heraushörte: »Trupp vier, meine Fresse! Wir sind der Zorn des Conn, du Mistkerl.«

Murdoch grinste. »Dieser Zickenhaufen.«

»Der Zorn des Conn?«, fragte sie.

Er hob die Augenbrauen. »Was? Du bist kein *Star-Trek*-Fan? Das bezieht sich auf einen sehr alten Film« – erneut lautstarker Protest – »und hier in der Mannschaft auf denjenigen, der die größte Klappe hat.«

»Nicht die größte Klappe«, verteidigte sich ein kleiner, stämmiger Mann mit dunkelbraunem Haar und einem schiefen Lächeln, während er vortrat und Kiyoko die Hand hinstreckte. »Das größte Durchhaltevermögen bei einer langen Sauftour. Conn Quinn.«

»Glaub ihm kein Wort. Er ist Ire«, sagte Murdoch. »Seelenwächter können sich gar nicht betrinken.«

Quinn lachte, ohne beleidigt zu wirken.

Kiyoko schüttelte seine Hand. »Freut mich, Mr Quinn.«

»Bleib du hier. Ich räume nur schnell meine Sachen weg«, sagte Murdoch. Dann fasste er Quinn ins Auge. »Sei bloß höflich zu ihr. Ein falsches Wort, und ich schlage dir deine Trinkhand ab.« Dann ließ er Kiyoko in einem Raum voller fremder Gesichter zurück.

»Darf ich Ihnen ein Bier besorgen?«, fragte Quinn und hielt eine braune Flasche in die Höhe.

»Nein, danke.« Kiyoko ließ den Blick durch den Raum wandern. »Wie lange trainieren Sie schon mit MacGregor?«

»Drei Monate.«

»Dreißig neue Krieger alle drei Monate?« Sie schüttelte den Kopf. Das Feilen an den eigenen Fertigkeiten war etwas, was sich nicht auf Kommando erledigen ließ, und drei Monate erschienen ihr nicht besonders lang. Aber … »Das ist ja kaum ein Tropfen auf den heißen Stein.«

Quinn trank einen Schluck Bier. »Es mag nicht besonders vielversprechend aussehen, stimmt. Aber es ist nicht so hoffnungslos, wie Sie vielleicht denken. MacGregor befördert die besten Krieger jedes Lehrgangs zu Leutnants. Ein Leutnant ist dazu qualifiziert, andere auszubilden, und jede Gruppe entsendet mindestens ein Dutzend Krieger in die Welt. Wir bauen langsam eine Armee auf.«

Kiyoko sah den Flur entlang, auf dem Murdoch verschwunden war. »Ist Murdoch Leutnant?«

»Der beste.« Quinn grinste. »Abgesehen von mir natürlich.«

Sie lächelte. »Natürlich.«

»Was will eigentlich eine hübsche Lady wie Sie von einem alten Hund wie ihm? Das Stehvermögen lässt mit dem Alter nach, müssen Sie wissen.«

»Aber die Erfahrung nimmt zu.«

Der Ire grinste. Er legte ihr einen Arm um die Schulter, beugte sich zu ihr und flüsterte: »Wenn das so ist, Mädchen, dann sollten Sie wissen, dass ich die letzten neunundsiebzig Jahre damit verbracht habe …«

»Quinn!« Murdoch tauchte wieder auf. »Vorsicht, Freundchen. Du läufst Gefahr, deine Hand zu verlieren. Wenn ich's nicht erledige, dann übernimmt sie es. Habe ich etwa vergessen zu erwähnen, dass sie ein Katana hat und weiß, wie man damit umgeht?«

Die Warnung konnte Quinns Lächeln nichts anhaben. Aber er wich immerhin einen Schritt zurück. »Gut zu wissen.«

Murdoch legte Kiyoko leicht seine Hand auf den Rücken. »Gehen wir.«

Ihre Kleider schienen unter der Wärme seiner Hand zu schmelzen. Wiewohl sanft, war seine Berührung durchaus intim, und sie wusste, was er damit bezweckte – Quinn auf Abstand zu halten. Eine derartige Reviermarkierung hätte sie normalerweise verärgert, aber nicht heute. Heute wünschte sie sich, sie wäre ernst gemeint.

Murdoch nahm die Hand weg, sobald sie draußen waren.

Kiyoko seufzte. Manchmal wünschte sie sich, eine normale Frau mit einem normalen Leben zu sein. Dann könnte sie den Impulsen nachgeben, die ihr Herz schneller schlagen und ihre Hände feucht werden ließen. Murdoch war genauso, wie ein Mann nach ihrem Geschmack sein sollte – selbstbewusst, tüchtig und ehrenhaft. Aber er war einfach nicht zu fassen. In mehr als einer Hinsicht.

Sie nahmen nicht den Weg zurück zum Haupthaus, wie Kiyoko erwartet hatte. Stattdessen führte er sie durch das kleine Gehölz hinter den Unterkünften.

»Wohnt der Magier nicht bei euch?«

»Nein, Stefan und seine Frau leben am Fischteich. Sie sind ein nettes Paar, bleiben aber lieber für sich.«

»Seine Frau ist also keine Wächterin?«

Murdoch schob einen Ast beiseite, damit Kiyoko passieren konnte. »Nein, Dika ist eine sterbliche Frau wie jede andere. Ich glaube, sie kommen beide aus Rumänien.«

Sie umrundeten ein Nebengebäude mit einem großen, scheunenähnlichen Tor und folgten einem blumengesäumten Pfad bis vor die Metalltür des Wohnwagens. Zumindest hielt Kiyoko das Gebilde für einen Wohnwagen. Allerdings waren keine Räder zu sehen.

Murdoch klopfte vernehmlich an die Tür.

Eine schlanke, dunkelhaarige Frau öffnete und wischte sich die Hände an einem Geschirrtuch ab. Sie schaute Kiyoko an, dann lächelte sie Murdoch zu. »Tut mir leid, Jamie. Er empfängt heute keine Besucher«, sagte sie.

Jamie? Kiyoko neigte den Kopf zur Seite. War das sein Vorname?

Murdoch schnupperte. »Machst du etwa Kohlrouladen? Meine Leib- und Magenspeise?«

»Erraten.«

»Ohne mich probieren zu lassen? Dika, du bist herzlos.« Murdoch schenkte der Frau des Magiers ein inniges Lächeln, und Kiyokos Herz dröhnte. Es war nahezu unmöglich, einem Mann etwas abzuschlagen, der zu solch einem warmen Lächeln fähig war.

Doch Dika war stärker als sie. Sie zuckte die Achseln. »An jedem anderen Tag bist du uns willkommen. Aber heute musst du ohne Kohlrouladen wieder gehen.«

»Sag ihm, dass es ein Notfall ist«, bat Murdoch.

Das Lächeln der anderen Frau verblasste. »Er weiß, warum ihr hier seid.«

»Dann weiß er, dass ein Leben auf dem Spiel steht.« Murdoch zog die Tür weit auf, so dass der Knauf Dikas Hand entglitt. »Ich kann verstehen, dass er wegen des Schleiers sauer ist, aber ich lasse mich nicht abspei…«

Ein fülliger Mann mit pechschwarzen Locken, die ihm über die Augen fielen, schob sich plötzlich an Dika vorbei und stellte sich Murdoch in den Weg. »Sauer? Du glaubst, ich habe nur einen kleinen Wutanfall? Du hast ja keine Ahnung, womit du es zu tun hast. Sie herzubringen war ein Riesenfehler.«

Murdoch seufzte. »Du bist der Einzige, der sie retten kann, Stefan. An wen sonst sollte ich mich wenden?«

»Schick sie nach Japan zurück. Begrab sie unter dem Fischteich. Ist mir egal, was du mit ihr anstellst, schaff sie mir nur aus den Augen!« Und damit riss er Murdoch den Türknauf aus der Hand und schlug die Tür zu.

Fassungsloses Schweigen trat ein.

Ein Schweigen, das rasch peinlich wurde.

»Vielleicht habe ich ihn irgendwie beleidigt«, überlegte Kiyoko.

»Mach dich nicht lächerlich«, erwiderte Murdoch zögernd. Er starrte stirnrunzelnd auf die Tür. »Er muss krank sein oder so. Er war immer schon ein bisschen seltsam, aber er ist eigentlich eine gute Seele. Hilfsbereit, kreativ bei der Problemlösung und allzeit bereit, sein Leben zu riskieren.«

»Außer heute.«

Murdoch nickte. »Aye, außer heute.«

»Schade, dass wir ihn nicht angerufen haben, bevor wir uns auf diese lange Reise gemacht haben.« Kiyoko versuchte, ihre große Enttäuschung hinter einem Lächeln zu verbergen. »Ich hatte gehofft, Kalifornien ein bisschen kennenzulernen, bevor ich wieder nach Hause fliege.«

Murdoch antwortete nicht gleich. Sein Blick hielt den ihren fest.

Endlich sagte er: »Ich kann dich nicht gehen lassen.«

Bei diesen Worten hätte ihr heiß werden müssen. Stattdessen wurde ihr kalt. Ihr verlangsamter Herzschlag passte zu dem schmerzhaften Klopfen in ihrer Brust. Sie wusste genau, was er meinte. Jedenfalls nicht, dass er nicht mehr ohne sie leben konnte.

»Es sei denn, ich gehe ohne den Schleier«, ergänzte sie.

Seine Miene verschloss sich. »Du bleibst hier, bis ich dir sage, dass du gehen kannst. Bis du ohne den Schleier *gefahrlos* gehen kannst.«

Ihre Hände zitterten. Kiyoko versteckte sie in den Falten ihres Rocks und konzentrierte sich aufs Atmen, während sie ihre Gedanken zu ordnen versuchte. Er war von Anfang an ehrlich gewesen. Der Verlockung seines schiefen Lächelns zu erliegen, war ihr Fehler gewesen, nicht seiner. »Bist du sagst, dass ich gehen kann? Würdest du es vorziehen, mich hier sterben zu sehen, weit weg von zu Hause, weit weg von allem, was ich kenne und liebe, als mich selbst über mein Schicksal bestimmen zu lassen?«

Ein Aufruhr von Gefühlen tobte über sein Gesicht, aber ausnahmsweise einmal ließ sich der Berserker nicht blicken. Es war allein Murdoch, der darauf antwortete, und seine Aura schimmerte dabei lavendelblau.

»Ich werde dich *nicht* sterben lassen.«

Asasel breitete seinen linken Flügel aus, bis er an die Mauer seines Burgzimmers stieß, und bewegte ihn leicht, um das Kerzenlicht zu löschen. Er lächelte. Von den Schulterfedern bis zu den Spitzen seiner langen Handschwingen war alles ein Meer aus glänzendem Schwarz. Die einzigen verbleibenden grauen Federn waren einige Schulterfedern auf der linken Schwinge.

Er starrte in das angelaufene Spiegelglas.

Kaum zu sehen.

Natürlich gäbe er ein noch schöneres Bild ab, wenn er den Schleier an sich gebracht hätte. Ärgerlicherweise hatte Murdochs verfrühte Heimreise seine Hoffnungen zunichte gemacht. Aber es würde andere Gelegenheiten geben. Es war nur eine Frage der Zeit, bis Kiyoko verraten würde, wo sich der Schleier befand, und während er darauf wartete, erstarkte seine Armee. Am Schluss würde der schottische Seelenwächter kein Problem mehr darstellen. Nicht für eine Legion Knochensauger.

Seine wirkliche Sorge galt dem Mädchen.

Der Dreifältigen Seele.

Ihre Fähigkeiten waren unglaublich. Sobald der Wagen auf das Anwesen gefahren war, hatte er gespürt, wie sie ihre Fühler nach ihm ausgestreckt hatte. Nur indem er seine ganze, in jahrhundertelanger Verführungspraxis an Menschenfrauen erworbene Kunst aufgeboten hatte, war es ihm gelungen, seine Identität zu verschleiern. Aber das würde ihm nicht auf Dauer gelingen. Ein winziger Ausrutscher, eine kleine Unaufmerksamkeit, und sie würde ihn durchschauen.

In einer perfekten Welt würde er sie einfach umbringen. Aber die Herrin des Todes und Gott hatten sie mit zwei Urzaubern belegt, die die junge Frau unsterblich hatten werden lassen. Und wenn er sie entführte oder ihr auch nur ein Haar krümmte, würde das den Zorn der Erzengel auf sein Haupt herabbeschwören. Sie wirksam auszuschalten war eine knifflige Aufgabe, die einiger Grübelei bedurfte.

In der Zwischenzeit war jede neue schwarze Feder ein Grund zum Feiern.

»Ich brauche etwas zu essen«, heulte er.

Die schwere Holztür seines Gemachs schwang auf, und ein kräftiger Mann mit dunklen Locken wurde hereingestoßen. Noch ungebrochen, stand er rasch mit erhobenem Kinn und gestrafften Schultern von dem kalten Steinboden auf. Aber als sein Blick auf Asasels gewundene Bockshörner fiel, auf die Vielzahl glühender Runen, die er sich selbst mit den Fingernägeln in die Haut geritzt hatte, und auf die mächtigen schwarzen Schwingen, geriet der Widerstand des Narren ins Wanken.

Der gefallene Engel lächelte. »Wie heißt du?«

»Carl Roche.«

Asasel durchquerte den Raum und begann, seine Beute zu umkreisen. Dabei ließ er seine Federn über Arme und Beine des Mannes streichen. Das beschleunigte Zirkulieren von dessen Blut teilte sich ihm mit, und er beugte sich ganz nahe zu ihm, damit die Wellen der Wärme sich über ihm brechen konnten.

»Hast du keine Angst, Carl?«

»Du und deine gruseligen Kumpels können mir nichts anhaben, Mann.«

Asasel lachte. »Du bist ein ganz schön harter Brocken, oder?«

»Ich habe siebenundzwanzig Menschen umgebracht«, versicherte Carl.

»Dreckskerle? Huren?«, riet Asasel mit leisem Hohn. Unfähig, der Versuchung zu widerstehen, fuhr er mit dem Finger über das stoppelige Kinn des Mannes und hinunter zu seinem dicken Hals.

»Auch Normalos. Sogar Kinder, wenn man die mitzählt, denen ich eine Überdosis Drogen verkauft habe. Dann sind wir schon fast bei hundert.«

»Aha?« Asasel hob den Blick von der pochenden Halsschlagader, die seinen Namen flüsterte. »Sag's mir, Carl. Was ist das Schlimmste, das du jemals getan hast?«

»Ich hab meine dreizehnjährige Tochter erwürgt. Das Miststück hatte meine Zigaretten geklaut.«

Asasel hob die Augenbrauen. »Meine Güte, das ist tatsächlich böse.«

Carl nickte erfreut.

»Aber nicht so böse, dass du es wagen solltest, dich mit mir zu vergleichen«, fuhr Asasel fort. »Für weniger als fünfhundert Morde oder monströse Untaten wie das Abschlachten Unschuldiger zum Spaß erreicht man nicht mal die niedrigste Dämonenstufe. Und wenn du ans obere Ende der Leiter gelangen willst, dorthin, wo ich jetzt stehe, musst du ein wirklich begabter Diener des Bösen sein. Du, Carl Roche, bist nichts weiter als ein gemeiner Wald-und-Wiesen-Wurm.«

Und damit schnippte er Carls Kopf zur Seite und versenkte seine Reißzähne in das breiige Fleisch seines Halses.

13

Murdoch riss Kiyoko an seine Brust, beugte den Kopf zu ihr hinunter und küsste sie mit all dem frustrierten Begehren, das in seinen Adern loderte. Und wie in jedem seiner Träume, an denen er sich in den letzten zwei Wochen erfreut hatte, küsste sie ihn mit derselben Glut zurück.

Er wusste, dass es ein Traum war. Er wusste es, denn der Berserker regte sich nicht. Er krümmte nicht einmal einen Finger. Aber es war ihm gleichgültig. Er ließ zu, dass die Vision Besitz von ihm ergriff, freute sich an jedem süßen Kontakt mit Kiyokos Haut, der berauschenden Reibung ihrer Lippen auf den seinen, jeder Schweißperle, die sich auf seiner Stirn bildete in dem Bemühen, dem Drang zu widerstehen, sie hart und schnell zu nehmen.

Er grub seine Finger in ihr Haar und bog ihren Kopf zurück, um sie noch inniger zu küssen. Er wollte mehr. Brauchte mehr. Ihre Lippen öffneten sich unter dem ermunternden Tasten seiner Zunge, und er nutzte die Gelegenheit weidlich aus. Das Wimmern, das sich ihr entrang, als ihrer beider Zungen sich berührten, brachte sein Blut zum Kochen und straffte seine Haut in schmerzlicher Intensität.

Er riss sich das T-Shirt vom Leib und warf es beiseite.

Dann streifte er Kiyokos Blumenkleid ebenso hastig von ihrem Körper, so dass sie nur noch in der weichen Baumwollspitze ihrer Unterwäsche vor ihm stand, und drückte sie wieder an sich. Haut an Haut.

Der Tanz ihrer zarten Hände über die heißen Muskeln an seinem Rücken sandte Schauer der Lust in jedes Nervenende seines Körpers. Bei der hämmernden Antwort seines Blutes verdrehte er die Augen. Gütiger Gott! Er wollte spüren, wie diese Hände andere Teile seines Körpers umfassten, drückten. In drei kurzen Schritten hatte er sie rückwärts gegen eine Birke gedrängt und rieb sein Becken, das noch immer in der Jeans steckte, gegen ihren fast nackten Körper.

Er versuchte verzweifelt, den Druck zu lindern.

Er hatte noch nie eine Frau so heftig begehrt.

Er musste sie haben.

Er ließ ihr Haar los und widmete sich seiner Gürtelschnalle. Aber seine Finger wollten ihm nicht gehorchen. Sie kapitulierten vor dieser einfachsten aller Aufgaben, und er stöhnte seinen Frust in ihren Mund hinein.

Sanft schob Kiyoko seine Hände fort und übernahm. Gürtel, Jeans, Boxershorts. Schneller, als Murdoch es für möglich gehalten hätte, war er davon befreit. Aber nicht befriedigt. Nicht annähernd. Er vergrub sein Gesicht in der duftenden Vertiefung ihres Halses und bettelte.

»Bitte«, murmelte er. Er wollte, dass Kiyoko ihn berührte.

Und das tat sie. Erbarmen! Allein das Gefühl ihrer kühlen Finger auf seiner schmerzhaft angespannten Haut genügte beinahe, um es zu Ende zu bringen. Doch er biss die Zähne zusammen und hielt sich zurück. Er wollte, dass es nie aufhörte. Diese Empfindungen waren so lebhaft und grausam und wunderschön, dass er in diesem Moment hätte sterben können und glücklich gewesen wäre.

Dann bewegte sie sich. Die eine Hand hielt ihn fest, die andere fuhr an ihm auf und ab. Von der Wurzel seines Schwanzes bis zur Eichel, jeden einzelnen empfindlichen Punkt auf dem Weg stimulierend. Vielleicht weil es ein Traum war oder weil sie eine Göttin war, kam es ihm vor, als wäre die Hand, die ihn streichelte, gesalbt, so dass sie seine Welt in einer vollkommenen Mischung aus Reiben und Gleiten auf den Kopf stellte.

Murdoch blieb die Luft weg.

Jesus!

Er war tatsächlich dabei zu sterben.

Es schien, als könnte sie jeden fiebrigen Höhepunkt der Erregung deuten, der seinen Körper durchfuhr. Sie wusste, wie sie ihn berühren musste. Zunächst langsam – quälend langsam – und dann schneller, während die Anspannung in seinem Körper anschwoll. Schneller und immer noch schneller.

Sein Atem ging keuchend und flach.

Jeder Zentimeter seiner Haut erbebte erwartungsvoll.

Sie ließ nicht von ihm ab. Sie reizte und lockte sein Fleisch, so dass sich ihm bei jeder ihrer perfekt abgemessenen Handbewegungen und bei jedem erfinderischen Streicheln über seine Eichel der Kopf drehte.

Und dann kam er.

Gott! Und wie er kam. In einer wunderbaren Explosion der Sinne, die von einem leisen Stöhnen und ihrem bewundernd geflüsterten Namen begleitet war. Es klingelte in seinen Ohren. Sein Blut dröhnte. Und der Duft, der allein Kiyoko gehörte, erfüllte seine Nase. Es war wie im Himmel.

Eine Faust donnerte gegen die Tür. »Murdoch? Bist du da drin?«

Murdoch riss die Augen auf. Über ihm hing die getäfelte Holzdecke der Unterkunft. Neben ihm lagen die zerwühlten Laken seines Betts. Aber keine Kiyoko. Während er versuchte, sich nicht mit dem ausgeprägten Gefühl des Verlustes, das in seinem

Unterleib wühlte, zu befassen, zog er schnell eines der Laken über sich und setzte sich auf.

Eben noch rechtzeitig. Schon öffnete sich die Tür, und Brian Webster trat in das Einzelzimmer.

»Kannst du nicht warten, bis ich dich auffordere hereinzukommen?« Murdoch strich sich das Haar aus den Augen.

»Du siehst aus wie ausgekotzt. Kurze Nacht?«

»Gibt's einen Grund, warum du um diese unchristliche Uhrzeit hier auftauchst, Webster? Oder hat Lena dich etwa aus dem Bett gejagt?«

Der andere grinste breit, nicht im Mindesten verärgert über die Unterstellung, es könnte schlecht um sein Liebesleben stehen. Das war schlicht nicht der Fall. »Ich muss schon sagen, seit ich Kiyoko kenne, bin ich nicht mehr sonderlich verwundert, dass du so lange in Japan warst. Sie ist ein echter Hingucker. Wenn du einen Tipp brauchst, wie du zu Date Nummer drei kommst, frag mich einfach.«

Murdoch sah ihn finster an. »Nur um eins klarzustellen, Webster: Wir sind *keine* Freunde. Ich will und brauche deine Tipps nicht. Geh und nerv jemand anderen.«

»Hör auf, schlechte Laune zu verbreiten.« Webster durchquerte das Zimmer und riss die Vorhänge auf. Selbst in Jeans und T-Shirt sah der Mann aus, als wäre er einem verdammten Modemagazin entstiegen. »Rachel hat das Baby bekommen.«

Murdochs Ärger verpuffte augenblicklich. »Wirklich?«

Sein Chef nickte. »Ein Mädchen. Über vier Kilo. Mutter und Kind geht's gut.«

»Gott sei Dank!«

»Das ist doch cool! Wir sind jetzt Onkel!«

Murdoch stand auf und wickelte sich das Laken um die Hüfte. »*Wir* sind gar nichts. *Du* bist eine Nervensäge, und ich bin fürs Frühstück schon spät dran. Würdest du jetzt bitte gehen?«

»Bin schon weg.« Doch der Kerl blieb. »Ich muss gestehen, ich dachte, dass du mit Kiyoko oben im Haus wohnen würdest, nicht hier unten in den Unterkünften. Was ist los? Schläft sie mit einem der beiden Kerle, mit denen sie gekommen ist?«

Murdoch schloss die Augen. *Er ist mein Chef. Ich werde ihn nicht umbringen.* Mit der größten ihm möglichen Selbstbeherrschung deutete er auf die Tür. »Raus!«

Die Tür schwang knarrend auf. »Komm nach dem Frühstück in die Arena, damit ich dir mehr Respekt vor deinen Vorgesetzten beibringen kann.«

Murdoch hob den Blick.

Duelle Mann gegen Mann weckten seinen schlummernden Berserker nur selten, und ohne seine übernatürliche Kraft waren er und Webster einander ebenbürtig. Webster war weniger gut ausgebildet, aber er besaß eine Begabung für den Schwertkampf, über die nur wenige Männer verfügten, und er war blitzschnell. Ein Duell mit ihm wäre eine hervorragende Gelegenheit, ein bisschen Dampf abzulassen.

»Ich freue mich schon darauf.«

Emily fuhr mit Lachlan heim, erschöpft, aber glücklich. Bale hatte in der Nacht ein Taxi zur Ranch zurück genommen, und ihre Mom war im Krankenhaus geblieben, um sich auszuruhen. Es war sehr still im Wagen. Sie betrachtete das Gesicht ihres Stiefvaters, während er das Auto über die kurvenreiche Straße durch die Hügel über San José lenkte.

»Bist du enttäuscht?«, fragte sie.

Er warf ihr einen kurzen Seitenblick zu. »Weshalb?«

»Weil es ein Mädchen ist.«

Er lächelte. »Ganz und gar nicht. Katie ist gesund, das reicht mir. Und so wie sie aussieht, wird sie später mal eine richtige Schönheit – wie ihre Schwester.«

»Halbschwester.«

»Das ist doch verwandt genug«, erwiderte er und sah sie erneut an. »Ich dachte, du freust dich über das Baby.«

»Das tue ich auch.« Sie benahm sich nur dumm. Fühlte sich wie die zweite Wahl, aus keinem bestimmten Grund. »Du verdienst es, ein eigenes Kind zu haben.«

Er drückte einen Knopf am Armaturenbrett. Einen Moment später bog er in die Zufahrt zur Ranch ab und lenkte den Wagen durch das langsam sich öffnende Tor. Er winkte dem Wächter im Wachhäuschen zu. »Katie ist sozusagen eine Zugabe. Allein dein Stiefvater zu sein, macht mich schon glücklich. Ich freue mich über die Rolle, die ich in deinem Leben spielen darf.«

Emily lächelte. »Auch wenn ich immer Widerworte gebe?«

Lachlan brachte den Wagen vor dem Haus zum Stehen, dann schaute er sie an. »Den Part finde ich nicht ganz so prickelnd, um ehrlich zu sein. Aber zurzeit ist das ja nicht so ein Thema.«

»Ja, ich werde älter. Nächste Woche habe ich Geburtstag.«

»Süße sechzehn.« Wieder ein Lächeln, diesmal listiger. »Ich weiß.«

»Hast du schon etwas für mich?«

»Würde ich es dir etwa sagen, wenn es so wäre?« Er öffnete den Wagenschlag und stieg aus. »Und damit die Überraschung verderben?«

»Du bist gemein!«

Er grinste. »Aye. Das ist das Beste: der böse Stiefvater zu sein.«

Von dem aufsteigenden Glücksgefühl in ihrer Brust überwältigt, umarmte Emily Lachlan. »Ich gehe in die Arena, um mir das Training anzuschauen. Kommst du mit?«

»Gib mir zwanzig Minuten. Ich muss duschen und nachsehen, ob das Zimmer für Katie fertig ist, wenn sie heute Abend kommt. Dann bin ich da.«

»Quatsch!« Emily verdrehte die Augen. »Mich beschwindelst

du nicht. Ich weiß, dass du beim Blumenhändler anrufst. Wie viele Dutzend Rosen willst du Mom denn schicken?«

Er lächelte auf sie herab. »Alle, die sie haben.«

»Du bist so ein Trottel.«

Er drückte ihr einen Kuss auf die Stirn und schob sie sanft von sich. »Geh schon.«

Gehorsam wandte sie sich ab. »Ich werde noch ganz sentimental, weißt du.«

»Aye. Jetzt geh endlich!«

Emily ging lächelnd über den Rasen zur Arena. Lachlan war in Ordnung. Schwer in Ordnung. Beschwingt zog sie die Tür zur Arena auf.

Sie war so groß wie ein Hockeyfeld, mit Sand ausgestreut und hatte auf jeder Längsseite eine Zuschauertribüne. In der Feldmitte waren einige Übungskämpfe im Gange, aber der, der sofort ihre Aufmerksamkeit erregte, war der zwischen den beiden Japanern.

Der Mann und die Frau trugen beide eine weite schwarze Hose und ellbogenlangen Hemden. Darüber hatten sie eine Art Rüstung angelegt. Sie kämpften mit jeweils zwei Schwertern – einem kurzen und einem langen – und führten die Hiebe schnell wie Klapperschlangen. Beide bewegten sich mit großer Anmut und solch fließender Leichtigkeit, dass sie eher wie ein Liebespaar wirkten denn wie Gegner im Kampf.

Total abgefahren.

Brian sprach gerade mit einem der Schüler. Emily stieg deshalb auf die Tribüne zur Rechten und setzte sich neben den älteren Japaner, von dem sie die seltsamen Schwingungen empfangen hatte. Sora Sowieso.

»Das ist wirklich cool«, sagte sie. »Mit zwei Schwertern zu kämpfen.«

»*Nitōjutsu.*«

Emily verzog das Gesicht. »Entschuldigung, aber ich spreche kein Japanisch.«

Der Alte lächelte freundlich. »Der Zwei-Schwerter-Kampf heißt *nitōjutsu*. Er stammt aus der Zeit der großen Samurai.«

»Oh.« Sie betrachtete den Mann genauer. Sein schmales Gesicht war faltig und sein langes Haar weiß, aber seine Augen wirkten klar und hell. »Sind Sie ihr Lehrer?«

»Ja.«

Sie stützte die Ellbogen auf die Knie und beugte sich nach vorn. Der Schwertkampf fesselte erneut ihre Aufmerksamkeit. »Ich wette, es dauert lange, solche Bewegungen zu lernen.«

»Das hängt davon ab, wie gelehrig der Schüler ist.«

»Ich bin keine sehr gute Schülerin. Zurzeit fällt es mir schwer, mich zu konzentrieren.« Emily seufzte. »Wem will ich etwas vormachen? Nicht nur zurzeit. Schon seit ein paar Jahren.«

»Seitdem du dich für Jungs interessierst?«

Sie wurde rot. »Kann schon sein.«

»Das ist ganz normal«, nickte Sora. »Kiyoko-san und Yoshio-san hatten beide dasselbe Problem.«

»Die zwei da?«, fragte sie und deutete auf die Kämpfer.

»Ja.«

»Das sieht man aber nicht.« Die beiden waren barfuß, glitten geschmeidig über den Sand und griffen mit absoluter Präzision an. Mühelos wehrten sie die Hiebe des anderen ab und nahmen mit beneidenswerter Schnelligkeit ihre Kampfpositionen wieder ein.

»Weil sie die Kunst erlernt haben, den Geist zur Ruhe kommen zu lassen. Du könntest das auch lernen. Es ist nicht schwer.«

»Hmm.« Es war verlockend, ihn zu bitten, sie darin zu unterweisen, aber es erschien ihr recht unhöflich in Anbetracht der Tatsache, dass sie ihn kaum kannte. »Ich übe normalerweise mit Brian, Murdoch oder mit meinem Stiefvater. Ich habe die Techniken der alten europäischen Meister gelernt.«

»Eine hervorragende Basis.« Sein Blick fiel auf die dunkelrote Strähne in ihrem Haar – im grellen Licht der Arena war es unmöglich, sie zu übersehen –, und seine Miene wurde nachdenklich. »Wenn du den japanischen Weg des Schwertes lernen willst, wäre ich sehr erfreut, dein Sensei zu sein.«

»Das bedeutet Lehrer?«

Er nickte. »Du willst doch lernen, oder?«

Emily grinste schief. »Bin ich so leicht zu durchschauen?«

»Ja«, erwiderte er lächelnd. »Und Begeisterung ist eine Tugend.«

Eine Tugend! Sie hatte Tugenden! Das war wirklich toll. »Ja, ich würde es wirklich gern lernen, Sensei«, sagte Emily. »Wann können wir anfangen?«

»Wie wäre es mit sofort?«

Sie blinzelte. »Ich schätze, das geht. Brauche ich ein bestimmtes Schwert?«

Der alte Mann erhob sich. »Heute nicht. Wir beginnen mit Worten, nicht mit Waffen. Komm, suchen wir uns ein ruhiges Plätzchen.«

Emily kaute einen Moment lang auf ihrer Unterlippe. Die seltsamen Schwingungen, die sie von ihm empfing, bargen keinerlei Anzeichen von Dunkelheit, nur einen Hauch von stillem Geheimnis. Blassgolden war immer noch golden. Sie blickte zu Brian, der seinem Schüler eben einen Schwerthieb demonstrierte. Dann hielt sie Ausschau nach Murdoch, aber der große Schotte war nirgends zu sehen. Die beiden Männer würden sie wahrscheinlich nicht einmal vermissen.

»Okay, dann gehen wir.«

Während sie Sora aus der Arena folgte, dachte sie darüber nach, wie er wohl den Saum seiner schwarzen Robe so sauber hielt, obwohl der fortwährend über den Boden schleifte. Vielleicht war das Zauberei.

Eine heiße Welle durchflutete Kiyoko, als Murdoch die Arena betrat. Ihre Wangen röteten sich, aber wie durch ein kleines Wunder bewahrte sie Haltung und geriet in dem Übungskampf gegen Yoshio nicht ins Straucheln. Ein kleines Wunder, denn der Traum von heute Morgen war der bisher intimste gewesen.

Der Kampf war zu Ende, und sie verbeugte sich vor ihrem Gegner.

Yoshio stand ihr als einziger Mensch so nahe wie ein Bruder. Er war auf der Schwelle ihres Vaters aufgetaucht, als er sieben war, und hatte seitdem jeden Tag an Kiyokos Seite trainiert. Obwohl er im Lager lebte und nicht unter dem Dach ihres Vaters, hatten sie auch abseits der Ausbildung viele Stunden zusammen verbracht. Sie waren auf Hügel und Bäume geklettert, hatten den Formationen der Wolken Namen gegeben und über ihre ersten Weissagungsversuche gelacht.

Yoshio lächelte ihr zu.

Mittlerweile standen sie einander nicht mehr so nahe. Nicht, seitdem er seine erste Freundin gefunden hatte und ein wenig zurückhaltender geworden war. Aber er entfernte sich niemals allzu weit von ihr.

Kiyoko stieß ihr Katana zurück in die Scheide und suchte mit den Augen rasch die Tribüne nach Sora ab. Die attraktive männliche Gestalt neben Brian Webster und Conn Quinn übersah sie geflissentlich. Sie wusste nicht, ob sie Murdoch jemals wieder würde in die Augen blicken können. Wenn sie beide dieselben Träume hatten, dann ganz sicher nicht.

Sora war verschwunden.

Sie hob fragend die Augenbrauen, aber Yoshio zuckte die Achseln.

»Er ist vor ein paar Minuten gegangen.«

Wie sonderbar. Keine Kata-Lektion heute. »Sollen wir dann frühstücken gehen?«

Yoshio rümpfte die Nase. »Hast du gesehen, was hier morgens gegessen wird? Alles trieft vor Butter und Fett.«

»Murdoch sagte, die Kantine in den Unterkünften bietet internationale Küche an. Dort müssten wir Reis und Tee bekommen.«

Ein kehliges Grollen hallte durch die Arena, rasch gefolgt vom metallischen Klirren von Klinge auf Klinge. Sofort wurden die Übungskämpfe um sie herum abgebrochen, und mit breitem Lächeln drehten sich alle um. Kiyoko spähte über Yoshios Schulter, um zu sehen, wer da mit wem kämpfte. Sie war nicht überrascht zu entdecken, dass Murdoch und Brian Webster in einem erbitterten Scheingefecht ihre Schwertkünste aneinander maßen.

Überrascht war sie von dem aberwitzigen Tempo des Duells. Und von der grimmigen Aggression auf den schönen Gesichtern der beiden Männer. Dieser Kampf war eine ernst gemeinte Kraftprobe. Murdoch platzierte seine Schläge mit Kraft und Präzision, doch Webster schien ihm in nichts nachzustehen und attackierte und parierte mit atemberaubender Wendigkeit.

Beide Männer landeten innerhalb von Sekunden einen Treffer. Murdoch trug eine Schnittwunde im linken Arm und Webster einen Hieb in die Schulter davon. Aber sie achteten nicht darauf und fuhren fort, mit einer Selbstgefälligkeit aufeinander loszugehen, die Kiyoko zusammenzucken ließ.

»Ich setze auf Murdoch«, sagte ein Wächter neben ihr.

»Sei dir da mal nicht so sicher«, entgegnete ein Kollege, während er seine Brieftasche aus der Hosentasche zog und ihr zwei Zwanziger entnahm. »Er wird den Berserker nicht in einem Übungskampf rauslassen. Ich wette, dass Webster ihm ordentlich in den Hintern treten wird.«

»Die Wette halte ich.«

Kiyoko verzog das Gesicht. Blutrünstige Wilde alle miteinander. Sie ergriff Yoshios Ärmel. »Komm! Die Kantine ist bestimmt leer, während sie sich hier die Köpfe einschlagen.«

»Du willst nicht abwarten, ob Murdoch gewinnt?«

»Nein, wenn ich erst dabei zuschaue, wie sich zwei Kerle gegenseitig zu Hackfleisch verarbeiten, bekomme ich anschließend nichts mehr hinunter.«

Yoshio blickte über die Schulter zurück. »Die Wunden sind nicht sehr tief. Sie heilen in ein paar Stunden.«

»Darum geht es doch gar nicht.« Kiyoko seufzte. Yoshio war genauso schlimm wie die anderen. Er konnte den Blick kaum abwenden. »Bleib hier, wenn du willst. Ich gehe zurück ins Haus.«

Ihr Partner nickte zerstreut.

Männer!

Als Kiyoko aus der Arena in den trüben, nebligen Morgen hinustrat, wäre sie beinahe mit Ryuji zusammengestoßen, der gerade hineinwollte. »Verzeihen Sie, Ryuji-san. Ich habe nicht aufgepasst.«

Er lächelte. »Ich auch nicht.«

Es war ein sehr freundliches Lächeln, und Kiyoko konnte gar nicht anders als es erwidern. Es war zu Beginn vage selbstironisch und gegen Ende warm bewundernd. Schwer, dem zu widerstehen. Ryuji war ein attraktiver Mann, besonders in dem hellblauen Pullover und der dunkelgrauen Hose. Außerdem wusste er alles, was es über die Ashida Corporation zu wissen gab, und konnte ihr helfen, einige der merkwürdigen Ausgabenposten im Geschäftsbericht zu verstehen, über die sie sich den Kopf zerbrach.

Kalte, trockene Zahlen waren genau das, was sie jetzt brauchte, um die letzten Fetzen ihres Traums aus ihrem Kopf zu verbannen. »Haben Sie schon gefrühstückt?«

»Nur Tee.«

»Würden Sie mir Gesellschaft leisten?«

»Gern.« Er sah auf die weiß bemalte Tür zur Arena. »Haben Sie zufällig Emily da drin gesehen? Ihr Vater bat mich, ihr etwas auszurichten, falls ich sie treffe.«

Kiyoko vergegenwärtigte sich das Bild der Tribüne, die sie kurz zuvor überflogen hatte. »Ich glaube nicht, dass sie hier ist.«

»Dann nehme ich an, dass seine Nachricht hinfällig ist. Er verspätet sich nämlich zu ihrer Unterrichtsstunde.« Er bot ihr seinen Arm an. »Sollen wir in die Kantine gehen? Dort gibt es eine kleine, aber feine Auswahl an frischem Sushi. Ich hatte ohnehin gehofft, mit Ihnen über die Bilanzprüfung sprechen zu können. Einige Kunstwerke, die der Firma gehören, fehlen, und ich fürchte, dass sie mit dem Haus Ihres Vaters verlorengegangen sein könnten. Wären Sie bereit, mit mir die Listen durchzugehen?«

Kiyoko nahm seinen Arm. »Sehr gern.«

Ihr Vater hatte Ryuji sehr bewundert. Nicht nur für seinen Geschäftssinn, den Tatsu Ashida öffentlich und im privaten Kreis stets gerühmt hatte, sondern auch für seinen Familiensinn. Ryuji unterstützte seine verwitwete Mutter, seine beiden unverheirateten Schwestern und eine Schar von Onkeln und Tanten.

Ihr Vater hatte sie nie dazu gedrängt, Ryuji als künftigen Ehemann ins Auge zu fassen, aber er hatte auch keinen Hehl aus seinen Hoffnungen gemacht.

Leider hatte es nicht gefunkt. Jedenfalls nicht auf ihrer Seite. Da war nichts, was auch nur entfernt dem heftigen Verlangen ähnelte, das Murdoch in ihr auslöste.

»Kiyoko.«

Ihr Herz vollführte einen merkwürdigen kleinen Tanz, als sie ihren Namen polternd rufen hörte. Erstaunlich! Es war beinahe so, als könnte sie Murdoch herbeizaubern, indem sie nur an ihn dachte.

Sie ignorierte Ryujis plötzlich erstarrten Arm und blieb stehen. Als sie sich umdrehte, sah sie sich Murdoch gegenüber und wurde von einer weiteren glühenden Welle der Verlegenheit überrollt. Er war voll bekleidet – wenn man die zahlreichen Löcher in seinem Hemd außer Acht ließ, die Brians Schwert hinterlassen hatte –, doch vor ihrem geistigen Auge war er so nackt, wie er es in ihrem Traum gewesen war. Jenem Traum, in dem sie ihn …

»Ja?«, brachte sie mühsam hervor.

»Ich muss mit dir reden.«

»Sicher kann das bis nach dem Frühstück warten, Mr Murdoch«, sagte Ryuji liebenswürdig. »So gewinnen Sie eine halbe Stunde Zeit, um Ihre Wunden zu versorgen, und beflecken Kiyoko nicht mit Ihrem Blut.«

Murdoch bedachte Ryuji mit einem kühlen Blick. »Nein, es kann nicht warten.«

Kiyoko unterzog die Schnittwunden einer prüfenden Betrachtung. Zum Glück war keine davon ernst. »Wer hat gewonnen?«

»Webster.«

Nicht einmal ein Hauch von Scham oder Enttäuschung lag in seiner Stimme. Keinerlei Betroffenheit, dass er geschlagen worden war. Wie viele Männer konnten schon mit solch einem unerschütterlichen Selbstbewusstsein aufwarten?

»Hast du etwa aufgegeben?«, fragte sie neugierig.

»Nein.«

»Aber du hast dieses Ergebnis zugelassen«, riet sie.

Murdoch antwortete nicht. Er starrte sie nur an, mit diesem ruhigen, intensiven Blick. Der Mann besaß die verblüffende Fähigkeit, Ansprüche auf sie anzumelden, ohne auch nur ein einziges Wort zu sagen.

»Ich frühstücke jetzt mit Watanabe-san«, sagte sie. »Danach übe ich Zazen auf meinem Zimmer. Wenn du mit mir sprechen willst, kommst du dann zu mir.«

Die Muskeln seines Unterkiefers spannten sich an.

In der Hoffnung, einen bedauerlichen Wutausbruch umgehen zu können, wandte sie sich ab.

»Kiyoko!«

In dieses eine Wort war eine Überdosis Stahl gepackt, die keinen Zweifel daran ließ, dass Murdoch drauf und dran war, etwas zu tun, und dass dieses Tun nicht nach ihrem Geschmack ausfallen würde.

Sie fuhr herum.

»Komm her!«, befahl er leise.

Ihr Stolz schrie ihr zu, sie möge doch diesen herrischen Befehl ignorieren oder sich darüber lustig machen. Aber ihre Klugheit gewann die Oberhand. Murdochs Selbstsicherheit rührte von seinen Wurzeln als mittelalterlicher Kämpe her, der wild, ungezähmt und unberechenbar war. Jede Sehne in seinem Körper war gestrafft, jeder Zentimeter Haut strahlte Groll aus. Sie vermutete, dass er sich nicht zu schade sein würde, Ryuji die Faust ins Gesicht zu stoßen und sie sich über die Schulter zu werfen.

Mit leisem Beben trat sie auf ihn zu.

Ein gutes Stück vor ihm blieb sie stehen, doch er schloss mit einem entschiedenen Schritt zu ihr auf. Der dunstige Geruch von Leder und verbrauchter Energie schlug ihr entgegen, und ihr blieb fast das Herz stehen. Er starrte ihr einen langen, brennenden Moment in die Augen, dann beugte er sich zu ihrem Ohr hinunter. Er sprach so leise und vertraut mit ihr, dass feuchte Hitze die Härchen an ihren Schläfen bewegte. »Wenn dir wirklich etwas an Watanabe liegt, rühr ihn bloß nicht mehr an.«

Sie presste die Lippen zusammen.

Wie konnte er es wagen …

»Ich verstehe diese seltsame Verbindung zwischen uns nicht«, sagte er fast unhörbar. »Aber ich akzeptiere sie. Mach bloß keinen Fehler! Nach heute Nacht gibt es kein Zurück mehr. Du gehörst mir!«

Während er sich abwandte, die Tür zur Arena öffnete und dahinter verschwand, stand Kiyoko da und starrte ihm nach.

14

Murdoch suchte überall nach Sora, bis er ihn endlich oben auf dem Hügel fand, wo früher die Tennisplätze gelegen hatten. Er lag in dem Krater, den Rodriguez letzten Sommer gesprengt hatte, und blickte an Emilys Seite zu den Wolken hinauf.

»Was, zum Teufel, treibt ihr denn da?«, rief er vom Rand des Kraters aus.

Emily setzte sich grinsend auf.

»Der Sensei unterrichtet mich in Yin und Yang. Total krasses Zeug! Tag und Nacht, heiß und kalt, männlich und weiblich. Jedes ergänzt und beeinflusst das andere. Ich bin das Yin zu Carlos' Yang. Deshalb passen wir auch so gut zueinander.«

Murdoch zuckte innerlich zusammen.

Großer Gott! Ausgerechnet jetzt, wo Emily ihre vergangene Beziehung überwunden zu haben schien, rührte der Alte wieder daran.

»Und ihr müsst im Dreck liegen, weil …?«

Sora übernahm die Erklärung. Er lag noch immer friedlich da und beobachtete eine Wolke, die über ihren Köpfen dahinzog. »Wir haben Gegensätze erforscht.«

»Und wir haben ein Gefühl für die fünf Elemente bekommen«,

fügte Emily hinzu, während sie die Kraterböschung zu Murdoch hinaufkletterte. »Wind, Wasser, Erde, Holz und Feuer.«

»Feuer?«

Sie zuckte die Achseln. »Wir haben dieses Jahr einen wirklich trockenen Winter, und es gibt im Moment trotzdem keine Brände. Aber Carlos hat diesen Krater durch Feuer erschaffen, deshalb dachte ich, das wäre der beste Ersatz.«

Murdoch seufzte. »Emily, Carlos ist …«

»Fort. Ja, ich weiß.« Sie sah seinen Gesichtsausdruck und ergänzte: »Keine Sorge. Ich schleiche mich nicht davon, um ihm einen Besuch abzustatten. Er wollte allein sein, also lasse ich ihn allein.«

»Braves Mädchen«, lobte Murdoch.

»Aber ich kann ihn immer noch spüren.«

Wenn Carlos in diesem Augenblick greifbar gewesen wäre, hätte Murdoch dem Seelenwächter die Tracht Prügel seines Lebens verabreicht. In Emilys Augen glomm Hoffnung – hell leuchtende Hoffnung, dass der Kerl eines Tages zurückkehren und dort weitermachen würde, wo sie aufgehört hatten. Was auch immer er in seinem Abschiedsbrief geschrieben hatte, es war nicht genug gewesen. Er hatte noch Raum für Emilys Träume gelassen.

Das bedeutete, dass noch mehr Kummer auf sie zukam. Denn eine Beziehung zwischen Carlos und Emily war sogar noch unmöglicher als eine zwischen ihm selbst und Kiyoko. Der Berserker war kein Monster. Er war nur unachtsam. Doch das Ding, das in Carlos lebte und ihn zur Gewalt drängte? Es war definitiv ein Monster. Ein rotäugiges, kratersprengendes, feuerspeiendes Ungeheuer. Die wilde Schlacht letztes Frühjahr hatte ihnen das schmerzhaft deutlich vor Augen geführt.

Zu wissen, dass sie Carlos überall auf der Welt spüren und innerhalb eines Wimpernschlags aufsuchen könnte, war beängstigend. Aber er konnte nichts weiter tun als beten, dass sie ihm fernbleiben möge.

»Ich muss den Sensei unter vier Augen sprechen«, sagte er. »Würde es dir etwas ausmachen, allein zum Haus zurückzukehren?«

Ein Funke erlosch in ihren Augen. »Ich schätze nein.«

»Danke.« Er ergriff ihren Arm, als sie sich zum Gehen wandte. »Ich fahre später in die Stadt. Begleitest du mich?«

»Womit fährst du denn? Brian hat deinen Mustang verkauft, du bist nicht motorisiert.« Ihre Augen weiteten sich. »Warte! Es sei denn … Mann, fährst du etwa mit der Triumph?«

»Natürlich nicht. Deine Mutter würde mich umbringen, wenn ich dich aufs Motorrad lassen würde. Ich leihe mir einen Wagen aus.«

»Du verstehst einfach keinen Spaß.« Aber sie lächelte. »Hol mich ab, wenn du so weit bist.« Damit ging sie den Hügel hinunter.

»Worüber wollen Sie mit mir sprechen, Mr Murdoch?«

Murdoch drehte sich zu dem alten Mann um, der nun ein paar Schritt entfernt im Gras stand und sich den Schmutz von der Robe klopfte. »Über die fehlenden Orakelrollen.«

»Das wird schwierig, da ich sie nicht mehr habe.«

»Das sagen Sie.«

Sora schaute Murdoch nachdenklich an. »Wollen Sie etwa andeuten, dass ich nur vorgebe, dass sie verschwunden sind? Warum sollte ich das tun?«

»Um Kiyoko zu manipulieren. Trotz ihrer sehr überzeugenden Erklärung glaube ich nicht, dass darin ein gewöhnliches Mündigkeitsritual verzeichnet ist. Viel wahrscheinlicher geht es um größere Kräfte.«

»So ist es in der Tat.«

Murdoch runzelte die Stirn. »Sie leugnen das wahre Wesen des Rituals nicht? Dass es Kiyokos Dämonenjägerkräfte stärkt?«

»Nein«, erwiderte Sora. »Aber ich bestreite, dass ich die Rollen gestohlen habe.«

»Diesmal will ich die Wahrheit wissen, alter Mann. Was genau bewirkt das Ritual? Und welches Risiko geht Kiyoko dabei ein?«

Sora erwiderte gelassen seinen Blick. »Warum glauben Sie, dass es für Kiyoko mit einem Risiko verbunden ist, das Ritual durchzuführen?«

»Weil man in dieser Welt für alles bezahlen muss«, entgegnete Murdoch grimmig. Er musste es schließlich wissen. »Macht hat immer ihren Preis. Und jetzt hören Sie endlich mit dieser Heuchelei auf! Was bewirkt das Ritual?«

»Das kann ich nicht sagen.«

»Warum nicht?«

»Weil ich es gleichzeitig der Herrin des Todes sagen würde.«

Murdoch blinzelte. Er erinnerte sich an seine letzte Unterhaltung mit der Göttin. Sie hatte Sora einen Dieb genannt. »Sie kennen sich.«

»Kaum. Es ist eher eine flüchtige Bekanntschaft.«

»Aber Sie haben ihr etwas gestohlen.«

Sora zuckte die schmalen Schultern. »Darüber kann man streiten. Der Gegenstand, um den es geht, hat ihr im Grunde nie gehört.«

»Was war es?«

»Das kann ich nicht sagen.«

Murdoch widerstand dem Drang, den Mann zu packen und zu schütteln. Sora war wirklich eine Ausgeburt der Hölle. Er nervte viel zu sehr, um es nicht zu sein. »Verdammt noch mal! Kiyokos Leben steht auf dem Spiel. Hören Sie auf, in Rätseln zu sprechen!«

»Ich bin ebenso bemüht, Kiyokos Leben zu retten, wie Sie, Mr Murdoch.« Der Sensei steckte seine Hände in die Ärmel.

»Warum sagen Sie mir dann nicht die Wahrheit? Warum lassen Sie mich Ihnen nicht helfen?«

»Weil Kiyoko damit der Herrin des Todes ausgeliefert wäre.«

Murdoch erstarrte. »Das ist eine dreckige Lüge!«

»Tatsächlich?« Silberweiße Brauen zogen sich über den dunklen Augen zusammen. »Was geschieht, wenn die Herrin des Todes Sie berührt, Mr Murdoch?«

Murdochs Herz hämmerte in aberwitzigem Tempo gegen seinen Brustkorb. In dem Augenblick, da die Herrin des Todes ihn berührte, erhielt sie Zugang zu seinen Erinnerungen. Zu *allen* Erinnerungen. Er konnte nichts vor ihr geheim halten, selbst wenn er wollte. Aber – »Sie ist nicht an Kiyoko interessiert. Sie hat ein anderes Ziel im Auge.«

»Würden Sie Kiyokos Leben darauf verwetten?«

Eine schwere Last senkte sich auf Murdochs Schultern. Die einzige todsichere Wette war die, dass die Herrin des Todes bis in alle Ewigkeit ein verschlagenes Luder bleiben würde. »Nein.«

»Dann vergessen Sie Ihre Neugier, was das Ritual betrifft. Konzentrieren Sie sich auf die Vernichtung der Dämonen.«

»Sie verlangen zu viel.« Murdoch verschränkte die Arme über der Brust. »Ich traue Ihnen nicht.«

»Das überrascht mich nicht. Dafür müsste ich Ihnen erst einen Grund geben.« Sora setzte ein Lächeln auf. Die Art von gutmütigem, allwissendem Lächeln, das ausnahmslos jedem auf die Nerven ging. »Offen gestanden, gibt es nur eine Person, der Sie trauen können müssen, wenn Sie den Sieg davontragen wollen. Und das sind Sie selbst. Ich an Ihrer Stelle würde damit beginnen.«

Der Alte nickte Murdoch freundlich zu. Dann ging er in Emilys Fußspuren durch das Gras den Hügel hinunter.

Dieser Wicht.

»Ich habe die Statue für dreihunderttausend Dollar auf dem Schwarzmarkt verkauft. Es würde mir wirklich helfen, wenn Sie der Versicherung mitteilen könnten, dass sie im Haus war, als es abgebrannt ist. So entgehe ich dem Gefängnis.«

Kiyoko hob den Blick von ihrer Teetasse. »Was?«

»Ich wollte nur prüfen, ob Sie mir zuhören.« Ryuji lächelte und schenkte für beide Tee nach. »Sie langweilen sich doch.«

Ihre Wangen wurden warm. Ryuji war ein wunderbarer Frühstücksgefährte gewesen. Während sie aßen, hatte er sie mit Geschichten aus seiner Kindheit auf dem Land bei Nagano unterhalten, höfliche Fragen zu Onmyōji-Ritualen gestellt und sogar ein paar von seinen Erinnerungen an ihren geliebten Vater mit ihr geteilt.

Aber er war eben nicht Murdoch.

»Ich langweile mich nicht«, erwiderte sie. »Ich bin im Moment nur etwas zerstreut. In den letzten Tagen ist so viel passiert.«

»Dann schlage ich vor, wir nehmen unsere Arbeit wieder auf. Die Liste der Firmenkunstwerke muss noch geprüft werden. Sie liegt in meinem Zimmer in den Unterkünften.«

Ryujis Lächeln war so gewinnend, dass Kiyoko beinahe zugestimmt hätte. Aber bei den gemeinsamen Sitzungen mit Ryuji schien die Zeit ihr zwischen den Fingern zu zerrinnen. Aus Minuten wurden Stunden. »Wäre es sehr schlimm, wenn wir das verschieben? Ich habe Murdoch versprochen, mich nach dem Frühstück mit ihm zu treffen.«

Ryujis Lächeln verschwand. »Ich hatte gehofft, die Liste noch heute Morgen abzeichnen zu können, um sie ans Büro zu faxen. Es wird nicht lange dauern, das verspreche ich. Höchstens eine halbe Stunde.«

»Ich möchte Murdoch nicht noch länger warten lassen. Wie Sie zweifellos bemerkt haben, möchte er unbedingt mit mir sprechen.«

Eine Falte auf Ryujis Stirn signalisierte für einen Augenblick sein Missfallen. »Dann vielleicht später?«

Sie vereinbarten Zeit und Ort für ein Treffen. Dann verließ sie ihn in der Kantine, während er ein klebriges Zimtbrötchen mit Zuckerguss ins Auge fasste.

Kiyoko rechnete fest damit, auf dem Rückweg Murdoch in die Arme zu laufen. Jede tiefe, polternde Männerstimme ließ ihr Herz flattern, bei jedem schweren Tritt auf dem Kies hinter sich wandte sie den Kopf. Aber keiner der Wächter, die sie auf dem Rückweg zum Ranchhaus traf, war groß wie ein Hüne und Schotte.

Seufzend stieß sie die Tür auf …

… und hätte Yoshio beinahe die Nase zertrümmert.

»Entschuldige, Yoshio-san«, sagte sie, während sie zurückwich. »Ich war …« – von Murdoch abgelenkt. Schon wieder! – »… in Gedanken.«

»Du brauchst dich nicht zu entschuldigen, Kiyoko-san. Es war mein Fehler.« Der junge Mann verbeugte sich höflich und mit blassem Gesicht und schlüpfte dann zur Tür hinaus.

Sie starrte stirnrunzelnd auf die geschlossene Tür.

Was hatte er …

»Ich nehme an, du hast jetzt eine Lücke in deinem vollen Terminplan gefunden?«, sagte die tiefe Stimme, die sie schon seit fünf Minuten zu hören hoffte.

Sie wirbelte herum.

Murdoch lehnte am Türpfosten, der zum Wohnbereich führte, ein ironisches Lächeln auf den Lippen und eine große Tasse Kaffee in der Hand. Sein Anblick pumpte die Luft aus dem Raum. Breite Schultern in weicher weißer Baumwolle, schmale Hüften in einer tief sitzenden schwarzen Jeans und muskulöse, dunkel behaarte Unterarme. So gutaussehend, dass man es kaum glauben konnte.

Und das wusste er.

Kiyoko leckte sich über die trockenen Lippen. »Ich wollte gerade meditieren.«

»Gut«, sagte er. »Gehen wir nach oben und fangen wir an.«

»Ich halte es für unpassend, mit dir allein zu sein, angesichts … äh …«

»Der Träume, die wir hatten?«, vollendete er den Satz.

»Ja.«

Er stieß sich vom Türpfosten ab und ging auf sie zu. »Mädchen, wir befinden uns bereits in der zweiten Runde, und die dritte kommt gerade in Sicht. An diesem Punkt geht es nicht mehr um Anstand.«

»Träume sind *nicht* real.« Sie trat einen Schritt zurück.

»Bist du dir da so sicher? Du hast ein Muttermal gleich unter der rechten Brust. Wie real ist das?«, fragte er leise.

Ihr schoss das Blut in die Wangen. »Das hat dir Sora-san erzählt.«

»Nein, ich hab's gesehen. Ich hab's geküsst.«

Sie vergrub das Gesicht in den Händen in dem verzweifelten Versuch, seinem allzu forschenden Blick zu entgehen. »Hör auf damit.«

Schwere Tritte kamen die Treppe aus dem ersten Stock herunter. »Alles in Ordnung?«, fragte eine Männerstimme mit einer milderen Ausgabe von Murdochs schottischem Akzent, kaum noch wahrnehmbar. MacGregor.

»Alles bestens«, antwortete Murdoch. Schützend stellte er sich vor Kiyoko. Er wollte ihre Verlegenheit vor neugierigen Blicken verbergen. »Fährst du ins Krankenhaus?«

»Aye.« Pause. »Seid ihr sicher, dass alles in Ordnung ist?«

Kiyoko tat einen tiefen, beruhigenden Atemzug und kam hinter ihrem gewaltigen Schutzschild hervor. »Ja, alles bestens. Bitte richten Sie Rachel-san meine aufrichtige Entschuldigung aus. Ich bin so erleichtert zu hören, dass es ihr und dem Baby gut geht.«

MacGregor lächelte. »Es war ein Unfall – grübeln Sie nicht mehr darüber nach. Ich bringe Rachel und Kate heute nach Hause.«

Und damit war er auch schon zur Tür hinaus.

»Ich habe den Mann noch nie so viel lächeln sehen«, sagte Murdoch kopfschüttelnd. »Offenbar ist es eine Freude wie keine andere, ein Baby in die Welt zu setzen.«

Kiyokos Blick begegnete dem seinen. »Selbst wenn es ein Mädchen ist.«

»So sieht's aus. Sollen wir nach oben gehen?« Als er ihren skeptischen Blick bemerkte, fügte er hinzu: »Ich bleibe auch brav auf Distanz. Du hast mein Wort. Ich habe nicht die Absicht, noch mal den Fehler zu machen, dich zu berühren. Ob du's glaubst oder nicht, es ist sonst nicht meine Art, Frauen zu zerquetschen.«

»Zerquetschen? Vielleicht nicht. Aber es scheint dir ziemlich viel Spaß zu machen, mich in die Enge zu treiben. Bei jeder Gelegenheit meine Freunde zu bedrohen und Ansprüche auf mich anzumelden ist wohl kaum der geeignete Weg, mir Luft zum Atmen zu lassen.«

Sein Blick blieb ungerührt. »Mädchen, nennen wir's doch mal beim Namen. Traum oder nicht, du warst nackt und ziemlich willig in meinen Armen. Nenn mich altmodisch, aber für mein Gefühl hat das etwas zu bedeuten.«

Willig? Eher lüstern. »Du hattest keinerlei Grund, Watanabe-san zu bedrohen.«

»Aye, nun ja. Ich bin ein einfacher Mann mit einem einfachen Gemüt.« Er deutete mit seiner Kaffeetasse nach oben.

Kiyoko gehorchte dem unausgesprochenen Befehl und ging die Treppe hinauf. ›Einfach‹ war das letzte Wort, mit dem sie Murdoch beschreiben würde. »Was genau soll das heißen?«

»Ich erwarte, dass mir meine Frauen treu sind.«

Sie blieb stehen und drehte sich zu ihm um. Er stand zwei Stufen unter ihr. Sie waren auf Augenhöhe. An seiner Bemerkung störte sie so viel, dass sie gar nicht wusste, wo sie anfangen sollte. »Deine *Frauen?* Du hast mehr als eine?«

»Im Augenblick? Nein.«

»Willst du etwa andeuten, dass *ich* deine Frau bin?«

»Ja.«

»Habe ich mein Einverständnis dazu gegeben?«

Er lächelte. »Verbal? Nein.«

»Willst du etwa auch andeuten, dass es ein Zeichen von *Untreue* wäre, mit Watanabe-san zu frühstücken, wenn ich deine Frau wäre – was ich – halten wir's fest – nicht bin?«

Seine Augen verengten sich bei ihrem eisigen Ton zu schmalen Schlitzen. »Ihn zu ermutigen ist jedenfalls nicht klug.«

»Und wie ermutigt man einen Mann, wenn ich fragen darf? Indem man mit ihm spricht? Ihn anlächelt? Ihm Tee einschenkt?«

Murdoch runzelte die Stirn. »Ich glaube, ich habe mich klar ausgedrückt.«

»Also keine Berührung.«

»Aye.«

»Sich beim Spazierengehen unterzuhaken ist also verboten. Gilt das für jeden Mann oder nur für Watanabe-san?«

Murdoch starrte sie schweigend an.

Sie seufzte. »Er leitet die Firma meines Vaters. Ich bemühe mich wirklich sehr, mich einzuarbeiten. Dazu gehört, dass ich Zeit mit ihm verbringe. Viel Zeit. Gewöhn dich daran, Murdoch.«

»Gib zu, dass du meine Frau bist, und ich tu's.«

»Wir leben im einundzwanzigsten Jahrhundert. Frauen gehören Männern nicht.«

Langsam breitete sich ein Lächeln auf seinem Gesicht aus. »Wenn du es vorziehst, mich als deinen Mann zu bezeichnen, ist das ein akzeptabler Kompromiss.«

Kiyoko schnaubte verächtlich und setzte ihren Weg nach oben fort. »Wozu? Wir können nie ein Paar werden. Wir können uns ja nicht mal berühren, ohne den Berserker auf den Plan zu rufen.«

Sie traten in Murdochs Zimmer – das nun ihres war – und schlossen die Tür. Kiyoko setzte sich so weit vom Bett und von Murdoch entfernt wie nur möglich auf den Polstersessel am Fenster.

»Du hast doch gesagt, ich müsste nur erkennen, dass die Taten des Berserkers meine eigenen sind«, sagte er, während er ihr mit dem Blick durch den Raum folgte. »Dann würde ich ihn unter Kontrolle bringen.«

»Das ist ein erster notwendiger Schritt. Aber es wird trotzdem nicht leicht werden, den Berserker zu zähmen. Du wirst Übung brauchen.« Sie neigte den Kopf, um die Furchen und Kanten seines Gesichts zu studieren. »Und Selbsterkenntnis.«

Mit der geschmeidigen Anmut einer Katze stellte er den anderen Sessel dem ihren gegenüber, entledigte sich seiner Stiefel und legte die Füße auf das Kissen neben ihr. Damit war sie praktisch am Fenster gefangen. »Bitte erzähl mir jetzt nicht, ich müsste nur all meine schweren Sünden beichten, mich meiner Vergangenheit stellen und mich so akzeptieren, wie ich bin. Ich stehe nicht auf diesen Psychoscheiß.«

»*Hast* du denn schwere Sünden auf dem Kerbholz?«

Murdoch umschloss seine Tasse mit beiden Händen. »Selbst wenn. Ich würde den Teufel tun und sie vor der Frau zugeben, die ich beeindrucken will.«

»Zumindest eine schlimme Sünde musst du begangen haben. Lena hat mir erzählt, dass alle Wächter im Fegefeuer schmoren.«

Er trank einen Schluck Kaffee. »Sprichst du wieder mit Lena? Das freut mich zu hören.«

»Wechsle jetzt nicht das Thema! Welche Sünde hast du begangen?«

»Ehebruch.«

Kiyoko tat so, als müsste sie nach Luft schnappen. »Du? Der Mann, der darauf so viel Wert legt, dass seine Frauen ihm treu sind? Ausgeschlossen!« Ihm stieg die Röte in die Wangen. »Reicht etwa ein einziger Ehebruch aus, um jemanden ins Fegefeuer zu schicken? Die Herrin des Todes scheint ja wirklich dringend Wächter zu brauchen.«

»Kann schon sein, dass es öfter vorgekommen ist«, gab Murdoch zu.

»Hm. Das ist doch bestimmt noch nicht die ganze Geschichte, Murdoch.«

»Ist es nicht schon schlimm genug, einen Haufen verheirateter Frauen verführt zu haben?«

»Vielleicht schlimm genug, um dich ins Fegefeuer zu befördern. Aber das erklärt doch nicht deinen Widerwillen, über das Thema zu sprechen. Es ist dir peinlich. Sag mir, warum.«

»Lieber nicht.«

Kiyoko dachte darüber nach, ihn zu erlösen. Murdoch machte den Eindruck, als würde er sich ganz und gar unwohl fühlen. Andererseits war Beichten gut für die Seele. »Ein Ehrenmann würde darüber reden. Um sicherzugehen, dass die Frau seiner Wahl Bescheid weiß, bevor sie die Beziehung eingeht.«

»Verdammt, du bist skrupellos.«

Sie wartete. Geduldig.

»In Ordnung«, sagte er mit einem tiefen Seufzer. »Ich habe mit der Frau meines Bruders geschlafen.«

Sie holt so tief Luft, dass es brannte. »Du hast *was?*«

»Du hast mich schon verstanden.«

»Aber warum?«

»Warum bespringt ein Mann eine Frau?«, fragte er trocken.

»Sie war doch mit deinem Bruder verheiratet. Da könntest du ebenso gut mit deiner Schwester schlafen.«

»Das ist keineswegs dasselbe.« Er beugte sich vor und stellte die Tasse auf den Tisch neben seinem Sessel. »Margaret war ein hübsches Mädchen, und ich hatte Gelegenheit, ein oder zwei Mal mit ihr zu schlafen, bevor sie meinen Bruder heiratete. Glaub mir, sie war nicht meine Schwester.«

»Hat sie den ersten Annäherungsversuch gemacht?«

»Ist ein Blick ein Annäherungsversuch?«, fragte er zurück. Dann zuckte er die Achseln. »Ich wusste, dass sie mich wollte. Ich sollte am nächsten Morgen in den Krieg ziehen, also habe ich die Gelegenheit genutzt. Und das ist schon die ganze Geschichte.«

Seine steifen Schultern waren beredter als seine Worte. Er log. Die Geschichte war noch nicht zu Ende, aber er wollte nicht darüber sprechen. Sie beschloss, es gut sein zu lassen.

»Erzähl mir von dem Zaubertrank.«

Er lehnte sich wieder zurück. »Als ich fünfzehn war, wurde ich von den Nordmännern bei einem Überfall auf die Küste der Isle of Man gefangen genommen. Sie hofften, dass ich stark genug werden würde, um auf einem ihrer Wikingerboote zu rudern. Leider ist es dazu nie gekommen. Drei Jahre lang wurde ich als Sklave auf den nördlichen Inseln gehalten und habe mich krummgelegt. Ich war dem Tode nahe, als mich ein sehr mächtiger Bursche meinem Herrn abkaufte.«

»Er hat dich gerettet.«

Murdoch schnaubte. »In gewisser Weise. Um seine Erfolgschancen bei einem Überfall auf eine Nachbarinsel zu verbessern, hat er mich Odin, dem nordischen Gott des Krieges, geopfert. Er hätte mir das Herz herausgeschnitten, wenn ihm nicht einer von Odins Kriegern in den Arm gefallen wäre.«

»Du meinst einen Tempelwächter?«

»Nein, ich meine einen Soldaten, der auf Odins Geheiß handelte. Die heidnischen Götter existieren wirklich. Sie sind nicht so mächtig, wie die Mythen behaupten, aber zu viel mehr imstande, als du dir vielleicht vorstellen kannst. Sie haben ihre eigene Gesellschaftsstruktur, bleiben unter ihresgleichen und treten nur gelegentlich mit den Menschen in Verbindung.«

Eine phantastische Geschichte, sicherlich, aber nicht jenseits von Kiyokos Vorstellungsvermögen. »Sei mir nicht böse, aber warum sollte Odin sich entschließen, ausgerechnet dich zu retten? Dich vor allen anderen Menschen?«

»Loki, Odins Blutsbruder, fand es amüsant, aus einem schwachen, kränklichen Burschen einen starken Krieger mit unkontrollierbaren Tobsuchtsanfällen zu machen.«

»Oh.«

»Der Kriegsgott hat mir die Wahl gelassen: heimzukehren oder seinen Zaubertrank zu trinken und für ihn in den Krieg zu ziehen. Ich habe mich für den Zaubertrank entschieden.«

»Hat er dich nicht darüber aufgeklärt, was mit dir geschehen würde?«

Murdoch nickte. »Doch. Er hat mich sogar recht gewissenhaft darüber aufgeklärt. Ich war nur zu dumm, nein zu sagen. Ich habe ihm sieben Jahre gedient, dann bin ich nach Hause zurückgekehrt.«

Das waren sicher sehr lange und beschwerliche sieben Jahre gewesen, doch Murdoch ging nicht ins Detail und warb auch nicht um Mitgefühl. »Deine Familie muss überglücklich gewesen sein, dich wiederzusehen.«

»Nicht ganz.«

Kiyoko lächelte. »Haben sie dich für einen Geist gehalten?«

»Eine Zeitlang weigerten sie sich zu glauben, dass ich überhaupt Jamie Murdoch war. Die Veränderungen durch den Zaubertrank waren so dramatisch, dass selbst meine eigene Mutter mich nicht erkannt hat.«

Kiyoko suchte nach den Wunden in Murdochs Blick. Doch er

war so ruhig und selbstsicher wie immer. Kein Hauch von Kummer. »Aber deine Erinnerungen haben sie überzeugt?«

»Aye.«

»Und?«, drängte sie. Dieser Mann frustrierte sie. Wie konnte er so großzügig mit einigen Erklärungen sein und dann wieder so knauserig mit anderen? »Hat sie dich wenigstens dann in die Arme geschlossen?«

»Sie hat akzeptiert, dass ich ihr Sohn war.«

Das war nicht ganz dasselbe. »Sicher haben sich alle gefreut, einen weiteren gesunden Mann in ihrer Mitte zu wissen. Sie müssen doch sehr stolz auf dich gewesen sein.«

Murdochs Zehe spielte mit einer Silberschnalle seines Stiefels. »Meine Anwesenheit blieb jedenfalls nicht folgenlos. Die Wikinger haben nie wieder unsere Küste überfallen, und die MacDonalds hörten auf, unser Vieh zu stehlen.«

»Du hast also Frieden ins Land gebracht.«

»Nein, keinen Frieden.« Er hob den Blick. »Stell dir mich als fünfundzwanzig Jahre alten Mann vor, der geübt im Umgang mit dem Schwert und erfahren in der Schlacht ist, aber nie gelernt hat, die Bestie in sich zu kontrollieren. Stell dir mich unter verwundbaren Menschen vor.«

Angst zerrte an ihren Lippen. »Hast du jemanden aus deiner Familie erschlagen?«

»Mehr als einen. Aber meine Sippe hat sich angepasst und gelernt, sich im Kampf von mir fernzuhalten.« Er seufzte. »Das Problem war nicht meine eigene Sippe, sondern die der MacDonalds. Nach meiner Rückkehr ließen die Feindseligkeiten zwischen unseren beiden Clans nach, und der Vorstand der MacDonalds bot mir die Hand seiner Tochter an, um unser neues Bündnis zu besiegeln.«

Kiyoko blinzelte. »Du hast sie geheiratet?«

»Nein, dazu kam es nicht mehr. Ich habe sie einige Monate vor der Hochzeit umgebracht. Sie und ein Dutzend gute MacDonalds-Krieger.«

»Es war ein Unglück.« Sie war sich ganz sicher.

Er verzog das Gesicht. »Ist es fair, eine Tat des Berserkers als Unglück zu bezeichnen?«

»Wie ist das passiert?«

»Sie war mir versprochen. Ich liebte sie nicht – ich kannte sie ja eigentlich kaum –, aber der Berserker betrachtete sie als sein Eigentum. Als ich die Lady im Obstgarten dabei erwischte, wie sie den Hauptmann der MacDonalds-Garde küsste, wurde die Bestie in mir wach und zettelte mit einem einzigen Schwertstreich eine erbitterte Fehde an, die vierhundert Jahre dauern sollte.«

Kiyoko senkte den Blick auf ihre Hände.

»Hätte ich lediglich die Soldaten erschlagen«, fuhr Murdoch fort, »wäre alles vergessen und vergeben gewesen. Das war nur gerecht, hätten sie gesagt. Aber MacDonalds' Tochter wurde in dem Gefecht ebenfalls getötet. Und das veränderte alles.«

Kiyoko nickte. »Du bist also in einer Schlacht gegen die MacDonalds gefallen.«

»Viel später erst. Erst als Mord und Totschlag beide Lager dezimiert hatten. Da konnte nicht einmal mehr mein Tod der Fehde ein Ende setzen.«

Die Geschichte war tragisch, aber Murdoch erzählte sie mit einem ironisch verzerrten Lächeln, das kein Mitleid zuließ. Trotzdem rieb sich Kiyoko die Arme, wie um einen Anflug von Schuld loszuwerden. Der Berserker hatte ihm schon Kummer genug gemacht. Er konnte noch größer werden, wenn sie die Kraft des Berserkers anzapfte, um das Ritual durchführen zu können. Würde sie damit leben können?

Sie ließ seiner Bemerkung ein kurzes und respektvolles Schweigen folgen. Dann fragte sie: »Hast du Angst, dass der Berserker mit Watanabe-san dasselbe anstellen könnte wie mit dem Hauptmann der MacDonalds?«

Ein kleines Lächeln huschte über Murdochs Gesicht. »Ich hatte siebenhundert Jahre Zeit, um der Bestie ein paar Manieren beizubringen. Es wäre schon mehr als deine Hand auf Watanabes Arm nötig, um einen Angriff zu provozieren.«

Sie verengte die Augen zu schmalen Schlitzen. »Deine Behauptung, dass der Berserker jeden Moment losschlagen und ihn umbringen könnte, war also nichts weiter als eine eifersüchtige Manipulation.«

Das Lächeln wurde breiter. »Vielleicht.«

»Wie gemein von dir!«

»Nicht gemein«, widersprach er. »Nur vorsichtig. Die Verbindung zwischen uns beiden hat mich schon ein paar Mal auf dem linken Fuß erwischt. Ich würde es vorziehen, nicht noch eine unangenehme Lektion lernen zu müssen.«

»Ist eine solche Verbindung ein üblicher Teil des Berserkerfluchs?«

Er schüttelte den Kopf. »Berserker wurden ausschließlich zu Kriegszwecken gezüchtet.«

Draußen schob sich eine Wolke vor die Sonne und dämpfte das Licht im Raum zu einem sanften Grau.

»Hast du eine Theorie, warum wir so aufeinander reagieren? Darüber, was die Träume verursacht?«, fragte sie. Es war nichts auch nur entfernt Kriegerisches an dem Gefühl, das er ihr gab. Ihm nahe zu sein war wie eine Achterbahnfahrt auf heißer, brennender Sehnsucht. Das knisternde Wissen darum und der Drang, ihre Haut an seine zu pressen, ließen nie nach. Sie hatte sich fast schon an ihre permanente, quälende Anwesenheit gewöhnt.

»Ich glaube nicht an Seelenverwandtschaft, wenn es das ist, worauf du hinauswillst«, entgegnete er. »Mutter Natur ist weise.

Nur einen Mann für jede Frau und eine Frau für jeden Mann vorzusehen würde der Menschheit ein rasches Ende bereiten.«

»Da muss ich dir recht geben«, gab Kiyoko zu. Doch Murdochs harsche Absage an die Seelenverwandtschaft versetzte ihr einen Stich. »Ich vermute, es ist der Schleier.«

Als sie die Reliquie erwähnte, wurde Murdochs Blick scharf.

»Den du immer bei dir trägst.«

Sie nickte. »Der Berserker reagiert wahrscheinlich auf die Kraft des Schleiers. Und das führt zu einer Art mystischer Eruption, wann immer wir uns nahe kommen.«

Die Sonne schaute wieder hinter der Wolke hervor und goss ein Bündel leuchtender Strahlen in den Raum, die sich auf Murdoch richteten. Er kam schnell auf die Füße, um Schatten zu suchen. »Diese Theorie lässt sich schnell überprüfen«, sagte er. »Leg den Schleier ab.«

Die Einladung in seinen Augen war eine mächtige Verlockung.

Leg den Schleier ab und küss mich noch einmal.

Aber die allzeit zum Ausbruch bereite Energie in seinem Körper stand im krassen Gegensatz zum Locken seiner Worte. Eine kurze Erwähnung des Schleiers, und Murdoch war hellwach. Kiyoko bezweifelte nicht, dass er sich von ihr angezogen fühlte, und ebenso wenig bezweifelte sie, dass der Anspruch, den er auf sie erhob, nicht geheuchelt war. Doch wenn er die Wahl zwischen ihr und dem Schleier hatte, würde er den Schleier wählen.

Sie wandte den Blick ab und sah aus dem Fenster. Die Holzterrasse und die vereinzelt im Garten stehenden Stühle interessierten sie nicht, aber sie gaben ihr Gelegenheit, sich wieder zu sammeln.

»Ich denke nicht daran. Dass der Schleier diesen Einfluss haben soll, ist eine Vermutung, keine Tatsache.« Sie nutzte den Umstand, dass sie sein Gesicht nicht sah, und fuhr fort: »Ich möchte von deinem Berserker nicht in Stücke gerissen werden, nur weil wir uns ohne ausreichende Beweise zu etwas haben hinreißen lassen.«

Es waren harte Worte. Verletzende Worte.

Aber sie waren die einzige Waffe, die sie gegen Murdochs Charme hatte. Als sie sie aussprach, erbebte ihr Herz angesichts der verlorenen Gelegenheit, den Schleier gegen ein paar glückliche Momente in Murdochs Armen einzutauschen.

»Du hast ja wenig Vertrauen zu mir«, erwiderte er.

»Das hat nichts zu tun mit …« Eine schlanke Gestalt trat hinter der immergrünen Hecke hervor und nahm Kurs auf die rote Eingangstür eines einstöckigen Gebäudes, das weiter unten am Pfad lag. Einen Augenblick später spähte dieselbe Gestalt rasch über die Schulter zurück und schlüpfte ins Haus.

Kiyoko runzelte die Stirn und wandte sich wieder Murdoch zu.

»Welchen Grund könnte Yoshio-san haben, in MacGregors Haus zu gehen?«

15

Es dauerte einen Augenblick, bis er Kiyokos Frage verstanden hatte. Murdoch badete gerade in verletztem Stolz. Aye, sie hatte gute Gründe zu glauben, dass er ihr wieder weh tun würde. Aber die Anschuldigung aus ihrem Mund zu hören riss ein Loch von der Größe der Meerenge von Gibraltar in seine Eingeweide.

»Yoshio?«, fragte er.

Sie zeigte aus dem Fenster. »Da.«

Murdochs Blick folgte ihrem Finger. »MacGregor ist im Krankenhaus, und Emily trainiert in der Arena. Yoshio hat keinen Grund für einen Besuch.«

»Sollen wir ihn fragen?«

Murdoch machte sich nicht die Mühe zu antworten. Er ging vor ihr nach unten und zur Hintertür hinaus. Die Judasmünzen befanden sich nicht mehr in MacGregors Haus, aber zahlreiche andere wertvolle Gegenstände. »Wie gut kennst du Yoshio?«

»Sehr gut. Jedenfalls glaubte ich das.«

Murdoch bedachte sie mit einem grimmigen Blick. »Ist etwas vorgefallen?«

»Eigentlich nicht. Ein paar Kleinigkeiten nur. Beim Überfall der Dämonen auf das Haus meines Vaters hatte er seinen Posten verlassen. Das sieht ihm ganz und gar nicht ähnlich. Dann, erst vor ein paar Minuten, bin ich vor dem Ranchhaus fast mit ihm zusammengestoßen. Dort hatte er ebenso wenig zu suchen wie jetzt in MacGregors Haus.«

»Könnte er von einem Hörigen Dämon besessen sein?«

»Und seine alte Aura behalten haben? Das glaube ich nicht.«

Sie erreichten das Haus. Murdoch schaute durch das schmale Glasfenster neben der Tür ins Innere, konnte aber keine Bewegung entdecken. Er drehte den Knauf und schob die Tür langsam auf.

»Bleib hier«, flüsterte er. »Ich seh mich mal um.«

Kiyoko hob eine Augenbraue, zog ihr Schwert und trat über die Schwelle. Murdoch verkniff sich ein Grinsen und folgte ihr, während er ihr Deckung gab.

Sie bewegten sich schweigend auf das ferne Murmeln einer Stimme zu – über den Flur an der Küche vorbei und weiter zu MacGregors Büro. Dessen Tür war nur angelehnt. Das reichte, um zu verstehen, was gesprochen wurde, aber nicht, um einen Blick hinein zu werfen. Leider sprach Yoshio Japanisch.

Und es war ein sehr einseitiges Gespräch.

Murdoch sah fragend zu Kiyoko.

Sie runzelte die Stirn, und als sich ihre Blicke trafen, hielt sie einen Finger in die Höhe mit der stummen Bitte abzuwarten. Je länger sie lauschte, desto tiefer wurden die Runzeln auf ihrer Stirn. Endlich, als sie genug gehört hatte, stieß sie mit dem Fuß die Tür auf.

Yoshio saß hinter dem Schreibtisch und telefonierte. Er sprang auf die Füße, ließ den Hörer fallen und griff sofort nach seinem Schwert. Doch als er Kiyoko erkannte, entspannte er sich wieder. Seine Hand fiel vom Schwert, und er verbeugte sich.

»Kiyoko-san.«

Ein wütender Wortwechsel auf Japanisch war die Folge. Kiyoko hatte ganz offensichtlich die Rolle der Anklägerin übernommen, doch Yoshio antwortete ihr höflich in entschiedenem und ungerührtem Ton.

»Können wir auf Englisch weitermachen?«, fragte Murdoch, während er über den Schreibtisch langte, um den Telefonhörer aufzulegen. »Mein Japanisch beschränkt sich auf *domo arigato* und *hai*.«

»Er hat die anderen Onmyōji über die Lage der Ranch informiert«, berichtete Kiyoko. »Gegen meinen ausdrücklichen Befehl.«

»Es ist ihre Aufgabe, dich zu beschützen«, hielt Yoshio dagegen. »Dazu müssen sie aber auch die Möglichkeit erhalten.«

»Einer von ihnen ist ein Spion. Du spielst unserem Feind wichtige Informationen zu.«

Yoshio erstarrte. »Die Onmyōji sind Ehrenmänner.«

»Vielleicht bist ja *du* der Spion.«

Sein Blick suchte rasch den ihren und wich ihm dann wieder aus. »Das ist doch nicht dein Ernst! Ich würde nie etwas tun, um dir zu schaden, Kiyoko-san. Dein Vater hat mir am Tag meiner Ankunft im Dōjō dein Leben anvertraut, und ich habe nie in meinen Bemühungen nachgelassen, mich seines Vertrauens würdig zu erweisen.«

Bei der Erwähnung ihres Vaters wurde Kiyokos Gesichtsausdruck milder. »Was hattest du vorhin im Ranchhaus zu suchen?«

Er zog ein Stück Papier aus der Tasche und hielt es Kiyoko hin. Es zeigte eine Reihe von Kanji-Schriftzeichen neben Ziffernfolgen, die wie Telefonnummern aussahen.

Sie nahm es und ließ den Blick darüber wandern.

»Die Kontaktdaten der nordamerikanischen Onmyōji. Du hast sie aus meinem Handy gestohlen.«

Er nickte.

»Warum?«

»Augenblick!«, unterbrach Murdoch kopfschüttelnd. »Es gibt Onmyōji hier in den Staaten?«

Kiyoko wandte sich ihm zu. »Wie Sora-sensei schon an deinem ersten Tag im Dōjō erwähnte, gibt es Onmyōji-Sektionen überall auf der Welt. Unsere Philosophie ist sehr alt.«

»Und sie alle kämpfen gegen Dämonen?«

»Anfangs haben wir die Kampfkünste nur als Form der körperlichen Ertüchtigung und Selbstbeherrschung gepflegt. Aber als Gut und Böse aus dem Gleichgewicht gerieten, fühlten wir uns verpflichtet, unsere Fähigkeiten zur Verteidigung der Unschuldigen einzusetzen. Außerhalb Japans leben aber nur eine Handvoll Onmyōji.« Sie hielt den Zettel in die Höhe. »Und das sind sie.«

»Sie leben, um dir zu dienen, Kiyoko-san«, sagte Yoshio. »Ich wollte ihnen eine Aufgabe geben.«

»Sie leben, um dir zu dienen?« Murdoch lächelte Kiyoko zu. »Wirklich?«

Sie zuckte die Achseln. »Ich bin eine Nachfahrin von Abe no Seimei. Ich trage sein Schwert.«

»Und natürlich besagt die Prophezeiung deines Vaters …« Yoshio hielt inne, als er Kiyokos finsteren Blick auffing. »Verzeih. Ich habe unbedacht gesprochen.«

»Nein, sprich weiter!«, entgegnete Murdoch. »Ich bin ganz Ohr.«

Kiyoko stieß ihr Schwert zurück in die Scheide. »Da gibt es nichts mehr zu sagen. Er hat niemals die Prophezeiung meines Vaters gelesen. Yamashita-sensei war der Hüter des Orakels. Wir Übrigen kennen nur Bruchteile.«

Trotz Soras Warnung war Murdoch davon überzeugt, dass die Informationen in den Schriftrollen von äußerster Wichtigkeit für Kiyokos Überleben waren. Jedes Gespräch darüber wies letzten Endes darauf hin. »Bruchteile sind für mich auch in Ordnung.«

»Vielleicht später«, sagte sie. »Yoshio-san, ich bin höchst beunruhigt über die heutigen Vorfälle. Gleichgültig, welche Gründe du hattest – dass du Daten gestohlen und unerlaubt mit den anderen Onmyōji Kontakt aufgenommen hast, ist unverzeihlich. Ich bin kurz davor, dich mit dem nächstbesten Flugzeug nach Sapporo zu schicken.«

»Aber ich kann dich doch nicht allein …«

»Die Entscheidung treffe ich«, fiel sie ihm ungerührt ins Wort. »Ich vertage sie, weil mein Zorn im Augenblick stärker ist als mein Verstand. Was immer ich beschließe, überlege dir deine Reaktion gut. Ein weiser Mann würde sich darauf konzentrieren, meinen Respekt zurückzugewinnen.«

Yoshio neigte den Kopf.

»In der Zwischenzeit«, begann Murdoch, nicht ganz überzeugt von der Zerknirschung des jungen Mannes, »können wir ihn unter Hausarrest stellen.«

Kiyoko schaute ihn an. »Wir sollen ihn einsperren?«

»Nein. Wir haben in ein bisschen Technik investiert, nachdem wir letztes Frühjahr auf dem Weg zur Ranch die Spur eines Besuchers verloren hatten. Jetzt gibt's hier elektronische Fußfesseln und GPS. Wir sagen der Software, wo er sich frei bewegen darf, und sobald er diesen Bereich verlässt, wird Alarm ausgelöst.«

Der Kopf des jungen Kriegers fuhr hoch. Seine Augen funkelten vor Wut. »Ich bin doch kein Verbrecher!«

»Gut«, sagte Murdoch und griff nach Yoshios Ärmel. »Ich habe nämlich Besseres zu tun, als dir quer über die Ranch nachzujagen. Aber lass dich warnen: Meine Toleranzschwelle ist sehr niedrig, und wenn du doch aus der Reihe tanzt – ich kann zum Tier werden, wenn man mir auf die Nerven geht.« Er zog den jungen Mann um den Schreibtisch herum zu sich heran. »Gehen wir.«

»Er muss sich bei Mr. MacGregor entschuldigen«, sagte Kiyoko, als sie den Bungalow verließen und den Kiesweg zum Haus hinauf nahmen.

»Nein«, widersprach Murdoch. »Dieses eine Mal verzichten wir darauf. Der Mann und seine Frau bringen heute ihr neugeborenes Baby nach Hause. Das ist einfach nicht der richtige Zeitpunkt, um ihnen von Yoshios Einbruch zu erzählen.«

Er schob Yoshio durch die Küchentür und den Flur entlang in den kleinen, heißen Raum, der als Computerzentrale der Seelenwächter fungierte. Verborgen hinter Rollen von Verlängerungskabeln, wippenden Türmen aus alten Platinen und einem Haufen alter Coladosen tippte Brendan Carter auf seiner Tastatur herum.

Der Rotschopf blickte auf, als Murdoch eintrat.

»Wow! Ist etwa die Hölle eingefroren?«

»Sehr witzig!« Murdoch schüttelte Yoshio. »Du musst meinem Freund hier eine Fußfessel verpassen.«

Carter drehte seinen Stuhl herum. »Nein, im Ernst. Hat es eine Naturkatastrophe gegeben? Ich meine mich nämlich zu erinnern, dass du gesagt hast, du würdest niemals hierherkommen, und ›niemals‹ hat zumindest in diesem Universum eine ganz bestimmte Bedeutung.«

»Hör auf, kluge Sprüche zu klopfen, und mach deinen Job!«

Carter stand auf und streckte Kiyoko die Hand hin. »Hi. Lassen Sie uns den alten schottischen Brummbären ignorieren, was meinen Sie? Ich bin Brendan. Wir haben uns an Ihrem ersten Abend hier schon mal gesehen, hatten aber keine Gelegenheit für ein Schwätzchen, weil er Sie zum Schachspielen entführt hat.«

»Ja, ich erinnere mich.«

Ihre Hände lösten sich voneinander.

Und Murdochs Berserker würgte ein Haarknäuel aus.

Carter mochte den ganzen Tag auf strumpfbesockten Füßen

umhergehen und endlos Akronyme wie VPN oder BIOS von sich geben, aber er erfüllte trotzdem nicht das Klischee eines Computerfreaks. Er war ein Seelenwächter. Und das bedeutete, dass er in erster Linie ein Krieger war. Er war über 1,80 Meter groß, robust wie ein Fels und führte mit großem Geschick das Schwert. Nur das rote Haar sprach gegen ihn.

»Wir haben nicht den ganzen verdammten Tag Zeit«, ging Murdoch dazwischen. »Kannst du nun diesem Mann eine Fußfessel anlegen oder nicht?«

»Wirf mal eine Valium ein, Murdoch. Ich weiß, dass du bei so viel Technik die Krätze kriegst, aber ein bisschen höfliche Konversation wird dich schon nicht umbringen.«

»Ich habe nichts gegen Technik«, gab Murdoch giftig zurück. »Manchmal kann sie sehr nützlich sein, so wie jetzt. Aber wenn man sich zu sehr darauf verlässt, wird man faul, und die Aufmerksamkeit leidet darunter.«

Kiyoko nickte. »Das sehe ich auch so. Wir haben bis auf das Nötigste alle Technik aus dem Trainingslager verbannt. Ein Krieger mit ausgezeichneten Sinnen lässt sich eben nicht durch eine unvollkommene Maschine ersetzen.«

Und schon rollte sich Murdochs Berserker mit einem zufriedenen Seufzer zusammen und schlief wieder ein.

»Die Fußfessel«, mahnte Murdoch Carter.

»Ja, ja! Ich bin ja schon dabei.«

Die nächsten fünf Minuten verstrichen mit der Programmierung des Bewegungsspielraums für Yoshios Fußfessel. Während Carter über das Gerät gebeugt dasaß und es einstellte, zogen sich Murdoch und Kiyoko zur Tür zurück, um der Hitze zu entgehen, die die fünf summenden Computer neben Carters Arbeitsplatz abstrahlten.

Murdoch schloss die Augen und genoss Kiyokos Nähe. Nicht einmal zehn Zentimeter trennten seine Haut von ihrer, und wenn er nicht hinsah, konnte er sich beinahe vormachen, sie läge in seinen Armen. Er hatte so wenig Gelegenheit, im Stillen ihre Gegenwart auszukosten, die ihm Gänsehaut verursachte, wann immer er weniger als drei Meter von ihr entfernt war.

»Willst du denn nichts über die Prophezeiung wissen?«, fragte sie plötzlich.

Er öffnete die Augen und betrachtete ihren Scheitel. Der seidige Schimmer ihres Haars flüsterte seinen Fingern süße Worte zu. »Fang an, wann immer du willst.«

»Die Weissagung ist eine der *onmyōdō*-Künste.«

»Das weiß ich.«

»Sie wird seit Jahrhunderten praktiziert, und ein wirklich begabter Onmyōji kann fast alles vorhersagen, wenn er genug Zeit und Mühe aufwendet.«

Murdoch hatte da seine Zweifel. Selbst der berühmte Druide, dessen Rat er im dreizehnten Jahrhundert gesucht hatte, hatte nicht so viel Kontrolle über die Sterne besessen. »Du willst also damit sagen, dass Sora mein Auftauchen an deiner Tür prophezeit hat.«

»So war es.«

»Tatsächlich?«, fragte er lächelnd. »Aber wenn er wusste, dass ich kommen würde, warum hat er dann nicht diese hässliche Szene im Restaurant verhindert? Er hätte den beiden jungen Kriegern jede Menge blaue Flecken ersparen können.«

Sie strich sich eine lose Haarsträhne hinters Ohr. Hinter eine perfekte, rosafarbene Ohrmuschel, die regelrecht darum bettelte, geküsst zu werden. »Eine Prophezeiung fertigzustellen ist sehr zeitaufwendig – abhängig vom Umfang kann das zwischen sechs und vierzehn Stunden dauern –, und das Resultat ist nur so genau wie die Frage, die gestellt wurde. Die Frage ›Werde ich siegen?‹ bringt eine ganz andere Antwort hervor als die Frage ›Wie wird es um meine Gesundheit bestellt sein, wenn ich siege?‹«

»Fertig!«, sagte Carter und lehnte sich mit zufriedenem Nicken zurück. »Er gehört euch. Das Ranchhaus ist für ihn tabu. Ihr habt also genau zehn Minuten, um ihn in den zugelassenen Bewegungsbereich zu bringen, bevor der Alarm losgeht.«

»Danke.« Murdoch winkte Yoshio heran. »Gehen wir, Kumpel.«

»Hey, Murdoch!«

Murdoch blickte zu Carter.

»Komm zu mir, wenn du was brauchst.«

Murdoch lächelte. »Gib ruhig an, wenn du's nötig hast, Carter. Ich habe nichts dagegen. Du hast vor deinem Computer so wenig Gelegenheit, etwas zu leisten, auf das du stolz sein kannst.«

Sie ließen Yoshio in der Unterkunft zurück, in der es so belebt wie auf den ausverkauften Rängen eines Meisterschaftsspiels war. Die Schüler hatten außerplanmäßig einen Tag frei bekommen, weil MacGregor Vater geworden war. Und sie nutzten das weidlich aus. Sprudel und Bier und Kartoffelchips machten die Runde.

Diese faulen Säcke!

Murdoch war drauf und dran, ihnen in den Hintern zu treten und sie auf einen Zehn-Kilometer-Lauf zu schicken, aber er hatte Wichtigeres zu tun. Etwa, Kiyoko dazu zu überreden, ihm den Schleier zu zeigen. Er winkte dem Koch hinter der Theke in der Kantine zu. Der lief los und brachte ihm einen Rucksack.

»Willst du noch immer meditieren?«, fragte Murdoch Kiyoko.

»Ja«, antwortete sie überrascht.

»Ich kenne den perfekten Ort dafür.« Er legte ihr die Hand auf den Rücken und schob sie nach draußen. »Wenn du nichts gegen einen kleinen Spaziergang einzuwenden hast.«

»Ich würde gern mehr von der Ranch sehen.«

Kalifornien würde in seinem Herzen niemals den Platz von Schottland einnehmen, aber es hatte eine ganz eigenwillige, einzigartige Schönheit. In den Wintermonaten überzogen sich die verdorrten braunen Hänge mit frischem Gras, und die hügelige Landschaft wurde ganz weich durch das prächtige Grün. Sein Lieblingsplatz lag an der östlichen Böschung des Hügels, der über das Ranchhaus blickte. Von dort aus konnte man keinerlei Anzeichen von Zivilisation entdecken – kein Haus, keinen Zaun, keine Straße. Solange er nicht nach oben zu den Kondensstreifen der Jets schaute, konnte er beinahe glauben, dass er in der Zeit zurückgereist war. Im Winter füllte ein kleiner Wassertümpel die Kluft zwischen zwei Felsen und lockte Vögel und anderes kleines Getier an. Doch trotz der jüngsten Regenfälle waren die Felsen nun trocken.

»Es ist schön hier«, sagte Kiyoko, während sie sich umsah.

Murdoch öffnete den Rucksack und holte eine karierte Decke heraus. Ein hässliches, rotgrünes Ding. MacGregors Schottenmuster. Er hätte sich deutlicher ausdrücken sollen. Er breitete die Decke auf dem Gras aus und lud Kiyoko ein, sich zu setzen. »Tut mir leid. Es war kein Platz mehr für Kissen. Aber ich habe heißen Tee dabei.«

Sie nahm die Thermoskanne entgegen und schenkte sich einen Becher voll. »Hast du mich wirklich hergebracht, um zu meditieren?«

»Nein.« Er ließ sich neben ihr nieder, legte sich auf die Seite und stützte den Kopf in die Hand. Die rustikale Umgebung stand ihr gut zu Gesicht. Auf der hässlichen Decke erinnerte sie an eine kremweiße Perle. »Ich hatte Hintergedanken.«

»Und die wären?«

»Ich will den Schleier sehen«, gab er aufrichtig zu. »Ich wusste, dass du ihn mir nicht zeigen würdest, solange die Möglichkeit besteht, dass auch jemand anders ihn sehen könnte. Aber hier draußen gibt's nur mich, dich und die Kojoten.«

Sie starrte ihn an.

»Also, lass mal sehen, was du drunter hast«, ermunterte er sie lächelnd. »Ich bin schon ganz neugierig.«

Kiyoko stellte den Becher ab.

Sein Lächeln war tödlich.

In Kombination mit der offenkundigen Zuneigung, die nie seine Augen zu verlassen schien, wäre sie dem selbstironischen Schwung dieser sinnlichen Lippen beinahe erlegen. Die träge Pose seines Körpers half da nur wenig. Breite Schultern, schmale Hüften und lange, starke Beine. Er war ein Traum von einem Mann und der Traum jeder Frau. Ihre Haut reagierte mit Erregung, Gänsehaut breitete sich in verschiedene Richtungen aus. Es war nur zu leicht, sich auszumalen, wie es wäre, sich in seine Arme zu werfen und ganz in seinen lässigen Charme und seine unerschütterliche Kraft einzutauchen.

Zum Glück hatte ihr Kopf auch noch ein Wörtchen mitzureden.

Sie strich mit den Fingern über die weiche Wolle der Decke anstatt über seine Wange. Folgte dem Karomuster, anstatt kopfüber in den Wellen seines Haars zu versinken.

»Welchen Vorteil hättest du davon, wenn du ihn siehst?«, fragte sie.

»Nennen wir es eine Übung in Vertrauen.«

»Kann ich wirklich darauf vertrauen, dass du ihn mir nicht stiehlst?«

Er hob eine Augenbraue. »Du bist doch schon davon überzeugt, dass ich ihn dir nicht stehle. Sonst hättest du nie eingewilligt, mit mir allein zu sein. Wir beide wissen, dass ich ihn dir jetzt wegnehmen könnte, ohne dass ich mich sonderlich anstrengen müsste.«

Ihr den Schleier wegzunehmen wäre schwieriger gewesen, als er dachte, aber im Grunde hatte er recht. Sie vertraute tatsächlich darauf, dass er ihn ihr nicht stehlen würde. »Aber ich weiß immer noch nicht, was du dir davon versprichst.«

»Nichts.«

Sie seufzte. »Nun stell dich nicht so an.«

»Ich hätte nichts davon – aber du. Wenn du mir den Schleier zeigst, teilst du mir nicht nur mit, wo er sich befindet. Du teilst auch die Last, ihn schützen zu müssen.«

»Mit einem Mann, der achttausend Kilometer weit weg lebt. Wozu sollte das gut sein?«

Er nahm eine dunkle Locke ihres Haars in die Hand und rieb sie zwischen seinen Fingern, offensichtlich fasziniert. »Ich bin doch gar keine achttausend Kilometer weit weg.«

Ihr Herzschlag beschleunigte sich.

Nein, zweifellos war er keine achttausend Kilometer weit weg. Eher zehn Zentimeter. Wenn sie sich nur ein wenig vorbeugte, würde seine Hand ihre Brust berühren. Ihre ungeduldig wartende Brust.

»Ich gestehe«, sagte er, und das Poltern seines Akzents war nun heiserer als sonst, »seit ich dich kenne, gehe ich lieber schlafen als jemals zuvor. Meine Träume sind so verflucht unglaublich, dass ich mit einem Stechen in der Brust aufwache.«

Kiyoko schluckte hart.

»Im Traum kann ich dich einfach so berühren, genauso küssen, wie ich es will, dich befriedigen, bis du schreist und um Gnade bettelst, und es gibt keine Konsequenzen. Das genügt, um mich um ein Koma beten zu lassen.«

»Das ist alles nicht real«, sagte sie leise.

Er hob den Blick, bis er ihrem begegnete. Heiß, dunkel und voller glühender Verheißung. »Da bin ich mir nicht so sicher. Mein Berserker hält es für real.«

Enttäuschung stieg in Kiyoko auf.

Wieder schob er alles auf den Berserker, statt sein Verlangen als sein eigenes zu akzeptieren. Beweis genug, wenn sie überhaupt noch einen brauchte, dass es nur mit Herzeleid enden konnte, wenn sie irgendeine Art Beziehung zu Murdoch aufnahm. Sie befreite ihr Haar aus seiner Hand. Dann hob sie den Saum ihrer *kendōgi*-Jacke, um ihm den schwarzen Stoffgürtel zu zeigen, der um ihre Taille gewickelt war.

»Das ist der Schleier.«

Er hielt ihrem Blick einen Moment lang stirnrunzelnd stand. Dann wanderte sein Blick nach unten. »Der schwarze Gürtel ist der Schleier? Du trägst ihn oft so, dass man ihn gut sehen kann.«

»Ja.«

»Ziemlich frech von dir.«

Sie zuckte die Achseln. »Die Leute sehen oft über das hinweg, was sich direkt vor ihrer Nase befindet.«

Die Falten in seiner Stirn vertieften sich. »Bist du böse auf mich?«

»Nein. Ich erwarte einfach zu viel.«

»Von mir?« Er erstarrte. »Und ich enttäusche dich?«

»Du bist, wer du bist. Dass ich mehr erwarte, ist nicht deine Schwäche, Murdoch. Es ist meine.«

Er lächelte grimmig. »Aha, die alte ›Es ist nicht deine Schuld, es ist meine‹-Leier. Erzähl mal. Auf welchen Teil von mir bist du denn sauer?

»Wir sollten zurückgehen.«

Als sie auf die Knie kam, sagte er: »Nein, zum Henker, das sollten wir nicht! Setz dich wieder.«

Sein kühler Befehlston ließ sie zögern. Es war ein Ton, der eine Armee Soldaten in die Schlacht schicken konnte. Er ließ keine Diskussion zu, keine Hoffnung auf Rückzug und keine Frage außer der, ob er seiner Forderung Nachdruck verleihen würde. Und überraschenderweise ärgerte sie sich nicht darüber.

Sie setzte sich wieder.

»Welche Erwartung habe ich nicht erfüllt?«, fragte er.

»Du willst dich immer noch nicht damit abfinden, dass *du* der Berserker bist.«

Er schwieg eine Weile nachdenklich. »Du glaubst, dass ich mein Interesse an dir dem Berserker zuschreibe.«

»Stimmt das etwa nicht?«

»Nein.«

»Murdoch, sei ehrlich! In deiner Vorstellung bist du der ruhige, rationale Krieger, der sich etwas auf seine Selbstbeherrschung einbildet. Und allein der Berserker ist verantwortlich für all die leidenschaftlichen, unbändigen Dinge, die du tust und fühlst und sagst.«

»Nicht für alle.«

»Dann eben für die meisten. Das spielt keine Rolle. Die Sache ist doch die: Wenn der Berserker nicht wäre, hättest du dich schon längst einer anderen Frau zugewandt.«

»Das ist nicht wahr.«

»Entschuldige, wenn ich anderer Meinung bin.«

»Mädchen, du musst mir schon ein bisschen glauben.« Ein angedeutetes Lächeln ließ die Konturen seines Gesichts weniger hart erscheinen. »Erstens, während ich hier liege – ein bisschen schwindelig von deinem Parfum und ein paar Tagträumen darüber, wie ich mich deinen Bauch hinunterküsse –, ist weit und breit kein Berserker in Sicht. Nur ich bin hier. Zweitens kommt kein Berserker – und übrigens auch keine andere Frau – in meinen Träumen vor. Nur du.«

Kiyoko schmolz ein wenig dahin.

War es denn so falsch, sich wegen einiger heißblütiger Worte anders zu besinnen? Wegen Murdochs schamloser Art zuzugeben, dass ihm ihre Anwesenheit zu Kopfe stieg? Er hatte eine Reihe von Schwächen, aber mangelndes Selbstbewusstsein zählte nicht dazu.

Und das gefiel ihr.

Sehr sogar.

»Du brauchst nicht zu zweifeln«, fügte er hinzu. »*Ich* will dich. So sehr, dass ich es kaum beschreiben kann. Ich habe es schon einmal gesagt, aber es schreit nach Wiederholung: Wäre dieser verdammte Berserker nicht, dann würde ich mich jetzt sofort auf dich stürzen. Ich würde dir den Atem rauben, jeden faszinierenden Winkel deines Körpers erkunden und dich zur Raserei bringen, wie es mir gefällt, ohne jede Gnade. Ich würde dich Sternchen sehen lasen. Mich. Nicht meinen dämlichen Berserker. Kapiert?«

»Kapiert«, entgegnete sie heiser. Ihr Körper stand in Flammen. Sie hatte sich noch nie so sehr gewünscht, in jemanden hineinzukriechen, wie sie genau in diesem Augenblick ein Teil von Murdoch und seinen lebhaften Phantasien sein wollte. »Vielleicht sollten wir ein Nickerchen machen.«

Er stöhnte auf. »Gott, wenn ich Emily nicht versprochen hätte, mit ihr in die Stadt zu fahren, würde ich dich beim Wort nehmen. Du hast einen bei mir gut.«

Einen. *Einen Orgasmus*. Kiyoko wurde rot. »Ich schlage vor, wir gehen zurück zum Haus.«

Seine Hand glitt über ihre Hüfte, warm, stark und beruhigend. Sie hielt inne. »Mädchen, ich werde eine Lösung finden, das schwöre ich dir. Für den Schleier, den Berserker, das ganze verfluchte Durcheinander. Ich *werde* eine Lösung finden.«

Auch wenn sie etwas angestaubt war, verschlug seine Ritterlichkeit ihr doch den Atem. Aber während ihr Herz flatterte, rumorten auch Schuldgefühle in ihrem Bauch. Er war offen und ehrlich gewesen, und nun bot er an, alles in seiner Macht Stehende zu tun, um ihr zu helfen. Sie dagegen hatte ihm bisher keinen vergleichbaren Gefallen erwiesen.

Er verdiente es, die Wahrheit zu erfahren. Er verdiente es zu erfahren, wie sie ihn zu benutzen gedachte. Herrin des Todes hin oder her.

»Eigentlich habe ich schon eine Lösung«, sagte sie. »Aber sie wird dir nicht gefallen.«

Obwohl ihn Kiyokos Beharren darauf, sich mit Murdoch zu treffen, zur Weißglut gebracht hatte, zeigte Asasel seine kochende Wut nicht. Es war von größter Wichtigkeit, sie weiter über die Prophezeiung auszufragen. Anstatt ihr zu gestatten zu frühstücken, hätte er sie in sein Zimmer zerren sollen. Er aß langsam das widerlich süße Zimtbrötchen, nicht ohne das professionelle Gebaren und die unerschütterliche Ruhe an den Tag zu legen, auf die sich Ryuji Watanabe so viel zugutehielt.

Oder gehalten hatte. Bis zum Ende.

Nein, das Ende war *inklusive* gewesen. Der Mann war sogar ruhig gestorben. Hatte nicht ein einziges Mal um sein Leben gebettelt. Hatte nicht ein einziges Mal geschrien. Hatte bis ganz zum Schluss darum gekämpft, sich zu befreien, das ja, aber er war nicht in Panik geraten und hatte nicht gewinselt. Es hatte überhaupt keinen Spaß gemacht. Kein Wunder, dass Kiyoko sich mit ihm gelangweilt hatte.

Asasel schob sein leeres Tablett in das Gestell neben der Tür zur Küche und verließ die Kantine. Die Zeit, die er hier verbracht hatte, war nicht verschwendet. Ein lauter junger Ire namens Quinn hatte ihm einen beträchtlichen Schritt weitergeholfen. Er wusste nun, dass sämtliche Seelenwächter am Samstagabend abwesend sein würden. MacGregor hatte einen großangelegten Übungseinsatz anberaumt, um das versäumte Training von heute wieder hereinzuholen.

Wenn fast alle fort waren, würde es ein Leichtes sein, sich mit dem Tempelschleier aus dem Staub zu machen. Er brauchte das verdammte Ding nur noch aufzuspüren. Am besten würde ihm das mittels einer altmodischen physischen Suche gelingen, da irgendein Zauber über der Ranch lag. Das konnte so schwierig doch nicht sein. Die Reliquie musste sich unter den wenigen Habseligkeiten befinden, die Kiyoko aus Japan mitgebracht hatte.

Asasel trat ins Morgenlicht hinaus, und wie aufs Stichwort schob sich eine Wolke vor die Sonne.

Seine Anwesenheit auf der Ranch bot ihm außerdem eine einzigartige zweite Gelegenheit. Wenn er eine Möglichkeit fand, die Seelenwächter nachhaltig zu schwächen, würde ihm das die Rückkehr als rechte Hand des Großen Lords ebnen.

Er ließ den Blick über das Anwesen schweifen. Im Geiste notierte er die Bestimmung jedes einzelnen Gebäudes. Haus, Garage, Arena … Er hielt inne. Ein einfaches Holzhaus war zu seiner Linken durch die Bäume hindurch zu sehen. Dünne Rauchfäden stiegen gemächlich aus einem metallenen Kamin in die Luft. Das war doch eine altmodische Schmiede, wenn ihn seine Augen nicht täuschten.

Wo der Magier die Waffen der Seelenwächter herstellte.

Asasel lächelte.

Das Waffenschmieden war eine Kunst, in der er sich gut auskannte. Schließlich war er die verderbte Seele gewesen, die vor einigen Jahrtausenden der Menschheit den Krieg gebracht hatte. Alles, was er tun musste, war, den Kohlen seinen Atem einzuhauchen, um ihnen seinen dämonischen Willen einzupflanzen. Das nächste Mal, wenn ein heißes Feuer geschürt wurde, würden beim Schmieden fatale Sollbruchstellen entstehen. Sollbruchstellen, die nicht eher entdeckt würden, als bis die Waffen im Kampf versagten.

Asasel ging über das Gras auf das kleine Gehölz zu und schlich, sich stets im Schatten haltend, zwischen den Baumstämmen hindurch, bis er durch die geöffnete Tür ins Innere des Gebäudes schauen konnte. Niemand war zu sehen. Eine eindrucksvolle

Auswahl an Hämmern und Zangen hing ordentlich aufgereiht an den Wänden. Der Blasebalg war nicht in Betrieb, die Kohlen kühlten gerade unbeaufsichtigt in der Esse ab. Kein halbfertiges Werkstück lag auf dem Amboss, kein Schwert war in den Schraubstock gespannt.

Er sah zu den geschlossenen Vorhängen des benachbarten Wohnwagens hinüber. Keinerlei Anzeichen von Leben. Es schien der perfekte Zeitpunkt zu sein, um …

»Stefan?«

Asasel zog sich hastig zurück und drückte sich an den nächsten Baumstamm.

Es war das Mädchen. Emily. Sie kam den Kiesweg vom Haus ihres Stiefvaters herunter.

Er hielt den Atem an.

Wenn sie ihre sensiblen Fühler ausstreckte, würde sie ihn mit großer Wahrscheinlichkeit entdecken. Zwar steckte er noch immer in der Hülle von Ryuji Watanabe, aber das würde ihn nicht schützen. Der japanische Geschäftsmann hätte keinen Grund, dem Magier einen Besuch abzustatten. Er wäre gezwungen, eine dumme Entschuldigung zu murmeln, die nicht zu der Intelligenz des Mannes passte. Sie würde Fragen aufwerfen. Außerdem: Je öfter er mit der Dreifältigen Seele zusammentraf, desto wahrscheinlicher wurde es, dass sie das Deckmäntelchen seiner falschen Identität entdeckte.

Asasel bemühte sich nach Kräften, mit dem Baum zu verschmelzen.

»Stefan! Ich weiß, dass du da bist«, rief Emily, als sie den Wohnwagen erreichte. Sie pochte mit der Faust an die dünne Metalltür. »Ich brauche Hilfe bei einem Feuerbändigungszauber. Komm schon! Lass mich rein!«

Keine Antwort aus dem Wohnwagen.

»Du bist ein Idiot!« Mit vor Entschlossenheit verkniffenem

Gesicht ging Emily um den Wohnwagen herum zu dem großen Panoramafenster und klopfte auch daran. »Ich gehe nicht eher, als bis du mich reinlässt.«

Nun, da er sich außerhalb ihres Blickfeldes befand, bewegte Asasel sich vorsichtig rückwärts, wobei er es vermied, auf Äste und trockene Blätter zu treten. Besser, er kehrte nach Einbruch der Dunkelheit zurück, wenn Emily mit ihrer Familie im Haus war. Er wich einen weiteren Schritt zurück. Und noch einen.

»Du weißt, ich könnte mich einfach nach drinnen wünschen«, maulte Emily gerade. Die Bäume dämpften ihre Stimme. »Ich will aber gar nicht ungebeten in deine Privatsphäre einbrechen.«

Voller Zuversicht, dass er sich weit genug zurückgezogen hatte, als dass sie noch auf ihn aufmerksam werden konnte, drehte Asasel sich um und nahm die Abkürzung durch die Bäume zum Ranchhaus. Da Emily momentan beschäftigt war, bot sich der Zeitpunkt an, um Kiyokos Zimmer zu durchsuchen. Vorausgesetzt, sie vergnügte sich dort nicht gerade mit Murdoch.

Asasel runzelte die Stirn. Menschenfrauen hatten ihn früher unwiderstehlich gefunden. War Kiyokos Begeisterung für Murdoch Zufall oder etwa ein Zeichen dafür, dass er sein Händchen für Frauen verloren hatte? Er hatte Ewigkeiten in der Zwischenwelt vertrödelt, bevor er stark genug gewesen war, sich wieder eine körperliche Gestalt zuzulegen. War es möglich, dass seine Anziehungskraft während der langen Wartezeit gelitten hatte?

Das wollte er natürlich nicht hoffen.

16

Das ist doch nicht dein Ernst.« In der Hoffnung auf wenigstens den Anflug eines Lächelns starrte Murdoch Kiyoko an. Aber in ihrem hübschen Gesicht sah er nur Entschlossenheit. »Du willst wirklich meinen Berserker wecken, seine Energie anzapfen und mit ihrer Hilfe auf eine höhere Ebene übergehen?«

»Ja.«

Er sprang auf. »Du musst den Verstand verloren haben, denn das ist kein Plan. Das ist Selbstmord.«

»Es ist riskant«, räumte sie ein. »Aber nicht unmöglich.«

Er sah sie mit finsterer Miene an. »Hör dir doch nur mal selbst zu. Du klingst wie eine Verrückte. Sora hat dir Flausen in den Kopf gesetzt – die ganze Transzendenzgeschichte ist absoluter Schwachsinn. Es gibt nur Leben und Tod. Dazwischen ist nichts, kein ›Mittelding‹. Glaub mir, ich habe genug Tod gesehen, um Bescheid zu wissen.«

»Und wie erklärst du dir dann die Existenz der Seelenwächter?«

»Wie eine aufgeschobene Hinrichtung. Eine vorübergehende Angelegenheit.«

»Aber sie beweist doch, dass es ein ›Mittelding‹ gibt.« Kiyoko erhob sich ebenfalls und berührte Murdoch am Ärmel. »Und was ist mit den heidnischen Göttern? Du behauptest, dass sie existieren, aber hier bei uns auf der mittleren Ebene gibt es sie nicht. Genauso wenig glaube ich, dass sie auf den Ebenen leben, die wir Himmel und Hölle nennen.«

»Willst du dich allen Ernstes mit einer Gottheit gleichsetzen?«

Sie schüttelte den Kopf. »Nein. Ich widerspreche nur deiner Behauptung, dass es neben den drei Ebenen, die du kennst, keine weiteren gibt. Das Transzendenzritual versetzt mich in die Lage, meine Seele auf einer dieser anderen Ebenen zu verstecken, so dass die Herrin des Todes nicht ihre Fühler danach ausstrecken kann.«

Murdoch seufzte. »Wunderbar. Lassen wir mal diese Theorie von der Existenz anderer Ebenen für einen Moment beiseite. Du willst dorthin gelangen, indem du meinen Berserker weckst. Was genau an der Erfahrung, beinahe zu Tode gedrückt zu werden, hast du nicht verstanden?«

»Das war ein Unfall.«

»Unfälle sind bei diesem Biest an der Tagesordnung«, erwiderte Murdoch. »Es ist nicht zu kontrollieren.«

»Das glaube ich nicht.«

»Habe ich dir nicht eben erst von meiner jämmerlichen Vergangenheit erzählt? Der Vergangenheit, in der ich ein Mädchen nur aus dem einen Grund umgebracht habe, weil sie zwischen mir und dem Mann stand, den ich eigentlich töten wollte?«

»Doch. Aber ich bin kein hilfloses Burgfräulein. Und du bist nicht mehr derselbe Mann, der du einmal warst.«

Er fuhr sich mit der Hand durchs Haar. »Jede Kontrollmöglichkeit, die ich vielleicht habe, steht im besten Fall auf tönernen Füßen. Sobald die Gefahr groß genug ist, bin ich verloren, und der Berserker ergreift Besitz von mir. Ich werde nicht zulassen, dass er noch mal in deiner Gegenwart zum Vorschein kommt. Das kann ich einfach nicht.«

»Willst du mich lieber sterben sehen?«

»Natürlich nicht. Das Ganze ist doch auch gar nicht nötig. Der Schleier hält dich am Leben.«

Sie nickte. »Ich glaube auch, dass ich noch ein paar Monate habe, bevor ich nicht mehr fähig bin, von seiner Energie zu zehren. Ich kann Tag um Tag hinter mich bringen und langsam immer schwächer werden, bis ich verkümmere und um den letzten Atemzug ringe. Oder ich kann kämpfen. Meine derzeit stabile Verfassung ausnutzen, alles auf eine Karte setzen und versuchen, es zum Guten zu wenden. Wofür würdest du dich denn entscheiden, Murdoch?«

Die Antwort darauf war einfach.

Aber sein eigenes Leben zu riskieren war etwas ganz anderes, als das von Kiyoko aufs Spiel zu setzen. »Ich glaube noch immer, dass Stefan helfen kann. Er ist im Moment schwierig, ich weiß, aber er wird schon wieder zu sich kommen.« Er hob die Schottendecke auf und stopfte sie wieder in den Rucksack. »*Ich* werde dafür sorgen, dass er zu sich kommt.«

»Die Zeit arbeitet gegen uns«, sagte sie leise.

»Wir haben noch ein paar Monate.«

»Nein, haben wir nicht. Ich brauche ein Minimum an Energie für den Transzendenzversuch. Jeden Tag nimmt mein Körper weniger und weniger Energie von dem Schleier auf, und da das Ritual nur an bestimmten Tagen durchgeführt werden kann, werden wir bald einen Punkt erreichen, an dem sich alles von allein entscheidet.«

Er verzog das Gesicht. »Wie lange haben wir denn noch?«

»Bis Ende Dezember gibt es genau sechs günstige Tage. Danach, sagt Sora-sensei, stehen die Chancen nur noch schlecht.«

Sechs Mal die Chance, ihr Leben zu retten. Dann war das Spiel aus. Natürlich ganz ohne Druck. »Wann ist der erste?«

Sie senkte den Kopf. »Am Montag.«

Er starrte sie an. »Du wolltest es versuchen, ohne mir Bescheid zu sagen, oder?«

Ihre Wangen färbten sich blassrosa.

Während die Farbe langsam intensiver wurde, verstärkte sich auch Murdochs Verdacht. »Und der Kuss im Hof? Fand der zufällig auch an einem passenden Tag statt?«

Die Röte nahm weiter zu.

»Ich werde dir eine Tracht Prügel verpassen«, sagte er leise.

Sie hob den Blick. »Ich hatte keine Wahl. Sora hat mir das Versprechen abgenommen, es dir nicht zu sagen, damit die Herrin des Todes unsere Pläne nicht entdeckte. Selbst wenn ich dir verraten hätte, was ich vorhatte, hättest du dich geweigert zu kooperieren.«

»Da hast du verdammt recht! Natürlich hätte ich mich geweigert«, warf er ein. Er knetete den Rucksack zwischen den Händen. »Mit gutem Grund. Schau dir an, was passiert ist.«

Kiyoko legte den Kopf schief. »Was ist denn passiert, Murdoch? Für mich sah es so aus, als hätte der Berserker keine Kontrolle gehabt, bis Soras Pfeil dich traf. Erinnerst du dich daran, dass du mich geküsst hast?«

»Ich erinnere mich an alles, was der Berserker tut.«

»Dann weißt du auch, wer mich geküsst hat. Wer war das? Du oder der Berserker?«

»Ist das von Belang?« Sein Griff um den Rucksack lockerte sich. »Ich dachte, er und ich seien ein und dieselbe Person?«

»Hör auf mit deinen Spitzfindigkeiten. Beantworte meine Frage.«

»Ich.« Murdoch hängte sich den Rucksack über die Schulter und begann, hügelaufwärts zu laufen. »*Ich* habe dich geküsst. Aber ich habe dich dabei kaum berührt, und wenn du glaubst, dass ich meine Lust ein zweites Mal über deine Sicherheit stelle, dann hast du dich aber geschnitten.«

»Bist du sicher?«, fragte Emily Murdoch, während sie den tropfenförmig geschliffenen Anhänger aus Alexandrit und Diamanten an der Silberkette bewunderte. »Ist ganz schön teuer.«

Er legte die Stirn in Falten, nahm ihr die Kette aus der Hand und gab sie der Verkäuferin. »Lass den Preis meine Sorge sein. Du wirst schließlich nur einmal sechzehn.«

»Aber ich fühle mich schlecht deswegen. Du musstest dein Auto verkaufen.«

»Es wäre wirklich schön, wenn du das nicht immer wieder erwähnen würdest.«

»Ich kann aber nicht anders. Ich habe deinen Mustang geliebt, und ich werde jedes Mal an ihn erinnert, wenn wir in Lafleurs blödem altem Pick-up unterwegs sind.«

Murdoch trennte sich von einem Bündel seines sauer verdienten Geldes, nahm im Gegenzug eine kleine Tüte entgegen und verließ dann vor Emily das Juweliergeschäft an der Santana Row. »Sollen wir jetzt zu Ben und Jerry gehen?«

»Klar.«

Er sah zu, wie sie eine Strähne ihres blonden Haars zu einem Knoten aufrollte, ihn losließ und das Ganze wiederholte. »Du hast auf der Herfahrt ein bisschen still gewirkt. Geht dir etwas durch den Kopf?«

»Ja, einiges«, gab Emily zu.

»Zum Beispiel?«

»Während du weg warst, hatte ich wieder ein paar von diesen komischen Träumen.«

Er hob eine Augenbraue. »Über die Zwischenwelt?«

»Ja. Ich habe mit Uriel darüber gesprochen, wie du es vorgeschlagen hattest, doch er weiß auch nicht, was es zu bedeuten hat. Aber er prüft ein paar Dinge für mich nach.«

»Okay.« Er zog die Tür auf und ließ sie in die Eisdiele treten. »Das ist alles?«

»Nein.« Ihr Blick glitt zu dem Schild über der Kasse. Sie biss sich auf die Lippen, während sie das Angebot studierte. »Ich möchte einen Becher Vanilleeis.«

»Du bist sicher der einzige Mensch auf der Welt, der hier Vanilleeis isst«, sagte er trocken. »Willst du nicht das Halbgefrorene oder das Chunky Monkey probieren?«

»Nein. Ich weiß schon, was ich will.«

Er bestellte ihren Eisbecher und entschied sich selbst für einen Kürbis-Käse-Kuchen. »Worüber machst du dir sonst noch Gedanken?«

»Über den Japaner.«

»Über Sora? Was ist denn mit ihm?«

Sie schüttelte den Kopf. »Nein, es ist nicht der Sensei. Ihn mag ich. Er ist cool. Ich meine den anderen.«

»Yoshio?«

»Ist das der, der sich wie Brian anzieht? Mit den schönen Pullis und Schuhen?«, fragte sie zwischen zwei Löffeln Eiscreme.

»Nein, das ist Ryuji Watanabe.« Murdoch warf ihr einen Blick zu. »Ich habe gar nicht bemerkt, dass du mit ihm zusammen warst.«

»Das war ich auch nicht. Aber als ich heute Nachmittag zu Stefan gegangen bin, war er auch dort. Im Wald.«

Murdoch hielt mitten im Kauen inne. »Du hast mit Stefan geredet? Er ist aus dem Wohnwagen gekommen?«

»Nein. Er führt sich immer noch wie ein Idiot auf. Ich verstehe wirklich nicht, warum er sich vor allen versteckt. Wenn ich es darauf anlege, kann ich mich jederzeit in seinen Wohnwagen hineinwünschen. Übrigens auch in Dikas Schloss, jetzt, wo ich weiß, dass der Eingang dort liegt.«

»Er wartet darauf, dass ich Kiyoko wegbringe.«

Emily verdrehte die Augen. »Man möchte meinen, dass er es besser weiß. Er ist doch Magier. Wenn der Schleier existiert, existiert er. Es spielt kaum eine Rolle, *wo* er existiert. Vertrau mir. Das Wo ist eine unbedeutende Einzelheit.«

»Du kannst den Schleier spüren?«

»Nein. Brian hat mich schon gebeten, es zu versuchen. Nirgends auf der ganzen Ranch fühlt sich etwas nach verrottenden Algen an, was ja immer ein Hinweis auf eine dunkle Reliquie ist.«

Murdoch bedachte Emily mit einem düsteren Blick. »Webster hat dich gebeten, danach zu suchen? Wann?«

»Gestern Abend. Nachdem er mit dir gesprochen hatte.«

»Dieser verdammte Sch…« Rechtzeitig erinnerte er sich daran, mit wem er gerade sprach. »… Schuft. Er hätte mich warnen sollen. Kiyoko hat vielleicht gespürt, dass du danach gesucht hast.«

»Wirklich?« Emily hörte auf zu essen.

»Na ja, ich weiß es nicht, aber es könnte sein.«

»Hat sie denn so besondere Fähigkeiten wie ich?«, fragte das Mädchen neugierig.

»Nicht die gleichen wie du«, antwortete er. »Aber sie kann Auren sehen.«

Emily nickte. »Die elektromagnetische Energie, die Menschen abstrahlen. Das ist ganz schön toll. Was sie wohl bei mir sieht?«

»Da musst du sie schon selbst fragen.« Murdoch warf sein halb aufgegessenes Kuchenstück in die Abfalltüte. »Würde es dir sehr viel ausmachen, wenn wir jetzt zurück zur Ranch fahren? Ich muss mit Webster ein Schwätzchen halten.«

»Nein, ist schon okay. War lecker.« Sie kratzte den letzten Rest Eiscreme aus dem Becher, steckte sich den Löffel in den Mund und warf den Becher weg. Der Löffel blieb in ihrem Mund, bis sie den Pick-up erreichten, wo sie ihn in die Lüftungslamellen steckte, um sie weit zu öffnen. »Bekomme ich jetzt Schwierigkeiten, weil ich dir von der Suche nach dem Schleier erzählt habe?«

»Ich werde ganz diplomatisch sein«, versprach er.

»Bei Brian?« Sie rümpfte die Nase. »Nichts für ungut, Murdoch, aber ihr beide seid immer kurz davor, euch gegenseitig die Lichter auszublasen. Weißt du überhaupt, was ›diplomatisch‹ bedeutet?«

Er grinste. »Vielleicht nicht.«

»Okay, versuch einfach, ihn nicht umzubringen, ja? Ich brauche noch jemanden zum Trainieren.«

Murdoch warf ihr einen Blick zu, als er den alten Pick-up startete. »Ich bin ein besserer Sparringspartner als Webster.«

»Vielleicht. Aber bisher warst du irgendwie schwer damit beschäftigt, wie ein Schoßhündchen Kiyoko hinterherzudackeln.«

»Wie bitte? Hast du mich gerade Schoßhündchen genannt?«

Mit ein wenig Mühe gelang es Murdoch, Emily den Rückweg zur Ranch über bei Laune zu halten. Sie war noch nicht wieder ganz das quirlige Mädchen, das sie vor Carlos gewesen war, aber hoffentlich doch auf dem Wege der Besserung.

Erst nachdem er den Pick-up in der Garage abgestellt hatte und sie auf dem Pfad zum Haus ihrer Eltern verschwunden war, fiel ihm auf, dass sie gar nicht gesagt hatte, was genau sie an Watanabe störte.

Als Kiyoko die Tür aufstieß und die klimatisierte Arena betrat, blickte Lena auf. Hätte sie das nicht getan, hätte Kiyoko auf dem Absatz kehrtgemacht. So aber war ein Gruß angebracht. »Verzeihung. Ich habe Sora-sensei gesucht.«

»Er ist nicht hier.«

»Das sehe ich«, erwiderte Kiyoko, schon im Rückzug begriffen. »Dann suche ich mal weiter.«

»Wir können uns nicht bis in alle Ewigkeit aus dem Weg gehen.«

Kiyoko lächelte grimmig. »Ich hatte nicht an alle Ewigkeit gedacht, sondern eher an ein paar Wochen.« Sie öffnete die Tür.

»Warte, bitte!« Lena stieß das Schwert, mit dem sie trainiert hatte, zurück in die Scheide und ging über den Sand auf Kiyoko zu. »Ich möchte mich bei dir entschuldigen. Es wäre nett, wenn du mich wenigstens anhören würdest.«

Kiyoko blieb stehen, schloss die Tür aber nicht.

Groß und dunkelhaarig war Lena von einer exotischen Schönheit, die sie mit einem straffen Pferdeschwanz und schlichter Kleidung herunterzuspielen versuchte. Kiyoko hatte sie selten nervös gesehen. Aber heute schien sie tatsächlich nicht sie selbst zu sein.

Lena streckte die Finger der einen Hand und entspannte sie wieder. »Ich hätte ehrlicher zu dir sein sollen, was meine Lage betraf. Ich hätte dir sagen sollen, dass die Hörigen Dämonen mich erpressten, oder dich vielleicht sogar um Hilfe bitten sollen. Aber darin bin ich noch nie gut gewesen. Um Hilfe zu bitten.«

Kiyoko wartete, ob noch mehr kam.

Es kam noch mehr. Gestelzt und ungeschickt, aber zutiefst bewegt. »Ich entschuldige mich dafür, dass ich dich in meinen Handel mit den Judasmünzen hineinziehen wollte. Ich wollte Heather unbedingt retten, und ich wusste, dass du es nie gutgeheißen hättest, eine dunkle Reliquie an die Dämonen auszuliefern. Es ist unverzeihlich, dass ich dich und die anderen Onmyōji dazu missbrauchen wollte, mir zu helfen. Es tut mir leid.«

Der Stachel saß noch immer tief. Sie waren acht Jahre lang befreundet gewesen. Seit sie einander bei der Versteigerung eines günstigen Satzes viktorianischer Ausgrabungswerkzeuge in London zu überbieten versucht hatten. Doch irgendwann sollte man damit beginnen, die Angelegenheit wieder in Ordnung zu bringen.

»Ich nehme deine Entschuldigung an«, sagte Kiyoko.

Lena stieß einen leisen Seufzer aus. »Danke.«

Früher hätten sie sich umarmt. Jetzt gaben sie sich die Hand.

»Wie geht es Heather?«, fragte Kiyoko.

»Von Tag zu Tag besser. Nach dem Entzug in der Rehaklinik hat sie angefangen, dort zweimal wöchentlich ehrenamtlich zu arbeiten. Das hat ihr gutgetan. Sie geht weiter regelmäßig zur Therapie und hat zwischendurch noch immer ziemlich schlechte Tage, aber ich habe Hoffnung.«

»Es ist gut, dass sie dich hat.«

Lena nickte. »Brian war großartig zu ihr. Sie sind ziemlich innig miteinander. Er hat ihr eine Wohnung in der Stadt besorgt, ihr bei der Jobsuche geholfen und sie zu den Narcotics Anonymous gebracht.«

»Ich mag Brian«, sagte Kiyoko. »Aber ich verstehe das böse Blut zwischen ihm und Murdoch nicht.«

Lena verzog das Gesicht. »Ich auch nicht. Sie hacken ständig aufeinander herum, und wenn sie gegeneinander kämpfen, sitze ich wie auf Kohlen. Sie gehen jedes Mal an die Grenzen. Manchmal kommt Brian mit Schnittwunden am ganzen Körper nach Hause. Das Schräge daran ist: Ich weiß, dass sie sich gegenseitig respektieren.«

»Diese gestörten Männer!«

»Ganz genau!« Lena sah sie an. »Apropos gestörte Männer: Was hast du Murdoch von deinem Vater erzählt?«

»Mein Vater war nicht gestört!«, protestierte Kiyoko. »Er hat doch nicht absichtlich andere Leute verletzt.«

»Nein, aber er hat zwei vollkommen voneinander getrennte Leben gelebt und in beiden unglaublich großen Erfolg gehabt. Tagsüber war er dynamischer Geschäftsmann und nachts Anführer der Onmyōji. Ich habe mich immer gefragt, ob er vielleicht an einer besonderen Form der Schizophrenie litt.«

»Das ist nicht witzig.«

»Dein Vater hätte darüber gelacht.« Lenas lange Finger drückten Kiyokos Arm. »Ich habe Tatu-san vergöttert. Das weißt du. Er war ein wunderbarer Mann, und ich bin froh, dass er so gestorben ist, wie er es sich gewünscht hätte: während er die Welt gegen die Dämonen verteidigte. Aber ich bin traurig, dass er nicht mehr da ist.«

Lenas dunkelbraune Augen liefen schier über vor ehrlicher Anteilnahme. Anteilnahme, die tief in Kiyokos Herz reichte und das schmerzhafte Gefühl des Verlusts wieder weckte, das sie drei Monate lang verdrängt hatte.

»Ich auch«, flüsterte sie.

»Bitte versteh mich nicht falsch«, sagte Lena. »Aber du bist nicht dein Vater. Du brauchst dir seine Schuhe als Unternehmensmogul *und* als Anführer der Onmyōji nicht anzuziehen. Das war nie dein Weg.«

Kiyokos Magen krampfte sich trotz der Vorsicht, mit der Lena ihre Kritik äußerte, zusammen. »Ich versuche ja gar nicht beides. Ryuji-san leitet die Firma, nicht ich.«

»Wirklich? Es sieht trotzdem so aus, als würdest du dich zerreißen. Die Kiyoko, die ich kannte, war so selbstbewusst, dass es einem schon auf die Nerven gehen konnte, und sie hat nie an irgendetwas Zweifel gehabt.« Sie schnitt eine Grimasse. »Die Frau, die den *Onmyōdō*-Kodex gebrochen hat, um ihren Vater zu retten – das war die Kiyoko, die ich kannte. Ich habe dich noch nie so zögerlich, so unsicher gesehen wie jetzt. Deshalb nahm ich an, zumal du Watanabe-san mitgebracht hast, dass die Firma dich zu sehr ablenkt.«

Zögerlich. Unsicher.

Die Worte waren zutreffend, wenn auch unangenehm.

»Nein, das ist nicht der Grund«, sagte Kiyoko. »Ich mache mir Sorgen, dass die Welle der Korruption, die Asien überrollt, auch die Firma getroffen haben könnte, und gehe deshalb persönlich die Zahlen durch. Aber ich mische mich nicht ins Tagesgeschäft ein.«

»Und was ist es dann?«

Kiyoko holte tief Luft und stieß sie dann langsam wieder aus. »Seit mein Vater tot ist, wird alles, was ich anfasse, zu Scheiße.«

Lena rümpfte die Nase. »Du hängst offenbar zu oft mit Murdoch herum.«

»Falls man Sora-senseis Prophezeiungen glauben darf, bin ich die begabteste Mystikerin, die seit Jahrhunderten in meine Familie hineingeboren wurde. Und trotzdem konnte ich ihn nicht retten, Lena. Als ich in der Garage ankam, war er noch am Leben, rang noch um Atem. Ich habe den Leuten um mich herum Ki abgezapft und jedes Fitzelchen von meinem eigenen in ihn hineingepumpt, und trotzdem konnte ich ihn nicht retten.«

Die andere starrte sie an. »*Falls* man Sora-senseis Prophezeiungen glauben darf? Willst du damit sagen, dass du nicht daran glaubst? An die Prophezeiung, die voraussagt, dass du zur rechten Hand Abe no Seimeis aufsteigen wirst? Die, die dich als seine unsterbliche Nachfolgerin nennt?«

Kiyoko antwortete nicht gleich. Sie ließ die Wahrheit erst einmal sacken.

»Denk doch mal über die Fakten nach«, begann sie dann. »Ich habe den *Onmyōdō*-Kodex gebrochen, indem ich anderen Ki weggenommen habe. Es ist mir nicht gelungen, meinen Vater zu heilen. Und hier bin ich – ein Schatten der Person, die ich einmal war. Seither haben all meine Zauber, mit denen ich das Böse in seine Schranken weisen wollte, versagt, meine eigenen Krieger haben sich gegen mich gestellt, und mein Haus wurde von Dämonen zerstört. Ich habe an die Prophezeiung geglaubt, weil mein Vater an sie geglaubt hat. Aber jetzt, da er fort ist – da er nicht mehr für mich da ist –, kommt die Wahrheit ans Licht. Ich bin es nicht wert zu transzendieren. Er hat sich geirrt.«

»Hast du schon mit Sora-sensei darüber gesprochen?«

»Natürlich. Er sagt, dass die Sterne nicht lügen. Aber glaubst du wirklich, er würde einen fünfundzwanzig Jahre alten Irrtum eingestehen? Einen, um den herum mein Vater sein ganzes Leben aufgebaut hat?«

Lena grub die Spitze ihres Stiefels in den Sand der Arena.

»Was ich weiß, ist Folgendes«, entgegnete sie. »Dein Vater war einer der cleversten, klügsten Männer, die ich jemals kennengelernt habe. Seine Instinkte waren unglaublich. Erinnerst du dich noch an das Ausgrabungswerkzeug meines Vaters? Tatsu-san wusste, dass es für mich von viel größerem Wert war als für dich, allein aufgrund seiner Beobachtungen, als er mich mitsteigern sah.«

Kiyoko nickte. »Es war seine Idee, dir das Werkzeug zu schenken, nachdem ich es ersteigert hatte.«

»Ich habe es noch immer.« Lena lächelte. »Ich kann keine Aussage über Sora-sans Glaubwürdigkeit machen, aber ich kann mich für die deines Vaters verbürgen. Er hatte viel mehr Zeit, dich zu erleben als mich. Wenn er gesagt hat, dass er dich für geeignet hält zu transzendieren, dann bist du es auch.«

»Aber alles hat sich verändert, seit mein Vater tot ist.«

»Tatsächlich?« Lena sah sie zweifelnd an. »Bist du denn im Grunde deines Herzens nicht immer noch die, die du vor seinem Tod warst? Ein bisschen gezeichnet, zweifellos, aber tief im Inneren nicht doch dieselbe?«

Kiyoko verzog das Gesicht. »Nein, ich bin jetzt viel schwächer.«

»Körperlich vielleicht. Aber nicht geistig.« Lena lächelte wieder, diesmal mit einem Anflug von spitzbübischem Humor. »Weißt du, was Brian sagen würde, wenn er jetzt hier wäre?«

Kiyoko schüttelte den Kopf.

»Ich sag's dir lieber selbst«, ließ sich Brian vernehmen. Er kam vom Kraftraum quer durch die Halle auf sie zu. Mit verstrubbeltem sandfarbenem Haar und verschwitztem T-Shirt legte er Lena einen Arm um die Schultern und lächelte Kiyoko an. »Reiß dich zusammen, Prinzessin. Hör auf zu heulen und geh zurück an die Arbeit.«

Lena blickte von Kiyoko zu Brian. »Er macht nur Witze. Das sagt er auch immer zu mir.« Sie stieß ihm den Ellbogen in die Rippen. »Nur, dass er dabei grinst.«

Ihr Versuch, ihn zu rügen, scheiterte kläglich.

Er hielt Kiyokos Blick stand. »Ich mache nur ein bisschen Spaß. Die Wahrheit ist: Satan macht keine halben Sachen, Miss Ashida. Wenn Sie so versessen darauf sind, die Höllenbrut zurückzuschlagen, wie wir, dann kann ich Ihre Hilfe gut gebrauchen. Nur für den Fall, dass Sie es noch nicht gemerkt haben: Wir kämpfen hier um das Überleben der Menschheit. Tun Sie, was Sie tun müssen, um sich mit diesem Gedanken anzufreunden, aber machen Sie sich darauf gefasst, dass Sie den Schleier herausgeben müssen.«

Der Mann trug seinen lässigen Charme wie einen edlen italienischen Anzug zur Schau, aber das Versprechen in seinen Augen hatte ganz und gar nichts Lässiges: Er würde den Schleier mit Gewalt an sich bringen, wenn es notwendig sein sollte.

Es war allein die Aufbietung all ihrer Willenskraft, die Kiyoko davor bewahrte, sich in einer schützenden Geste die Arme um die Taille zu schlingen. »Haben Sie einen bestimmten Zeitpunkt im Auge?«

»Gestern wäre schön.« Seine Bemerkung trug ihm einen weiteren Stoß in die Rippen ein. »Je eher, desto besser. Wenn der Große Rote entdeckt, dass der Schleier hier ist, kann es sehr schnell sehr schlimm werden.«

»Genügt Montag?«

Er seufzte. »Kaum. Aber wenn das die einzige Alternative ist, nehme ich sie.«

Kiyoko verbeugte sich höflich vor dem Paar und verließ die Arena. Die Entscheidung war also gefallen. Am Montag würde sie ihre ewigen Zweifel fortwischen und das Transzendenzritual durchführen.

Sora würde das gefallen.

Murdoch dagegen …

Das ganze Abendessen über bedachte Kiyoko Murdoch mit seltsamen Blicken. Einige waren nachdenklich, andere erwartungsvoll, wieder andere besorgt. Die besorgten bereiteten ihm Kopfzerbrechen.

»Wo ist Watanabe?«, fragte er sie, als ihr Gespräch mit Sora, der neben ihr saß, verstummte.

»Er hat eine Telefonkonferenz mit Japan. Dort ist es jetzt zehn Uhr morgens.«

»An einem Samstag.«

Sie nickte. »Heute Nacht hat es in einer unserer Fertigungsstätten gebrannt, und jetzt versucht er, Verzögerungen in der Produktion abzuwenden.«

Natürlich. Der Mann war ein verfluchter Heiliger. Murdoch nahm sich zum zweiten Mal Nachschlag von den grünen Bohnen und fragte, während er die Schüssel wieder abstellte: »Wer hat gekocht?«

»Ich war das.«

Er sah stirnrunzelnd zu Emily hinüber. »Du?«

»Mom hat mir ein paar Tipps gegeben«, nickte sie. »Sie hat gesagt, falls ich etwas essen will, während sie im Krankenhaus ist, dann sollte ich besser kochen lernen.«

Murdoch nahm die halb leeren Platten mit Brathähnchen, gebackenen Kartoffeln und gekochtem Gemüse ins Visier. »Wollte sie damit etwa sagen, dass wir anderen schlecht kochen?«

Emily schluckte den Bissen, den sie im Mund hatte, hinunter, bevor sie antwortete. »Nein, sie war der Meinung, dass Brian und Lena schlecht kochen. So in der Art: Lass sie nur in die Küche, wenn du Lust auf eine Lebensmittelvergiftung hast. Ihr zufolge kann Carter kochen, aber sein Talent beschränkt sich auf Steak vom Grill. Und du bist ein Sternekoch, bist aber nie da, wenn es losgehen soll. Kiyoko, Yoshio und der Sensei sind Gäste, deshalb hat sie nichts über ihre kulinarische Qualifikation gesagt.«

Alle am Tisch lächelten.

»Und was hält sie von MacGregors Künsten?«, wollte Carter wissen, während er sich eine Scheibe vom Hühnchen abschnitt.

Emily verdrehte die Augen. »Sie sagte, er hat das Zeug zu einem brillanten Koch. Aber er konzentriert sich lieber auf andere Dinge.«

Webster hauchte Lena einen Kuss auf die Wange. »Ist der Blick durch die rosarote Brille nicht wunderbar?«

»Keine Ahnung«, murmelte sie. »Ich habe keine.«

»Aua.« Er grinste. »Nur gut, dass mein riesiges Ego die Wahrheit vertragen kann. Es macht mir rein gar nichts aus zuzugeben, dass ich glatt verhungern würde, wenn es kein Fastfood gäbe.«

»Da Emily gekocht hat, sollten wir anderen den Abwasch übernehmen«, schlug Murdoch vor und steckte sein Messer zwischen die Zinken seiner Gabel.

Carter schnaubte. »Das machen wir sowieso immer so, Kumpel. Wenn du öfter mit uns zu Abend essen würdest, wüsstest du das auch.«

Kiyoko sah zu Murdoch. »Du isst nichts?«

»Natürlich esse ich etwas«, sagte er und warf Carter einen strengen Blick zu. »Ich verbringe eben nur mehr Zeit mit den Schülern als einige der anderen Wächter.«

»Mit anderen Worten«, bemerkte Webster trocken, »er gibt sich alle Mühe, mich zu meiden. Autsch.« Er blickte anklagend zu Lena. »Süße, mich heimlich unter dem Tisch zu treten, verliert seinen Sinn in einem Raum voller Seelenwächter. Sie haben es alle mitbekommen.«

Murdoch starrte Webster an. »Ich meide dich nicht. Ich finde bloß die Gesellschaft anderer Leute unendlich viel reizvoller.«

Sein Chef setzte dasselbe träge Lächeln auf, das er auch bei ihren Sparringsrunden in der Arena zur Schau trug. »Ja, dir von mir den Hintern versohlen zu lassen kann nicht annähernd so viel Spaß machen wie Bier zu saufen und Darts zu spielen.«

Betretenes Schweigen senkte sich über den Raum.

Emily schob ihren Stuhl zurück und stand auf. »Okay«, sagte sie betont leichthin. »Damit erkläre ich die Tafel offiziell für aufgehoben. Lena und Bri, ihr habt Küchendienst.«

Widerstrebend leistete Murdoch Emilys Ansagen Folge und begann, die schmutzigen Teller aufeinanderzustapeln. Er hätte heute Morgen niemals Webster so leicht gewinnen lassen dürfen.

»Äh, Murdoch?«

Er sah zu Emily.

Sie hatte einen gequälten Gesichtsausdruck. »Ich weiß deine Hilfe wirklich zu schätzen, ehrlich. Aber vielleicht könntest du dir eine andere Arbeit suchen.« Sie nickte Richtung Küche, wo Webster damit begonnen hatte, den Geschirrspüler einzuräumen.

»Du glaubst, ich würde in seinem Haus eine Prügelei vom Zaun brechen?

»Nein«, sagte sie. »Aber euch beim Streiten zuzuhören macht keinen Spaß, und außerdem haben wir Gäste.«

Er seufzte. »Ich versuche, brav zu sein.«

»Grandios«, erwiderte sie. »Aber eine Verschnaufpause würde schon helfen. Warum bringst du dieses Paket nicht zu Stefan hinunter und siehst, ob dieser Trottel die Tür aufmacht, um es anzunehmen, bevor wir später zur Nachtübung aufbrechen?«

Er schaute sich um. »Welches Paket?«

Sie zeigte auf den Tisch im Flur. Darauf lag eine rechteckige Schachtel, die in braunes Papier gewickelt war. »Das kam heute Nachmittag per Kurier. Aus Rumänien.«

Er hob die Schachtel hoch und schüttelte sie. Nichts zu hören.

»Es ist ein Buch«, sagte sie.

Er legte die Stirn in Falten. »Bist du sicher?«

»Jep. Ein richtig altes Buch.«

»Ein Zauberbuch?«

Emily schabte den übrig gebliebenen Kartoffelbrei in einen Plastikbehälter. »Keine Ahnung. Ich kann's gar nicht erwarten zu sehen, was drinsteht.«

»Wenn es wichtig ist, tauscht er es vielleicht gegen Kiyokos Heilzauber ein«, überlegte Murdoch laut. Es gab noch Hoffnung.

»Ich würde sagen: Gib ihm eine Chance, und wenn er nicht kooperiert, ziehst du ihm das Ding über den Schädel.«

Er gluckste. »Klingt nach einem ausgezeichneten Plan.«

Er klemmte sich die Schachtel unter den Arm und verließ das Haus. Der schnellste Weg zum Wohnwagen führte über den Kiespfad zu MacGregors Bungalow. Hinter dem Swimmingpool gab es keine Laternen mehr, aber er war ohnehin nicht auf sie angewiesen.

Der Weg zum Wohnwagen verlief an Stefans Schmiede vorbei. An den meisten Wochenenden vor der Ankunft neuer Schüler war der Magier bis spät in die Nacht bei der Arbeit, um sicherzustellen, dass alle Übungswaffen in gutem Zustand waren. Heute Abend jedoch zeichnete sich die Schmiede dunkel und lautlos gegen die Bäume ab. Dabei hatte sich die bisher größte Gruppe angekündigt, zweiundsiebzig Personen.

Hatte Stefan alle Schwerter ausgebessert, ehe er in Klausur gegangen war? Murdoch spähte durch das Fenster, bevor er weiterging, in der Hoffnung, einen Stapel Waffen ordentlich aufgeschichtet auf dem Tisch zu entdecken.

Mitnichten. Der Tisch war leer. Wenn der Magier sich wieder weigerte, die Tür zu öffnen, war es wohl eine gute Idee, darüber nachzudenken, was zu tun war, falls es einen Engpass geben sollte.

Murdoch blieb stehen.

Hatten seine Augen ihn getäuscht? Oder hatte er tatsächlich etwas in der Schmiede gesehen, was nicht dorthin gehörte? Er hätte schwören können, dass sich eine Gestalt über die Esse mit den Kohlen gebeugt hatte. Im Dunkeln.

Er vertraute dem nervösen Kloß in seinem Bauch und zog Blutsucher aus seiner unsichtbaren Scheide. Sein Instinkt hatte ihm schon oft das Leben gerettet. Er lehnte das Paket an die Mauer der Schmiede, dann schob er die Tür auf und trat ein.

Die Gestalt neben der Esse richtete sich abrupt auf und wich zurück. Für einen kurzen Augenblick schienen die Kohlen in der Esse dunkelviolett aufzuglühen. Aber das konnte auch Einbildung gewesen sein. Schwer zu sagen, denn Murdochs Aufmerksamkeit galt ausschließlich dem Mann, der ihm auf der anderen Seite des Raumes gegenüberstand.

Ryuji Watanabe.

»Was tun Sie hier?«, fragte Murdoch.

»Conn Quinn gab mir den Tipp, mal vorbeizuschauen. Er sagte, dass die Schwerter hier noch ganz traditionell in einer Kohleschmiede hergestellt würden und dass der Vorgang faszinierend zu beobachten sei. Sie wissen ja, dass ich mich für Metallverarbeitung interessiere.« Watanabe zuckte die Achseln. »Ich habe gerade eine ziemlich mörderische Telefonkonferenz hinter mir und beschlossen, eine kleine Pause einzulegen. Und da bin ich.«

Eine ganz und gar rationale Erklärung. Nicht zu oberflächlich und durch Fakten gestützt. Aber Murdochs Instinkt sagte ihm, dass es eine Lüge war.

»Jemand, der nur neugierig ist und nichts zu verbergen hat, hätte Licht gemacht«, entgegnete er. Er drückte den Schalter, und gleißendes Licht flutete den Raum.

Watanabe lächelte. »Beschuldigen Sie mich etwa der Industriespionage, Mr Murdoch? Ich kann Ihnen versichern, hier drin gibt es nichts, was für meine Firma von Wert wäre.«

Noch eine sehr passende Antwort.

Widerlegt durch Watanabes tiefschwarzen Aufzug.

»Lassen Sie das Affentheater!«, sagte Murdoch. Beim Lügen musste man zu zweit sein. »Es ist zwecklos. Emily hat mir erzählt, dass sie Sie heute schon hier gesehen hat.«

Das Lächeln verschwand und wurde durch ein Stirnrunzeln ersetzt. »Das Mädchen hat viel durchgemacht. Die Scheidung ihrer Eltern, die Trennung von ihrem Freund und jetzt ein Baby im Haus. Es ist bestimmt nicht so einfach, darüber hinwegzukommen.«

Hübsches Ablenkungsmanöver. Eine Ohrfeige, verkleidet als Nettigkeit.

»Hören Sie«, begann Murdoch wieder, während er die Schultern lockerte, um das vertraute Brennen unter der Haut zu lindern. »Wir sind beide nicht auf den Kopf gefallen. Wir brauchen keine Spielchen zu spielen. Lassen Sie uns das Geschwafel überspringen und gleich zum Eingemachten kommen.«

Watanabes Augen verengten sich. »Und das wäre?«

»Was für eine Art Dämon sind Sie?«

Der andere lachte. »Ist das Ihr Ernst?«

Murdoch hob die Schwertspitze. »Wenn es um diese Höllenbrut geht, verliere ich jeglichen Sinn für Humor.«

»Ich glaube, es ist an der Zeit, Feierabend zu machen.« Watanabe ging um den Tisch herum und steuerte auf die Tür zu. »Wenn ich jemandem zu nahe getreten bin, weil ich mich umgesehen habe, entschuldige ich mich. Aber mich zu bedrohen ist gänzlich unangebracht.«

Bleiches Gesicht, angespannte Schultern. Der Mann wirkte durch und durch authentisch. Aber die Situation sprach vollkommen gegen ihn. Niemand schaute sich im Dunkeln um, es sei denn, er hatte etwas zu verbergen. Als der Japaner an ihm vorbeiwollte, lockerte Murdoch die Zügel des Berserkers und aktivierte seine geschärften Sinne.

Die Reaktion erfolgte umgehend.

Alarm schrillte durch jeden Muskel seines Körpers und straffte seine Haut bis zur Schmerzgrenze. Rote Raserei brannte sich durch seine Brust und seinen Hals, um dann im Gehirn zu explodieren. Murdoch kniff die Augen zu, umklammerte den Griff seines Schwertes und wartete darauf, dass sich die erste Welle brach.

Es war nun keine Frage mehr.

Unsichtbare Reste dunkler Macht hafteten den Kleidern des Japaners an und hinterließen eine mikroskopische Spur. Watanabe war ein Dämon, und zwar kein gewöhnlicher. Die meisten von ihnen verfügten nur über sehr begrenzte Fähigkeiten, die mittlere Ebene in Angst und Schrecken zu versetzen, und verausgabten sich außerhalb der Hölle recht schnell. Lockdämonen waren seines Wissens die einzigen Kreaturen, die hier Tage und Wochen verweilen konnten.

Aber Emily hätte einen Lockdämon erkannt.

Murdoch legte seine innere Bestie wieder an die Kette, wandte sich um und folgte Watanabe in die Nacht hinaus. Was für ein Dämon auch immer er war, er musste verscheucht werden. Und zwar jetzt.

Doch der Hof vor Stefans Wohnwagen war leer.

Der verfluchte Kerl hatte die Beine in die Hand genommen.

Murdoch suchte die Schatten unter den Bäumen ab. In welche Richtung war er gelaufen? Zum Haus? Zur Arena? Zum Begrenzungszaun? Wenn er ein Dämon auf der Flucht wäre, wohin würde er sich wenden?

Jesus! Richtung Hügel.

Murdoch lief los. Die Hügelkuppe war der einzige Ort innerhalb von fünf Kilometern, wo Magie möglich war. Stefan hatte die ganze Ranch durch ein magisches schwarzes Loch abgeschirmt, um Überraschungen so weit wie möglich auszuschließen, doch die alten Tennisplätze lagen außerhalb des Schutzschirms seines Zaubers.

Oben auf dem Hügel konnte Watanabe ein Tor zur unteren Ebene öffnen und entkommen.

Murdoch beschleunigte seinen Lauf.

Nur über seine Leiche.

17

Hey, Jason!«, rief Emily dem Seelenwächter im Wachhäuschen zu, während sie die kleine Tür in dem schmiedeeisernen Tor öffnete. »Danke, dass du mich gerufen hast.«

Der junge Mann winkte und blickte dann auf sein Bedienungspult. »Nur keine Eile! Deine Mom und MacGregor werden in etwa zehn Minuten hier sein. Sie haben angerufen, als sie vom Highway abgefahren sind.«

Ein blauer Blitz entlud sich knisternd in der Luft und fuhr nur Sekunden später in das Tor, nachdem Emily den Griff losgelassen hatte. Ein weiterer Blitz folgte einige Augenblicke später, begleitet vom Duft frisch gepresster Zitronen. Emily verschränkte die Arme vor der Brust, während die Luft zum Schneiden dick wurde. Dann machte es Plopp.

Uriel erschien vor ihr in der Einfahrt.

»Ganz schön auffällig«, rügte sie. »Was, wenn jetzt ein Auto gekommen wäre?«

Der Erzengel zuckte die Schultern. »Ich hab's vorher gecheckt. Innerhalb von acht Kilometern sind keine Autos unterwegs. Außerdem ist es wichtig.«

»Das klingt aber ganz und gar nicht gut«, erwiderte sie.

»Hast du etwas aus der Zwischenwelt gehört?«

»Nein, es war ziemlich ruhig. Warum?«

»Michael hat eine der himmlischen Verwalterinnen die Aufzeichnungen über die Tage durchsehen lassen, die auf die Große Flut folgten. Sie hat einen einzigen, nicht bestätigten Hinweis auf einen aschfarbenen Engel gefunden, der aus dem Wasser gerettet wurde.«

»Aschfarben?«

»Hellgrau.«

Emily verdrehte die Augen. »Ich weiß, was ›aschfarben‹ bedeutet. Aber warum sollte ein Engel grau sein? War er tot?«

»Nein, er war nicht tot. Und die Farbe seiner Haut ist viel weniger besorgniserregend als die Erwähnung der vielen Narben auf seinem Rumpf.«

»Warum?«

Uriel fuhr sich mit der Hand durch die Locken. »Weil sich in Asasels Fleisch ein kompliziertes Muster aus bösen Runen geritzt fand.«

Ihr Herz rutschte bis an den Rand des Abgrunds. »Asasel ist also am Leben.«

»Das glauben wir, ja.«

»Aber er hängt doch in der Hölle rum, oder? Bei Beelzebub und Luzifer und Satan?« Sie bemühte sich um ein Lächeln. »Und ihr Jungs werdet ihn dort aufspüren.«

»Nicht ganz.«

»Was meinst du mit ›nicht ganz‹?«

»Anders als die anderen Dämonlords ist Asasel einige Jahrtausende lang nicht auf den monatlichen Anwesenheitslisten aufgetaucht. Satan gewährt ihm offiziell kein Obdach in der Hölle. Es ist auch nichts über Aktivitäten bekannt, die man ihm anlasten könnte. Es ist, als existierte er gar nicht.«

Emily blinzelte. »Willst du damit sagen, dass ihr keine Ahnung habt, wo er steckt? Dass er auf der mittleren Ebene herumspazieren und den Leuten die Seele aus dem Leib saugen könnte, ohne dass jemand Bescheid weiß?«

»Wir haben ihn für tot gehalten«, verteidigte sich der Erzengel. »Jetzt suchen wir nach ihm. Und zwar sehr gründlich. Und er kann den Lebenden nicht die Seele aussaugen. Nur das Blut.«

»Das ist nicht beruhigend, Uriel.«

Der attraktive Erzengel blickte über die Schulter auf die verlassene Straße zurück. »Deine Eltern sind fast da. Du könntest uns dabei helfen, ihn zu finden.«

»Asasel? Wie denn? Ich habe keine Ahnung, wie sich ein gefallener Engel anfühlt.« Klar, über Lockdämonen wusste sie Bescheid. Da sie mit einem ausgegangen war, hatte sie gelernt, woran man diese widerlichen Dreckskerle erkannte. Hörige Dämonen, kein Problem. Diese blauen, vernebelten Burschen waren nicht zu verwechseln. Aber gefallene Engel? Die waren ein Mysterium.

Der Erzengel neigte den Kopf. »Was siehst du, wenn du mich anschaust?«

»Einen normalen Menschen. Mal abgesehen von dem strahlendweißen Rand um deinen goldfarbenen Kern.«

»Asasel muss ganz ähnlich aussehen, nur wird sein Rand wahrscheinlich nicht weiß sein. Eher schwarz oder dunkelviolett vielleicht.« Das Tor kreischte und begann, langsam aufzuschwingen. »Du kannst jede Seele auf der mittleren Ebene sehen, Emily. Halt die Augen offen, und wenn du ihn entdeckst, ruf mich. Nimm es bloß nicht allein mit ihm auf. Verstanden?«

»Kapiert.« Sich den Angriff auf einen sehr mächtigen gefallenen Engel verkneifen? Gar kein Problem. »Soll ich Lachlan und Brian warnen?«

Uriel nickte. »Das wäre klug.«

Der schwarze Audi bog um die Ecke und näherte sich dem Tor.

»Ich muss jetzt gehen«, sagte Uriel. »Bitte sei vorsichtig.«

Und mit einem blauen Blitz in der Nacht war er fort.

Der Wagen kam neben Emily zum Stehen, und das Fenster der Fahrertür glitt hinunter. Lachlan schaute stirnrunzelnd heraus. »Belästigt Michael dich etwa schon wieder?«

»Nein, das war Uriel.« Emily zog die Fondtür auf und stieg ein. Katies rotes, zerknautschtes Gesicht lugte aus einer Wolke aus pinkfarbenen Decken hervor. Ihre Mutter saß auf der anderen Seite. Sie wirkte müde, aber glücklich. »Ich erzähl's euch später. Jetzt muss ich erst mal mein Schwesterchen küssen.«

Murdoch holte Watanabe ein, als er aus dem Wäldchen trat.

Der Dämon war den physischen Beschränkungen seiner menschlichen Gestalt unterworfen. Nicht so Murdoch. Ein Seelenwächter war ein spirituelles Wesen der mittleren Ebene, das eine ganze Reihe von Fähigkeiten besaß, magische und nicht magische. Übernatürliche Schnelligkeit, feinster Geruchsinn, enorme Kraft und exzellente Nachtsicht gehörten dazu, eben alles, was ihm half, Seelen zu finden und zu holen.

Oder Dämonen auf der Flucht.

Noch im Laufen hieb er nach Watanabe.

Und verfehlte ihn. Der Dämon ließ sich zu Boden fallen und rollte sich ab. Dabei entging er nur knapp Blutsuchers rasiermesserscharfer Klinge. Als er wieder auf die Füße kam, riss er seinen schwarzen Pullover mitten entzwei und breitete zwei gewaltige schwarze Schwingen aus. Zwei Hörner wuchsen ihm aus der Stirn, und die Haut von Oberkörper und Armen begann, dunkelviolett zu glühen, während zahlreiche Male auf seinem bleichen Fleisch erschienen.

Schwarze Federn.

Bedeutete das etwa …?

Ein schwarzer Blitz schoss aus dem Nachthimmel herab und

durchbohrte Murdochs linke Wade. Heftiger Schmerz durchfuhr ihn, und sein Bein versagte ihm den Dienst, so dass er beinahe zu Boden ging. Aber in dem Sekundenbruchteil, als der Blitz ihn traf, zerriss der Berserker die Leine, die ihn zurückhielt, und flutete Murdochs Körper mit heißer, befriedigender Raserei. Seine Muskeln spannten sich an, seine Haut straffte sich, und durch sein Herz wälzte sich in schweren, stärkenden Stößen das Blut. Der Schmerz wurde ausgeblendet, war vollkommen vergessen. Die Bestie übernahm die Kontrolle und erkor sich die Vernichtung des Dämons zum einzigen Ziel.

Blutsucher zischte durch die Luft und fraß sich durch alles, was sich ihm in den Weg stellte, auch durch die Spitze einer glänzenden schwarzen Schwinge. Federn flogen, und der Dämon brüllte vor Empörung. Die Kreatur schleuderte einen zweiten Blitz, doch er verfehlte sein Ziel, zurückgeworfen von dem Schild, der zu dem Berserker gehörte wie seine Haut.

Der Berserker holte erneut aus und durchbohrte den Oberschenkel des Dämons.

Das Höllengeschöpf fauchte zornig und erhob sich mit einem mächtigen Schlag seiner riesigen dunklen Flügel in die Luft. Von dieser erhöhten Warte aus feuerte er Blitz auf Blitz ab, um Murdochs Schild zu zermürben, während er selbst außer Reichweite blieb.

Der Berserker war nicht in der Lage, dem geflügelten Dämon Schaden zuzufügen. Kein Sprung, keine Finte, keine plötzliche Richtungsänderung halfen ihm, einen Treffer zu landen. Sein Schwert hieb durch die Luft. Frustriertes Knurren stieg aus seiner Kehle auf, während er es wieder und wieder versuchte.

Er musste für Chancengleichheit sorgen.

Der Dämon musste wieder auf den Boden kommen.

Doch trotz Murdochs geflüsterter Ratschläge gelang es dem Berserker nicht, diese Ausgeburt der Hölle in die Reichweite seines Schwertes zu locken. Alles, was er tun konnte, war, den Blitzen auszuweichen und in die Luft zu schlagen.

Das war nicht hinnehmbar.

Er drehte sich um und lief den Hügel bis zu den Bäumen hinunter. Ächzend und mit einem heftigen Ruck riss er eine kleine Kiefer aus dem Erdreich, wirbelte herum und schleuderte sie gegen den Dämon. Der schwere Speer traf sein Ziel, und die Kreatur krachte inmitten von aufspritzenden Dreckklumpen und einem Nadelregen zu Boden.

Der Berserker setzte nach, um den tödlichen Streich zu führen. Er schob das Bäumchen beiseite und zielte mit der Schwertspitze genau auf die runenübersäte Brust des Dämons. Der Schild des Dämons hielt sie auf, erbebte jedoch unter dem mächtigen Stoß. Der Berserker spürte, dass der Sieg nahe war, legte auch die zweite Hand an den Knauf und drückte die Waffe noch tiefer hinunter.

Und der Stahl drang ein.

Doch als die geheiligte nordische Klinge das Fleisch zerteilte und auf Knochen prallte, geschah etwas Seltsames. Die Luft geriet in Bewegung und verschwamm, die Temperatur fiel in eisige Tiefen, und der Körper des Dämons verschwand. Zurück blieb Murdoch, auf dem Hügel stehend, das Schwert in den Boden gerammt.

»Einen Moment lang glaubte ich, du hättest ›Federn‹ gesagt.«

»Das habe ich auch.« Murdoch antwortete Webster aus den Tiefen des Wohnzimmersofas, während er im Kopf wieder und wieder den Kampf durchging. Selbst die vierstündige Einsatzübung mit den Schülern hatte die Erinnerung nicht getrübt. »Schwarze Federn, große Hörner und ein Haufen komische Symbole, die in sein Fleisch geritzt waren.«

»Du glaubst, dass es ein gefallener Engel war?«

»Aye.«

Webster wandte sich MacGregor zu. »Was hältst du davon?«

Der junge Vater beugte sich in seinem Sessel nach vorn und stützte die Ellbogen auf die Knie. »Die schwarzen Flügel und die menschliche Gestalt passen zu den Beschreibungen, die ich gehört habe.«

»Aber die Hörner? Und die Runen?«

MacGregor schüttelte den Kopf. »In den meisten Berichten wird Luzifer als schöner Mann beschrieben. Blond, blaue Augen, keine Narben. Hätte er keine schwarzen Flügel, dann würde er wie ein Engel aussehen.«

»Aber diese Kreatur war schwarzhaarig, nicht blond«, entgegnete Murdoch. »Allerdings habe ich ihre Augen nicht sehen können. Es war dunkel, und ich hatte zufällig alle Hände voll zu tun.«

»Man kann also ziemlich sicher sagen, dass es *nicht* Luzifer war«, sagte Webster. »Aber wer war es dann?«

»Asasel.«

Murdoch schaute zur Tür. Dort stand Emily, so grimmig, wie er sie selten gesehen hatte. Ein Dreckspritzer, Relikt einer Übung, lief quer über ihre Wange. »Sag uns, was du weißt, Mädchen.«

Sie trat langsam ein, ein Tablett mit Chickenwings in der Hand. Sie stellte das Tablett auf dem Couchtisch ab und warf MacGregor einen kläglichen Blick zu. »Deshalb war Uriel hier. Ich habe seltsame Geräusche aus der Zwischenwelt gehört – oder vielleicht ist ›gespürt‹ der bessere Ausdruck. Da hat mir Uriel von Asasel erzählt.«

»Asasel ist ein gefallener Engel«, erklärte Murdoch, der Websters Stirnrunzeln bemerkt hatte. »Früher war er der mächtigste Dämon in Satans Reich. Er ist als großer Verführer bekannt, und man weiß, dass er der Menschheit Krieg und Heimtücke gebracht hat.«

Emily nickte. »Das hat Uriel auch gesagt.« Während sie die Chickenwings aßen, gab sie den Inhalt ihres Gesprächs mit Uriel wieder, von Asasels vermutetem Tod bei der Großen Flut bis hin zu dem aktuellen Verdacht, dass er überlebt haben könnte. »Er hat mich gebeten, die Augen nach ihm offen zu halten.«

»Das ist ja nun nicht mehr nötig«, bemerkte Murdoch. Er hatte einen gefallenen Engel umgebracht. Zur Hölle! Endlich hatte er etwas richtig gemacht. »Uriels Beschreibung zufolge kann ich bestätigen, dass es Asasel war, den ich auf dem Hügel erschlagen habe.«

»Bist du sicher, dass er tot ist?«, fragte Webster.

»Ich habe ihm mein Schwert direkt ins Herz gestoßen«, erwiderte Murdoch mit einem Achselzucken. »Von *uns* jedenfalls würde das keiner überleben.«

»Und er hat kein Tor zur Hölle geöffnet?«

»Keine roten Funken«, bestätigte Murdoch. »Die Leiche hat sich einfach in Luft aufgelöst, aber das könnte auch etwas mit den Runen in seinem Fleisch zu tun haben.«

Emily lächelte ihm zu. »Gute Arbeit, Murdoch.«

»Danke, Kleine.« Sein Lächeln erstarb. »Was deinen Auftrag betrifft: Ich konnte Stefan das Paket nicht mehr geben. Als ich den Hügel wieder hinunterkam, war es weg.«

»Er soll aus dem Wohnwagen geschlichen sein und das Paket an sich genommen haben, während du auf Leben und Tod mit einem Dämon gekämpft hast?«, fragte sie entrüstet.

»So sieht's aus.«

»Was, zum Henker, ist nur in diesen Burschen gefahren?«, überlegte Webster mit Blick auf MacGregor. »Er lässt sich völlig gehen. Kannst du ihn nicht zur Vernunft bringen?«

Lena und Kiyoko betraten das Haus. Beide trugen einen *gi* und hatten verschwitztes Haar. Kiyoko setzte eine Wasserflasche an die Lippen. Dann legte sie den Kopf zurück, so dass ihre Kehle bei jedem Schluck auf und ab hüpfte. Murdoch konnte den Blick nicht von ihr wenden.

MacGregor stand auf. »Ich kann's versuchen. Aber jetzt habe ich eine Verabredung mit einem undichten Säugling und einer Windel.«

Lena schnaubte und griff nach einem Chickenwing. »Ich habe noch nie einen Mann gesehen, der so begeistert war, sich mit Hausarbeit die Finger schmutzig zu machen.«

»Gute Männer machen auch die Drecksarbeit gut.« Er lächelte sie an. »Ich führe euch Katie morgen früh vor.«

Die normalerweise resolute Miene der Seelenwächterin wurde etwas weicher. »Ein Baby in einem Haus voller Krieger. Könnte interessant werden.«

»Ich komme nach, sobald ich die Küche aufgeräumt habe«, sagte Emily zu ihrem Stiefvater.

MacGregor nickte und ging.

Lena hatte einen wehmütigen Ausdruck im Gesicht. Webster zog sie an seine Brust. Er sagte nichts, hielt sie nur fest – und zeigte damit mehr Anteilnahme, als Murdoch ihm zugetraut hätte.

»Ich gehe ins Bett«, verkündete Kiyoko von der Tür her. »Es war ein langer Tag.«

Murdoch kam auf die Füße. »Ich bringe dich nach oben.«

»Das ist wohl kaum nötig«, sagte sie.

»Doch, das ist nötig«, widersprach er trocken. »Ich muss dir nämlich etwas über Ryuji Watanabe erzählen.«

Kiyoko verbrachte den größten Teil des Sonntags am Telefon. Sie besprach sich mit dem Firmenvorstand, um nach Ryujis Verschwinden geeignete Maßnahmen zu ergreifen. Die »offizielle« Version lautete, dass er zu einer Radtour aufgebrochen und nicht wieder zurückgekehrt war. Sie hatte sogar die Polizei angerufen, um die Geschichte zu stützen.

Der Polizeibeamte hatte sie dafür gerügt, dass sie ihn hatten allein fahren lassen, aber er hatte ihnen ihre Schilderung geglaubt.

Die Firma hatte zwar einen Nachfolgeplan in der Schublade, doch innerhalb weniger Monate zwei Führungspersönlichkeiten zu verlieren war ein schwerer Schlag. Die Alternativen für den Posten des Interimsdirektors waren nicht berauschend. Am Ende fiel die Wahl des Vorstands auf den Leiter der Fertigungsabteilung, einen zuverlässigen Mann mit gutem Ruf. Aber er war eben nicht Ryuji Watanabe. Die Aussichten wären besser gewesen, wenn der Vorstand einen dauerhaften Ersatz gesucht hätte. Angesichts der jüngsten Flut an Firmenpleiten gab es eine ganze Reihe von potenziellen Anwärtern, die man hätte anwerben können. Doch man hegte noch die Hoffnung, dass Ryuji wiederauftauchen würde, und im Vertrauen auf diese Möglichkeit handelte der Vorstand entsprechend.

Als Kiyoko den Hörer endlich auflegte, wimmelte der Garten vor dem Ranchhaus vor geschäftigem Treiben. Neue Schüler mischten sich unter die alten, Taschen und Koffer lagen auf dem Rasen verstreut, und die Abgase von Busmotoren erfüllten die Luft. Murdoch schüttelte Quinn und den anderen die Hand, dann trommelte er die Neuankömmlinge mit einem autoritären Befehl zusammen. Die Gruppe war größer als die letzte. Sie bestand aus dreiundsechzig Männern und neun Frauen.

»Hast du es ihm schon gesagt?«, fragte Sora, während sie dabei zuschauten, wie Quinns Van Richtung Flughafen davonfuhr. Der großspurige Ire winkte Kiyoko von der Rückbank aus zu.

»Nein.«

»Hast du es überhaupt vor?«

Sie lehnte sich gegen den Stützbalken der Veranda und blickte in den dämmernden Himmel hinauf. »Er wird nicht begeistert sein.«

»Vielleicht nicht. Aber wir brauchen seine Hilfe.«

»Ja, die brauchen wir.« Der einzige Stern, den man zu dieser frühen Abendstunde schon sehen konnte, war Polaris. Ein einsames Blinken am Himmel. »Glauben Sie, dass Ryuji Watanabe von Anfang an Theater gespielt hat? Dass er meinen Vater vom ersten Tag an getäuscht hat?«

Soras Blick folgte dem ihren. »Ich kann mir nicht vorstellen, dass ein Dämon genug Geduld haben könnte, ein Jahr lang eine Rolle zu spielen«, erwiderte er.

Kiyoko war derselben Meinung. Das bedeutete, dass ein guter Mann ermordet worden war – wahrscheinlich schon vor einigen Monaten – und sie es versäumt hatten, seinen Tod zu betrauern. Und es bedeutete, dass sie einem Dämon vertraut, ihm vielleicht sogar wertvolle Informationen gegeben hatte. Bei diesem Gedanken drehte sich ihr der Magen um. »Mein Vater trug den Schleier, als er starb. Ryuji-san war der Erste, der nach dem Angriff in die Garage kam.«

»Du hast den Verdacht, dass er es war, der deinen Vater getötet hat?«

Kiyoko nickte. »Aber warum hat er uns in dieser Nacht dann nicht alle beide getötet? Warum hat er mich verschont und den Schleier zurückgelassen?«

»Vielleicht war er einfach am Ende seiner Kraft. Der Kampf mit deinem Vater hat den Dämon sicher viel Energie gekostet. Tatsu-san war ein ausgezeichneter Krieger. Wenn der echte Watanabe-san nach dem Kampf die Garage betreten hätte, wäre der Dämon gezwungen gewesen, auch ihn umzubringen.«

»Das würde erklären, warum ich den ersten Angriff überlebt habe, aber nicht, warum ich jetzt noch hier bin. Warum hat er mich nicht umgebracht, sobald er sich wieder erholt hatte?«

Sora kratzte sich am Kinn. »Eine berechtigte Frage.«

»Irgendetwas übersehen wir.«

Die Tür zu den Unterkünften fiel zu, und sie blickte auf. Nachdem er offenbar den Nachwuchs in den Quartieren untergebracht hatte, war Murdoch über die Abkürzung zum Haupthaus herübergekommen, ohne den Pfad zu benutzen. Er trug ein graues, langärmeliges T-Shirt und die übliche schwarze Jeans. Das Haar fiel ihm in dunklen Wellen auf den Rücken hinunter. Mit Ausnahme der etwas kürzeren Locken, die ihm so reizvoll ins Gesicht hingen. Die, die er mit einer achtlosen Handbewegung zur Seite schob und die immer wieder zurückfielen, wie um ihn zu ärgern.

Es war bemerkenswert leicht, ihn sich im Kettenhemd vorzustellen. Wie er ein mächtiges Ross in die Schlacht lenkte. Wie er die Feinde mit seinem Schwert niedermähte und rasch und sicher Gerechtigkeit übte.

»Hat jemand eine Pinzette?«, fragte er, als er die beiden Stufen zur Veranda hinauf nahm. »Ich habe mir einen Splitter in die Hand gejagt.«

Kiyokos Lippen zuckten.

Wer's glaubt!

Sie richtete sich auf. »Ich habe eine in meiner Handtasche.«

Er nickte Sora höflich zu, dann folgte er ihr ins Haus und hinauf in den ersten Stock. »Hast du mit dem Vorstand alles geklärt?«

»So gut ich konnte«, erwiderte sie. Sie deutete auf den Stuhl am Fenster und begann, in ihrer Handtasche auf der Kommode zu wühlen.

»Wie lange wird es dauern, bis sie sich damit abfinden, dass er nicht wiederkommt?«

»Ich weiß es nicht.« Sie warf ihm die Pinzette zu. »Es kommt nicht alle Tage vor, dass der Direktor verloren geht.«

Murdoch widmete sich mit gesenktem Kopf seiner Aufgabe. Er kämpfte mit der Pinzette, versuchte umständlich, den störenden

Holzsplitter damit zu packen, und schon fiel ihm das Utensil aus der Hand.

»Verdammt noch mal!«

Kiyoko hob die Pinzette vom Boden auf. »Ist der Splitter in deiner rechten Hand?«

»Aye.« Er blickte auf. »Könntest du ihn vielleicht herausziehen?«

Ihre Augenbrauen flogen in die Höhe. »Ohne dich zu berühren? Das bezweifle ich.«

Sein dunkler Blick saugte sich an ihrem Gesicht fest, und sie wusste, wohin seine Gedanken abschweiften. Zu den sinnlichen, wunderbaren Fummeleien, die seine Träume erfüllten. Genau wie ihre Träume. »Theoretisch braucht ja nur die Pinzette mich zu berühren.«

»Das wäre zu riskant. Ein Ausrutscher, und …«

»Ich werde dafür sorgen, dass nichts passiert«, versicherte er.

Es war ein verrückter Einfall. Ein Spiel mit dem Feuer. Aber ihr Puls raste bei der Vorstellung, ihm so nahe zu sein, seinen Geruch einzuatmen und die Wärme zu spüren, die sein Körper ausstrahlte.

»In Ordnung.«

Sie beugte sich über Murdochs Hand. Tatsächlich hatte sich ein Holzsplitter tief in den Ballen seines Daumens gebohrt. Doch gleichgültig, in welchem Winkel sie die Pinzette hielt oder ihren Körper drehte, sie bekam den Splitter nicht richtig zu fassen.

Er öffnete die Beine und wies auf den Boden. »Setz dich mal da hin.«

Ihr stockte der Atem.

Dorthin? Zwischen seine Oberschenkel? Sie sollte sich an diesen abgewetzten Jeansstoff lehnen und die Innenseite seiner kräftigen Schenkel streifen, während sie mit der Pinzette hantierte? Wollte er sie beide an den Rand des Wahnsinns treiben? Oder wollte er sich selbst auf die Probe stellen, seine Fähigkeit testen, ihr zu widerstehen?

Sie sank auf die Knie.

Wenn er die Kraft hatte, sie zurückzuweisen, würden ihre Pläne für morgen scheitern. Damit er den Berserker von der Leine ließ, musste sie ihn dazu bringen, sie zu küssen ... ihn dazu *verführen*. Welch besseren Zeitpunkt, damit zu beginnen, gab es dafür als den gegenwärtigen Moment?

Auf den Knien, die Unterlippe listig zwischen die Zähne geschoben, rutschte sie in das V seiner Oberschenkel vor. Dort verharrte sie, die Brüste nur wenige Zentimeter von seinen Beinen entfernt, und ließ die jetzt geschwollene Lippe wieder los. Zu ihrem Entzücken holte er geräuschvoll Luft.

»Streck deine Hand aus«, sagte sie.

Er gehorchte.

Sie drehte sich um, lehnte sich gegen sein Becken und klemmte mit Hilfe ihres Ellbogens seinen Arm fest gegen ihren Körper. Seine Hand war nun in der perfekten Position, dass sie daran arbeiten konnte.

Einmal abgesehen davon, dass diese Hand zitterte.

In der Tat bebte sein gesamter Körper.

»Halt still!«, befahl sie grinsend. »Ich werde ganz sanft sein, ich verspreche es.«

»Es kümmert mich einen Dreck, ob du sanft bist«, blaffte er heiser. »Mach einfach schnell.«

Sie beugte sich über seine Hand. »Ich hab ihn!« Wie zum Beweis hielt sie die Pinzette in die Höhe, dann ließ sie seinen Arm los. »Ich würde ja noch einen Kuss daraufdrücken, aber ...«

»*Keinen* Kuss!«, befahl er mit einem erstickten Seufzer.

Sie rutschte zurück zum Stuhl und hob den Blick. »Keinen Kuss«, wiederholte sie.

Er blickte finster drein und schob den Daumen in den Mund.

»Bist du für heute fertig?«, fragte sie. »Oder hast du noch mit den Schülern zu tun?«

»Ich muss noch ein paar Übungswaffen organisieren«, nuschelte er. »Warum?«

»Ich wollte mit dir über morgen sprechen.«

Ein argwöhnischer Blick trat an die Stelle seines missmutigen Gesichtsausdrucks. »Was ist mit morgen?«

»Ich werde das Transzendenzritual ausprobieren.«

Er schoss aus dem Stuhl, sein schmerzender Daumen war vergessen. »Nein, das tust du nicht! Wir haben das doch schon besprochen. Ich werde Stefan bearbeiten, und du wirst dich in Geduld üben. Wir haben noch einen Monat.«

Kiyoko betrachtete ihre Hände. Eine skrupellosere Frau hätte den Mund gehalten, den Mann verführt und ihr Ziel erreicht. Aber sie hatte Lügen und Versteckspiel hinter sich gelassen. Sie wollte, dass Murdoch sie verstand und ihr freiwillig seine Hilfe anbot.

»Asasel hat von dem Schleier gewusst.«

»Du hast ihm davon *erzählt?*«

Ihr Kopf fuhr bei Murdochs wütender Unterstellung hoch. »Nein, natürlich nicht. Watanabe war in der Nacht, als mein Vater starb, da, und jetzt, da ich weiß, dass er ein Dämon war, kann ich nicht mehr daran glauben, dass das ein Zufall gewesen sein soll.«

Mit geballten Fäusten durchmaß er den Raum vom Fußende des Bettes bis zum Kamin. »Das ist immer noch kein Grund, schlecht vorbereitet in die Schlacht zu ziehen. Ich habe den Scheißkerl umgebracht.«

»Du kannst nicht im Ernst glauben, dass das schon das Ende war.«

»Solange du auf der Ranch bleibst, ist alles in Ordnung«, beharrte er. »Wir können den Schleier hier verstecken.«

»Murdoch«, sagte sie leise, »ich habe einen schlechten Einfluss auf dich.«

Er blieb stehen und starrte sie an. »Was?«

»Als wir uns zum ersten Mal begegnet sind, warst du wild entschlossen zu verhindern, dass der Schleier Satan in die Hände fällt. Heute nimmst du eine Katastrophe in Kauf, nur um die Gefahr für mich so gering wie möglich zu halten.«

»Das ist mal eine Karriere. Vom berüchtigten Dämonenjäger zum feigen Weiberhelden in weniger als einem Monat«, bemerkte er trocken.

Kiyoko wurde rot. Sie hatte ihn nicht kränken wollen. »Du weißt doch, dass wir nur für die Sicherheit des Schleiers garantieren können, wenn wir ihn versteckt halten, mit diversen Zaubern schützen und bis in alle Ewigkeit von Kriegern bewachen lassen.«

»Das bestreite ich ja gar nicht.«

»Dann bestreite auch nicht, dass ich jetzt eben die Gelegenheit bekomme zu tun, was richtig ist. Sobald ich transzendiert bin, brauche ich den Schleier nicht mehr. Wenn du fürchtest, mir weh zu tun, können wir dich für die Dauer des Rituals ja fesseln.«

Er schnaubte. »Glaubst du denn, ich hätte nicht schon früher versucht, die Bestie zu zähmen? Ich kann dir flüstern, dass eine abgesperrte Tür ein Witz ist. Auch Ketten werden mich nicht aufhalten. Zum Henker, ich bin sogar schon aus einer Gefängniszelle ausgebrochen.«

Das war keine große Überraschung. Sie hatte selbst gesehen, wie seine Rückenmuskeln angeschwollen waren, und das Gewicht des Berserkers auf ihrem Körper gespürt. »Sora-sensei sagt, dass ein Bindezauber auch nicht funktionieren würde. Jeder Zauber, den ich beschwöre, um dich zu zügeln, wird gegen mich arbeiten.« Sie seufzte. »Die größte Hoffnung bist noch immer du selbst.«

»Nein«, sagte er, ohne auf die Bitte in ihren Augen einzugehen. »Die größte Hoffnung ist Stefan Wahlberg. Und, bei Gott, ich werde den Kerl jetzt endlich zur Vernunft bringen.«

Er riss die Zimmertür auf und stampfte hinaus.

Kiyoko hörte, wie Murdoch die Treppe hinunterging, die Haustür öffnete und dann hinter sich zuknallte. Einen Augenblick später tauchte seine große und unerschütterliche Gestalt an der Hausecke auf und bewegte sich zielstrebig den Kiesweg hinunter. Murdoch war eine Naturgewalt, die man nicht unterschätzen sollte. Vielleicht gelang es ihm ja, Stefan zur Vernunft zu bringen.

Aber was sollte geschehen, wenn er scheiterte?

Konnte sie tun, was getan werden musste?

Konnte sie ihren Plan dann überhaupt noch weiterverfolgen?

Murdoch hämmerte mit der Faust gegen die Tür des Wohnwagens. »Mach die vermaledeite Tür auf, Dika, oder ich schwöre, dass ich sie aus den Angeln reiße!«

Die Tür öffnete sich.

Im Rahmen erschien Dika, die Arme über der Brust verschränkt. Wie sie so dastand, in entschlossener Pose und mit gerunzelter Stirn, wirkte sie wie eine bemerkenswert respekteinflößende Barriere, obwohl sie so klein war. »Wie oft muss ich dich denn noch fortschicken?«

Er legte ihr einen Arm um die Taille, hob sie mühelos in die Höhe und trat in den Wohnwagen. »Ich habe die Nase vom Reden gestrichen voll. Und ich lasse mich nicht mehr wegschicken. Wo ist unser kleiner Houdini?«

Er stellte Dika in der Küche wieder auf den Boden und ließ den Blick durch das Wohnzimmer schweifen. Es war leer. Er zog die Tür aus geätztem Glas zum Schlafzimmer auf. »Versteckt er sich etwa vor mir?«

Auch das Schlafzimmer war leer. Ebenso wie das Bad.

Murdoch kehrte in die Küche zurück.

Dika wirkte wie auf Krawall gebürstet. Schlank, elfenhaft, aber eben auf Krawall gebürstet.

»Wo ist er?«, fragte er leise.

Sie sagte nichts. Aber der Anflug eines triumphierenden Lächelns umspielte ihre Lippen.

Sein Blick flog zur rückwärtigen Wand des Wohnwagens, die von der Decke bis zum Boden mit schwerem violettem Samt verhangen war. *Mist!* Er ging zu dem Vorhang und schob ihn zur Seite. Eine Mauer aus massiven grauen Steinblöcken voller Moderflecken und Flechten kam zum Vorschein. Kein Durchgang. Keine Tür. Nur der solide, undurchdringliche, fast ein Meter dicke Stein von Schloss Rakimczyk.

»Ruf ihn her.«

»Ich kann nicht.«

Er fuhr zu ihr herum. »Blödsinn, Dika! Ich weiß, dass du ihn erreichen kannst. Es ist *euer* verfluchtes Schloss.«

»Ich störe ihn nie, wenn er arbeitet.«

Er arbeitete? Etwa mit dem neuen Zauberbuch? »Woran arbeitet er?«

»Ich habe ihn nicht gefragt.« Sie zuckte die Achseln. »Das geht mich nichts an.«

Murdoch schüttelte den Kopf. »Du magst andere mit diesem dämlichen Affentheater täuschen, Dika, aber mich täuschst du nicht. Ich habe gesehen, wie er dich anschaut, wenn er eine wichtige Entscheidung treffen muss. Er legt Wert auf deine Meinung, und das sagt mir alles, was ich wissen muss.«

Sie lächelte, erwiderte jedoch nichts. Wandte sich nur zum Herd und rührte etwas in einem großen Topf um, das himmlisch duftete.

»Wie lange ist er schon da drin?«, fragte Murdoch.

»Seit dem Morgengrauen.«

»Na dann«, sagte er und zog einen Ledersessel heran. Er ließ sich hineinfallen. »Irgendwann muss er ja wieder rauskommen, um zu essen. Ich werde einfach auf ihn warten.«

»Er hat in letzter Zeit nicht viel Hunger.«

Murdoch schüttelte die Stiefel ab und ließ die Rückenlehne nach hinten sinken. »Keine Angst. Er wird dem Duft deiner Spaghettisauce nicht widerstehen können. Das kann niemand.«

»Hm.«

Er sah über die Schulter zu ihr hinüber. »Kann ich vielleicht …«

Sie reichte ihm einen Teller Spaghetti und eine Gabel.

»Gott segne dich, Dika. Du bist eine Heilige.«

18

Als die zischenden und stöhnenden Stimmen Emily auch in der zweiten Nacht in Folge weckten, wusste sie, dass sie Uriel rufen musste.

Sie warf die Decke zurück, schlüpfte in ein Paar Pantoffeln mit Ledersohle und setzte die Baseballkappe auf. Während sie auf Zehenspitzen den Flur entlangschlich, am Zimmer des Babys vorbei, hörte sie, wie ihre Mutter im Takt mit dem rhythmischen Geräusch des Schaukelstuhls Katie etwas vorsummte.

Mann, dieses Baby hatte vielleicht einen Zug.

Alle zwei Stunden. Durchgehend.

Emily umklammerte das Geländer, um die knarrende Stelle auf der siebten Stufe zu vermeiden, und gelangte lautlos bis zur Haustür. Warum die anderen stören? Sie griff nach dem Messingknauf und zog daran.

Doch die Tür öffnete sich nicht.

Sie blickte auf. Eine große Männerhand hielt sie zu. Lachlan. Er war verdammt gut im Anpirschen. Sie hätte ihre Antennen ausfahren sollen.

»Wohin gehst du?«, fragte er ruhig.

»Zu den Tennisplätzen. Ich muss mit Uriel sprechen.«

Er runzelte die Stirn und blickte dann die Treppe hinauf. »Gibt es ein Problem?«

»Ich bin mir nicht sicher. Die gruseligen Stimmen aus der Zwischenwelt sind wieder da.«

»Die, die dir von Asasel erzählt haben?«

Sie nickte.

»Du solltest nicht allein gehen. Ich komme mit.«

Emily löste seine Hand von der Tür. »Äh, ich bin doch ein unsterbliches Mädchen, schon vergessen? Ich finde, du solltest hier bei Mom und der Kleinen bleiben.«

Er erstarrte.

»Du brauchst dir keine Sorgen zu machen«, fügte sie hastig hinzu. Ihr Blick wanderte rasch über das Gelände vor dem Haus. »Kein Alarm, ehrlich. Ich will nur herausfinden, was die Stimmen zu bedeuten haben.«

»Okay.« Sein Blick bohrte sich im Dunkeln in den ihren. »Aber wenn du in einer halben Stunde nicht wieder zurück bist, komme ich nach.«

»Abgemacht.« Sie öffnete die Tür, trat auf die Veranda und blieb dann stehen. »Sag Mom nichts. Sie sieht immer gleich schwarz und wird aufbleiben wollen, anstatt sich ein bisschen Schlaf zu gönnen.«

»Einverstanden.« Er schloss die Tür hinter ihr.

Die Nachtluft war ziemlich kalt, und Emily wünschte, sie hätte einen Pullover übergezogen. Ihr Baumwollpyjama schützte sie kaum gegen die Kälte. Sie lief, so schnell die Pantoffeln es erlaubten, und ignorierte ihre Gänsehaut. In Stefans Wohnwagen brannte noch Licht, und sie wurde neugierig. Aber nicht neugierig genug, um stehen zu bleiben.

Als sie den Krater oben auf dem Hügel erreichte, wartete Uriel bereits auf sie. So lässig-abgeklärt wie immer.

»Bist du etwa nicht auf der Jagd nach bösen Jungs?«, wollte sie schnaufend wissen. Es hatte keinen Zweck zu fragen, woher er wusste, dass sie ihn sprechen wollte. Engel hatten die unangenehme Angewohnheit zu lauschen.

»Bin ich nicht deshalb hier?«

»Doch«, gab sie immer noch atemlos zu. Mensch, war sie außer Form. Höchste Zeit, wieder etwas Sport zu treiben. »Aber du bist glücklicherweise immer dann da, wenn ich dich brauche.«

Er lächelte. »Michael hat mich zu deinem Schutzengel bestellt.«

»Zu meinem was?«

»Ich habe die Aufgabe, auf dich aufzupassen.«

»Na toll!«, sagte sie. »Du bist mein Kindermädchen. Wie kuschelig.«

Er schickte ihr einen schelmischen Blick.

»Ja, ja, ich weiß. Ich bin zu sensibel. Das ist meine Schwäche.« Sie rieb sich die nackten Arme. »Apropos sensibel. Ich höre wieder diese Stimmen. Die aus der Zwischenwelt. Und ich muss sagen, sie klingen hysterischer denn je.«

Uriel zog seine Kapuzenjacke aus und reichte sie ihr. »Was sagen sie denn?«

Emily hüllte sich in den weichen, warmen Stoff und atmete den leichten Zitronengeruch ein. »Immer dasselbe. Asasel.«

Da Uriel schwieg, spähte Emily aus den Tiefen der flauschigen Baumwolle hervor. Ein Stirnrunzeln verzerrte sein schönes Gesicht.

»Ist das schlecht?«

»Vielleicht.«

»Warum?«

Er schaute sie an. »Wirken die Stimmen immer noch ängstlich?«

»Ja. Sie scheinen sich fast in die Hosen zu machen.«

»Was hätten sie noch zu fürchten, wenn Murdoch Asasel wirklich getötet hat?«

Emily starrte ihn an. »Willst du damit sagen, dass er noch am Leben ist? Dass er einen Schwerthieb mitten ins Herz überlebt hat?«

Mit einer Grimasse schob Uriel die Hände in die Hosentaschen. »Ich hätte es überlebt. Jeder Erzengel hätte es überlebt. Asasel ist ein gefallener Engel. Deshalb hat er es möglicherweise auch überlebt.«

»Aber wie?«

»Ich habe keine richtige körperliche Gestalt. Das Bild, das ich dir von mir zeige, ist nur eine Illusion, die die Kommunikation erleichtert.«

Sie rieb sich über das Gesicht. »Du kannst also nicht sterben?«

»O doch, ich kann schon sterben«, erwiderte er kläglich. »Gott könnte mich zerschmettern. Satan auch. Und ein Dämonlord im Vollbesitz seiner Kräfte könnte mir ebenfalls übel mitspielen.«

»Aber wir mickrigen Menschlein? Wir können dir nichts anhaben, oder?«

»Das wäre jedenfalls sehr schwierig.«

Emily riss sich die Jacke von den Schultern und schleuderte sie auf Uriel. »Vielleicht hättest du das ja schon früher erwähnen können?! Es wäre jedenfalls nett gewesen zu wissen, dass wir keine Chance haben.«

Der Erzengel fing die Jacke auf. »Ich habe dich sehr wohl davor gewarnt, es bloß nicht mit Asasel aufzunehmen. Und offen gestanden hatte ich gehofft, dass er durch die Große Flut gelitten haben könnte. Dass er nicht mehr er selbst ist.«

Eine Erinnerung stieg in Emily auf. »Was ist mit dem Zerbrochenen Glorienschein? Er hat *dir* Kraft geraubt. Könnte er Asasel besiegen?«

»Er würde ihn auf jeden Fall schwächen«, bestätigte Uriel. »Aber der Zauber, mit dem der Glorienschein aktiviert wird, gehört der Arkanen-Magie an und ist sehr schwierig.«

»Du hast doch eine Scherbe, oder? Eine von Luzifers Glorienschein? Ich will sie haben.«

Seine Augen verengten sich. »Hast du nicht gehört, was ich eben gesagt habe?«

»Ich hab's gehört. Gib sie mir.«

»Emily …«

Sie schob den Schirm ihrer Kappe nach hinten, damit sie ihm direkt in die Augen schauen konnte. »Ich sehe die Sache so: Der Kerl ist offenbar hinter Kiyokos Schleier her, der die Menschheit zu vernichten imstande ist, auch wenn er nicht nach verrottenden Algen riecht. Meiner persönlichen Meinung nach stehen die Chancen ziemlich gut – sofern Asasel noch am Leben ist –, dass er es wieder versuchen wird. Willst du nun, dass ich die Welt rette, oder willst du das nicht? Gib mir die Scherbe.«

Uriel erwiderte ruhig ihren wütenden Blick. »Glaubst du wirklich, dass du so weit bist, Asasel gegenüberzutreten?«

»Nein«, räumte sie ein. »Aber ich habe Freunde.«

Uriel zog seine Hand aus der Hosentasche und öffnete sie. Auf seiner Handfläche lag das schimmernde Bruchstück einer Scheibe, das Emily von dem Gefecht vor sieben Monaten in der ägyptischen Wüste her kannte. Es sah so gewöhnlich, so harmlos aus, wie von Menschenhand geschaffen. Aber sie wusste, wozu es imstande war. Und sie wusste auch, welch großer Vertrauensbeweis es war, dass Uriel es ihr überließ.

Sie nahm ihm die Scherbe aus der Hand. Kühl fühlte sie sich an.

»Viel Glück!«, sagte der Erzengel.

Dann verschwand er in einem Lichtblitz.

Murdoch verlor um sieben Uhr morgens endgültig die Geduld. Er beschwor einen blauen Lichtstrahl und schleuderte ihn beherzt gegen die Mauer, so dass etwas Mörtel herabfiel. Ansonsten richtete er keinen Schaden an. Der Schotte lehnte Dikas frisch gebackenes Fladenbrot ab, riss ihr aber mit einem gemurmelten Dank eine Tasse Kaffee aus der Hand, als er den Wohnwagen verließ. Es war nicht ihre Schuld, dass Stefan ein Schwachkopf war.

Sollte der elende Magier jemals wiederauftauchen, würde er ihn eigenhändig erwürgen.

Um den anderen Wächtern und dem unvermeidlichen morgendlichen Smalltalk aus dem Weg zu gehen, entschied sich Murdoch für ein paar friedliche Stunden mit seinem Triumph Thunderbird. So früh am Tag ging es in der Garage so ruhig zu wie in einem Pub am Montag.

Nachdem er einen Eimer mit warmem Seifenwasser gefüllt und ein Fensterleder aufgetrieben hatte, machte er sich daran, das Motorrad vom Staub der letzten drei Wochen zu befreien. Es wirkte beruhigend auf ihn, den Dreck abzuwaschen und das Stahlgestänge mit bedächtigen Liebkosungen trocken zu reiben, so dass die blitzende Schönheit darunter wieder zum Vorschein kam. Eine Stunde später glänzte die schwarze Karosserie, und die Handgriffe, das Gabelbein und der Auspufftopf aus Chrom funkelten.

»Hier hast du dich also verschanzt.«

Er blickte auf.

Kiyoko lehnte am Kühler von MacGregors Audi. Ausnahmsweise trug sie heute keinen *gi*. Stattdessen hatte sie eine dunkelblaue Röhrenjeans und ein rosafarbenes, kurzärmeliges T-Shirt mit der weißen Aufschrift »Pink This!« übergestreift. Der schwarze Gürtel war keck um ihre Hüften geschlungen, und ihr dunkles Haar fiel ihr offen über den Rücken.

Er schluckte.

Sie sah zum Anbeißen aus.

»Ich verschanze mich nicht«, erwiderte er, während er den

Blick wieder auf das Motorrad senkte und mit aller Macht versuchte, dem Blutsturz in die Lendengegend Einhalt zu gebieten. »Ich habe mir eine Höhlenmensch-Auszeit genommen.«

Sie kam über den Betonboden zu ihm herüber, bis er ihre Ballerinas sehen konnte. »Eine Höhlenmensch-Auszeit?«

»Ich habe mich in meine Höhle zurückgezogen, um ein paar Steine mit meiner Keule zu bearbeiten. Dabei haben wir Männer unsere genialsten Einfälle.«

»Verstehe. Soll ich dich allein lassen?«

»Nein, ich bin schon fertig mit dem Bearbeiten.«

»Gut. Ich habe dich vermisst.« Sie ging in die Hocke und fuhr mit ihrer schlanken Hand über das verchromte Triumph-Logo auf dem Tank. »Was für eine schöne Maschine!«

Murdoch war sich nicht sicher, über welche der beiden Bemerkungen er sich mehr freute. Jedenfalls eroberte Kiyoko sich gerade einen besonderen Platz in seinem Herzen, weil sie sein Motorrad bewunderte. »Aye«, sagte er stolz. »Willst du eine Runde fahren?«

Ein alarmierter Ausdruck trat auf ihr Gesicht. »Sie ist ziemlich groß.«

»Nicht allein. Mit mir zusammen.«

»Dann würde ich sehr gern damit fahren. Aber wir waren uns doch einig, dass es besser ist, die Ranch nicht zu verlassen.«

Er warf den Lederlappen in den Eimer. »Da waren wir uns einig.«

»Würdest du dir albern vorkommen, mich zum Tor und zurück zu fahren?«

»Nein.« Sich für das kurze Stück in die Lederkluft zu werfen war zwar lästig. Aber für Kiyoko würde er es tun. »Brauchst du die ganze Montur, oder können wir uns mit Stiefeln und Helm begnügen?«

»Ich glaube nicht, dass wir so schnell sein werden, dass wir

Leder brauchen.« Sie blickte auf ihre dünnen Schuhe hinunter. »Aber ich fürchte, ich habe keine geeigneten Stiefel.«

»Lena hat welche, die dir bestimmt passen.«

»Du hast Lena schon mal mitgenommen?«

»Ein oder zwei Mal.« In ihrer Stimme schwang eine Schärfe mit, über die er lächeln musste. »Es liegt ihr viel daran, sich ihren Ängsten zu stellen. Alles, was schnell ist und von einem Motor angetrieben wird, jagt ihr eine Heidenangst ein. Deshalb fährt sie Motorrad.«

»Lena ist eine sehr schöne Frau.«

Er nickte. »Das ist mir auch schon aufgefallen.«

»Wirklich?«

»Aye«, antwortete er leichthin. »Es ist ziemlich schwierig, die langen Beine und großen Brüste zu übersehen.«

Kiyoko erstarrte.

»Aber ich verrate dir ein Geheimnis, Mädchen«, sagte er, während er den Spind neben sich öffnete und seinen eigenen Helm und einen kleineren roten Ersatzhelm hervorholte. »Mein Berserker hat keinerlei Interesse an ihr. Er hat kaum geblinzelt, als sie den obersten Knopf ihrer Bluse geöffnet hat.«

»Als sie *was* getan hat?«

»Das war letzten Sommer«, setzte er schnell hinzu und reichte ihr den Helm. »Sie hat versucht, mich abzulenken, um fliehen zu können.«

»Die Frau hat keine Ehre im Leib.«

Murdoch griff noch einmal in den Spind. »Sie war bereit, alles auf eine Karte zu setzen, um die Menschen zu retten, die sie liebt. Ich finde daran nichts auszusetzen, auch wenn ihre Methoden etwas fragwürdig sind. Hier.« Er warf einen Blick auf die Sohle der Damenstiefel. »Neununddreißig. Passt das?«

»Ja.«

Er sah zu, wie sie sich bückte, um die Schuhe zu wechseln.

Der Bund ihrer Jeans rutschte nach unten und legte einen Streifen cremefarbener Haut frei, und einen Augenblick lang beschäftigte die Vorstellung, sie auf die beiden neckischen Grübchen zu küssen, jede einzelne seiner funktionsfähigen Gehirnzellen.

Nein, Lena hatte ihn niemals auch nur annähernd so erregt wie Kiyoko. So exotisch die Halbägypterin schien, sie war kühl und reserviert, was nicht gerade animierend auf Männer wirkte. Ehrlich gesagt, war er sich nicht sicher, wie Webster durch all diese Dornen hindurch die Rose entdeckt hatte.

Kiyoko hingegen entschuldigte sich nicht für ihre Weiblichkeit. Sie nutzte sie aber auch nicht zu ihrem Vorteil aus. An manchen Tagen trug sie rosafarbenen Lippenstift, Perlenohrringe und Blumenkleider und an anderen wieder strenge schwarzweiße Klamotten, kein Make-up und einen Pferdeschwanz. Sie unternahm keinen Versuch, sich zu verkleiden oder ihre Schönheit zu betonen. Frau zu sein war einfach eine Facette ihrer physischen Erscheinung.

Einer physischen Erscheinung, bei der ihm zufällig das Wasser im Munde zusammenlief.

»Dieser Helm ist ganz schön schwer«, sagte sie und drehte sich um. Sie wirkte ganz verloren darin, nur ihre Augen waren zu sehen.

»Du siehst toll aus.« Und er meinte es ehrlich. Rosen wurden im Allgemeinen überschätzt. Er bevorzugte weiche, prächtige, gewöhnliche Pfingstrosen.

Ihre Augen waren nur noch halbmondförmige Schlitze. »Danke.«

Er zog seinen eigenen Helm und ein Paar Lederhandschuhe über und setzte sich rittlings auf das Motorrad. Mit Hilfe seiner starken Oberschenkelmuskeln hob er die schwere Maschine von der Seitenstütze. »Rauf mit dir! Hinter mich!«

Sie schwang ein Bein über die Sitzbank und rutschte dann nach vorn, bis ihr Becken an sein Gesäß stieß. Die Arme schlang sie um seine Taille. »Fertig.«

Sein Herz dröhnte wie eine Trommel in seiner Brust.

Er musste zugeben, dass nicht nur ihre Brüste an seinem Rücken ihn verrückt machten. Ihre Finger zogen jede Erhebung und Vertiefung seiner Bauchmuskeln nach. Langsam. Begleitet von undeutlichen, anerkennenden Lauten.

Er bedeckte ihre unartige Hand mit seiner.

»Mädchen, sei nicht so grausam.«

»Ich habe mir fest vorgenommen, dich zu verführen«, gab sie zurück.

Er lachte auf. »Sehr sportlich von dir, mich zu warnen. Aber wenn du so weitermachst, garantiere ich nicht dafür, dass ich die Maschine auf der Straße halten kann.«

Ihre Finger hörten auf, ihn zu martern.

»Ich wünschte, die Dinge lägen anders«, sagte sie und lehnte sich mit einem entspannten Seufzer an ihn.

Unsicher, was er von diesem Gefühlsausbruch halten sollte, betätigte Murdoch den Starter, und die Maschine erwachte tief und röhrend zum Leben. Wunschdenken hatte sich bei ihm noch nie als produktiver Zeitvertreib erwiesen. Er war mehr der zupackende Typ, der die Dinge selbst in die Hand nahm. In letzter Zeit war das Leben dabei allerdings nicht sehr kooperativ gewesen.

Er legte den Gang ein, jagte den 1600-Kubikzentimeter-Motor hoch und schoss an dem Audi vorbei aus der Garage und die lange Zufahrt hinunter. Leider legte das Motorrad die Strecke in bemerkenswert kurzer Zeit zurück. Er hatte sich noch kaum an das tiefe Vibrieren des Zwillingsmotors gewöhnt, als sie schon das Tor erreichten.

Er blieb kurz stehen, um nach Kiyoko zu sehen, die ihm den

erhobenen Daumen zeigte, dann lenkte er die Maschine mit einem satten Dröhnen zurück Richtung Haus.

Seine Maschine, seine Frau und vor ihm eine Straße.

Konnte es noch besser kommen?

Als sie sich der großen Kiefer näherten, die die Abzweigung der Zufahrt zwischen Garage und Haus markierte, entdeckte er ein Grüppchen Personen vor dem Haus. Webster, MacGregor und Emily. Sie waren offenbar in eine hitzige Diskussion verwickelt.

Er hielt sich rechts und brachte das Motorrad vor der Veranda zum Stehen.

»Alles in Ordnung?«, fragte er, während er den Helm abnahm.

»Wo, zum Henker, bist du den ganzen Morgen gewesen?«, wollte Webster wissen.

Murdoch ging nicht darauf ein. Stattdessen half er Kiyoko vom Motorrad und stieg dann selbst ab. »Will mir vielleicht mal jemand sagen, was los ist?«

»Asasel ist nicht tot.«

Murdochs Blick begegnete dem von Webster. »Ich habe ihn mit meinen eigenen Händen durchbohrt«, sagte er leise. Es klang, als wollte er einen Streit mit Webster anzetteln.

»Du hättest ihm lieber den Kopf abschlagen sollen. Laut Uriel kann ein gefallener Engel einen Stich ins Herz überleben.«

Murdoch blickte zu Emily hinüber, als könnte sie allein ihm die Wahrheit sagen.

Sie nickte. »Aber er behauptet nicht, dass die Lösung ist, Asasel zu enthaupten. Im Gegenteil, er sagte, dass man ihn nicht erledigen kann, indem man ihm körperlichen Schaden zufügt.«

»Es muss also eine magische Lösung geben«, vermutete Kiyoko.

»Das Problem ist nur«, erwiderte Webster, »dass der Deckzauber, mit dem Stefan die Ranch belegt hat, jeden Zauber verhindert.«

»Dann müssen wir ihn eben wieder aufheben.«

»Das wird ohne Stefan verflucht schwierig«, gab Murdoch zu bedenken. »Und niemand hatte bisher Glück damit, den Trottel aus seinem dämlichen Wohnwagen zu locken.«

Einen Augenblick lang sagte keiner ein Wort.

Dann ließ sich Emily vernehmen: »Ich wette, Sora könnte es.«

Murdoch hob die Augenbrauen. »Was? Stefan dazu überreden, sich wieder blicken zu lassen, oder den Zauber neutralisieren?«

»Den Zauber neutralisieren.«

Er wandte sich an Kiyoko. »Was meinst du? Könnte er das?«

»Er ist ein talentierter Magier. Es ist durchaus möglich.«

»Die Aufhebung des Deckzaubers nützt allen«, bemerkte MacGregor. »Uns, aber auch den Dämonen. Bevor wir das tun, müssen wir wissen, wie wir Asasel unschädlich machen können.«

»Ich habe etwas, das uns helfen könnte«, sagte Emily. Sie öffnete die Hand, um den anderen die Scherbe des Zerbrochenen Glorienscheins zu zeigen. »Er ist ein Engel, oder? Diese Scherbe sollte ihn also ausschalten, wie sie Uriel ausgeschaltet hat. Wenn wir herausfinden, wie wir sie einsetzen müssen.«

Websters Blick flog von der Scherbe zu Murdochs Gesicht. Dann wandte er die Augen ab. »Wir brauchen dieses Zauberbuch. Das Buch, das wir letzten Sommer bei dem Hörigen Dämon gefunden haben.«

»Das *Buch des Gerichts*.« Lena kam die Verandastufen herunter. Sie wiegte die frisch gewickelte Katie auf den Armen und übergab das Baby an MacGregor, der sich unverzüglich vom harten Kämpfer zum strahlenden Vater wandelte. »Stefan hat es.«

Murdoch schnaubte. »Natürlich!«

»Tja, dann können wir die Sache mit der Scherbe wohl vergessen«, sagte Webster grimmig. »Schade. Es war eine tolle Idee, Em.«

»Ja.« Sie seufzte und hielt ihm die Scherbe hin. »Vielleicht solltest du sie nehmen und darauf aufpassen.«

Webster hob abwehrend beide Hände und wich zurück. »Zum Henker, nein! Gib nicht mir das verdammte Ding. Ich glaube, dass keiner der Wächter sie nehmen sollte. Behalte du sie.«

Murdoch verzog das Gesicht. Sie in Emilys Obhut zu lassen war keine Garantie dafür, dass die Herrin des Todes sie nicht doch in die Hände bekommen würde. »Woher wissen wir eigentlich, dass Asasel sich im Augenblick nicht irgendwo auf der Ranch aufhält? Wir haben gerade erst zweiundsiebzig Fremde hereingelassen.«

»Ich habe jeden kurz gecheckt, als sie angekommen sind«, entgegnete Emily, während sie die Scherbe wieder in die Hosentasche steckte. »Keine Spur von ihm.«

»Sie wird die Überprüfung alle paar Stunden wiederholen«, sagte Webster. »Mit ein bisschen Glück finden wir heraus, wie wir ihn in die ewigen Jagdgründe schicken, bevor er wiederauftaucht. Aber ihr könnt darauf wetten – er wird wiederkommen.«

»Ich gehe meine Schattenzauber durch«, schlug MacGregor vor. »Ich wende sie zwar nur höchst ungern an, aber wenn es sein muss, werde ich es tun.«

»Nein!« Lena trat vor. Ihr ganzer Körper strahlte Entrüstung aus. »Keine Schattenzauber. Für diese Zauber muss man etwas Materielles opfern. Das richtet zu viel Schaden auf der mittleren Ebene an. Außerdem: Wenn ihr schon den Verlockungen der Schattenmagie erliegt, wird es nicht mehr lange dauern, bis ihr auch eine Rechtfertigung für den Gebrauch der Verzehrenden Magie findet. Und die muss man mit menschlichen Seelen bezahlen.«

»Das sehe ich auch so«, bestätigte Kiyoko.

»Eure hehren Prinzipien in Ehren.« MacGregor blickte auf seine kleine schlafende Tochter hinunter. »Aber wir haben keine

Chance, wenn wir ohne Magier und ohne Zauber auskommen müssen, die mächtiger als unsere Wesenhaften Zauber sind.«

»Du brauchst ja nicht hierzubleiben«, wandte Webster ein. »Nimm Rachel und das Baby und mach, dass du hier wegkommst.«

»Diese Möglichkeit halte ich mir offen«, sagte MacGregor. Doch sein entschlossenes Gesicht strafte seine Worte Lügen.

»Bleib nicht hier, nur weil dein Stolz es dir sagt, *mo charaid*«, mahnte Murdoch. »Ginge es um meine Frau und Tochter, dann würde ich mich noch die nächsten hundert Jahre mit meiner Feigheit aufziehen lassen, wenn das bedeuten würde, dass sie dafür in Sicherheit sind.«

MacGregors Blick begegnete dem seinen.

»Webster und ich kommen ein paar Tage allein mit den Schülern klar«, ergänzte Murdoch. »In der ersten Woche ist nur leichtes Training dran: Beinarbeit und Kampfpositionen, körperliche Fitness und ein paar grundlegende Abwehrzauber. Du fängst doch vor der zweiten Woche nie mit den Kampfübungen an. Außerdem muss jemand dem Protektorat die Nachricht überbringen, dass der Schleier tatsächlich existiert. Das könntest du übernehmen.«

MacGregor nickte. Er schien endlich überredet zu sein. »Ich werde Rachel an den Haaren von hier wegziehen müssen. Es wird ihr gar nicht gefallen, Emily zurückzulassen.«

»Ich gehe nirgendwohin«, erwiderte Emily schnell.

»Nein«, pflichtete ihr MacGregor mit einem schwachen Lächeln bei. »Du bleibst. Aber es wird hart, das auch deiner Mutter schmackhaft zu machen. Morgen ist schließlich dein sechzehnter Geburtstag.«

Kiyoko folgte Murdoch zur Garage zurück, sprang auf die Werkzeugbank und sah zu, wie er das Motorrad auf seinen Platz schob und die Helme verstaute. Das Spiel seiner Muskeln unter dem weiten T-Shirt faszinierte sie. »Was bedeutet *mo charaid?*«

Er öffnete den Spind. »Mein Freund.«

»Ist das Schottisch?«

Er nickte. »Gälisch. Heute spricht es kaum noch jemand, aber zu MacGregors Zeit war das die Sprache der Highlands.«

»Zu MacGregors Zeit?«

»Habe ich etwa nicht erwähnt, dass er früher Seelenwächter war? Er wurde im fünfzehnten Jahrhundert geboren.«

Kiyoko starrte ihn verwirrt an. »Wie kann man ›früher‹ ein Wächter gewesen sein? Seid ihr nicht alle tot?«

»Aye«, antwortete er, während er seine Lederhandschuhe in den Helm stopfte und diesen auf das Regalbrett im Spind schob. »Das ist eine lange Geschichte. Sagen wir so: Er hat sich seine Seele zurückverdient und ist jetzt wieder ein Mensch.«

»Kannst du das auch? Dir deine Seele zurückverdienen?«

»Unwahrscheinlich. Das war ein Sonderfall bei ihm. Wir Übrigen dürfen uns glücklich schätzen, wenn wir dem Feuer der Hölle entgehen.« Er spießte sie geradezu auf mit seinem Blick. Ein ungewöhnlicher Anflug von Bedauern schwamm in den Tiefen seiner Augen. »Es tut mir leid, dass ich dich enttäuscht habe, Mädchen. Ich war davon überzeugt, dich von einem dämonischen Stalker zu befreien, aber es sieht so aus, als wäre der Bastard nur noch gefährlicher geworden, weil ich ihn in den Untergrund gejagt habe.«

»Woher hättest du das wissen sollen?«, hielt sie leise dagegen. »Bist du etwa nicht nur attraktiv und tüchtig, sondern auch noch Hellseher?«

»Herrgott, jetzt schmeichelst du mir sogar. Das kann nichts Gutes bedeuten.« Er schloss den Spind und schwenkte ihre Ballerinas. »Willst du nicht wieder deine Schuhe anziehen?«

»Nein. Ich glaube, ich werde die Stiefel anbehalten.«

Er hob eine Augenbraue. »Aha?«

»Lena wird sie nicht mehr brauchen, weil sie nämlich nicht mehr mit dir Motorrad fahren wird.«

Sein Mundwinkel verzog sich. »Ich werde es sie wissen lassen.«

Sie sprang von der Bank und ging über den ölbefleckten Zementboden auf ihn zu. Dann legte sie ihm die Hände auf die breite Brust und fuhr genüsslich mit den Fingern die Konturen seines Körpers nach. »Und um sicherzugehen, dass du auch keine anderen Frauen mehr mitnimmst, habe ich mich entschlossen, meine Ansprüche auf dich geltend zu machen.«

»Wird auch, verdammt noch mal, Zeit.«

»Vorläufig.«

Er machte Anstalten, ihre Hand zu ergreifen, als fürchtete er, sie könnte sie wieder wegnehmen, doch er hielt inne, noch ehe er sie berührt hatte. »Was meinst du mit ›vorläufig‹?«

»In weniger als einem Monat werde ich nach Japan zurückfliegen.«

»Es sei denn, ich kann dich dazu überreden hierzubleiben.«

Sie hob das Kinn und sah ihn ernst an. »Ich kenne mein Ziel, Murdoch. Ich will das, was wir haben, nicht kleinreden, aber du bist nur ein Umweg auf meiner Reise.« Seine Lippen wurden schmal, und so fügte sie hinzu: »Ebenso wie ich ein Umweg auf deiner Reise bin.«

»Ich würde nie eine Frau damit beleidigen, sie als ›Umweg‹ zu bezeichnen.«

»Dann nennen wir das Ganze eben ein schönes Intermezzo. Eine Oase in der Wüste. *Wie* wir es beschreiben, spielt doch keine Rolle.« Der Schlag seines Herzens unter ihrer Hand war stark und ruhig. Obwohl er behauptete, schon viele Frauen gehabt zu haben, hatte sie nie an Murdochs Fähigkeit gezweifelt, treu zu sein. »Sobald ich transzendiere und damit vom Schleier loskomme, wird die Verbindung zwischen uns gekappt.«

»Und tschüss!«

Sie erstarrte. »Was?«

»Dann war es doch nichts weiter als ein Alptraum«, sagte er düster.

»Ich glaubte, du hättest gesagt, dass du unsere Träume genießt.«

Seine Hände glitten um ihre Hüften und die Kurven ihres Gesäßes. Ohne mit der Wimper zu zucken, hob er sie ein wenig hoch, bis ihr Becken gegen seines prallte. Sinnlich und hart.

Sie schlang die Beine um ihn.

»Träume, egal, wie gut sie sind, können die Wirklichkeit nicht ersetzen«, sagte er. »Meine verdammten Eier tun mir schon vor lauter Sehnsucht nach dir weh. Ich will dich einfach berühren können, und zwar ohne das Damoklesschwert des Berserkers über meinem Kopf. Ich will jeden Zentimeter deines Körpers, den mir die Träume gezeigt haben, erforschen und dich in mein Ohr stöhnen hören. Ich will deine Brüste schmecken, dein Keuchen genießen, wenn ich in dich eindringe, und dich rot werden sehen, während ich dich zum Höhepunkt bringe.«

Kiyokos Atem ging bereits jetzt keuchend.

»Obwohl«, fügte er hinzu und vollführte langsame, wunderbare Kreise gegen ihr Becken, »ich fürchte, dass ich nach der Marter des Wartens meinen Mann nicht lange stehen werde, wenn es endlich so weit ist.«

»Modernes Englisch« – die Naht ihrer Jeans streifte ihren Punkt, und sie schloss die Augen – »bitte.«

»Ich werde wohl nicht ewig durchhalten.«

»Meinetwegen«, sagte sie atemlos. »Aber hör bloß nicht auf.«

Ein frustriertes Grollen entrang sich seiner Kehle. Er trug sie hinüber zum Audi und riss die Fondtür auf. »Mist. Verdammter Kindersitz.«

Er drosselte die Bewegung seiner Hüften. Kiyoko grub ihm die Finger in die Schulterblätter. »Hör. Nicht. Auf.«

»Mist.« Er legte sie über den Kofferraum. »Ich entschuldige mich schon mal im Voraus für alle blauen Flecken, Mädchen.«

Dann fuhr er fort und war darauf bedacht, ihr jede erdenkliche Art von Stöhnen und Ächzen zu entlocken, trieb sie bis kurz vor den Höhepunkt. Jedes Drängen seines Körpers hatte weitere Schauer der Lust zur Folge, jede geflüsterte Zärtlichkeit neuen Kitzel. Und seine Hände waren willige Helfer bei der Erstürmung der Burg. Die eine lag über der Brust, die nur das T-Shirt bedeckte, die andere knetete ihren Po.

Es war wie zu Teenagerzeiten.

Allerdings mit einem Partner, der genau wusste, was er tat.

»Oh!«, keuchte sie, als sich sein Mund über ihre Brust senkte und sie ihn heiß und feucht durch das T-Shirt spürte. Seine Zähne fanden ihre Brustwarze, während er sie weiterstieß. Die Schauer wuchsen zu einem Sturm der Empfindung an, und dann kam sie, während sie heiser seinen Namen rief.

Als die Lust ihren Körper durchzuckte, wurden seine Bewegungen sanfter, doch er hörte nicht auf.

Die Muskeln seines Rückens wölbten sich unter ihren Händen, und sie wünschte sich verzweifelt, unter den Bund seines Shirts fassen zu können, um sein Fleisch zu spüren. Um den echten Murdoch spüren zu können, nicht nur einen Traum. Aber sie konnte und wollte den Berserker nicht wecken. Nicht jetzt. Nicht heute. Dieser Augenblick gehörte allein ihr und Murdoch, und er musste für ein ganzes Leben reichen.

Sie vergrub ihr Gesicht in seinem Haar.

»Ich liebe dich«, flüsterte sie.

Murdoch erstarrte.

Hatte sie wirklich gesagt, was er sich einbildete, gerade gehört zu haben?

Er war drauf und dran, sie zu fragen, doch die Skepsis in seiner

Stimme würde ihr wahrscheinlich den falschen Eindruck vermitteln. Wie konnte sie einen Mann lieben, der sie über den Kofferraum eines Autos legte und sie zum Höhepunkt trieb, ohne sie jemals zu einem romantischen Date ausgeführt zu haben? Einen Mann, der sie in einem Thymianbeet beinahe zu Tode gedrückt hätte? Einen Mann, der zugab, dass er seine Verlobte umgebracht hatte? Zum Henker, einen Mann, der nicht einmal mehr ein Mann war, sondern nur noch ein seelenloser Sünder. War sie denn vollkommen durchgedreht?

»Hoch mit dir, Murdoch«, sagte sie und drückte die Hände gegen seine Schultern.

Plötzlich wurde ihm sein Gewicht wieder bewusst, und er richtete sich auf. »Alles in Ordnung mit dir?«, fragte er vorsichtig.

Sie lächelte. »Mir geht's hervorragend. Das war nett. Danke.«

Nett? *Nett?* Sie brachte seine Welt zum Explodieren und nannte es *nett?* Und als wäre das allein nicht schon schlimm genug, hörte er sich antworten: »Gern geschehen.« Wie ein schlappschwänziger Schuljunge.

»Ich möchte jetzt duschen«, sagte sie.

»Aye, ich auch.«

Das Gespräch war so verdammt peinlich, dass Murdoch sich kaum selbst wiedererkannte. Er hatte schon jeder Menge Frauen denselben Gefallen getan und sich nicht ein einziges Mal schlecht dabei gefühlt. Er hatte auch schon Frauen gehabt, die ihm gesagt hatten, dass sie ihn liebten. Allerdings nicht, seitdem er den Bart abgenommen hatte. Lag hier das Problem? War er ohne seinen Bart verloren?

»Wir sehen uns später.« Kiyoko winkte und lächelte flüchtig, dann ging sie auf die Tür zu.

Seine Hände ballten sich zu Fäusten und entspannten sich wieder. »Warte!«

Sie blieb stehen und drehte sich um.

»Ich bin mir nicht ganz sicher«, begann er, »aber ich glaube, dass ich dich vielleicht auch liebe.«

Sie lachte nicht. Was, wenn er genauer darüber nachdachte, eine Leistung war. Verglichen mit anderen Liebesschwüren war das wahrlich kein Top-Ten-Anwärter. Aber es war alles, was er hatte.

Und sie schien damit zufrieden zu sein.

Das Lächeln, das sie ihm schenkte, war tief und echt. »Du bist ein guter Mann, Murdoch.«

Dann ging sie hinaus.

19

Asasel betrat die Halle der Schatten, und das Raunen und das Jammern verstummten schlagartig. Angst stieg von der dicht gedrängten Menge auf, als feuchtkalter Gestank, der in die Mauern und Vorhänge eindrang wie abgestandener Urin und in einer Wolke über dem riesigen Raum hing.

Es war an der Zeit, seine Armee auf die Probe zu stellen. Nicht die gesamte Armee natürlich. Nur die Knochensauger. Gradioren waren mächtig und fast nicht aufzuhalten, doch nicht die beste Wahl, wenn List gefragt war.

Er streckte die Hand aus und zwang den ihm am nächsten stehenden Knochensauger mit einem Fingerschnippen auf die Knie. Die tiefschwarze Kreatur schrie auf, als sie fiel, was wiederum ihren Kameraden einen Heidenschrecken einjagte.

Asasel lächelte.

Damals, als er zum ersten Mal – übel zugerichtet und zerschunden – kriechend die Zwischenwelt erreicht hatte, hatten diese Kreaturen törichterweise versucht, ihn aufzufressen. Aber er hatte rasch ihren Schwachpunkt entdeckt und zu seinem Vorteil genutzt.

Schmerz.

Trotz ihrer undefinierten Gestalt und ihrer schleimigen Beschaffenheit konnten sie Schmerz spüren. Großen Schmerz. Ein Energiestoß in den Nervenklumpen, der ihnen als Gehirn diente, und voilà: Augenblicklich waren sie gehorsam.

Er schleifte seinen Gefangenen vorwärts, so dass dieser sich die Knie auf dem Steinboden aufschlug, bis er in einem zerlumpten Haufen zu seinen Füßen lag. »Steig auf die mittlere Ebene auf und bring mir Kunde über den Schleier. Ich muss wissen, wo sie ihn versteckt. Du hast meine Erlaubnis, alle Seelenwächter zu jagen, die deinen Weg kreuzen, aber kehr nicht zurück ohne die Information, die ich brauche.«

Die Kreatur erbebte, als sie begriff. Kein Knochensauger überlebte den Sonnenaufgang.

»Geh«, befahl Asasel.

Die Kreatur verschwand.

Wenn sie vor der Morgendämmerung zurück war, konnte er mit der nächsten Stufe seines Plans fortfahren. Wenn nicht, würde er eben einfach eine andere losschicken. Seine Armee war mehrere tausend Knochensauger stark. Eine Handvoll von ihnen zu verlieren, um seine Macht zu demonstrieren, würde nur seine Herrschaft über sie festigen.

Und am Ende würde einer von ihnen Erfolg haben.

»Können Sie den Deckzauber spüren?«, fragte Kiyoko Sora, während sie in das trübe Wasser des Fischteichs schaute.

»Ja. Kannst du das auch?«

Sie warf eine Brotkrume ins Wasser. Die Wasseroberfläche explodierte sofort in ein heftiges Wellengekräusel, und das Brot wurde von mehreren Fischmäulern attackiert. Katzenfische. »Ich spüre *etwas*, aber es ist böse.«

»Wenn du den Hügel hinaufgehst, an den Rand des Wirkungsbereichs, wirst du besser erfassen, wie der Zauber zusammengesetzt ist«, empfahl er. Er schlüpfte aus den Sandalen und trat barfuß ins Gras. Dabei raschelte seine Robe. »Es ist ein hervorragender Hex. Vielschichtig und selbstreparierend.«

»Können Sie ihn aufheben?«

»Nicht ohne weiteres«, gab er zu. »Aber mit etwas Zeit und Fleiß, da bin ich mir sicher, werde ich einen Gegenhex beschwören können.«

Ein weiterer Krümel förderte erneut Geplätscher und eine Rückenfinne zutage. »Wie lange wird das dauern?«

»Solange ich noch nicht daran arbeite, kann ich es nicht sagen.«

Sie blickte zu dem Wohnwagen, der auf der anderen Seite der Schmiede zu sehen war. »Könnten Sie sich nicht mit dem Magier besprechen? Ihnen hört er vielleicht zu, von Magier zu Magier sozusagen.«

»Das bezweifle ich«, sagte Sora mit dem Anflug eines Lächelns. »Er will nicht, dass ich dem Wohnwagen nahe komme.«

Ihr Blick heftete sich wieder auf sein Gesicht. »Woher wissen Sie das?«

»Er hat einen Grenzzauber aufgerufen.«

»Speziell für Sie?« Als er nickte, seufzte sie tief. »Er ist ziemlich schwierig und boykottiert unsere Bemühungen bei jeder Gelegenheit. Unsere Abhängigkeit von seinem guten Willen ist sehr frustrierend.«

»Ja.« Sora kratzte sich am Kinn. »Natürlich hindert der Grenzzauber *dich* nicht daran, an seine Tür zu klopfen.«

»Ich bezweifle, dass er mit mir sprechen würde. Er hat mir am allerersten Abend diese Tür vor der Nase zugeschlagen.«

»Geh als meine Abgesandte zu ihm.«

Sie runzelte die Stirn. »Inwiefern sollte das helfen?«

»Der Grenzzauber ist kein Bann. Er bedeutet einfach ›Zutritt verboten‹. Mehr ein defensiver Zauber denn ein offensiver.«

Sora zuckte die Achseln. »Es könnte sein, dass er mir möglicherweise doch einen Gefallen erweisen würde.«

Kiyoko warf die restlichen Brotkrumen ins Wasser, worauf dort die Hölle losbrach. »Und was soll ich als Ihre Abgesandte tun?«

»Um das Buch und die Aufhebungsformel des Deckzaubers bitten.«

Sie lachte. »Erwarten Sie wirklich, dass er mir beides einfach so gibt?«

»Ja.«

»Warum?«

Sora pflückte Binsenflaum vom Ärmel seiner Robe und pustete ihn sanft in die Luft. »Weil er nicht dabei zuschauen will, wie der Schleier in die falschen Hände gerät.«

»Wirklich? Bisher hat er keinen Finger krumm gemacht, um uns zu helfen.«

»Er ist beschäftigt.«

Sie warf dem Sensei einen strengen Blick zu. »Womit?«

»Dem magischen Staub nach zu urteilen, der um den Wohnwagen herum in der Luft hängt, vermute ich, dass er versucht, den Schleier zu zerstören.«

Kiyokos Herz blieb beinahe stehen. »Sind Sie sicher? Warum haben Sie das nicht schon früher gesagt? Wenn es ihm gelingt, bevor ich transzendiere …«

»Eine Vermutung bedeutet niemals Gewissheit«, sagte er, wobei ein tadelnder Unterton mitschwang. »Und der Grund, warum ich es nicht schon früher gesagt habe, ist der, dass ich es eben erst selbst erkannt habe.«

Sie sah in den dunstigen blauen Himmel hinauf. Es würde noch einige Stunden lang hell sein – lange genug, um sich an dem Transzendenzritual zu versuchen. »Wann ist der nächste günstige Tag?«

»Sonntag.«

Bis dahin war es fast noch eine ganze Woche. »Sie kennen die Reliquie. Wie wahrscheinlich ist es, dass der Magier Erfolg haben wird?«

Er hob den Saum seiner Robe an und betrachtete seine Zehen, während er sie ins Gras krallte. »Ich habe seit dem Tag, an dem der Schleier zu uns kam, nach einer Möglichkeit gesucht, ihn zu zerstören. Leider vergeblich.«

Der Knoten in ihrem Bauch lockerte sich etwas. *Jahrelang*.

»Doch der Magier verfügt über Begabungen, die ich nicht besitze«, ergänzte Sora.

Vielleicht hatte er recht. Aber der Sensei war ein bescheidener Mann. Auch er hatte Fähigkeiten, die weit außerhalb der Norm lagen. »Ich habe beschlossen, nicht ohne Murdochs Mithilfe zu versuchen zu transzendieren. Ich weigere mich, hinter seinem Rücken in seine Aura einzudringen und die Kraft seines Berserkers anzuzapfen.«

Der alte Onmyōji zuckte die Achseln. »Dann warte ab. Die Gefahr, dass der Schleier bis Sonntag zerstört wird, ist gering.«

Kiyoko teilte seine Ansicht. Brian Webster eine weitere Woche hinzuhalten war zwar eine Herausforderung, aber da sie Lena auf ihrer Seite wusste, erschienen ihr die Erfolgsaussichten recht gut. Nachdem ihre Entscheidung gefallen war, richtete sie ihre Aufmerksamkeit erneut auf den Wohnwagen. »Ich klopfe also einfach höflich an die Tür?«

»So ist es.«

»In Ordnung.« Sie ließ ihn am Teich stehen und ging quer durch den Garten zum Wohnwagen. An dem Steinpfad angekommen, der zur Eingangstür führte, hielt sie inne, um noch einmal ihren ganzen Mut zusammenzunehmen.

Bevor sie noch einen weiteren Schritt tun konnte, flog die Tür auf.

Der Magier stand im Rahmen. Seine Kleidung war zerknittert

und verrutscht, und sein ohnehin schon widerspenstiges Haar stand in einem Wirrwarr aus stumpfen schwarzen Locken von seinem Kopf ab. Sein Gesicht wirkte trotz der dunklen Stoppeln an seinem Kinn schmaler, als sie es in Erinnerung hatte. In den Händen hielt er einen großen, viereckigen Folianten, in dessen Deckel mit Blattgold ägyptische Hieroglyphen geprägt waren.

»Da!«, sagte er und hielt ihr das Buch hin. »Nehmen Sie es.«

Sie lief ihm entgegen und nahm den Lederband entgegen. Er war überraschend leicht für solch ein großes Buch.

»Sagen Sie ihm, dass der Aufhebungszauber auf einem Stück Papier ganz vorn im Buch steht. Und jetzt gehen Sie!«

Kiyoko zögerte. Doch sie hatte nichts zu verlieren. »Wenn es Ihnen gelingt, einen Weg zu finden, den Schleier zu zerstören, wäre es mir sehr lieb, wenn Sie mich warnen, bevor Sie es tun.«

Sein freudloser Blick traf den ihren. »Das kann ich nicht versprechen.«

»Aber werden Sie es versuchen?«

Er nickte. »Ich werde mein Bestes tun.«

Dann schlug er ihr die Tür vor der Nase zu. Zum zweiten Mal.

Emily steckte mitten in einer Kreiselattacke auf Murdoch, als ihr ein kalter Finger die Wirbelsäule hinunterkroch. Da sie sich mitten in einer warmen, hell erleuchteten Arena befand, erschreckte sie die unheimliche Empfindung so sehr, dass sie aus dem Gleichgewicht geriet. Die Spitze ihres Schwertes schlitzte seinen Ärmel auf und fuhr in seinen Arm.

»Aua.«

»Tut mir leid.« Beim Anblick des Blutes, das sofort die graue Baumwolle tränkte, verzog sie das Gesicht. »Soll ich dir ein Pflaster holen?«

Er spähte durch die roten Ränder des Lochs in seinem Pullover. »Nein, es ist nicht weiter schlimm.« Dann blickte er auf. »Alles in Ordnung mit dir? In den letzten Monaten hattest du diese Konzentrationsprobleme nicht mehr.«

»Ich hatte eben so ein komisches Gefühl, das ist alles. Du weißt schon, wie wenn man in den Keller geht und den gruseligen Eindruck hat, dass man von irgendetwas hinter der Schachtel mit der Weihnachtsdeko beobachtet wird.«

Er starrte sie verständnislos an.

»Ach, nicht so wichtig.« Sie nahm ihre Kampfposition wieder ein, die Füße weit auseinander gestellt. »Lass uns weitermachen.«

Murdoch hob sein Schwert nicht. Ein finsterer Ausdruck breitete sich auf seinem Gesicht aus. »Hast du die Fühler nach Asasel ausgestreckt?«

»Ja, vor etwa fünfzehn Minuten. Nichts.«

»Versuch's noch mal.«

Sie seufzte und schloss die Augen. Es war zwecklos, mit Murdoch zu streiten. Der Kerl war so stur wie ein Ochse.

Während sie die Schultern rollte, um sich zu entspannen, fühlte sie mental hinaus über die in die Abenddämmerung gehüllte Umgebung, schweifte über Gebäude, Landschaft und Bäume, bis sie auf den Grenzzaun traf, der die gesamte Ranch umgab. Während sie sich in die Gebäude begab, nahm sie sich jede einzelne Person vor, ob menschlich oder nicht menschlich. Keine von ihnen besaß den Kern mit dem violetten Rand, von dem man ihr gesagt hatte, dass sie Asasel daran erkennen würde, und keine von ihnen wies den glänzenden, beinahe zu vollkommenen Kern auf, den sie nun mit Ryuji Watanabe assoziierte.

»Nichts«, meldete sie.

Murdoch war mit ihrer Auskunft nicht zufrieden. »Wie viele Personen sind auf der Ranch?«

»Inklusive dir und mir? Einundneunzig. Es waren vierundneunzig bis vor einer Stunde, als Mom und Lachlan weggefahren sind.« Sie rümpfte die Nase. »Haben sie dir übrigens etwas dagelassen, das du mir geben sollst? Morgen zum Beispiel?«

»Und wo ist Hill?«

»Hinter dir im Kraftraum.«

»Bist du sicher? Ich dachte, ich hätte ihn mit Jensen weggehen sehen.«

Sie sah ihn so böse an, wie sie nur konnte. »Ob ich *sicher* bin? Nimmst du mich auf den Arm? Willst du, dass ich ihn herrufe?«

»Kein Grund, gereizt zu sein. Ich bin einfach nur vorsichtig.« Er tippte die flache Seite ihrer Klinge mit seinem Schwert an. »Versuchen wir diesen Kreisel noch mal.«

Sie wartete, bis er seine Position eingenommen hatte, dann wiederholte sie die Drehbewegung, diesmal von der anderen Seite und ohne Fehler. Er musste sich beeilen, um ihre Attacke zu parieren.

Als Emily wenig später weich im Sand landete, sagte sie: »Meine Mom ist jetzt weg. Wer backt mir eigentlich einen Geburtstagskuchen? Und sag bloß nicht, dass Lena das übernimmt, weil ich dann nämlich kotze.«

Kiyoko ließ das *Buch des Gerichts* bei Sora.

Obwohl er freimütig gestand, dass er des Altägyptischen nicht mächtig war, schlugen ihn die kunstvollen Darstellungen darin in den Bann. Er achtete peinlich darauf, die Seiten nicht unnötig zu knicken, und legte das Buch geöffnet auf einen der Tische im Unterkunftsaufenthaltsraum.

»Geben Sie es Lena, wenn Sie fertig sind«, bat sie ihn. »Sie weiß, welche Textstelle den Zerbrochenen Glorienschein aktiviert, und sie kann sie übersetzen. Sie wird Ihnen auch sagen, wann Sie den Deckzauber aufheben sollen.«

Das Ranchhaus lag ruhig da, als sie es betrat. Nur einige ferne Tippgeräusche drangen aus dem rückwärtigen Raum, in dem

Carter die Kommunikationszentrale eingerichtet hatte. Alle waren unten in der Arena, wo die neuen Schüler die Übungsschwerter sowie eine grundlegende Einweisung erhielten, wie sie zu führen waren.

Kiyoko ging die Treppe hinauf.

So verlockend es auch war, Murdoch dabei zuzusehen, wie er die Seelenwächter auf Herz und Nieren prüfte, ein paar Stunden Schlaf erschienen ihr weitaus reizvoller. Die Achterbahn der Gefühle dieses Tages forderte ihren Tribut. Und offen gestanden zog sie es auch vor, die letzten Stunden des Tages zu verschlafen, als endlos über ihre Entscheidung nachzugrübeln, das Transzendenzritual zu verschieben.

Sie öffnete die Tür und drückte auf den Lichtschalter.

Die Dunkelheit wurde in die hintersten Winkel des Raums verbannt.

Der Schatten zwischen Kommode und Wand zog ihren Blick auf sich. Er wirkte tiefer als die anderen. Da sie außer einem Abfalleimer in der Finsternis nichts entdecken konnte, ging sie quer durch den Raum zum Fenster und zog die Vorhänge zu.

Murdoch ihre Gefühle mitzuteilen war ein Fehler gewesen.

Er hatte – ebenso natürlicher- wie fälschlicherweise – angenommen, dass sie Ähnliches von ihm hören wollte. Die meisten Leute, die »Ich liebe dich«, sagten, erwarteten oder hofften, dass dieses Gefühl erwidert wurde. Nicht so sie. Sie hatte auf die harte Tour gelernt, dass das Leben einem nicht immer die Gelegenheit gab, das zu sagen, was man sagen wollte. Und diesmal hatte sie die Gelegenheit ergriffen.

Sie wühlte in ihrem Koffer, den sie noch immer nicht ausgepackt hatte, und fand einen frischen Pyjama: schwarze Fleeceshorts und ein Tanktop. Sie zog ihr rosafarbenes T-Shirt aus, dann hielt sie inne. Lauschte. Wusste nicht, was ihre Aufmerksamkeit erregt hatte. Drehte sich um.

Der Raum war leer, nichts wirkte fehl am Platze.

Trotzdem zerrte sie hastig das Tanktop über ihre nackten Brüste. Sora sagte, dass man manchmal so ein Gefühl hatte, wenn die Geister der Ahnen anwesend waren. Kiyoko verzog das Gesicht. Dass ihre Großeltern sie nackt sahen, hatte ihr gerade noch gefehlt.

Sie löste den schwarzen Gürtel, legte ihn ordentlich zusammen und legte ihn unter ihr Kopfkissen. Dann putzte sie sich die Zähne und schaltete das Licht aus. Als sie den Kopf auf das Kissen legte und die Augen schloss, ließ ihr ein leiser Seufzer den Atem in der Brust stocken.

Ihre rechte Hand schloss sich um den Knauf des Katanas, das neben ihr auf dem Bett lag. Sie horchte angestrengt auf ein weiteres Geräusch, bereit aufzuspringen und sich dem Angreifer zu stellen. Aber eine lange Minute verstrich, ohne dass etwas geschah. Dann noch eine. Als volle fünf Minuten vorüber waren, entspannte sie sich wieder und blickte um sich.

Nichts.

Es mussten die alten Dielen gewesen sein.

Kiyoko beruhigte ihre Gedanken mit einigen konzentrierten Atemzügen, dann schloss sie erneut die Augen. Kurz darauf war sie eingeschlafen.

Murdoch ließ sich in den braunen Samtsessel in seinem Zimmer sinken, lehnte sich zurück, die Ballen seiner Hände auf die Augen gedrückt, und betrachtete das Chaos, zu dem sich sein Leben nach seinem Tod entwickelt hatte.

Siebenhundert Jahre lang waren seine Ziele ganz einfach gewesen: der beste Krieger zu werden, der er sein konnte, auf Nummer sicher zu gehen und sich Seele für Seele den Weg in den Himmel zu ebnen. Ja, er war ein wenig ehrgeizig und hoffte auf eine angemessene Anerkennung von Seiten seiner Kollegen. Ja, er wollte sich den Titel des Führers erarbeiten. Aber unterm Strich wäre er schon zufrieden gewesen, wenn der heilige Petrus ihn an der Himmelspforte nicht hochkant wieder aus dem Paradies geworfen hätte.

So hatte er jedenfalls gedacht.

Bis er Kiyoko begegnet war.

Jetzt wollte er mehr. Er wollte Glück.

Er hatte zu wenig Erfahrung mit der Liebe, um sie als Gradmesser dafür heranzuziehen, wie es ihm ging. Alles, was er wusste, war, dass ihre Gegenwart ihn glücklich machte, und er wollte, dass das warme Gefühl, das sie in seiner Brust weckte, andauerte. Offen gestanden war er sich nicht sicher, ob er überhaupt Glück verdiente, doch nun, da es zum Greifen nah war, ertappte er sich dabei, dass es ihm widerstrebte, es wieder loszulassen. Kiyoko wieder loszulassen.

Und genau da lag die andere Hälfte des Problems.

Die Sache mit dem Transzendenzritual war absoluter Schwachsinn.

Er war hin- und hergerissen.

Die Prophezeiung war natürlich sehr verlockend. Schließlich würde Kiyoko wie er unsterblich werden, wenn sie transzendierte. Oder so etwas Ähnliches. Wenn sie nicht mehr zu einer menschlichen Lebensspanne verdonnert war, konnten sie ein paar hundert Jahre zusammen genießen statt nur zehn oder zwanzig. Und selbst wenn sie beschloss, diese Zeit nicht mit ihm zu verbringen, würde er sich für sie freuen, solange sie gesund und glücklich war.

Aber welchen Preis war er dafür zu zahlen bereit?

Wenn das Ritual fehlschlug und sie dabei starb, würde ihm das sein verfluchtes Herz aus dem Leib reißen. Und wenn der Berserker ihren Tod herbeiführte, würde der Rest seiner Existenz in Kummer und Elend versinken.

Gelächter explodierte auf dem Flur, und Stiefeltritte stampften an seiner Tür vorüber. Er sah auf die Uhr. Zwei Uhr morgens. Er hatte die neuen Schüler gewarnt, dass der morgige Tag in aller Frühe beginnen würde, doch die meisten waren zu neugierig und aufgeregt gewesen, um zu Bett zu gehen. Die Seelenkollekte war ein sehr einsames Geschäft, und hier hatten viele von ihnen zum ersten Mal Gelegenheit, mehr als fünf Worte mit einem Kollegen zu wechseln.

Er erinnerte sich noch gut an diese Euphorie.

Aber er wäre keinen Deut verständnisvoller, wenn sie morgen ihren faulen, verschlafenen Hintern in die Arena schwingen würden.

Nicht, dass Seelenwächter Schlaf brauchten. Das war nicht der Fall. Aber Frischlinge neigten dazu, dieselben Regeln beizubehalten, die sie befolgt hatten, als sie noch am Leben waren. Das bedeutete, dass sie oft bis mittags schliefen, besonders wenn sie nachts eine Seele geholt hatten.

Er öffnete seine Stiefel.

Morgen würde es lustig werden.

Eine Faust hämmerte an seine Tür. »Mr Murdoch! Verdammt! Mr Murdoch, Sie müssen kommen. Wir brauchen Sie.«

Er riss die Tür auf.

Draußen stand einer der Schüler. Ein großer blonder Bursche, totenbleich und zitternd. In seinen Mundwinkeln hing etwas, das verdächtig nach Erbrochenem aussah.

»Was ist los?«

»Es ist etwas mit Derek. Derek Kowalski.« Die Worte sprudelten förmlich aus ihm heraus. Dann schluckte er hart. »Wenigstens glaube ich, dass es Derek Kowalski ist. O Gott, er muss es sein. Ich bin mir nur nicht sicher.«

Murdochs rechte Hand tastete nach dem Knauf seines Schwertes und fand es. »Langsam. Wie heißt du?«

»Johann Werner.«

»In Ordnung, Werner. Du holst jetzt tief Luft, und dann bringst du mich zu Derek. Unterwegs kannst du mir genau erzählen, was passiert ist.«

Murdoch folgte dem Mann zum Nebeneingang und hinaus auf den Hof. Eine einzelne Laterne, die an der Mauer des Gebäudes angebracht war, hielt die dunkle Nacht fern.

»Wir sind zum Rauchen nach draußen gegangen«, sagte Werner im Gehen. »Derek musste mal pinkeln, deshalb ist er in den Wald ausgetreten. Nicht weit, nur hinter diesen Baum da.« Der junge Mann blieb abrupt stehen. »In der einen Sekunde pinkelt und lacht er noch, und in der nächsten – nichts mehr. Nur noch Stille. Ich bin fast ausgeflippt und wollte nach ihm sehen. Und das habe ich dann gefunden.«

Er deutete hinter den Baum.

Auf der Suche nach etwas Ungewöhnlichem ließ Murdoch den Blick über die Bäume schweifen. Doch alles, was er entdecken konnte, waren Baumstämme und Äste und Schatten. Keine Dämonen. Er zog sein Schwert, nur zur Sicherheit. Dann ging er um Werner herum.

»Großer Gott!«, keuchte er.

»Genau.«

Wenn das einmal ein Mann gewesen war, dann sah er nun ganz und gar nicht mehr danach aus. Nur noch ein klumpiges Bündel aus Haut, Haaren und Kleidung war geblieben. Kein Blut, keine abgetrennten Gliedmaßen waren zu sehen, aber es gab keinen Zweifel daran, dass der arme Kerl mausetot war.

»Es ging ganz schnell. Ich hatte keine Chance, irgendetwas zu unternehmen. Was für ein Ding kann so etwas tun?« Werners Stimme bettelte regelrecht um Beruhigung.

Die konnte Murdoch ihm jedoch nicht bieten.

»Ich weiß es nicht.« Er sah zum Ranchhaus hinauf. Alle Fenster waren dunkel bis auf ein einsames Licht in der Schwärze. Der Berserker ließ unter seiner Haut die Muskeln spielen und schickte einen Schwall heißen Bluts durch seine Adern. Kiyoko. »Geh zurück zu den Unterkünften, weck alle auf und versammle sie im Aufenthaltsraum. Hill und Lafleur wissen, was zu tun ist. Niemand geht nach draußen, bis ich zurück bin.«

Werner nickte und ließ ihn stehen.

Murdoch rannte durch den Garten zum Haupthaus in weniger als zehn Sekunden. Er betrat die Küche durch die Hintertür. Das Haus war ruhig und still.

Anders als Murdochs Herz.

Zuerst Emily, dann Kiyoko, Webster und Lena.

Er lief in den Flur und rutschte prompt auf etwas aus, das klebrig und weich war. Beinahe wäre er gestürzt. Ein Blick nach unten bestätigte seine schlimmsten Befürchtungen. Ein zweiter Körper. Genauso knochenlos. Genauso tot. Rothaarig.

Er würgte eine Welle der Übelkeit hinunter.

Gütiger Gott! Es war Carter.

Mit so viel Respekt, wie er in dieser Situation aufbringen konnte, stieg er aus dem Fleischbrei. Dann schoss er zur Treppe. Wenn Kiyoko etwas zugestoßen war …

Er konnte den Gedanken nicht zu Ende denken.

Oben auf der Treppe angekommen, stieß er die erste Tür auf und sah sofort, dass Emily im Bett lag, anscheinend unversehrt. Mit verschlafenen Augen fuhr sie auf und stammelte: »Was? Was ist los?«

Murdoch nahm sich nicht die Zeit zu antworten. Er raste den Flur entlang zu Kiyokos – seinem – Zimmer und trat die Tür auf. Das Bett war leer. *O Gott!* Sein Blick schweifte über den Dielenboden. Die Angst saß wie eine Kralle in seiner Brust.

Da ging die Toilettenspülung, und Kiyoko trat aus dem Badezimmer. Sie rieb sich die Augen. »Was ist denn?«

Ihr Gesicht war aufgedunsen vom Schlaf und ihr Haar auf einer Seite wirr und zerzaust. Sie hatte noch nie schöner und lebendiger ausgesehen.

Er stieß die Luft aus.

»Hol Sora! Sieh nach, ob es ihm gut geht.« Er drehte sich um und hämmerte an Websters Zimmertür. »Wir haben ein Riesenproblem.«

Webster riss die Tür auf, Lena stand direkt hinter ihm. »Was für ein Problem?«

Alle im oberen Stockwerk waren außer Gefahr. Murdochs Puls ging einen Schlag langsamer, während sich der Berserker zurückzog. Doch er hatte noch immer keine Ahnung, womit, zur Hölle, sie es zu tun hatten. »Ich habe zwei tote Wächter und keine Spur von einem Dämon.«

Er erklärte ihnen, was er entdeckt hatte.

»Keine Knochen?«, fragte Emily von ihrer Schlafzimmertür her. »Hast du gesagt, dass sie keine Knochen mehr haben? Als wären sie von Knochensaugern angegriffen worden?«

»Gott, das will ich nicht hoffen«, murmelte Lena. »Wir sollten Licht machen. Sofort. Überall.«

»Wartet«, sagte Murdoch. »Nur nicht die Nerven verlieren. Knochensauger ernähren sich von Geisterknochen, nicht von echten.«

Lena nickte. »Stimmt. Aber Seelenwächter sind Geister. Eine sehr fleischliche Form von Geistern vielleicht, aber wir zehren definitiv vom primären Energiefeld.«

»Wenn wir mal annehmen, dass es Knochensauger waren«, schaltete sich Webster ein, »wie sind sie dann hierhergekommen? Haben wir es irgendwo mit einem offenen Portal zu tun?«

»Auf jeden Fall. Sie müssen irgendwie ein Schlupfloch gefunden haben.«

»Nein«, widersprach Emily entschieden. »Ich glaube nicht an

ein offenes Portal. Ich glaube, dass Asasel dahintersteckt. Er schickt sie hierher.«

»Was meinst du damit – er schickt sie hierher?«, fragte Lena.

»Ich glaube, dass er herausgefunden hat, wie er sie auf der mittleren Ebene einsetzen kann. Deshalb hat er sie aufgehetzt.«

»Aber du hast jede Stunde nach Asasel gesucht«, wandte Webster ein. »Wenn das sein Werk wäre, hättest du das nicht erfahren?«

»Ich habe nach *ihm* gesucht, nicht nach Knochensaugern«, entgegnete Emily, während sie ihr Kissen an sich drückte. Ihre Haut hatte einen grünlichen Schimmer angenommen, ihre Augen waren dunkel. »Tut mir leid. Ich weiß ja nicht mal, wie sich ein Knochensauger anfühlt.«

Alle schwiegen.

Dann sagte Kiyoko: »Ich habe etwas in meinem Zimmer gespürt, bevor ich eingeschlafen bin. Etwas Unheimliches. Aber ich dachte, es wäre nur Einbildung.«

»Etwas Unheimliches?«, fragte Emily. »Als ob dich etwas beobachten würde?«

Kiyoko nickte. »Aus dem Dunkeln. Aber es war nichts da.«

Murdoch versuchte, nicht an die Möglichkeit zu denken, dass die Kreatur, die Carter in Mus verwandelt hatte, ohne sein Wissen in Kiyokos Zimmer gewesen sein könnte. Er sah Emily an. »Du hast etwas ganz Ähnliches gespürt. Als wir trainiert haben.«

»Ja, das stimmt.«

Webster schnappte sich seine Hose vom Ende des Bettes und stieg hinein. »Leute, wir sollten uns alle versammeln. Wir müssen jeden checken und nachsehen, wie viel Schaden diese Dinger schon angerichtet haben.«

»Sollen wir in die Arena kommen?«, wollte Lena wissen, während auch sie sich schnell ein Kleidungsstück überwarf. »Es sind zwar noch ein paar Stunden bis zur Dämmerung, aber die Beleuchtung in der Arena ist ziemlich gut.«

Webster nickte. »Klingt nach einem Plan.«

Er und Lena liefen schon auf die Treppe zu.

Murdoch betrachtete einen Moment lang nachdenklich Emilys Gesicht. »Sobald du ein Wesen fühlen kannst, kannst du es auch aufspüren, oder?«

Sie blickte auf. »Ja.«

»Dann tu's! Überprüf die ganze Ranch.«

Sie warf das Kissen fort, schüttelte Arme und Beine aus und schloss die Augen. Einige Momente später öffnete sie sie wieder. Erleichterung glänzte in ihrem Blick. »Es ist nicht da. Das unheimliche Gefühl ist weg.«

Murdoch lächelte. »Gute Arbeit, Mädchen.«

Doch ihr Blick verdunkelte sich schon wieder. »Es gibt da allerdings noch ein anderes Problem.«

»Welches?«

»Gradioren. Sie leben ebenfalls in der Zwischenwelt.«

Er hatte ein wenig das Gefühl, als würde ihm der Boden unter den Füßen weggezogen. Gradioren waren wandelnde Leichen, und sie griffen auch die Lebenden an, nicht nur die Toten. »Da ist was dran. Ich werde die anderen daran erinnern. Jetzt zieh dich an. Wir sollten zu den anderen in die Arena gehen. Ich bezweifle, dass jetzt noch jemand schlafen kann.«

»Einverstanden.«

Er wandte sich Kiyoko zu.

Es gab so vieles, was er ihr sagen wollte. Wie verdammt glücklich er darüber war, dass es sie gab, wie es ihm praktisch das Herz aus dem Leib gerissen hatte, als er sich in seiner Angst vorgestellt hatte, sie könnte tot sein, und wie unglaublich trostlos sein Leben werden würde, wenn sie fort wäre. Doch für solche Geständnisse war dieser Augenblick nun wirklich nicht geeignet.

»Bring dein Katana mit.«

20

Sie hatte ihn direkt vor seiner Nase getragen. Das war dreist und geradezu genial. Sie trug ihn in aller Öffentlichkeit und versteckte ihn, indem sie ihn als Gürtel tarnte. Das war durchaus sinnvoll. Der Schleier war aus Stoff, der Gürtel war aus Stoff. Dennoch war es ärgerlich, dass er ihr nicht früher auf die Schliche gekommen war. Das hätte ihm große Mühen erspart.

Immerhin konnte er nun seinen Plan weiterverfolgen.

Asasel zauberte ein Festmahl auf seine Tafel: geschmortes Hammelfleisch, kandierte Süßkartoffeln, frische Brötchen und jede Menge Rotwein. Der Tod der beiden Seelenwächter hatte eine weitere seiner Schwingenfedern geschwärzt, und seine Kräfte wuchsen und wuchsen.

Er würde einige Tage warten – bis sie alle durch den permanenten Alarmzustand vollkommen ausgelaugt waren und ihre Wachsamkeit nachließ –, dann würde er sich Zutritt verschaffen und den Schleier stehlen. Er würde nicht viel Zeit haben, um hinein- und wieder hinauszugelangen, aber ein gut ausgeführter Plan hing nicht von der zur Verfügung stehenden Zeit ab.

Die Frage war eher, wen er als Modell für die notwendige Maskerade wählen sollte.

Er strich Butter auf ein Stück Brot und stopfte es sich in den Mund. Butter war eine der besseren Erfindungen Satans. Sündig wie die Hölle.

Den alten Mann? Sie vertraute Sora erklärtermaßen und würde ihm jederzeit ihre Tür öffnen. Aber dessen Gelassenheit war schwer nachzuahmen, und die Wahrscheinlichkeit, dass sie Wissenslücken bei ihm feststellte, war groß. Murdoch? Da war der Berserker das Problem. Sie würde es sofort bemerken, wenn sich die Farbe von Murdochs Aura veränderte. Die anderen Wächter würden ihn nicht nah genug an sich heranlassen, deshalb blieb nur eine Möglichkeit.

Yoshio.

Loyal, tüchtig und bereit, bei Bedarf auch mal Regeln zu brechen.

Ja, er passte perfekt.

»Nacht, Murdoch.«

Er blickte auf, als die letzten beiden Schüler winkend die Arena verließen. Beide lächelten. »Gute Nacht.«

Die Anspannung ließ allmählich nach.

Aber ob das wirklich gut war, darüber war das letzte Wort noch nicht gesprochen

In den ersten drei Nächten hatte niemand ein Auge zugetan, und Geschichten darüber, wie Kowalski gestorben war, hatten unter den Wächtern die Runde gemacht. Sein Tod wurde mit jeder Version entsetzlicher. Am Mittwoch hatte Murdoch eine Prügelei im Kraftraum schlichten müssen. Sie war ausgebrochen, weil einer der Streithähne vergessen hatte, nach dem Gebrauch eine Gerätebank abzuwischen.

Und nachts wurde es noch schlimmer. Trotz der Flutlichtscheinwerfer, die an jedem breiteren Fußweg installiert worden waren, und der Posten, die von der Abend- bis zur Morgendämmerung

Wache schoben, ging nach Einbruch der Dunkelheit niemand mehr freiwillig nach draußen.

Murdoch verzog das Gesicht, während er jedes einzelne der Übungsschwerter auf Scharten und Kratzer hin überprüfte.

Asasel hatte eine Gruppe starker Krieger in hasenfüßige Drückeberger verwandelt. Selbst erfahrenere Kämpfernaturen wie Hill und Lafleur waren mittlerweile vollkommen kopfscheu. Carter war sehr beliebt und einer der Begabtesten von allen gewesen. Wenn man *ihn* umbringen konnte …

Und doch hatte es keinen einzigen Zwischenfall mehr gegeben seit jener Nacht, in der Carter und Kowalski gestorben waren. Nicht einmal einen verstauchten Zeh. Heute, während des Trainings, waren alle spürbar ruhiger gewesen. Die Schultern waren weniger angespannt, die Gesichter weniger angestrengt und Meinungsverschiedenheiten weniger hitzig gewesen.

Dadurch wurde es zwar einfacher, Freiwillige für die Wachtposten zu rekrutieren. Aber dieses neue Wohlbefinden war ihr Feind, nicht ihr Freund. Typisches Beispiel: Der Deckzauber war gestern aufgehoben worden, damit die Magie wirken konnte, mit deren Hilfe sie Asasel vernichten wollten. Die meisten Wächter werteten die Neutralisierung positiv, weil sie ihnen im Falle eines Kampfes mehr Spielraum ließe. Ihnen war sehr wohl klar, dass sie auch dem Feind Tür und Tor öffnete, doch als die Zeit verstrich und sich kein Dämon blicken ließ, schwand ihre Besorgnis. Murdoch hatte alle aufgefordert, wachsamer denn je zu sein, aber er wusste, dass es vergebene Liebesmüh war. Einen erhöhten Alarmzustand aufrechtzuerhalten zehrte an den Nerven der meisten. Nur die Wächter mit Kampferfahrung begriffen, worum es ging.

»Murdoch?«

Er fuhr zu Webster herum, der in der Tür zur Arena stand. »Aye?«

»Sie flippt demnächst aus. Du musst etwas unternehmen.«

Er seufzte. Emily war das größte Opfer der letzten Tage gewesen. Ihr sechzehnter Geburtstag war ohne großes Trara gekommen und wieder gegangen. Das Geschenk, das Lachlan für sie dagelassen hatte – einen brandneuen, lindgrünen Ford Fiesta – hatte sie kaum zur Kenntnis genommen. Sie weigerte sich, mehr als ein paar Stunden hintereinander zu schlafen, weil sie in regelmäßigen Abständen die Ranch auf Hinweise auf Asasel oder die Knochensauger absuchen wollte. Obwohl ihr die anderen das Gegenteil versicherten, fühlte sie sich verantwortlich für den Tod der beiden Seelenwächter.

»Sollen wir ihr etwas zur Beruhigung geben?«, fragte Murdoch.

»Vielleicht«, antwortete Webster zögernd. »Aber es wird in etwa einer Stunde dunkel.«

Ein berechtigter Einwand. Kein guter Zeitpunkt, um auf ihre beste Waffe zu verzichten. »Sprich mit Sora. Vielleicht kann er ihr helfen zu meditieren. Das ist das Zweitbeste nach Schlafen.«

»Wirklich?«

Murdoch zuckte die Achseln. »Kiyoko behauptet das jedenfalls. Ich selbst habe bisher noch nicht viel Glück damit gehabt.«

Webster nickte und wandte sich zum Gehen. Dann überlegte er es sich anders. »Hast du Streit mit Kiyoko?«

»Nein.«

»Hm. Nenn mich verrückt, aber wenn zwei nicht miteinander reden, bedeutet das normalerweise, dass einer sauer ist.«

Murdoch ließ das Vorhängeschloss einrasten, das die Aufhängung der Schwerter an der Wand sicherte, und steckte den Schlüssel in die Hosentasche. »Emily ist nicht die Einzige, die sich für den Tod von Carter und Kowalski verantwortlich fühlt. Kiyoko zum Beispiel glaubt, dass sie Asasel erst zu uns geführt hat.«

»Dagegen lässt sich wenig einwenden«, erwiderte Webster trocken. »Sie hat recht.«

Empörung wallte in Murdoch auf. »Nein, das ist nicht wahr. Wenn ich ihr in Japan den Schleier abgejagt hätte, wäre sie jetzt tot, und Asasel wäre uns trotzdem auf den Fersen. Wag es nicht, ihr die Schuld daran zu geben.«

Webster verschränkte die Arme vor der Brust. »Okay. Aber das erklärt noch immer nicht, warum ihr nicht miteinander redet.«

»Sie hat eine Idee, wie sie ihre Verbindung zum Schleier kappen und trotzdem am Leben bleiben kann. Ich persönlich finde diese Idee total hirnverbrannt.«

»Aha.« Ein flüchtiges Lächeln umspielte Websters Lippen.

Arroganter Bastard! Glaubte, er wüsste alles über Beziehungen, was man nur wissen konnte. Auf der Grundlage einer einzigen Erfahrung. »Dazu gehört, den Berserker ganz von der Leine zu lassen.«

»Oh!« Das Lächeln verschwand.

»Genau.«

»Dann lasse ich euch beide das mal allein regeln.«

»Gute Idee.«

Webster ging, und Murdoch blickte auf seine Uhr. Er hatte tatsächlich die Absicht, es zu regeln. Er hatte sogar in einer halben Stunde eine Art Verabredung mit Kiyoko. Theoretisch ging es nur um eine Partie Schach, aber er hatte vor, ein paar Hindernisse aus dem Weg zu räumen. Ihr zu erklären, wie er sich fühlte. Den Köder auszulegen und zu sehen, was geschehen würde.

Aber vorher brauchte er eine Dusche und ein frisches T-Shirt.

Als sich die Abenddämmerung über San José herabsenkte, schickte Asasel seine Truppen los. Ein Dutzend Knochensauger, um die weniger schwierigen Zielpersonen auszuschalten, und eine Handvoll Gradioren, die sich mit den lästigeren, erfahreneren Seelenwächtern befassen sollten. Die Wächter hatten praktischerweise den Deckzauber aufgehoben. Daher konnten sich seine Soldaten in dem Wäldchen gleich neben den Unterkünften materialisieren statt oben auf dem Hügel.

Der Wachtposten vor den Unterkünften machte etwas mehr Mühe als erwartet. Nicht nur, dass er ein beschlagener Krieger war, er verfügte auch über einen stärkeren Schild als üblich, und der Gradior, der zu seiner Eliminierung abgestellt war, verlor den Kopf, noch ehe er ihn durchbrechen konnte.

Asasel wischte den Schild des Wächters mit einer Handbewegung weg und rief einen zweiten Gradioren, der den Platz des ersten einnahm. Er zog seine Lehre daraus und verstärkte den Schildbann aller Gradioren.

Während der untote Hirnfresser den Wachtposten attackierte, schlüpften die Knochensauger unter Umgehung der hell erleuchteten Bereiche durch jede dunkle Ritze, ob klein oder groß, in die Unterkünfte. Asasel betrat diese durch die Vordertür und belegte sie mit einem Grenzzauber. Es war sehr freundlich von den Wächtern, sich an einem Ort zu versammeln. Das erleichterte ihre Vernichtung ungemein.

Und auf diese Art und Weise konnte Yoshio auch nicht durch den Seitenausgang entwischen.

Ein erstickter Schrei drang aus dem hinteren Teil des Gebäudes, als er gerade mit ausgebreiteten Schwingen in den Aufenthaltsraum gehen wollte. Während ein paar der Seelenwächter, die dort faulenzten, ihm völlig verständnislos in die Augen starrten, begriffen die meisten sofort, dass sie verloren waren.

Asasel hüllte das Gebäude in einen Dämpfzauber und lächelte. Er liebte den Gestank von Angst am Abend.

Murdoch strich sich die klatschnasse Mähne aus dem Gesicht und stellte das Wasser ab. Als es immer spärlicher aus dem Duschkopf tröpfelte, hörte er einen Laut, der auch ein erstickter Schrei hätte sein können.

Er blickte zum Fenster.

Der Himmel war dunkelviolett.

Jesus! Verdammt kurze Tage!

Während er sich ein Handtuch um die Hüften schlang, schlitterte er auf den nassen Fliesen aus der Dusche und ergriff sein Schwert. Dann riss er die Tür zu seinem Zimmer auf. Der Flur war vollkommen dunkel, nur ein paar Scherben schimmerten auf dem Teppich. Von den Glühbirnen, die jemand zerschlagen hatte.

Keine Zeit, die Stiefel anzuziehen. Er trat mit gezücktem Schwert auf die Scherben.

Der Berserker kümmerte sich nicht um den Schmerz. Mit dem Adrenalin, das als Antwort auf die drohende Gefahr durch Murdochs Adern raste, breitete sich auch die vertraute rote Raserei in ihm aus. Seine Körpertemperatur stieg an, seine Muskeln schwollen, und der Drang zu hauen und zu stechen verscheuchte die gewohnte Vorsicht.

Er spürte sie, bevor er sie sah.

Wie einen kühlen Finger, der ihm über die heiße Haut fuhr.

Als er die Tür aufschob, die ihm am nächsten war, sah er einen von ihnen über dem Körper eines Schülers schweben und lautlos saugen. Die Augen des Schülers waren weit aufgerissen, er schien vor Angst wie gelähmt zu sein. Er lag ganz still da, während der Knochensauger ihm die Knochen vom Fleisch löste. Ein zweiter Sauger hing an der Decke, in Schatten gehüllt, und wartete auf ein Opfer, auf das er sich stürzen konnte.

»Krepiert, ihr verfluchten Biester!«, schrie Murdoch.

Dann griff er an.

Heute war keiner der fünf verbleibenden günstigsten Tage, die von Anfang bis Ende gut waren und einen Erfolg beinahe garantierten. Heute war nur ein zweitgünstigster Tag. Durchgehend gut – bis auf den Mittag.

Nicht perfekt, aber immer noch gut genug, um aufzusteigen.

Manchmal war der passende Augenblick besser als der perfekte.

Kiyoko reinigte sorgfältig Arme und Beine, Füße und Hände. Sie band ihr Haar zurück und entfernte das Make-up aus ihrem Gesicht. Sobald sie vollkommen gesäubert war, zog sie einen schwarzen Seidenpyjama mit Tanktop an und setzte sich vor den Kamin, um auf Murdoch zu warten.

Es war das letzte Mal, dass sie zu warten gedachte.

Nachdem sie in den letzten paar Tagen einige schmerzliche und hitzige Diskussionen über sich hatte ergehen lassen müssen, war sie bereit, sich geschlagen zu geben. Murdoch würde seine Meinung niemals ändern. Er war überzeugt, dass er seinen Berserker nicht kontrollieren konnte. Deshalb würde sie heute Abend, wenn er zum Schachspielen kam, versuchen zu transzendieren, ob er wollte oder nicht. Zwei Wächter hatten schon den Preis dafür bezahlt, dass sie versucht hatte, Murdoch als Partner für das Transzendenzritual zu gewinnen. Genug war genug.

»Kiyoko-san?«

Sie blickte zur Zimmertür und verbiss sich einen Seufzer der Enttäuschung. Yoshio stand höflich draußen und wartete auf die Einladung, näher zu treten. Sie hatte dem jungen Onmyōji-Krieger noch immer nicht ganz verziehen, dass er hinter ihrem Rücken Kontakt zu seinen nordamerikanischen Waffenbrüdern aufgenommen hatte. Aber ihn wegzuschicken wäre einer Beleidigung gleichgekommen. »Komm herein, Yoshio-san. Was kann ich für dich tun?«

Er schlüpfte ins Zimmer und schloss die Tür.

Sie runzelte die Stirn. »Ich erwarte Murdoch jeden Moment.«

Ohne auf sie zu achten, ging er zum Bett und hob das Kopfkissen hoch. »Wo ist er?«, fragte er.

Kiyoko kam mit trommelndem Herzen auf die Füße. Er konnte

nur eines meinen. Doch sie hatte den Schleier Yoshio gegenüber niemals erwähnt und ihm erst recht nicht gezeigt, wo sie ihn verbarg, während sie schlief. Was nahelegte, dass dieser Besucher ganz sicher nicht Yoshio war, sondern …

Asasel!

Ihre Hand sehnte sich nach ihrem Schwert.

Allerdings lag es auf dem Bett, ihrem Feind viel näher als ihr selbst. Murdoch hatte mit dem Schwert jedoch nichts gegen den gefallenen Engel auszurichten vermocht. Daher spielte die Entfernung wohl keine Rolle.

Asasel wirbelte zu ihr herum. »Wo ist er?«

Magie war der Schlüssel zum Überleben. Sie beschwor einen Schild, rief ihre *shikigami* und machte einen Satz in Richtung des Schleiers, der auf dem Tisch hinter ihr lag.

Während sie sich in den dürftigen Schutz des Sessels rollte, erhaschte sie einen Blick auf die elektronische Fessel um Yoshios Knöchel und spürte einen winzigen Funken Hoffnung aufflackern. Asasel hatte einen Fehler gemacht, Yoshio als Tarnung auszuwählen. In dem Augenblick, da er den Bereich um die Unterkünfte verlassen hatte, musste der Alarm losgegangen sein. Hilfe würde kommen.

Der Dämon knurrte und schlug nach den *shikigami*.

»Wie dumm von dir«, sagte er. »Du kannst doch nicht ernsthaft hoffen, dass du eine Chance hast. Gib mir den Schleier, dann überlebst du vielleicht.«

Sie wusste es auszunutzen, dass er abgelenkt war, und schleuderte ihm einen Bindezauber entgegen.

Doch den wehrte er ebenso mühelos ab, wie er ihre beherzten kleinen Kobolde gegen die Wand schmetterte. »Hoffst du etwa auf Rettung?«, fragte er grunzend, als sich einer der *shikigami* in seine Brust bohrte. »Vergiss es. Meine ehemaligen himmlischen Kampfgefährten schlagen sich gerade auf dem gesamten Globus mit einer Reihe von Dämonenattacken im großen Stil herum. Von mir inszenierte Attacken. In diesem Augenblick ist Murdoch in einem Gebäude voller Knochensauger eingesperrt, und Webster kämpft im Garten gegen Gradioren. Du bist ganz auf dich gestellt.«

Kiyoko feuerte eine exotische Variante des Giftwolkenhex auf ihn ab, in der Hoffnung, dass der senfgelbe Dunst seinen Schild durchdringen würde.

Er irrte sich. Er musste sich irren. Es waren viele Wächter auf der Ranch. Wachen, die zur Verteidigung an strategischen Punkten postiert waren. Und in diesem Augenblick funkte die elektronische Fußfessel Signale an Carters …

Ihr Blendzauber misslang.

Wie hatte sie das nur vergessen können? Carter war tot. Und das bedeutete, dass sehr wahrscheinlich niemand den Alarm registrieren würde. Sie war tatsächlich ganz allein.

Emily riss die Augen auf. Ihr Blick krallte sich an der Stuckdecke fest.

Wo war sie?

Sie sah sich in dem Raum um und seufzte vor Erleichterung. Die Umgebung war ihr nicht völlig unbekannt. Dies war das Gästezimmer in Brians Haus. Sie hatte sich ohne Grund erschreckt.

Sie streckte sich auf dem Bett und stand auf.

Die Sache mit der Meditation hatte funktioniert. Irgendwie jedenfalls. Sora hatte sie ermuntert, nicht das Bewusstsein für ihre Umgebung zu verlieren, doch nach nur einer Minute in der Lotushaltung waren ihr die bleischweren Augenlider zugefallen. Sie war eingeschlafen. Immerhin fühlte sie sich zum ersten Mal seit Tagen entspannt und bereit, es mit allem aufzunehmen.

Sie verließ das Zimmer, sprang die Treppe zur Küche hinunter und begab sich in den Schränken auf die Suche nach den Kartoffelchips, von denen sie wusste, dass sie da sein mussten. Wären Brian und Lena nicht unsterblich, so wären sie sichere Anwärter auf einen Herzinfarkt gewesen. Bei Gott! Sie schenkte sich ein Glas Milch ein und stopfte sich ein paar Chips mit Barbecue-Geschmack in den Mund. Dann schloss sie die Augen und streckte ihre Fühler aus.

Chipsstückchen flogen aus ihrem Mund.

Heilige, verfluchte Scheiße!

Sie waren überall. Dunkle, schleichende Schatten, Hunderte von ihnen. Vielleicht Tausende. Tiefschwarzer Schlamm, der in jedem Winkel saß und langsam die hellen Energieimpulse auffraß, die für die einzelnen Wächter standen. Und sie tötete.

Ihr Blick flog zur Verandatür. Das Licht draußen war ausgeschaltet. O Gott! Schwindel wallte in ihr auf.

Okay, nur keine Panik! Denk nach, Emily! Was sollte sie als Erstes tun? Die schreienden Schüler in den Unterkünften retten? Brian bei den Zombies im Garten helfen? Oder Asasel im oberen Geschoss angreifen? Verdammt, wem wollte sie etwas vormachen? Konnte sie überhaupt *irgendjemandem* helfen?

Sie schluckte an dem bitteren Kloß in ihrer Kehle.

Sie brauchte Unterstützung, so viel war sicher.

Uriel? Sie kniff die Augen zusammen und betete inbrünstig. Aber es gab keinen Blitz aus blauen Funken, keinen Hinweis darauf, dass er unterwegs war. Sie konnte nicht warten. Mit jedem entsetzten Schrei, der in ihrem Kopf widerhallte, drehte sich ihr der Magen um. Wächter starben. Viele von ihnen.

Sie musste etwas unternehmen. *Und zwar jetzt!*

Sora hielt oben ein Nickerchen. Stefan war in seinem Wohnwagen. Sie hätte eine Münze werfen können. Der eine Magier oder der andere. Doch ihre Erfahrung sprach Stefan die größeren Erfolgsaussichten zu. Sie hatte gesehen, wie er mächtigen Dämonen den Hintern versohlte. Und er war jünger als Sora. Das musste doch zu etwas gut sein.

Sie schob die Glastür zur Veranda auf.

Keine Zeit, sich darüber den Kopf zu zerbrechen, was in der Dunkelheit lauern mochte. Losrennen musste sie. Um die verdammte Hecke herum und den Pfad zum Wohnwagen hinunter. *Du schaffst das!* Sie holte tief Luft, und dann lief sie los. An einem durchschnittlichen Tag brauchte sie drei Minuten zum Wohnwagen. Heute brauchte sie eine Ewigkeit. Selbst unter Aufbietung aller Reserven.

Sie hämmerte an die Tür des Wohnwagens.

»Aufmachen!« Sie sah über die Schulter. Ein Schatten bewegte sich unter den Bäumen. Nein, es war mehr als nur ein Schatten. Sechs, vielleicht sieben. Sie würde hier draußen sterben. Ohne darauf zu warten, dass sich die Tür von selbst öffnete, stürmte sie in den Wohnwagen.

Und rammte Stefan, der dabei zu Boden ging.

Immerhin schien er auf dem Weg zur Tür gewesen zu sein. Um sie hereinzulassen.

»Knochensauger! Und Gradioren! Und Asasel!« Keuchend stieß sie die Worte hervor. »Überall.«

Stefan erbleichte. »Wo ist Asasel?«

»Im Haus. Kämpft gegen Kiyoko.« Emily half ihm auf. »Wir müssen etwas unternehmen. Es sterben Leute, Stefan. Überall auf der Ranch.«

Er nickte. »Wo ist Murdoch?«

»In den Unterkünften, aber er …«

»Hilf ihm. Ich gehe hinauf ins Haus.«

Furcht durchzuckte sie. Zu den Unterkünften musste sie durch das Wäldchen. »Aber das schaffe ich nicht allein.«

»Doch, das schaffst du.« Sein Blick bohrte sich in den ihren, fest und zuversichtlich. Das sah dem Stefan, den sie kannte, schon ähnlicher. »Du hast die Fähigkeiten dazu, Emily. Nutze sie!«

Erstmals fiel ihr der merkwürdige Geruch im Wohnwagen auf. Es roch nach viel zu lange gegrillten Chickenwings. Sie schaute sich um. »Wo ist Dika?«

»Sie musste für eine Weile fort«, antwortete Stefan und nahm einen schwarzen Kordelzugbeutel von der Ledercouch. »Sie kommt wieder.« Dann war er fort, zur Tür hinaus und in die Nacht hinein.

Sie starrte zu den Bäumen hinüber.

Du hast die Fähigkeiten dazu. Nutze sie!

Mist! Sie hätte sich vom Haus direkt hierher teleportieren können. Sie war den ganzen Weg gerannt und hatte sich dabei beinahe in die Hose gemacht, und alles für nichts und wieder nichts. Genauso leicht konnte sie sich in die Unterkünfte wünschen. Sie brauchte nichts weiter zu tun, als sich vorzustellen, dort zu sein, das Universum einfach nach rechts zu klappen, und …

Plopp.

Ihre Haut brannte, als sie durch einen Grenzzauber schlug. Sie landete mitten in dem Chaos, das einmal der Aufenthaltsraum gewesen war, und bekam den Ellbogen eines Seelenwächters in den Bauch, der gerade um sein Leben kämpfte. Ächzend sprang sie zur Seite. Mindestens ein Dutzend Knochensauger fielen die Wächter an, von denen bereits viele nur noch grässliche Fleischpfützen auf dem Boden waren.

Murdoch schwang am anderen Ende des Raums im Kampf gegen gleich zwei Knochensauger in entfesseltem Berserkermodus und mit irrwitzigem Tempo das Schwert. Mit rotem Kopf und vollgepumpt mit übernatürlicher Energie hatte er seine Gegner in die Defensive gezwungen. Sie standen mit dem Rücken zur Wand. Doch ihre fließende Gestalt erlaubte es ihnen, ihm immer wieder zu entschlüpfen und ernsthaften Verletzungen zu entgehen. Nichts deutete darauf hin, dass sie er sie bald erledigt haben würde.

Du hast die Fähigkeiten dazu. Nutze sie!

Welche Fähigkeiten besaß sie, es mit schattenhaften Klecksen aufzunehmen? Nach allem, was sie sah, waren Schwerter nicht sonderlich wirkungsvoll, und sie kannte keinen Erstarrungszauber. *Notiz an mich: einen Erstarrungszauber lernen.*

Aber sie wusste, wie das Teleportieren funktionierte.

Sie konnte sich einfach überallhin wünschen. Wenn sie sich in die Hölle teleportierte, um Carlos zu retten, dann konnte sie todsicher auch in der Zwischenwelt aufschlagen. Vor allem, weil Knochensauger ihr nichts anhaben konnten. Sie war schließlich lebendig.

Es war ihr nicht ganz klar, wo sich die Zwischenwelt befand, aber sie hatte oft genug davon geträumt. Irgendwo zwischen der Hölle und der mittleren Ebene musste sie liegen. Solange sie sich nicht zu sehr auf diese Unsicherheit konzentrierte, sollte sie in der Lage sein, sich dorthin zu wünschen. Alles, was sie jetzt zu tun hatte, war, sich einen der Knochensauger zu schnappen. Leichter gesagt als getan. Sie beäugte den schwarzen Schleimpfropfen, der sich an einem Wächter unter dem Tisch zu ihrer Rechten festgesaugt hatte.

Dann machte sie einen Schritt nach vorn.

»Komm zu Emily, du potthässlicher Blob.«

Kiyoko knetete den Tempelschleier zwischen ihren Händen, um auch das kleinste bisschen Kraft, das sie bekommen konnte, zu absorbieren. Dann murmelte sie einen der uralten Zauber, die ihr Vater sie gelehrt hatte, und schickte einen Gelähmte-Zunge-Fluch hinterher. Er würde verhindern, dass Asasel Zauberformeln sprechen konnte. Vorübergehend jedenfalls. Vielleicht würde die Zeit reichen, und sie konnte einen Durchhaltezauber für sich selbst beschwören. Sie würde ihn brauchen. Sie wurde bereits schwächer, und Asasel hatte sie noch gar nicht seine Macht spüren lassen.

Sie wusste nicht, worauf er wartete.

Vielleicht befürchtete er, die Reliquie könnte Schaden nehmen. Die *shikigami* konnten der Grund für sein Zögern nicht sein – so wirksam ihre Sturzflüge auch waren, sie richteten gegen seine Zauber nichts aus.

Wie auch immer die Erklärung lautete, sie war dankbar dafür. Sie hoffte immer noch, dass Murdoch ihr zu Hilfe eilen würde, vorausgesetzt, es blieb genug Zeit. Trotz Asasels Behauptung, dass er in einem Haus voller Knochensauger festsaß, konnte und wollte sie sich einfach nicht vorstellen, dass er besiegt worden sein könnte.

Asasel erlangte seine Sprechfähigkeit wieder und beschwor nun seinerseits einen Zauber. Ein heftiger Schauer erfasste sie. Ein Willensschwächungszauber, archaisch, aber sehr mächtig. Einen kurzen Augenblick lang, bevor ihr Gegenzauber zu wirken begann, gehorchte ihr der eigene Körper nicht mehr. Doch dann spannten sich ihre Oberschenkelmuskeln an, und sie kam wieder auf die Beine.

Der gefallene Engel lächelte.

Er ließ die Yoshio-Maske fallen und erschien ihr in seiner wahren Gestalt: mit gewaltigen schwarzen Schwingen, Runen auf der nackten Brust und kinnlangem schwarzem Haar. Er war sonderbar anziehend für jemanden, dem dicke Hörner aus der Stirn wuchsen.

»Du bist begabt«, sagte er. »Ich bin beeindruckt von deinen Zaubern. Viele davon kenne ich gar nicht.« Er schlug wild in die Luft. »Aber es wird Zeit, den Kampf zu beenden. Gib mir den Schleier.«

Der Gegenzauber entfaltete seine Wirkung, und sie fiel hinter dem Stuhl zu Boden. »Nein.«

»Du fällst mir auf die Nerven.«

»Sehr gut. Ich will es dir so schwer wie möglich machen.«

Er gluckste. »Dummes Gör. Du bist nur noch am Leben, weil ich dich brauche. Ich hatte in den letzten Monaten oft die Gelegenheit, dich umzubringen, habe es aber nicht getan.«

Wie sie es sich gedacht, aber noch immer nicht verstanden hatte. »Warum denn nicht?«

»Weil es so aussieht, als könnte ich mir den Schleier ohne deine Hilfe nicht aneignen. Ich habe es ja versucht. Als ich deinen Vater auf den Knien hatte, habe ich versucht, den Schleier aufzuheben, aber es ging nicht – das verfluchte Ding glühte richtiggehend vor Energie. Dieser Narr, der sich selbst geopfert hat, war schon zu schwer verletzt, um die dunkle Seite des Schleiers zu aktivieren. Er lag einfach nur da. Blutend. Und keuchend. Und zuckend wie ein sterbender Fisch.«

Sie würgte.

»Ich glaubte schon, ich wäre verloren, bis netterweise du in der Garage auftauchtest, um ihm zu helfen. Deine Versuche, ihn wiederzubeleben, haben mich beeindruckt, aber es war dann doch deine Fähigkeit, die Kraft des Schleiers einzusetzen, die meine absolute Bewunderung erregte. Es war ganz offensichtlich, dass die Funktion als magischer Beschützer der Reliquie von deinem Vater auf dich übergegangen war. Und jetzt heb endlich den Sicherheitszauber auf und gib mir den Schleier.«

»Nein.«

»Mach bloß keine Schwierigkeiten! Deine Magie ist meiner einfach nicht gewachsen.«

»Du wirst es nicht nur mit meiner Magie zu tun bekommen. Hilfe ist schon unterwegs.«

»Du rechnest noch immer damit, dass Murdoch dich retten wird, was?«, fragte er amüsiert. »Wie naiv von dir. Er wird nicht kommen.«

»Unterschätz ihn nicht«, erwiderte sie.

»Ich unterschätze ihn nicht. Aber selbst er wird mit einem Dutzend Knochensaugern seine Mühe haben.«

»Er wird ihnen entkommen.«

»Wunschdenken. Der Grenzzauber, mit dem ich die Unterkünfte belegt habe, erfordert bessere Zauber als seine, um gebrochen zu werden.«

Sie erschauerte bei dem Gedanken an Murdochs düstere Aussichten. Deshalb verdrängte sie ihre Sorge um ihn und konzentrierte sich auf ihr eigenes Überleben. Wenn Murdoch nicht zu ihr gelangen konnte, brauchte sie von anderer Seite Hilfe.

Sora.

Sie konnte ihm eine telepathische Botschaft schicken, doch das würde viel von ihrem verbleibenden Ki aufbrauchen, besonders wenn Sora weiter weg war. Nach solch einer Anstrengung würden ihr allenfalls noch drei oder vier Zauber gelingen. Dann würde sie Asasels Magie erliegen, und der Schleier wäre sein.

War es das Risiko wert?

Sie verzog das Gesicht. Gab es wirklich eine Alternative? Sie würde ihm ohnehin nicht sehr viel länger standhalten können. Und sie konnte auch nicht darauf bauen, dass Asasels Absicht, sie am Leben zu lassen, von Dauer war. Er konnte jeden Moment ihrer kläglichen Gegenwehr überdrüssig werden und sie töten. Sora oder nichts hieß die Parole.

Kiyoko schloss die Augen und streckte ihre Fühler aus.

Sie hatte Sora gerade erst schlafend in seinem Bett gefunden, als sie durch eine lautlose Explosion, die die Tür aus den Angeln riss und durchs Zimmer warf, von den Füßen geholt wurde. In einem klingelnden, funkelnden Wirbel schoss jemand an ihre Seite und entwand ihren kraftlosen Fingern den Schleier.

Sie blickte auf.

Der Magier.

Aber es war ein ganz anderer Magier als der, von dem sie Tage zuvor das *Buch des Gerichts* erhalten hatte. Dieser Mann hatte pechschwarze Augen und einen Körper, der ein unheimliches, fluoreszierendes grünes Licht verbreitete. Fülle und Gemütlichkeit hatte er eingebüßt. Grimmige Entschlossenheit drang aus jeder seiner Poren. Er steckte den Schleier in einen schwarzen Beutel, dann trat er in die am weitesten entfernte Ecke des Raums und begann unverständliche Worte zu murmeln, die einen Schauer über Kiyokos Rücken und ihre Wirbelsäule hinabsandten.

»Nein!« Asasel schoss ein Dutzend violette Blitze, die vor Energie brodelten, auf den Magier ab, einen nach dem anderen.

Aber sie blieben ohne Wirkung. Der Schild des Magiers hielt stand. Und er fuhr mit seinen Beschwörungen fort.

Asasel wandte sich zu Kiyoko. Sein Gesicht wirkte versteinert vor Zorn. »Hol ihn zurück! Hol ihn zurück, oder ich töte dich und jeden anderen in einem Umkreis von zwei Kilometern auf die schmerzhafteste Weise, die du dir vorstellen kannst. Sofort!«

Doch Kiyoko wusste nicht, wie sie den Schleier wieder an sich bringen sollte. Der Schild, der den Magier umgab, glich keinem, den sie jemals gesehen hatte, und den Beutel, in dem der Schleier nun steckte, schirmte seine Zauberkraft ab. Sie spürte den Verlust sofort. Ihre Finger und Zehen wurden taub, und ihr Herzschlag verlangsamte sich.

»Ich kann nicht.«

Asasel hob seine krallenbewehrte Hand, um sie zu schlagen.

In diesem Augenblick erschien Sora in der Tür, das *Buch des Gerichts* in der Hand, und mit einem mächtigen Pestfluch brachte er den gefallenen Engel zum Taumeln. Auf dessen Haut erblühten faulige Beulen, und seine Lippen sowie die Krallenfinger seiner Hände begannen anzuschwellen. Sora blickte zu dem Magier hinüber, runzelte die Stirn und eilte an Kiyokos Seite.

Während er den Raum durchquerte, zitierte er laut aus dem Buch.

»Ich hoffe, du magst Schlangen«, raunte er ihr zu.

Schon erschienen vier gewaltige Kobras am Fußende des Bettes. Sie zischten und spien blaues Feuer auf Asasel, der sich eben erst der Pestbeulen entledigt hatte.

»Eine Notlösung«, sagte Sora, während er in dem Buch blätterte und die Seiten überflog. »Wir brauchen etwas Wirksameres.«

Asasel bekämpfte Feuer mit Feuer. Er zielte mit Lavabomben, die seinen Krallen entsprangen, auf die Schlangen. Vor Wut brüllte er auf, als einige seiner prächtigen Handschwingen vom Schlangenfeuer versengt wurden.

»Ich dachte, Sie verstehen kein Altägyptisch.«

»Das ist drei Tage her.« Sora rief rasch einen weiteren Zauber auf, der Tausende winziger Skarabäuskäfer hervorbrachte. Sie stürzten sich in Schwärmen auf den gefallenen Engel.

Asasel röstete Hunderte von ihnen mühelos mit einem einzigen Feuerstoß.

»Wir schaffen das nicht allein«, sagte Kiyoko. Ihre Glieder waren so schwer, dass sie sie kaum bewegen konnte.

»Wir können und wir müssen es schaffen.«

Kiyoko konzentrierte sich auf die *shikigami* auf Asasels Händen. Sie wies sie an, die Brandbomben zu löschen, noch bevor er sie abfeuern konnte.

Asasel, der kein Auge von dem Magier wandte, schmetterte die *shikigami* mit einem mächtigen Schlag seiner Schwingen gegen die Wand. Sämtliche Kobolde stürzten zu Boden, bis auf einen, der im Taumelflug auf Kiyokos Schulter zurückkehrte.

Ebenso zornig wie traurig schleuderte Kiyoko einen Blendzauber auf den gefallenen Engel.

»Spar dir deine Kräfte«, mahnte Sora.

»Wofür?«

Sie hätte nicht zu fragen brauchen, denn im selben Augenblick teleportierte sich Emily in den Raum. Sie hatte die Arme um einen sehr großen, sehr zornigen und halbnackten Murdoch geschlungen. Schnell ließ sie ihn los und sprang über das Bett.

Nur mit einem Handtuch bekleidet griff Murdoch den gefallenen Engel an.

Ganz und gar Berserker, ganz und gar zerstörerische Kraft.

Sein Schwert, eine nahtlose und todbringende Verlängerung seines Arms, grün glühend wie die Haut des Magiers, zischte durch die Luft. Das Spiel seiner Arm- und Brustmuskeln war bei jeder flinken, sicheren Bewegung zu sehen. Seine wie gemeißelten Oberschenkel spannten sich deutlich sichtbar unter dem weißen Frottee an, während er vorrückte, unbarmherzig, Schritt für Schritt. Und zum ersten Mal wich Asasel zurück.

Aber der gefallene Engel war noch nicht bezwungen.

Aus dem unteren Geschoss drangen die unheimlichen Schreie von Knochensaugern und das hungrige Stöhnen von Gradioren auf Beutezug.

Asasel schien über einen unerschöpflichen Vorrat an untoten Drohnen zu verfügen.

»Wir müssen ihn aufhalten«, sagte Kiyoko atemlos. Jeder Atemzug kostete sie inzwischen große Mühe. »Damit Murdoch eine Chance hat.«

Sora nickte. »Emily, hast du die Scherbe?«

Aus der anderen Ecke des Raums war zu hören: »Ja. Aber ihr solltet euch besser ein bisschen beeilen. Da krabbeln gerade eine Million eklige Viecher aus dem Boden.«

Sora begann mit der Zauberformel, stolperte über ein Wort und fing von vorn an. Die Beschwörung war volle zwei Seiten lang, und Kiyoko betete, dass er sie zu Ende bringen konnte, ohne sich zu versprechen. Sie musste wissen, dass Murdoch außer Gefahr war, bevor sie was auch immer unternahm.

Ohne die Beschwörung zu unterbrechen, legte Sora Kiyoko eine Hand auf die Schulter. Seine Finger fühlten sich heiß auf ihrer Haut an, doch die Empfindung, die seine Fingerspitzen aussandten, war kühl und prickelnd. Als wäre ihr eine Droge gespritzt worden, breitete sich das Prickeln rasch in ihrem Körper aus, und dort, wohin es gelangte, schenkte es ihr Energie.

Das Atmen wurde leichter.

Er hatte ihr von seinem Ki abgegeben, der verrückte alte Narr. Mitten in der wichtigsten Beschwörung seines Lebens. Sie stieß einen Seufzer aus und kreuzte die Finger.

Bitte, mach, dass er es schafft!

21

So faszinierend der Kampf zwischen Murdoch und Asasel, so bedeutsam Soras Beschwörung auch waren, Emilys Aufmerksamkeit kehrte immer wieder zu Stefan zurück. Die Augen schwarze Löcher und die Haut grün glühend? Heilige Scheiße! Total abgefahren.

Warum er dort in der Ecke stand, den Beutel an die Brust gedrückt, war ein Rätsel. Als er gesagt hatte, dass er ins Haus gehen wollte, hatte sie geglaubt, er wolle helfen. Danach sah es im Augenblick jedoch nicht aus.

»Autsch!«

Sie blickte auf ihre Hand hinunter.

Die Scherbe brannte plötzlich heiß, und Strahlen schwarzen Lichts quollen zwischen ihren Fingern hervor. Offenbar wirkte der Zauber. Aber sie ließ nicht locker und wartete auf ein Signal des Sensei. Sie konnte es sich nicht leisten, etwas zu vermasseln.

Das Klirren zerbrochenen Glases drang von der Treppe her herein.

Warum ging das alles nicht ein bisschen schneller?

Emily schob sich eine verschwitzte Haarsträhne aus dem Gesicht. Ein Dutzend Knochensauger in die Zwischenwelt zurückzuverfrachten war einfach gewesen. Mit der Horde fertig zu werden, die gerade die Treppe heraufglitt, würde dagegen viel schwieriger werden. Das glich beinahe dem Versuch, eine Flutwelle daran zu hindern, durch eine Fliegengittertür zu dringen.

Sehr uncool!

Sie schaute zu Sora hinüber. Er hielt den Kopf über das Buch gesenkt, und seine Lippen bewegten sich immer noch. Komm schon! Wie lange dauerte dieser dämliche Zauber denn noch?

Ein schriller Schrei lenkte ihren Blick zurück zu der offenen Zimmertür. Das Licht im Flur war erloschen. Ihre Hand schloss sich noch fester um die Scherbe, so dass ihr die gezackten Kanten in die Haut schnitten. Aha! Da kamen sie schon.

Wirklich und wahrhaftig, und noch während sie hinschaute, kroch ein dünner schwarzer Finger aus der Dunkelheit und über den Türrahmen zur Zimmerdecke hinauf. Rasch gefolgt von einem zweiten. Und noch einem … Die Decke in der Nähe der Tür war nun ein sich windender schwarzer Knoten. Die Knochensauger gewannen an Kraft. Sie bereiteten sich darauf vor, den Schatten zu verlassen und Murdoch anzugreifen.

Aber das war noch nicht das Schlimmste.

Das Schlimmste schob sich einen Augenblick später in den Raum. Graugesichtig, mit glasigen Augen und mörderischer Absicht. Ein Gradior. Und er hielt direkt auf Sora und Kiyoko zu. Scheiße, Scheiße, Scheiße!

Der Gestank faulenden Fleischs war zum Schneiden dick und widerlich. Der Tod in seiner hässlichsten, abscheulichsten Form.

Doch der widerlich süße Geruch machte Kiyoko nicht halb so viel zu schaffen wie der Anblick der mit Blut beschmierten Klauen der Kreatur. Diesem Gradior war es gelungen, jemandes Schild zu durchdringen, womöglich Brians oder Lenas Schild. Ein schrecklicher Gedanke.

Wieder blickte Emily zu Sora hinüber.

Er war noch immer mit dem Zauber beschäftigt, aber nach der Stelle im Buch zu urteilen, auf die seine Augen gerichtet waren, würde er sehr bald fertig sein. Er brauchte nur noch ein bisschen Zeit, und die musste sie ihm verschaffen. Aber wie sollte sie einen Zombie aufhalten?

»Kiyoko, pass auf!«, sagte Emily leise.

Sie schleuderte das Katana von sich, und Kiyoko fing es auf.

»Ziel auf den Kopf!«, zischte Emily.

Kiyoko zog die Waffe aus der Scheide. Trotz der Energie, die ihr Sora gespendet hatte, zitterten ihre Muskeln. Doch die Knochensauger drängten voran, quer über die Decke, und Murdochs Überleben hing nun davon ab, ob sie die Schwäche in ihren Gliedern besiegte.

Sie holte tief Luft, ließ ihre Gedanken zur Ruhe kommen und griff dann den Gradior an. Sein Schild war beeindruckend. Sie brauchte drei dynamische Schläge aus Leibeskräften, um den Schutzzauber zu durchbrechen und einen blutigen Treffer zu landen. Trotzdem rissen seine Klauen ihren Schild mit einem einzigen Hieb entzwei. Sie musste zurückspringen, um zu verhindern, dass er ihr die Eingeweide herausriss.

Sobald sie sich wieder gesammelt hatte, drang sie erneut auf ihn ein und nahm seinen Hals ins Visier.

Der Gradior bewegte sich langsam, aber unaufhaltsam. Obwohl ihr Schwert bei jedem Schlag tiefer in den Hals der Kreatur stieß, fuhr der Gradior fort, sie mit beeindruckender, anscheinend unbegrenzter Kraft zu attackieren.

Kiyoko war in einer weniger glücklichen Lage. Sie begann, müde zu werden. Die tiefe Ermattung kehrte in ihre Glieder zurück, und ihre Brust wurde zu einem Eisblock. Jeder Schwerthieb kostete sie ebenso viel Kraft wie ihren Widersacher. Ihr Griff um das Katana lockerte sich, und sie fiel auf ein Knie. Der Gradior hielt sie für bezwungen und ging an ihr vorbei, um gegen Sora auszuholen.

»Öffne deine Faust, Emily«, rief Kiyoko. »Mach schon!«

Das Zauberbuch fing die Hauptlast des Hiebs ab. Die Klauen des Gradiors gruben sich in den Ledereinband und spalteten das Blattgold. Sora geriet ins Wanken und unterbrach abrupt die Beschwörung.

Kiyokos Herz blieb beinahe stehen.

Sie war nicht mehr in der Lage, zur Verteidigung des Sensei zu eilen. Der letzte Rest Energie pochte schwach und immer schwächer in ihrer Brust. Dann gaben ihre Beine nach, und sie stürzte zu Boden. Im Fallen schaute sie zu Asasel hinüber, in der Hoffnung, dass die fragile Macht der Scherbe ihn wenigstens für einen Augenblick hatte in die Knie zwingen können.

Doch die Hoffnung erfüllte sich nicht.

Sein Angriff mochte ein wenig an Wucht verloren haben, denn Murdoch hatte den gefallenen Engel an die Wand zurückgedrängt, und sein Schwert fuhr wieder und wieder in Asasels Brust hinein. Aber die wütende Gegenwehr des Engels ließ nicht nach.

Und Murdoch war nicht unverletzt geblieben.

Dunkle Verbrennungen verunstalteten seinen linken Arm, und eine breite Scharte klaffte in seiner Brust. Blut strömte in solcher Menge heraus, dass sich das Handtuch allmählich rot färbte. Zu allem Übel wand sich der lange Finger eines Knochensaugers von der Decke herunter auf seine Schulter, um sein verderbliches Werk zu beginnen.

Es fehlte nicht viel, und der Kampf war verloren.

Es wäre einfach, jetzt aufzugeben. Zuzulassen, dass die Angst über die Würde triumphierte. Einen Moment lang war Kiyoko versucht, die Augen zu schließen und sich der Herrin des Todes auszuliefern. Doch er ging rasch vorüber. Ihr Vater hatte nicht aufgegeben. Selbst dann nicht, als es aussichtslos war. Er hatte um sein Leben und den Sieg gekämpft, bis zum Schluss. Sie wusste es, denn in seinen letzten Augenblicken hatte sie ihn an sich gedrückt und in jedem seiner keuchenden Atemzüge gespürt, dass er sich seinem Schicksal widersetzte.

Wenn er bis zum letzten Atemzug hatte kämpfen können, dann konnte sie das auch.

Sie war ein Onmyōji.

Nicht irgendein Onmyōji, Kiyoko war eine Meisterin. Die direkte Nachfahrin von Abe no Seimei. Sie stieß die Spitze ihres Katanas tief in den Dielenboden und zog sich daran in die Höhe. Es gab noch immer eine Möglichkeit.

Transzendieren.

Murdoch spürte, dass Kiyoko sich ihm von hinten näherte.

Er ahnte, was sie vorhatte, doch er konnte sie nicht daran hindern. Sein Berserker hatte das Regiment übernommen und agierte getrieben von Instinkt und Kampfeswut, nur darauf konzentriert – wie *er selbst* es sein sollte –, alles in seiner Macht Stehende zu tun, um Asasel zu besiegen. Denn dieser Bastard hatte einen Höllenkampf entfesselt.

Murdoch erschrak. Kiyoko war bereits sehr geschwächt und zog ein Bein nach. Wenn sie ihm zu nahe kam – wenn er sie versehentlich traf –, konnte das durchaus ihr Ende bedeuten. Und doch kam sie unaufhaltsam näher.

Alles, was er zustande brachte, war verbaler Protest.

»Nein!«, knurrte er.

Aber es war zu wenig. Und es war zu spät. Sie hatte ihm bereits die Hand auf den Rücken gelegt.

Die Berührung löste keinerlei Reaktion in ihm aus – er nahm bereits wenig mehr als den roten Nebel der Berserkerraserei wahr –, doch Kiyoko zuckte heftig zusammen. Wieder und wieder.

Als hätte sie eine Art Anfall oder als hätte sie einen Transformator angefasst, der eine ganze Stadt mit Strom versorgte.

So hatte er es prophezeit. Er war dabei, sie zu töten.

Er brüllte auf und rang in einer verzweifelten Willensanstrengung darum, die Bestie in seiner Brust unter Kontrolle zu bringen, damit der Energiestrom, der sich enthemmt von seinem Körper in den ihren fraß, zum Erliegen kam.

Und da setzte das Zucken wie durch ein Wunder aus.

Nur einen Herzschlag lang. Aber lange genug, um ihm zu beweisen, dass Kontrolle doch möglich war. Lange genug, um ihn davon zu überzeugen, dass er sie retten konnte, wenn er die Bestie in sich in den Griff bekam. Wenn er akzeptierte, dass seine beiden Hälften ein Ganzes ergaben, dass der Berserker sich niemals wirklich zurückzog, dass er in jedem wachen Augenblick ein Teil von ihm war, dass er das Blut war, das durch seine Adern floss.

Noch während Murdoch mit seinem Schwert zuschlug und parierte und zustieß, fand er plötzlich jenen ruhigen Punkt, zu dem seine Gedanken wanderten, wenn er meditierte. Er wurde sich jedes Muskels in seinem Körper bewusst, jedes Herzschlags, jedes Feuerstoßes seiner Synapsen. Er spürte jeden Zentimeter seiner Haut, selbst dort, wo sie übel zugerichtet und blutbesudelt war, und er entdeckte die Verbindung zwischen sich und Kiyoko, an der seine Energie in ihren Körper strömte. Die Stelle, an der ihre Hand seinen Rücken berührte. Da drosselte er den Energiestrom, bis er ruhig und gleichmäßig dahinfloss.

Kiyoko hörte auf zu zucken.

Und zum ersten Mal seit siebenhundertsiebenundzwanzig Jahren fühlte sich Jamie Murdoch wie ein ganzer Mensch.

Kiyoko hatte Mühe, die aufsteigenden Tränen zurückdrängen.

Murdoch hatte den Energiestrom aus seinem Körper gedrosselt, aber die Verbindung nicht gekappt. So konnte sie nun nicht nur die Kraft des Berserkers anzapfen, die bei jedem Herzschlag durch ihn hindurchwogte, sie hatte auch teil an seinen Gefühlen. Doch jetzt blieb keine Zeit, sich mit neuen Entdeckungen zu beschäftigen.

Asasel wütete und tobte noch immer.

Kiyoko rezitierte die Worte des Rituals, die sie als Kind auswendig gelernt hatte, und spürte, wie sich die Energie sammelte und aufbaute. Die kleine Energieperle in ihrem Bauch gewann an Kraft und wuchs. Ihr Ki wurde heller, ihr Herz pumpte kräftiger und gleichmäßiger. Eine weiche, goldfarbene Wärme durchflutete sie vom Scheitel bis zur Sohle und rötete ihre Haut. Die Energieperle stieg auf, verließ ihren Körper, und Kiyoko spürte, wie alle irdischen Bande sich lösten. Es war eine einzigartige Erfahrung. Eine, die sie kaum beschreiben konnte. Doch als die Energieperle höher und höher stieg, in den Nebel hinein, wurde sie sich einer zweiten Perle bewusst, die neben ihr schwebte. Sie wandte den Kopf und erblickte Sora. Soras Energieperle. Sie war von ganz ähnlicher goldener Farbe wie die ihre.

Da wusste sie, beinahe so, als hätte sie es schon immer gewusst, dass Sora in Wahrheit Abe no Seimei war, ihr Urahn und der spirituelle Führer der Onmyōji.

»Du bist hinübergegangen«, sagte er lächelnd.

Sie erwiderte sein Lächeln. »Es sieht ganz so aus.«

»Nun musst du dich an die Arbeit machen«, entgegnete er. »In dieser Gestalt stehen dir all deine gewohnten Zauber zur Verfügung, und deine Energie erneuert sich ständig selbst. Du brauchst dir also keine Sorgen mehr darum zu machen, wie du dein Ki aufbrauchen könntest. Du bist nun in der Lage, größere und mächtigere *shikigami* aufzurufen, und du kannst mächtigere Angriffszauber beschwören. Bist du bereit zu kämpfen?«

Kiyoko nickte.

»Dann konzenriere dich auf den Kampf dort unten und halte dich an das, was du geübt hat. Der Rest wird von selbst kommen.«

Das Schlachtenglück wendete sich innerhalb eines Sekundenbruchteils. Eben noch hatte Murdoch allein gegen Asasel gekämpft, und jetzt spürte er Kiyoko an seiner Seite – stark, gesund und unerhört todbringend. Auch der gefallene Engel nahm die Veränderung sofort wahr.

Er schleuderte eine Reihe von Energieblitzen auf seine beiden Gegner, dann duckte er sich unter Murdochs Arm hindurch und stürzte sich auf Stefan. Im Laufen öffnete er ein Portal.

Stefan hatte sich nicht vom Fleck gerührt. Noch immer sagte er Zauberformeln auf und presste den schwarzen Beutel an die Brust. Doch als Asasel auf den Magier zuflog, geschah etwas Unerwartetes. Stefan verschwand. Es gab keinen Knall, keinen Rauch, keinen elekrischen Blitz. Stefan war einfach fort.

Asasel verharrte mitten in der Luft und hielt sich mit hektischen Flügelschlägen über der Stelle, an der Stefan soeben noch gestanden hatte. Als ihm klarwurde, dass sich sein Opfer in Luft aufgelöst hatte, kreischte er zornig auf, wandte sich um und hielt auf das Portal zu.

Das plötzlich in einem Aufblitzen roten Lichts verschwand.

»Ha!«, trumpfte Emily auf. »Ich hab's geschafft!«

Asasel öffnete ein weiteres Portal, und Emily schloss auch dieses wieder. Der gefallene Engel saß in der Falle. Und Murdoch, Kiyoko, Emily und Sora wussten dies zu nutzen. Mit allem, was sie noch hatten, drangen sie auf ihn ein.

Wenn die Knochensauger und Gradioren den Kampf nicht eingestellt hätten, wäre das Gefecht möglicherweise anders verlaufen. Aber da Asasel nun von allen Seiten belagert wurde, zogen seine Gefährten sich unter kaum hörbarem Zischen und Knurren zurück und glitten davon in die Dunkelheit.

Danach war es nur noch eine Frage der Zeit, bis die zahlreichen magischen Treffer den gefallenen Engel so sehr geschwächt hatten, dass er sich nicht mehr davon erholte. Murdoch wusste, dass der Sieg nahe war, und so schwang er ein letztes Mal sein Schwert. Mit einem Hieb trennte er Asasels Kopf sauber von dessen Rumpf.

»Ist er im Wohnwagen?«, fragte Webster, als Murdoch mit Kiyoko das Ranchhaus betrat.

Murdoch schüttelte den Kopf. Sie hatten Stefans Wohnwagen und die Umgebung sorgfältig abgesucht. Keine Spur von ihm. »Und Dika ist auch nicht da.«

»Verdammt!« Der andere Seelenwächter lief wild gestikulierend vor dem Kamin hin und her. »Wie sollen wir dem Protekorat – oder besser Uriel – erklären, dass unser Magier mit einer mächtigen magischen Waffe verschwunden ist?«

»Wie kommen Sie auf die Idee, dass der Schleier eine Waffe ist?«, fragte Sora vom Sofa her.

»Ist der Schleier denn etwa keine Waffe?«

Der alte Mann schüttelte den Kopf. »Nein. Aber er stellt trotzdem eine große Bedrohung für die Welt dar.«

Murdoch zog Kiyoko an seine Brust. Er fand den Gedanken aufregend, dass er sie nun berühren konnte, wann immer er es wollte, und lediglich ein beschleunigter Herzschlag die Folge war. »Hören Sie endlich auf, in Rätseln zu sprechen, alter Mann! Spucken Sie die Wahrheit aus!«

»Der Schleier ist ein Tor.« Als er nur verständnislose Blicke erntete, fügte Sora hinzu: »Er neutralisiert die Barriere zwischen den Ebenen und erlaubt, dass man sich frei hin- und herbewegen kann.«

»Wenn Asasel ihn gestohlen hätte, wie er es vorhatte, hätte er also auf einen Schlag tausend Dämonen aus der Hölle herschicken können?«, fragte Emily.

»Ja«, bestätigte Sora. »Und dann hätte er dieselben tausend Dämonen auf die obere Ebene mitnehmen können, und niemand wäre imstande gewesen, ihn aufzuhalten.«

»Du lieber Himmel!«

Der Alte nickte. »Diesmal hatten wir Glück. Die grauen Federn in Asasels Schwingen deuten darauf hin, dass er noch nicht seine ganze Kraft entfaltet hatte. Wäre er Luzifer ebenbürtig gewesen, hätten wir vielleicht nicht so gut abgeschnitten. Nach Lage der Dinge sind wir noch immer nicht weiter in unserer Mission, die Not zu beenden, die Satan über die Welt bringt – die dämonische Pest breitet sich unvermindert weiter aus.«

Webster verzog das Gesicht. »Ja. Wir werden uns einen neuen Angriffsplan aushecken müssen. In der Zwischenzeit will ich keinen Zentimeter Boden verlieren. Die sichere Verwahrung des Schleiers hat oberste Priorität.«

»Womit wir wieder bei Stefan wären.«

»Wir müssen ihn finden«, sagte Murdoch.

»Das wird nicht einfach«, vermutete MacGregor. Der Ausbilder der Seelenwächter hatte sich den Ledersessel neben dem Kamin zurückerobert, als er mit Rachel zurückgekehrt war. »Er ist der begabteste Magier, den ich jemals getroffen habe.«

Murdoch schnitt eine Grimasse. Stefan hatte schon mit seiner Weigerung, Kiyoko zu heilen, bewiesen, dass es fast unmöglich war, ihn eines Besseren zu belehren, wenn er sich einmal etwas in den Kopf gesetzt hatte.

»Sora ist aber auch ziemlich cool«, warf Emily ein.

Der Sensei lächelte. »Danke für das Kommpliment. Aber ich kann ihm nicht das Wasser reichen, wenn es um Magie geht. Sein Repertoire ist viel größer als meins.«

»Damit ist die Sache entschieden«, bestimmte Webster. »Ich gebe Murdoch recht. Ich sage, wir sollten den Mistkerl aufspüren und ihm den Schleier abknöpfen. Er mag das Ding mit den besten Absichten an sich genommen haben, aber ich werde auf keinen Fall etwas so Gefährliches den Händen eines einzigen Mannes überlassen.«

»Besonders dann nicht, wenn dieser Mann zu denen gehört, die von Zeit zu Zeit nach dunkler Magie stinken«, murmelte Lena.

»Lena«, mahnte MacGregor leise.

»Was? Ich sage doch nur, was alle anderen denken.«

Dem konnte niemand widersprechen.

Als alle gegangen waren, um beim Spülen zu helfen oder um sich auszuruhen, ging Emily zu Brian.

»Darf ich dich etwas fragen?«

Er nickte. »Was ist denn?«

Sie hatte Mühe, ihre Gefühle in Worte zu fassen. »Wir haben gerade diese große Schlacht gewonnen, den bösen Jungen einen Kopf kürzer gemacht und den Tempelschleier gerettet. Irgendwie jedenfalls. Ich hab mich gut geschlagen. Das weiß ich. Nicht perfekt, aber verdammt gut.«

Er lächelte. »Verdammt richtig.«

»Aber warum fühle ich mich dann so schlecht?«

Er zog sie an sich und umarmte sie. »Weil wir gute Leute verloren haben, Süße. Zweiundzwanzig von ihnen. Und das tut weh. Wenn wir Leute verlieren, fühlt sich der Sieg nie toll an. Wenigstens am Anfang nicht. Später, wenn der Schmerz etwas nachlässt, können wir damit beginnen, stolz auf das Erreichte zu sein. Aber im Augenblick wollen wir nur um die trauern, die es nicht geschafft haben.«

»Wie zum Beispiel Carter.«

»Ja, wie zum Beispiel Carter.«

Sie legte das Gesicht an seine Brust, damit er die Tränen in ihren Augen nicht sehen konnte. Babys weinten, aber doch keine

Erwachsenen. Und schon gar keine Dreifältigen Seelen. »Er wird mir fehlen.«

»Uns allen wird er fehlen.«

»Oje!«, sagte eine schneidende Frauenstimme. »Warum muss ich nur immer in solch rührselige Szenen platzen?«

Emily spürte, wie Brian erstarrte.

»Hey, Boss!«, entgegnete er. »Ich würde ja sagen: ›Schön, Euch zu sehen‹, aber das wäre glatt gelogen.«

Emily drehte sich widerstrebend um. Die Herrin des Todes hatte bei ihr nicht gerade einen Stein im Brett. Gut möglich, dass diese Vorbehalte auf das von ihr angezettelte Mordkomplott gegen Emily im letzten Herbst zurückzuführen waren. Es fiel ziemlich schwer, jemanden zu mögen, wenn dieser Jemand in mörderischer Absicht einen Lockdämon auf einen ansetzte.

Die Göttin lag auf dem Sofa und sah Cruella De Vil bemerkenswert ähnlich. Ihr weißes Haar wirkte aufgedonnert, ihr Kleid war schwarz und aufreizend, und ihre blutroten Nägel passten farblich exakt zu ihrem Lippenstift. Sie machte ganz auf Sirene. Jemand sollte ihr endlich beibringen, dass der Tod niemals sexy war.

»Habe ich das richtig verstanden?«, fragte die Göttin. »Hast du eben gesagt, dass ihr zweiundzwanzig meiner Seelenwächter verloren habt?«

»Ja.«

Sie stand auf und schlenderte durch den Raum auf Brian und Emily zu. »Du bist mir etwas schuldig, Wächter.«

Brian schob sich rasch zwischen die Herrin des Todes und das Mädchen. »Ich bin Euch gar nichts schuldig. Ihr wart einverstanden, uns beim Schutz der Reliquien zu unterstützen, und heute Nacht gab es dabei leider einige Todesopfer.«

Die Herrin des Todes starrte Emily kalt an, dann lächelte sie Brian zu. »Obwohl es mich durchaus stört, wie nonchalant du über meine Verluste hinweggehst, rede ich nicht von dem Trauerspiel letzte Nacht. Ich rede von unserer Vereinbarung, Webster. Ich glaube, dass du etwas hast, das du mir geben willst.«

»Nein, da seid Ihr im Irrtum.«

Sie lachte. »Willst du es etwa leugnen? Erinnerst du dich nicht mehr, worum du gefeilscht hast? Um die Seele von Lena Sharpe. Soll ich sie wieder zurücknehmen?«

Emily war verblüfft. Sie spürte die Wut in Brians Körper – in den harten, angespannten Muskeln, dem heftigen Hämmern des Herzens –, doch äußerlich wirkte er entspannt und unbeeindruckt.

»Ich habe nicht um Lenas Seele gefeilscht«, widersprach er. »Ich wollte nur wissen, wo sie sich aufhielt. Und den Preis dafür hatten wir ausgehandelt. Ihr habt weitere fünfhundert Jahre Anspruch auf meine Dienste. Das ist alles.«

Die Herrin des Todes verzog das Gesicht. »Ach, mach doch nicht solch ein Theater darum. Gib mir einfach die Scherbe, und wir sind quitt.«

»Ich habe sie nicht.«

Ihr Blick kehrte zu Emily zurück. Hundert Prozent coole Gehässigkeit. »Aber die Göre hat sie. Sag ihr, dass sie sie mir geben soll.«

Emily drückte Brians Arm, zum Zeichen, dass er nicht darauf antworten sollte. Er konnte es sich nicht leisten, die Herrin des Todes zu verärgern – er arbeitete für sie. Sie hingegen hatte dieses Problem nicht.

»Tut mir leid«, sagte sie ironisch. »Aber daraus wird nichts. Die *Göre* hat ihren eigenen Kopf, und sie ist nicht daran interessiert, einem egoistischen, machthungrigen Biest wie Ihnen einen Gefallen zu tun. Verschwinden Sie!«

»Gib sie mir, oder ich werde Webster für deine Unverschämtheit bestrafen.«

Sorge krampfte sich zu einem Knoten in Emilys Magen zusammen, doch sie ließ sich nicht ins Bockshorn jagen. »Welche Abmachung Sie auch immer mit Brian getroffen haben – das ist eine Sache zwischen Ihnen und ihm. Die Scherbe gehört mir, und ich werde sie behalten. So einfach ist das.«

Die Augen der Herrin des Todes verengten sich zu schmalen Schlitzen. »Gar nichts ist so einfach. Und du wirst diese Entscheidung bereuen, Emily Lewis. Darauf kannst du dich verlassen.«

Etwas Dunkles brannte tief drunten in den Augen der Göttin – etwas, das Emily einen Schauer über den Rücken jagte. Aber der Herrin des Todes eine Waffe wie den Zerbrochenen Glorienschein auszuhändigen wäre ein Fehler gewesen. Daran gab es gar keinen Zweifel. Sie hätte nicht gezögert, sich selbst über Uriel und Michael hinwegzusetzen, um zu bekommen, was sie wollte.

Emily schob die Hand in die Hosentaschen und umklammerte die Scherbe mit festem Griff. »Wenn Sie meinen Freunden etwas antun, werden *Sie* es bereuen, nicht ich.«

Die Herrin des Todes lächelte. Dann hob sie die Hand und löste sich sang- und klanglos in Luft auf.

Kiyoko zog Murdoch in sein Zimmer und schloss die Tür.

»Ist dies wirklich der beste Ort für die Nacht?«, fragte er, während er sich umschaute.

Überall, auf dem Boden, an der Decke und den Wänden fanden sich Brandflecken. Der Sessel am Fenster lag noch immer auf der Seite. Zahlreiche, nicht näher identifizierbare schleimige Kleckse waren auf den Dielen und auf dem Farbdruck über dem Kamin verteilt. Die Matratze hing halb auf dem Bettgestell und halb auf dem Boden.

»Wir können auch in den Unterkünften schlafen.«

Er seufzte. »Lieber nicht. Lafleur und Jensen sind noch immer damit beschäftigt, die Toten fortzuschaffen.«

Sie schlang die Arme um seine Taille. Das hatte sie bisher nur in ihren Träumen tun können. Seine Rückenmuskeln waren so warm und fest, wie sie es sich vorgestellt hatte. »Mir gefällt Brians Idee, eine Zeremonie abzuhalten, um ihrer zu gedenken. Das ist mehr als angemessen.«

»Aye, ab und zu hat auch er mal eine gute Idee.«

Sie legte den Kopf zurück und sah ihm in die Augen. »Brian scheint ein guter Anführer zu sein, und ohne Frage ist er ein hervorragender Kämpfer. Er hat zwei Gradioren getötet. Warum hasst du den Mann so?«

»Ich hasse ihn gar nicht.«

»Du provozierst und beleidigst ihn andauernd.«

Er lächelte ironisch. »Das machen die beiden stärksten Wölfe in jedem Rudel so. Sie provozieren einander. Brian ist der Anführer, und sein Job ist es, auf das Rudel aufzupassen. Mein Job ist es, ihn bei jeder Gelegenheit herauszufordern und zu versuchen, ihn in die Knie zu zwingen, so dass er sich beweisen muss. Wenn er versagt, übernehme ich die Führung. Wenn er Erfolg hat, wird er meiner irgendwann überdrüssig und stößt mich aus.«

Ihre Finger spielten mit dem Saum seines T-Shirts. »Und ist er dabei zu gewinnen oder zu verlieren?«

»Er gewinnt.«

Sie gab dem Verlangen nach, das sie seit Wochen schon bedrängte, und ließ die Hände unter sein T-Shirt und weiter den Rücken hinaufgleiten. »Heißt das, dass du gehen musst?«

Er schloss langsam die Augen. »Aye, eines Tages schon.«

»Wohin wirst du dann gehen?« Sie strich sanft über die Narbe auf seinem linken Schulterblatt. Während seines Kampfes gegen Asasel hatte sie sie dort entdeckt, genau an der Stelle, von der sie gewusst hatte, dass sie sie dort finden würde.

Murdoch holte kurz Luft, dann packte er sie an den Hüften und zog sie fest an sich. »So weit habe ich noch nicht gedacht.«

»Könntest du dir vorstellen, in Japan zu leben?«

Ein Auge ging auf und schaute auf sie hinunter. »Ist das eine Einladung?«

»Brauchst du denn eine?«

Er lächelte. »Nein.«

»Gut. Es wäre furchtbar lästig, wenn du immer darauf warten würdest, dass ich meine Meinung sage. Ich spreche nicht immer aus, was ich gerade den…« Kiyoko stieß einen spitzen Schrei aus, als er sie in die Höhe hob, mit ihr ans Bett trat und sie auf die Matratze legte.

»Ich weiß sehr gut, was du gerade denkst«, sagte er schroff, während er sein Gesicht zwischen ihren Brüsten vergrub. »Weil ich nämlich dasselbe denke.«

Seine Lippen fanden ihre Kehle, und sie bog den Hals zurück. Wie schön ihre Träume auch gewesen waren, sie ließen sich nicht mit dem himmlischen Gefühl seines harten Körpers an ihrem oder der sinnlichen Wärme seines Atems auf ihrer Haut vergleichen.

»Das wirst du mir beweisen müssen«, entgegnete sie heiser. »Ich habe da ein paar sehr kreative Gedanken.«

»Ich werde mir jeden einzelnen davon vornehmen, versprochen«, sagte er und schnupperte an der zarten Haut unter ihrem Ohr. »Aber erwarte am Anfang keine Akrobatik von mir, Mädchen. Gib mir eine Chance, dir zu zeigen, wie gut meine Grundkenntnisse sind. Ich hatte vier verdammte Wochen Vorspiel, und ich bin gespannt wie ein Flitzebogen.«

»Grundkenntnisse?« Seine Zunge zog einen Kreis auf ihrer Haut, so dass sie keuchend Luft holen musste. Der Kitzel begann dort, breitete sich aber schnell auf jedem Zentimeter ihres Körpers aus. Auf ihren Armen bildete sich Gänsehaut.

»Aye.« Er zog sein T-Shirt über den Kopf und warf es beiseite. Es folgte seine Jeans, die einen wirklich makellosen Körper enthüllte. Kein Gramm Fett zu viel. »Ich, wie ich es dir in der traditionellen Stellung von Angesicht zu Angesicht besorge, so dass ich sehen kann, wie erregt du bist. Ich, wie ich dich mit Freuden ins Delirium befördere und selbst halbverrückt dabei werde. Ich, wie ich es dir hart und schnell mache und so, dass du deinen Höhepunkt in den Himmel hinaufschreist. Das sind die Grundkenntnisse.«

»Damit kann ich leben.«

Während seine Hand ihre Brust knetete, drückte er sie mit einem wilden Kuss zurück auf die Matratze. Ein wenig Berserker lag noch im Drängen seiner Lippen, in der hungrigen Forderung, sie möge den Mund für ihn öffnen. Und sie schwelgte darin. Sie liebte alles an ihm, seinen Mut und seine Ehrenhaftigkeit und sein tiefes Bedürfnis zu beherrschen und zu gewinnen. Sie würde ihm auf ewig dankbar sein, dass er endlich beide Seiten seiner starken Persönlichkeit akzeptiert hatte.

Nicht, weil es ihr das Leben gerettet hatte.

Sondern weil der Jamie Murdoch, auf den sie im Moment ihres Transzendierens einen Blick erhascht hatte, endlich ein zufriedener Mann war. Ein Mann, der mit sich selbst im Reinen war.

Sie stöhnte auf.

Ein Mann, der alles tat, was in seiner Macht stand, um zu beweisen, dass er fähig war, sie zu den Sternen zu entführen. Mit seinem Mund. An ihrer Brust. *Meine Güte!* Sie vergrub ihre Finger in seinem Haar und zog ihn noch näher heran.

»Jamie«, flüsterte sie heiser. Ermunternd.

Er hielt inne und hob den Kopf. »Wie hast du mich genannt?«

»Jamie. Das ist doch dein Name?«

Er lächelte. Ein bedächtiges, inniges Lächeln. »Aye. Aber niemand benutzt ihn.«

»Dika schon.«

»Wirklich? Das ist mir nie aufgefallen.«

»Wäre es dir lieber, wenn ich dich weiter Murdoch nenne?«

Er küsste ihr Kinn. Knabberte daran, so dass ihr Unterleib zu zucken begann. »Nein. Mir gefällt der Klang meines Namens aus deinem Mund. Besonders, wenn es so sexy und atemlos klingt. Sag ihn noch mal.«

Und da sie gerade in großzügiger Stimmung war, sprach sie seinen Namen noch einmal.

Dann schlang sie einen Arm um seinen Hals und küsste ihn. Und zum ersten Mal in ihrem Leben lag in einem Kuss auch ein Versprechen. Anderen Männern hatte sie nichts weiter als ein Intermezzo geboten, einen kurzen Zwischenhalt auf ihrem vom Schicksal vorgezeichneten Weg. Für Murdoch konnte sie endlich das Tor zu ihrem Herzen öffnen.

»Ich liebe dich«, sagte sie an seinen Lippen.

»Ich liebe dich auch«, erwiderte er. Diesmal ohne zu zögern, ohne die Spur eines Zweifels. Und ihr Herz flatterte.

»Nur für den Fall, dass du an meiner Ehrlichkeit zweifelst: Ich habe vor, mir eine Ewigkeit Zeit zu lassen, um es dir zu beweisen.« Seine Hand glitt unter den Bund ihrer Pyjamahose und weiter hinunter zu der feuchten Höhle, die auf ihn wartete. »Und ich fange hier und jetzt damit an.«

Sie wölbte sich seiner Hand entgegen, um einen größeren Kitzel zu suchen, ihn zu einer innigeren Berührung einzuladen, und er seufzte tief.

Unterwerfung konnte so süß sein.

Dank

Ein ganzes Dorf ist notwendig, um ein Buch hervorzubringen, und so gilt mein Beifall all den wunderbaren Menschen bei NAL, die geholfen haben, meine Träume Wirklichkeit werden zu lassen – Lektoren, Korrekturlesern, Herstellern und vielen mehr. Danke.

Den Freunden, die in einem schwierigen Jahr stets weise Ratschläge, üppige mittägliche Picknicks und ein ermutigendes Lächeln für mich hatten, kann ich nur sagen: Ihr seid die Besten. Wirklich.

Glossar

Dōgi: weiße Übungsbekleidung, die Kiyoko im Training oft trägt

Dōjō: Halle, in der die Kampfkünste unterrichtet und trainiert werden. in Kiyokos Dōjō wird der Weg der Onmyōji gelehrt

Futon: japanisches Bett, das aus einer gepolsterten Schlafunterlage und einer Decke besteht. Er kann zusammengerollt und verstaut werden. Da die Räume eines traditionellen japanischen Hauses oft verschiedenen Zwecken dienen, ist es nützlich, das Bettzeug tagsüber anderswo aufzubewahren.

Hakama: traditioneller japanischer Hosenrock, der plissiert und in der Taille gegürtet ist

Kata: festgelegter Bewegungsablauf, wie er etwa in den Kampfkünsten vorgeschrieben ist

Katana: leicht geschwungenes japanisches Langschwert mit einfacher Schneide

Kendō: moderne japanische Schwertkunst, die auf der alten Schwertkunst *kenjitsu* basiert

Kendōgi: Kleidung, die bei der Ausübung des *kendō* getragen wird

Ki: Geist, Kraft, Lebensenergie

Koto: traditionelles, zitherartiges Musikinstrument mit dreizehn Saiten

Niou: Steinstatuen, die paarweise ein Tor bewachen

Nitōjutsu: die Kunst, im Kampf zwei Schwerter zu benutzen.

Obi: Schärpe oder Gürtel

Oni: großer roter Dämon aus der japanischen Folklore

Onimusha: Krieger mit einem inneren Dämon

Onmyōdo: alte japanische Kosmologielehre, die die Wahrsagekunst und andere Formen des Okkultismus in sich vereint, darunter die Kalenderdeutung und eine eigene Heilkunst

Onmyōji: der den Weg des Onmyōdo geht und geübt in Magie und Wahrsagung ist

Samurai: kampferprobtes, speziell ausgebildetes Mitglied der Kriegerelite im alten Japan

Sashimi: vom Sushi abweichende spezielle Zubereitungsart von rohem Fisch oder Meeresfrüchten

Sensei: japanischer Titel für eine Respektsperson; wird oft für Lehrer gebraucht

Senshi: Krieger oder Soldat

Shikigami: Geist, der von einem Praktizierenden des Onmyōdo beschworen wird

Shōji: Schiebetür oder Raumteiler aus einem Holzrahmen, der mit einem dünnen, durchscheinenden Material bespannt ist

Tatami: Matte aus Reisstroh, die in japanischen Wohnungen als Fußboden benutzt wird

Torii: traditionelles japanisches Tor

Yin und Yang: Philosophie, nach der in allem zwei entgegengesetzte, sich ausgleichende Kräfte existieren und wirken

Zazen: Sitzmeditation, die im Lotussitz und mit nach oben geöffneten, übereinandergelegten Handflächen praktiziert wird